Olivers Leben war eine perfekte Idylle. Bis zu jenem Tag, an dem der plötzliche Tod seines Vaters alles zerstörte. Noch einundzwanzig Jahre später ist er gefangen in seiner Trauer und im Gefühl des Verlusts, sucht Halt in den Leben anderer Leute. Wie besessen filmt und dokumentiert, schneidet und montiert er deren Vergangenheit zu kleinen Filmen. Auch Miranda ist nicht wie andere Menschen. Fasziniert von der Dunkelheit, die den Menschen ihre Masken abnimmt, bittet sie völlig Fremde, sie nachts in ihren Häusern fotografieren zu dürfen. Als Oliver und Miranda sich begegnen, entspinnt sich zwischen den beiden eine zerbrechliche Liebesgeschichte, die sie aus ihrer Isolation befreit. Doch der Zufall lässt Olivers Glück noch immer keine Ruhe.

Meg Mullins studierte an der Columbia University und lebt heute mit ihrer Familie in Mexiko.

Meg Mullins bei bloomsbury taschenbuch:
Der Teppichhändler (978-3-8333-0484-2)

MEG MULLINS

LIEBER FREMDER

Roman

Aus dem Amerikanischen
von Ulrike Thiesmeyer

bloomsbury taschenbuch

FSC
Mix
Produktgruppe aus vorbildlich bewirtschafteten Wäldern und anderen kontrollierten Herkünften
Zert.-Nr. GFA-COC-001223
www.fsc.org
© 1996 Forest Stewardship Council

Oktober 2012
Die Originalausgabe erschien 2010 unter dem Titel
Dear Stranger bei Viking Penguin, New York

Umschlaggestaltung: Rothfos & Gabler, Hamburg,
unter Verwendung eines Bildes von © Trevillion
Druck und Bindung: CPI – Clausen & Bosse, Leck
Printed in Germany
ISBN 978-3-8333-0867-3

www.bloomsbury-verlag.de

Für meine Mutter und meine Schwester
Zum Andenken an meinen Vater und meinen Bruder

Miranda mag die Dunkelheit. Mochte sie schon immer. Schon als kleines Mädchen, als die meisten anderen Kinder sich davor fürchteten, war Miranda fasziniert davon, wie sich die Welt nach Einbruch der Dunkelheit veränderte und merklich stiller wurde. Bei Tag übersehene Ecken im Haus verwandelten sich in gemütliche Schlupfwinkel, erhellt vom Schein einiger Porzellanlämpchen; die Stimmen ihrer Eltern klangen gedämpft und ernst, wenn sie sich halblaut über kleine Triumphe und Ärgernisse unterhielten, während draußen im Dunkel der Nacht ein gewaltiges Universum glimmender, funkelnder Sterne zum Vorschein kam, das ihr ungleich interessanter erschien als der leere blaue Himmel bei Tag, an dem einsam die Sonne strahlte.

Mit Eintritt in die Pubertät verstärkte sich Mirandas Vorliebe für die Dunkelheit noch. Als Eli Banks ihr die Hände auf die Schultern legte und sich ganz dicht zu ihr vorneigte, den Mund bereits geöffnet, ehe sich ihre Lippen auch nur berührt hatten, hatte sie die Augen geschlossen und der Nacht ein stummes Dankgebet für ihren allerersten Kuss gesandt.

Auch heute noch schätzt Miranda die Nacht über alles. Weil sie Menschen Anonymität und Privatheit ermöglicht und ihnen damit das Selbstvertrauen schenkt, einen tieferen Teil ihrer selbst zu offenbaren. Genau deswegen steht Miranda jetzt auch, mit einem Objektivdeckel zwischen den Zähnen, bei tiefster Dunkelheit im Vorgarten eines Fremden. In dem Haus vor ihr ist es fast völlig finster, nur ein Fenster ist erleuchtet, hinter dem eine Art kleines Arbeitszimmer zu erkennen ist. An der einen Wand steht ein Schreibtisch, an der anderen ein braunes Ledersofa. Nachdem sie die Kamera am Stativ befestigt hat, steckt Miranda den Deckel in die Gesäßtasche ihrer Jeans und linst durch den Sucher. Sie stellt das Objektiv so ein, dass das Zimmer den Bildrahmen ausfüllt.

Miranda wirft einen Blick auf die Uhr. Ihr Motiv müsste jetzt, sofern die Anfrage in dem anonymen Brief erfolgreich war, den sie geschickt hat, jeden Moment auftauchen. Sie überlegt, ob sie einfach den leeren Raum fotografieren soll. Seine trostlose Aufgeräumtheit hat etwas von einer Bühne in einem schummrig beleuchteten Theater unmittelbar vor Beginn der Vorstellung: als würde jeden Moment jemand auftreten.

Zu diesem Foto aber kommt sie nicht, weil jetzt eine hochgewachsene Gestalt im Sucher aufgetaucht ist. Der Mann hat einen Aktenkoffer dabei und bewegt sich rasch und selbstsicher, wie ein Geschäftsmann, der den Sitzungsraum in einer Vorstandsetage betritt. Seine Kleidung jedoch ist wenig geschäftsmäßig. Von seiner Lesebrille abgesehen trägt er lediglich Socken, ein weißes Hemd, das unten ganz knittrig ist, weil es den ganzen Tag in einen Hosenbund gesteckt war, und hellblaue Boxershorts.

Er fängt an, sich mit der freien Hand das Hemd aufzuknöpfen. Der Knopf oben am Kragen, direkt unter seinem schlaffen Kinn, bereitet ihm Schwierigkeiten. Seine Finger nesteln und fummeln blind herum, bis er ihn endlich aufbekommt. Mit deutlich weniger Mühe öffnet er ein paar weitere Knöpfe, bis das Hemd an seiner Brust weit aufklafft.

Die Haut unterhalb seines Halses ist blasser als sein Gesicht, wodurch sein Kopf seltsam künstlich wirkt, wie eine Leihgabe. Er sitzt auf diesem fremden, blasshäutigen Torso, während sein eigentlicher Besitzer weiterhin im Sitzungssaal Flussdiagramme begutachtet. Oder einem Mitarbeiter die Bezüge kürzt. Der Mann lächelt grimmig, als ließe er im Geist eine Unterredung Revue passieren.

Miranda ist nervös und ungeduldig, wie immer an diesen Abenden, wenn sie noch nicht recht weiß, was sich konkret ergeben wird. Nicht jeder, der vor ihre Linse tritt, gibt einen authentischen, privaten Moment preis; manche Gesten sind eindeutig gestellt und entsprechen nicht dem, worauf Miranda aus ist.

Er legt den Aktenkoffer auf den Schreibtisch und klappt ihn auf. Als er eine Zeitung daraus hervorholt, begreift Miranda, dass diese Szene – eine Socke bis zum Knöchel hinabgerutscht, am Handgelenk ein Gummiband – seinem normalen Alltag entspricht, und genau das hat sie sich erhofft.

Sie schießt ein Foto.

Mit der Zeitung in der Hand macht er es sich auf dem Sofa bequem und späht zum Fenster, als würde er nach etwas – oder jemandem – Ausschau halten. Draußen im Dunkel.

Bei seinem Blick erschrickt sie kurz, weil er ihr so bekannt vorkommt. Wie schon bei so vielen anderen.

Dann schlägt er die Zeitung auf und vertieft sich in die Schlagzeilen des Tages.

Miranda malt sich aus, worum es in den Meldungen gehen mag. Krieg, Betrugsskandale, Verrat. Korruption, Einbrüche, Stellenkürzungen.

Sind das die Worte, mit denen er sich jetzt umgeben will? Während er halb entkleidet und allein in diesem Zimmer sitzt? Sind das die Worte, die ihm am Ende des Tages Trost spenden? Über die Lesebrille hinweg, die vorn auf seiner Nasenspitze sitzt, sieht er wieder zu Miranda hinüber. Oder zu der Stelle im Dunkel, wo er sie vermutet. Ganz wie die Zeitungsmeldungen, die er gerade überflogen hat, besteht auch sie bloß aus Wörtern auf Papier, Wörtern in einem Brief, der ihm per Post zugegangen ist. Ihre Gegenwart ist für ihn allein deswegen real, weil er dem Gelesenen Glauben schenkt.

Ihre Fingerspitze reagiert auf sein Vertrauen. Sie drückt sie auf den Auslöser und betrachtet dann die Voransicht.

Das Gestrüpp schwarzer Haare auf seiner Brust ähnelt einem im Schatten liegenden Krater. Sein Gesicht ist rot, sein Blick wachsam. Selbst jetzt, spätabends und halb entkleidet in seinem eigenen Haus, könnte er ein Bankberater sein, der ihr an einem Schreibtisch gegenübersitzt und mit ihr über die Vergabe eines Kredits verhandelt.

Miranda packt eilig ihre Ausrüstung ein. Sie klemmt sich das zusammengeklappte Stativ unter den Arm, hängt sich die kleine Kameratasche um die andere Schulter und huscht dann mit geducktem Kopf über das grüne Gras im Vorgarten dieses Fremden.

Auf dem Heimweg, unterwegs durch die dunklen Straßen, grübelt Miranda darüber nach, wer Anspruch auf diesen Mann erheben mag. Gibt es da jemanden? Liebt irgendjemand ihn so sehr, wie sie eines Tages jemanden zu lieben hofft? Dieser Mann, der Trost aus Schlagzeilen schöpft – ist er für irgendwen der wichtigste Mensch auf dieser Welt? Bekommt ihn irgendwer so zu sehen, in diesem Zustand, und liebt ihn trotzdem – oder gerade deswegen? Oder erschöpft sich sein Leben in dem, was sie gesehen hat, und er geht einsam seinen Gewohnheiten nach?

Warum wird Dunkelheit auf metaphorischer Ebene so oft mit Geheimnissen in Verbindung gebracht? Warum, wo doch gerade in der Dunkelheit alles zum Vorschein kommt? Tagsüber tragen alle ihre Masken; nachts werden sie abgenommen. Auch Miranda hat ihre Maske, die sie mit Vergnügen nutzt – eine strassbesetzte Katzenbrille, wenn sie intellektuell wirken will; Kniestrümpfe, um sich von der breiten Masse abzuheben; zu Zöpfchen gebundene Haare, um anzuzeigen, dass sie sich einer bestimmten Subkultur zugehörig fühlt –, doch es ist ihr Ort in der Dunkelheit, dieser Teil von ihr, den sie auf keinen Fall missen möchte. Hier ist sie nicht darauf angewiesen, sich das Privatleben anderer Leute lediglich vorzustellen. Hier wird sie Zeuge davon. Sie muss nicht darauf warten, dass ihre Bildmotive lä-

cheln, so wie sonst immer bei den Schulkindern mit den schlecht sitzenden Blusen oder den zu engen, drückenden Schuhen. Sie muss sich nicht darum bemühen, Fotografin zu sein; sie ist einfach eine.

Oben am Himmel, direkt neben dem Mond, leuchten Saturn und Jupiter, kleine, strahlende Lichtpunkte, die an die Existenz des Tages erinnern, selbst während der Nacht, und daran, dass die Sonne unausweichlich wiederkehren wird. Eine Metapher, denkt sie, für alle Menschen: verschwiegene Teile unserer selbst, knapp auf der anderen Seite verborgen, die jederzeit darauf warten, zum Vorschein zu kommen.

I

Oliver sieht auf seine Hände am Lenkrad hinab, während er vor dem Stoppschild am Hillcrest Drive auf die Bremse tritt. Das sind die Hände, mit denen er schon geboren wurde, schießt es ihm durch den Kopf, eine Einsicht, die ihn selbst überrascht – dieselben Hände, die reflexhaft nach den Fingern von Fremden gegriffen haben, dieselben Hände, die seine Mutter immer geküsst hat, wenn sie ihn abends zu Bett brachte, und dieselben Hände, die sich an den Händen seines Vaters festgeklammert haben. Gebildet durch Moleküle tief in seinem Inneren, die er weder sehen noch fühlen kann, sind seine Hände zugleich von unzähligen Molekülen in der Luft umgeben, die sich an seine Haut drücken, an seiner Gestalt haften. Diese winzigen, unsichtbaren Teilchen sind die ungesehenen Kräfte, die pausenlos, unaufhörlich um uns herumschweben und unsere eigene Identität greifbar machen.

So erklärt sich Oliver auch jenen Sommer vor einundzwanzig Jahren: als eine Ansammlung unsichtbarer Kräfte, die sich pausenlos gegen sie drückten und sie lautlos zu dem formten, was sie heute sind und nicht sind.

Auf den ersten Blick hat sich in der Straße seiner Kindheit nichts verändert. All diese Häuser standen auch schon vor zwanzig Jahren hier; die meisten Kiefern und Espen ebenfalls. Statt mit Bonanzarädern sind die Rasenflächen heute mit Klapprollern und elektrobetriebenen Bobbycars übersät, ansonsten aber sieht alles aus wie immer – vor allem die Umrisse der Briefkästen auf ihren Pfosten, die sich die Straße entlangziehen und eine

Leiter aus Schatten auf den warmen Asphalt werfen. Wenn Oliver in diese Gegend kommt, überfällt ihn mitunter das Gefühl, wieder sieben Jahre alt und fest davon überzeugt zu sein, dass es, obwohl der Tod ja angeblich unwiderruflich sein soll, Ausnahmen geben muss. Hintertürchen, dieses Wort hat er seine Eltern dafür benutzen hören. Nie und nimmer hätte sein Vater das einfach geschehen lassen. Sein Vater, dessen Körper kräftig und stark war, dessen Stimme niemals zaghaft oder zögerlich klang, der fast immer die Antwort auf die schwierigsten Kreuzworträtselfragen seiner Mutter parat hatte, würde nicht einfach so an einem warmen Sommerabend sterben, wo doch so viele Leben von dem seinen abhingen. Ganz sicher würde er die Spielregeln ändern oder vor Gericht ziehen oder eine Strafe zahlen oder Gott, oder welche zuständige Stelle auch immer, dazu überreden, das Unwiderrufliche rückgängig zu machen. Die Wirklichkeit in ein Märchen zu verwandeln. Aus heute wieder gestern zu machen.

Aber Oliver ist nicht mehr sieben. Und es hat sich alles verändert.

Widerwillig fährt er weiter in die Innenstadt, zu der Adresse, die seine Mutter ihm auf dem Anrufbeantworter hinterlassen hat. Oliver parkt sein Auto, packt seine Ausrüstung aus und macht sich an die Arbeit.

Am liebsten würde er den ganzen Abend hier draußen bleiben. Der blaue Nachmittagshimmel hat sich inzwischen lila gefärbt, und die Spatzen und Drosseln, die über ihm durch die Luft fliegen, haben sich in schwarze Schattenrisse verwandelt, die aussehen, als hätte sie jemand sorgsam aus Tonpapier ausgeschnitten. Er nimmt die Kamera vom Stativ und richtet sie gen Himmel, um den Einbruch der Dämmerung festzuhalten. Mit dem Farbwechsel am Himmel haben sich auch die Temperaturen spürbar verändert. Der Asphalt unter Olivers Turnschuhen strahlt noch die Wärme des Tages ab, doch die Luft über seinem

Kopf fühlt sich inzwischen dünn und kühl an, und er beneidet die Vögel vor dem Sucher seiner Kamera, die sich im dunklen Geäst der Bäume verlieren und Unterschlupf im Laub der Platanen finden, von denen diese Straße zu beiden Seiten gesäumt wird. Der Sonnenuntergang und die damit einhergehende Abkühlung, beides verlockt Oliver unwiderstehlich dazu, hier draußen zu bleiben. Ganz unabhängig davon, wie sehr ihm vor dem graut, was jetzt bevorsteht.

Es ist fast so lästig wie die ständigen Anfragen, mit denen er als Besitzer eines Pick-ups bombardiert wird: mal soll er für seinen Vermieter etwas zur Mülldeponie hinausfahren, mal den neuen Kühlschrank seiner Schwester vom Einkaufszentrum abholen, mal diesem oder jenem Freund beim Umzug helfen, Futons und sonstige Habseligkeiten von einer schäbigen, billigen Bude in die nächste karren. Da er sich mit Videotechnik auskennt und damit freiberuflich sein Geld verdient, wird Oliver auch oft gebeten, Hochzeiten und Schultheateraufführungen und eben jetzt die Tanzvorführung seiner Eltern zu filmen. Oder, genauer gesagt, den Swing-Abend seiner Mutter und seines Stiefvaters.

Er hätte gerne abgelehnt. Wäre er völlig klar im Kopf gewesen, hätte er das wohl auch getan. Sonst scheut er sich nicht, seine Mutter oder Mr Nice Guy, wie Oliver ihn im Stillen immer noch nennt, zu enttäuschen. Seit neunzehn Jahren wohnt seine Mutter jetzt nicht mehr in dem Haus, in dem er seine Kindheit verlebt hat, sondern im Haus nebenan. Mit dem Nachbarn als ihrem Ehemann: mit Mr Nice Guy.

Diesen Spitznamen hat ihm damals Olivers Vater verpasst. Denn jedes Mal, wenn sie nach dem Ausladen von Einkäufen versehentlich eine Autotür offen stehen ließen, jedes Mal, wenn ein Brief falsch zugestellt wurde, jedes Mal, wenn er einen ihrer Spielbälle in seinem Garten fand, tauchte Mr Nice Guy mit seinem zahnigen Lächeln an ihrer Haustür auf, um diese Fehler zu korrigieren. Als wäre er eine Art omnipräsenter Aufseher, der dafür zu sorgen hatte, dass alles immer seine Ordnung hatte. Oliver ist bis heute unvergesslich, wie es stets beim Abendessen an der Tür klingelte, worauf sein Vater sich auf seinem Platz am Tisch nach hinten reckte, um einen Blick durch das Türfenster zu werfen, dann wieder seine Mutter anschaute und trocken feststellte: »Schatz, es ist Mr Nice Guy.«

Olivers Mutter quittierte diesen stets wiederkehrenden Scherz seines Vaters immer mit einem kurzen, tadelnden Stirnrunzeln. Dann stand sie auf, um die Tür zu öffnen, nahm dankbar in Empfang oder zur Kenntnis, was zurückgebracht oder korrigiert wurde, und lud den Nachbarn freundlich ein, doch einen Happen Hackbraten mitzuessen. Was Mr Nice Guy auch jedes Mal zuverlässig annahm; er zog sich einen Stuhl heran und nahm zwischen Oliver und Mary am Tisch Platz, wie ein viel zu großes drittes Kind.

An dem Abend, als Oliver seinen Vater fand, war es Mr Nice Guy, den Mary sofort zu Hilfe holte. Es war Mr Nice Guy, der sich mit zitternden Händen über ihren Vater beugte und dem es nicht gelang, ihn wiederzubeleben. Es war Mr Nice Guy, der mit ihnen draußen auf der Veranda saß, während der Krankenwagen mit trostlos rotierendem Blaulicht in der Auffahrt stand, und als ihre Mutter so hastig aus ihrem Auto ausstieg, dass ihr der Beutel mit ihren Nähsachen auf den Boden fiel, war es wiederum er, der hinübereilte und sich hinkniete, um die herausgefallenen Stoffmuster, Scheren und Garnknäuel aufzusammeln. Dann machte er sich daran, die Stecknadeln aufzulesen, die über den Beton verstreut lagen, eine nach der anderen.

Wann er damit fertig war, weiß Oliver nicht mehr. Mr Nice Guy stand jedenfalls in seinem Beisein nicht mehr auf, um in sein eigenes Haus zurückzukehren. Als der Krankenwagen mit ihrem Vater weggefahren war, um ihn zu seinen Kollegen ins Krankenhaus zu bringen, kauerte er noch immer auf allen vieren am Boden. Ihre Mutter brachte Oliver und Mary nach drinnen, während er auf Händen und Knien in der dunklen, stillen Nacht zurückblieb und mit gesenktem Kopf weiter den Boden nach Nadeln absuchte.

Oliver hätte die Bitte seiner Mutter, ihren Swing-Abend auf Video zu bannen, wahrscheinlich auch abgelehnt, wenn sie ihm nicht kürzlich ein Mittagessen spendiert hätte – ihre zweimal jährlich stattfindende Verabredung, um so etwas wie eine erwachsene Beziehung zu pflegen, wobei aber Oliver zu seiner Schande neulich nur fünf Dollar in der Brieftasche hatte. Es gab ein rustikales Feinschmeckermenü: Elchsteaks, Wildravioli, frittierte Artischocken und Himbeerkuchen, nahrhafter als alles, keine Frage, was Oliver seit Monaten zu sich genommen hatte, und obendrein das wohl köstlichste Essen, das er je verspeisen durfte. Anfangs hatte er sich in dem Restaurant etwas unwohl gefühlt, weil um sie herum lauter Männer in Geschäftsanzügen saßen, manche davon kaum älter als er, aber das legte sich im Nu, als ihnen das warme Nussbrot und die mit Rosmarin gewürzte Knoblauchbutter an den Tisch gebracht wurden.

Er war noch ganz benommen von dem guten Essen, als seine Mutter hinterher auf dem Parkplatz zu ihm hochsah, gegen die helle Sonne anblinzelte und sagte: »Ich möchte dich um einen Gefallen bitten, Oliver.«

Er stellte sich so vor sie, dass er die Sonne verdeckte, und sagte: »Klar, kein Problem.«

Sie lächelte ihn belustigt an, das zarte, dabei kantige Gesicht umrahmt von ihrem kurzen Haar. »Ehe du überhaupt weißt, worum es geht?«

Oliver zuckte die Achseln. »Kokain in einem Ballon zu schlucken, bringe ich nicht fertig. Und ich habe immer noch einen Horror vor Spritzen. Falls du also nicht gerade in den Drogenschmuggel eingestiegen bist oder vorhast, mir Steroide zu injizieren, dürfte es keine Probleme geben.«

»Schön. Es geht um unseren Swing-Abend. Nächste Woche. Den hätten Martin und ich zu gerne auf Video. Mittwochabend um acht.«

Oliver verzog das Gesicht. »Mittwoch? Abend?«

Abends, auch mittwochs, saß er eigentlich immer vor dem Supermarkt auf der Lauer. Aber er hatte keine Lust, ihr das jetzt zu erklären, und auf die Schnelle wollte ihm auch keine gute Ausrede einfallen.

»Danke, Oliver«, sagte sie, ehe er weiterreden konnte. »Wir sind dir sehr verbunden.« Sie legte ihm die Hand auf die Schulter, gab ihm einen Kuss auf die Wange und stieg dann in ihr Auto ein.

Das war mal wieder typisch. Es kam häufig vor, dass sie Oliver einfach so stehen ließ, wenn sie der Ansicht war, dass zwischen ihnen alles Notwendige gesagt sei, so als scheute sie sich vor den tiefschürfenden Gesprächen, die er gern mit ihr geführt, vor den unzähligen Dingen, die er gern gesagt hätte.

Als er nun seine Ausrüstung auspackt, im Schein der Abendsonne, die weiter lange Schatten über die Straße wirft, versucht er, sich an das süße Aroma des Himbeerkuchens von letzter Woche zu erinnern. Vergeblich. Er ist eine Verpflichtung eingegangen, und das hinterlässt einen bitteren Geschmack in seinem Mund.

Er macht ein paar Außenaufnahmen. Filmt die Tanzschule, die in einem Flachbau aus Backstein untergebracht ist, die große Leuchtreklame über dem Eingang. Die Tanzpärchen, die in ihren strass- und paillettenbesetzten Kostümen und mit Lacklederschuhen in allen Variationen eintrudeln. Und jetzt fängt er die Schönheit der Abenddämmerung ein, wie dieses Fleckchen Erde langsam dunkel wird und sich abkühlt, während es sich von der Sonne wegdreht – hervorragend geeignet für die Sammlung von Bildmaterial, die er laufend ergänzt, um sie für seinen Broterwerb zu verwerten.

Mit einem tiefen Seufzer verstaut er die Kamera in ihrer Tasche und hängt sie sich quer über die Brust. Dann klappt er das Stativ zusammen, legt es sich über die Schulter und geht über die Straße auf das hell erleuchtete Gebäude zu. Sein Umriss im abendlichen Dunkel erscheint seltsam schief, wie der eines flügellosen Tieres.

In dem verspiegelten Tanzsaal empfängt Oliver blendende Helligkeit, er muss blinzeln. Seine Turnschuhe quietschen vernehmlich über das gebohnerte Parkett. In seiner dunklen Cordhose und dem schwarzen Hemd mit dem breiten Kragen ist er Luzifer inmitten einer Schar bonbonfarbener, nicht mehr ganz junger Engel, die sich hier versammelt hat. Er erspäht seine Mutter in ihrem türkisgrünen Chiffonrock, der sich beim Herumwirbeln an ihrer Taille in eine Wolke aus Gischt verwandelt, die perfekt zum grünen Hemd ihres Mannes passt. Zusammen tanzen sie Jitterbug oder Lindy oder Jive, Oliver kann einen nicht vom anderen unterscheiden. Wäre Mary jetzt mit ihm hier, würde sie ihm möglicherweise die genauen Bezeichnungen ins Ohr flüstern, doch wahrscheinlich würde sie eher ebenso sprachlos vor Staunen zusehen wie er, während ihrer beider Mutter mit dem Nachfolger ihres Vaters leichtfüßig über den Parkettboden wirbelt und schnellt.

Das Tanzen an sich überrascht ihn dabei weniger. Oliver hat schon oft nach dem Abendessen miterlebt, wie die beiden in der Küche spontan einen Walzer à la Lawrence Welk aufs Parkett legten. Der Abwasch wird unterbrochen, ein Stapel ungespültes Geschirr bildet ihr einziges Publikum, während sie sich kurz einer lässig-lockeren Jig-Einlage hingeben. Jetzt aber verschlägt ihm allein schon das Tempo dieser einstudierten Choreografie die Sprache. Um sie herum liegt die Welt in Scherben, und sie üben eisern jeden Abend ihre Tanzschritte. Menschen verlieren die Orientierung, werden sich selbst überlassen, vergessen, sterben. Hier aber gibt es etwas, das man einstudieren kann. Pailletten glitzern, Röcke rauschen, Erfolg wird angestrebt und auch erzielt. Ist das der Grund, warum die Generation seiner Mutter von der diffusen Angst unberührt scheint, die seiner Generation zu schaffen macht? »Nimm doch nicht alles so schwer«, diesen Rat bekommt er von ihr oft zu hören. Vielleicht meint sie damit ja, dass auch er tanzen lernen sollte.

Durch die anderen Tanzpaare mittleren Alters hindurch bahnt er sich einen Weg zu einem schwarzen Barhocker bei den Fenstern. Irgendwie findet er oben auf dem Hocker nicht nur Platz für seine Füße, sondern auch für das Stativ, und er richtet die Kamera so aus, dass er die gesamte Tanzfläche ins Bild bekommt.

Es gibt einen nett wirkenden Tanzlehrer, der das Parkett für die ersten drei Pärchen freigibt. Im Saal wird eifrig Beifall geklatscht. Und dann setzt die Musik ein.

Durch den Kamerasucher hindurch beobachtet er, wie sich die Füße seiner Mutter und Mr Nice Guys in völligem Gleichtakt bewegen, als würden diese vier Füße durch ein einziges Gehirn gesteuert. Ein perfektes Tanzpaar, denkt er, während ihm nicht entgeht, wie hinten auf dem Hemd des Mr Nice Guy allmählich die ersten dunklen Schweißflecken auftauchen.

Unwillkürlich stellt Oliver sich die Frage, ob sein Vater wohl auch getanzt hat.

Er hat zu wenige Erinnerungen. Und ob er seinen Vater mal hat tanzen sehen, weiß er schlicht nicht mehr. Oft, wenn er sich an etwas nicht erinnern kann, kommt ihm das vor wie ein Verrat, wie ein persönliches Versagen. Eigentlich sollte er sich an viel mehr erinnern. Es waren volle sieben Jahre. Unzählige Mahlzeiten, Bäder, Umarmungen und vermutlich auch Tänze. Oliver sehnt sich danach, die Leerstellen in seinem Kopf zu füllen.

Er selbst tanzt gerne, wenn auch eher unkoordiniert und wild, ohne feste Regeln. Dreht die Musik dazu auf und singt lauthals mit, im Schutz der Dezibelgewitter.

Die Tanzdarbietung der beiden dagegen ist regelrecht bühnenreif.

»Du lieber Himmel«, entfährt es ihm, als seine Mutter über die Schulter des Mr Nice Guy gewirbelt wird. Dass der Typ sie so mühelos hochheben kann, noch dazu so blitzschnell und genau im Takt der Musik, verblüfft ihn nun doch. Mit einer schwungvollen Drehung beenden sie ihre Darbietung und verneigen sich, und Oliver sieht, wie sich ihre Brustkörbe vor Anstrengung heftig heben und senken. Ihre Herzen wurden auf die Probe gestellt und haben bestanden.

Später, als sie zusammen draußen auf dem Parkplatz stehen, sagt Oliver: »Mensch, ihr solltet wirklich auf Tournee gehen.«

Mr Nice Guy greift nach Olivers Hand. »Danke, mein Freund. Danke, dass du heute Abend gekommen bist.«

Er drückt ihm die Hand, und dann klopft ihm seine Mutter auf die Schulter. »Das machen wir nur zum Spaß, weißt du«, sagt sie. »Es hält uns jung. Und wenn unsere Knie und Hüften irgendwann nicht mehr mitmachen, können wir uns wenigstens zusammen daran erinnern.«

»Eigentlich ja nicht deine Stärke – dich zu erinnern«, sagt Oliver, während er sein Stativ im Laderaum des Ranchero verstaut.

Sie lacht, unbekümmert, unbeteiligt, ungerührt, lässt die Kritik ihres Sohnes einfach so an sich abperlen. »Aber jetzt gibt es ja zum Glück Video«, sagt sie, »das uns dabei hilft, uns an alles ganz genau zu erinnern.«

»Ja«, sagt Oliver. »Da hast du Recht. Hey, erinnerst du dich noch, ob Dad getanzt hat? Habt ihr beide je zusammen getanzt, meine ich?«

Mr Nice Guy hat den Arm um Olivers Mutter gelegt und blickt mit unbeteiligtem Lächeln auf den Asphalt zu seinen Füßen hinab. Oliver behält seine Mutter genau im Auge, während sie nach einer Antwort sucht.

»Nein«, sagt sie schließlich. »Er war kein Tänzer. Wir haben nicht zusammen getanzt.« Sie hält kurz inne und legt sich dann die Hand an die Hüfte. »Aber ich weiß noch gut, wie gerne du früher Square Dance getanzt hast. Weißt du noch, Martin, als er in der fünften Klasse war?« Sie hebt den Blick zu ihrem Ehemann.

Mr Nice Guy nickt freundlich. »Klar«, sagt er, während sie sich auf den Weg zu ihrem Auto machen. »Natürlich weiß ich das noch.«

Olivers Mutter dreht sich noch einmal um und sagt über die Schulter: »Du hattest dieses kleine rote Halstuch um. Alle Mädchen wollten dich als Partner, weil du die Schritte beim Do-si-do so perfekt draufhattest.«

Oliver sieht zu, wie sie sich anschnallen und dann aus der Parklücke fahren. In dem großen Wagen wirkt seine Mutter regelrecht winzig. Als sie unter einer Straßenlaterne entlangfahren, fällt das starke Licht auf das Gesicht seiner Mutter, das kurz zu einem hellen, blassen Kreis wird, wie ein Stein, auf den nachts ein Lichtschein fällt. Dann wird sie wieder vom Dunkel verschluckt, und der Wagen fädelt sich in den fließenden Verkehr ein.

Nachdem sie fort sind und sich der Parkplatz komplett geleert hat, bleibt Oliver, von seiner Verpflichtung befreit, noch eine Weile zurück. Er schließt die Augen und stellt sich einen anderen Tag vor.

Es ist ein Tag, über den er ziemlich oft nachdenkt und der seiner Einschätzung nach bald kommen dürfte. Ein kühler Herbstabend vielleicht, wenn sich die Blätter schon grellrot und golden gefärbt haben, weil sie bald absterben werden. Seine Mutter und Mary werden vor ihm sitzen, auf einem Sofa oder an einem Tisch vielleicht, und aufmerksam zuhören, während er ihnen von dem Fremden erzählt, den er schon länger Abend für Abend beobachtet. Er wird ihnen erzählen, was er gesehen hat und warum das so wichtig ist. Sie beide, vor allem seine Mutter, werden begierig an seinen Lippen hängen, um zu erfahren, was Oliver weiß. Sie wird sich endlich brennend für all das interessieren, was er zu sagen hat.

Oliver parkt mit seinem Ranchero auf dem frisch markierten Parkplatz vor Alfalfa's, dem Bio-Supermarkt in der Innenstadt. Um unerkannt observieren zu können, trägt er trotz der späten Stunde eine übergroße Sonnenbrille. Seit nunmehr sechs Tagen ist er jetzt einem Stück jenes Sommers vor einundzwanzig Jahren auf der Spur. Die Sonnenbrille, die er in einem Trödelladen aufgetan hat, ruht klobig und schwer auf seiner Nase, ganz wie die Brille seines Vaters, wenn er sie als Kind aufprobierte. Doch anders als bei jener Brille damals gerät bei dieser hier nicht alles vor seinen Augen ins Schwimmen und ins Tanzen; sie ruft ihm seine Mission in Erinnerung: Er ist ein Detektiv. Ein Schnüffler. Und da gehört eine dunkle Sonnenbrille einfach mit dazu.

Er lässt sich auf dem Fahrersitz seines Limousinen-Pick-up nach unten rutschen und blickt angestrengt hinaus.

Es ist so viele Jahre her, seit er sich das letzte Mal verkleidet hat, dass er sich kaum noch daran erinnern kann, wie es ist, jemand anderes zu sein. Und sei es nur vorübergehend. Herrgott, er ist fast dreißig inzwischen. Doch während er mit der Sonnenbrille im Wagen sitzt und hinausschaut, hat er das Gefühl, dass sein Leben sich endlich zu etwas anderem zusammenfügt. Oder einfach an Klarheit gewinnt, sich vervollständigt. Wenn jemand einen Zeitrafferfilm seines Lebens drehen würde, wären dies die letzten Szenen, in denen alles endlich einen Sinn ergibt. Einzelne Wassertröpfchen, aus denen ein Eiszapfen entsteht, eine Knospe, die sich schließlich zu einer Blüte entfaltet, oder auch das letzte von Abermillionen Sandkörnchen, das einen riesigen Ameisenhügel vervollständigt.

Solche Bilder hat Oliver auf seiner Festplatte massenhaft gespeichert. Weil sie sich für seine Arbeit anbieten: Sie trauern um

Ihren Mann, Ihren Vater, Ihre Schwester? Auf dem Bildschirm entfaltet sich eine hübsche Rose im Morgengrauen. Und aus einer Million rosenfarbenen Pixeln lächelt Ihnen das Gesicht des geliebten Verstorbenen entgegen.

Er fühlt sich zu diesen Bildern hingezogen. So kitschig sie mitunter wirken mögen, irgendwie bringen sie eine Saite in ihm zum Klingen. Dieser Mechanismus, die Zeit zu manipulieren und so die Wahrheit darüber zu offenbaren, wie Dinge zu dem werden, was sie sind, fasziniert ihn; ein Phänomen, das er für sich auf den Begriff »Zeitdehnung« gebracht hat. Technisch gesehen handelt es sich um eine Beschleunigung der Zeit, abgezielt jedoch wird auf ihre Ausdehnung, um einen anderen Blick auf die Wirklichkeit zu ermöglichen. Sie wird also beschleunigt, um langsamer zu werden. Wird vorgespult, um zurückgespult zu werden. Wie gern würde er diese Technik auf ausgewählte Momente seines eigenen Lebens anwenden. Das Schöne an der Zeitraffertechnik ist, dass sich mit ihr zeigen lässt, wie viel und auch wie wenig sich an einem Tag verändern kann. Unser unmerkliches Werden vollzieht sich fortlaufend und über lange Zeiträume hinweg, entzieht sich gerade deswegen der Wahrnehmung. Hier vor Alfalfa's jedoch nimmt Oliver dieses Werden wahr. Die Zeitdehnung spielt sich vor seinen Augen ab, als würde er sie im Dunkel auf einem Bildschirm verfolgen.

Vor einer Woche hat er seine Zielperson das erste Mal gesehen, wie sie eine lange Schlange Einkaufswagen über diesen Parkplatz schob. Das viele Metall gleißte grell in der Nachmittagssonne, dadurch wurde Oliver überhaupt erst auf sie aufmerksam. Es ist ein Junge von unvergesslichem Aussehen, der den meisten Leuten wohl gar nicht auffallen würde.

Natürlich ist Oliver ein geübter Beobachter. In seinem Leben hat es schon einige Kandidaten gegeben, die alle eine Variante des auffälligen roten Muttermals aufzuweisen hatten, das wie ein undeutlicher Pfeil von unterhalb des linken Ohrs bis zu einer

Stelle unter dem Kinn verläuft. All diese Personen aber kamen entweder vom Alter oder vom Geschlecht her nicht in Frage. Manche waren zu alt, andere zu jung, kaum in der Pubertät. Bei jeder dieser Zufallsbegegnungen stockte Oliver vor Schreck der Atem, er blieb kurz stehen und ging dann nur widerwillig weiter, nachdem er sich eingestanden hatte, dass es sich nicht um die Person handeln konnte, auf die er gehofft hatte. Jetzt aber ist Oliver sich sicher, dass er endlich die eine Person gefunden hat, nach der er immer schon Ausschau gehalten hat.

Vor dem Supermarkt stehen Körbe voller Vidalia-Zwiebeln, angestrahlt von einem grellen Scheinwerfer. Oliver sieht im Aschenbecher nach, wie viel Kleingeld er dabeihat. Ein Pfund kostet einen Dollar vierzig, für drei Dollar könnte er sich also ein paar kleinere Exemplare durchaus leisten.

Während er mit den Fingern schon nach ein paar Münzen angelt, hält Oliver unvermittelt inne. Er kann den Jungen im Supermarkt sehen. Aber was heißt Junge, er dürfte heute fast einundzwanzig sein, volljährig also. Das T-Shirt, das er trägt, ist abgewetzt und verwaschen, vermutlich, weil er es besonders gern mag und entsprechend oft trägt. Seit einigen Jahren gibt es T-Shirts auch schon in diesem Zustand zu kaufen – abgetragen, fast vergammelt wirkend, eine künstliche Abnutzung, die irgendwo in Asien oder Südamerika durch etliche Waschgänge in mit speziellen Steinchen gefüllten Großwaschmaschinen hervorgerufen wird.

Dieser Junge aber, Jared, würde niemals Geld für ein künstlich auf alt getrimmtes T-Shirt ausgeben. Er ist einfach nicht der Typ, das erkennt Oliver auf den ersten Blick, der sich um seine Klamotten, seine Frisur oder seinen »Style« groß Gedanken macht. Er schaut jedem Kunden direkt ins Gesicht, eine Geste des guten Willens. Sorgfältig, alles andere als nachlässig, packt er ihre Einkäufe in die Tüte. Er wirkt zugänglich, nicht verdrossen. Nimmt diesen Job nicht auf die leichte Schulter. Weil er damit Geld verdient und eine feste Anstellung hat. Die Zähigkeit und Härte, die in seinem Blick, seinen drahtigen Armen und den schartigen Zähnen zum Ausdruck kommt, ist echt, nicht gespielt, keine Pose, um cool zu wirken. Sein Muttermal passt zu ihm auf eine Weise, die Oliver sich bei niemand anderem so hätte vorstellen können.

Von seinem Platz im Wagen aus kann Oliver die Lichter der Häuser sehen, die auf den vier Hügeln hinter der Stadt verteilt stehen. Ihr funkelnder Schein hätte auch eine Ansammlung heller Sterne sein können, eine bisher unbekannte Konstellation, wenn er es nicht besser wüsste. Wenn er nicht wüsste, dass diese vier steilen Erhebungen, bei Nacht so gut wie unsichtbar, den Horizont um Hunderte Meter anheben.

Vor einundzwanzig Jahren, als Oliver sieben war, waren diese Hügel allgemein nur als die »Wildnis« bekannt, von Interesse nur für Wanderer und Kinder. Die älteren Kinder aus der Nachbarschaft zog es, mangels Alternative, häufig dorthin; inmitten der Kakteen konnten sie sich frei und ungebändigt fühlen, und die riesigen Felsbrocken und Wildbeerensträucher eigneten sich gut dazu, Verstecken und Ähnliches zu spielen. Mittlerweile aber sind die vier Hügel erschlossen und bebaut worden, mit Dutzenden exklusiver Luxusvillen mit viel Glas, die direkt in die Hänge hinein errichtet wurden. Über langgezogene, nicht allzu steile Auffahrten sind sie in Nobelkarossen bequem zu erreichen; in ihren Fenstereinfassungen aus Aluminium spiegelt sich abends die untergehende Sonne. Es gibt noch freie Flächen – gerade das Leben in unverbauter Natur macht die Lage ja so reizvoll –, die aber künstlich angelegt wurden und von Spazierwegen mit Bänken durchzogen sind.

Oliver fragt sich, ob die Bewohner dort oben schon einmal von dem Mädchen gehört haben, dessen Leichnam vor einundzwanzig Jahren am Fuß des nördlichsten Hügels gefunden wurde. Diesen Hügel, den Bear Peak, betrachtet Oliver oft, macht ihm mitunter sogar stumme Vorwürfe, als wäre er für alles verantwortlich, was in jenem Sommer geschah.

Hätte es etwas geändert, wenn jemand sie schon früher gefunden hätte? Hätte ihr Tod durch ein paar Sekunden, Minuten oder sogar Stunden verhindert werden können? Als die Sanitäter die Bahre aus dem Krankenwagen ausluden, hätte bereits ein Geier am Himmel gekreist, hat Mary ihm damals erzählt. Zumindest hätte sie das gehört – vielleicht hatte sie es sich auch nur ausgedacht. Der Geier, überlegt er, hätte verhindert werden können. Vielleicht auch noch mehr. Von einem Herzschlag bis zum nächsten kann viel Zeit vergehen. Unnatürlich viel Zeit, und trotzdem ist Überleben noch immer möglich.

Weil Menschen doch eigentlich nicht in einem einzigen Moment sterben, oder? Nicht wie bei einem Lichtschalter – an, aus. Der Körper ist ein zu komplexes System, um von jetzt auf gleich ausgeschaltet zu werden. Klar, das Herz kann stehenbleiben. Kein Pulsschlag mehr, keine Atmung. Aber das ist nicht der eigentliche Tod. Der Körper macht weiter. Mangels Sauerstoffzufuhr und elektrischen Impulsen zwischen den Synapsen strömt, oder vielmehr: stürzt das Blut an die Körperränder, wo es sich staut und dazu führt, dass die Haut anschwillt.

Eine Dokumentation des nach und nach eintretenden Todes wie in den Zeitraffervideos, so, wie ein Vogelnest Stück für Stück gebaut wird – hat er noch nicht gesehen. Das Aufblühen von Blutgefäßen, das leise Zucken von Muskeln, dies sind die unmerklichen Veränderungen, die eine neue Wirklichkeit erschaffen. Die Vorgänge des Lebens gehen in jene des Todes über. Man könnte diese Prozesse verfolgen, wenn man nur die Zeit manipulieren könnte. Das Leben im Schnelldurchlauf, abgespielt in Zeitlupe. Entschlüsselte Veränderung. Gedehnte Zeit.

Und in ebenjener Zeitdehnung liegt die Hoffnung auf eine Umkehrung. Die Möglichkeit, diese Veränderung rückgängig zu machen. Ärzte müssen also Fachleute für die Zeitdehnung sein, müssen ganz genau wissen, an welchen Stellen des Körpers sie eingreifen und dem Sterben Einhalt gebieten können.

Es müssen klinische, medizinische Koordinaten vorliegen, die die Zeitdehnung eindeutig belegen. Pathologen, darunter auch sein Vater, haben die ausschlaggebenden Stellen im Körper sorgfältig kartografiert, die ersten Anzeichen des Todes und sein endgültiges Eintreten nachverfolgt, um herauszufinden, wann genau das Sterben beginnt. Ab wann es unumkehrbar wird. Sicherlich waren diese Zeichen und Wegweiser schon in die Neuronen von Olivers Vater eingeprägt, er kannte sie in- und auswendig und arbeitete nahezu täglich mit ihnen.

Dieses Fachwissen starb mit ihm. Vielleicht war er noch immer mit dem Tod des jungen Mädchens beschäftigt, das er gerade obduziert hatte, versuchte weiter den Sterbeprozess zu rekonstruieren, zählte gerade die Gerinnungsraten roter Blutkörperchen, als auf einmal das helle Küchenlicht über ihm zu rotieren begann und er selbst nicht mehr dazu in der Lage war, um Hilfe zu rufen, niemandem mehr mitteilen konnte, was sich gerade in seinem eigenen Körper abspielte.

Vier bis sechs Minuten, länger kann ein Gehirn ohne Zufuhr von Sauerstoff nicht überleben. Das hat Oliver vor zehn Jahren bei seiner Ausbildung zum Rettungsschwimmer gelernt.

Es gibt Ausnahmen. Ein Kind konnte einmal nach siebzig Minuten in eisigem Wasser wiederbelebt werden. Olivers Vater hätte sich mit diesen Ausnahmen ausgekannt und auch mit den komplizierten physiologischen Bedingungen, durch die sie ermöglicht werden. Laien würden hier von einem Wunder sprechen, doch es gibt wissenschaftliche Erklärungen für diese Art Zeitdehnung. Sie ist ein Produkt biologischer und chemischer Prozesse, die sich, gesteuert von unsichtbaren Kräften, verborgen unter unserer Haut abspielen. Auch der Zufall dürfte hier eine Rolle spielen.

Hier hinter dem Steuer seines Ranchero hat Oliver intensive Studien betrieben, hat zunächst Jareds Namen in Erfahrung gebracht, dann seine Arbeitszeiten und schließlich seine Gewohnheiten. Er ist ihm nach Hause gefolgt, zu einem Wohnungskomplex mit verwitterter Holzverkleidung, und hat ihn mit einem großen Korb voll Schmutzwäsche herauskommen sehen. Er ist ihm zum Waschsalon gefolgt und hat gewartet, während Jared wartete.

Der beste Ort zum Observieren aber ist immer noch hier vor Alfalfa's mit seiner hellen Beleuchtung und der breiten Glasfront, die Oliver einen ungehinderten Blick ins Innere ermöglicht, wie in einem Autokino.

Oliver schiebt sich die Sonnenbrille auf den Kopf hoch. Er legt das Kleingeld zurück, das er für die Zwiebeln aus dem Aschenbecher geklaubt hat, und überdenkt seinen Plan, den Supermarkt zu betreten, noch einmal. Irgendetwas fehlt hier noch.

Seine Zögerlichkeit hat vermutlich mit den Geschehnissen früher am Abend zu tun. Der veränderte Gesichtsausdruck seiner Mutter auf seine Frage, ob sein Vater getanzt habe, hat ihm nicht gefallen. Trotz ihres freundlichen Blicks schien es, als würde sie ein Tor versperren und ihm den Zutritt verweigern.

Oliver weiß, was ihm fehlt: ein Zugangspunkt. Er muss Belege zusammenstellen, um seinen Fall auf emotionaler Ebene zu illustrieren. Eine Reihe Fotos, die ihren gemeinsamen Verlust verbildlichen könnten – genau die Sorte Artefakt, die Oliver sonst gegen Bezahlung kreiert. Er verdient seinen Lebensunterhalt mit der Vergangenheit anderer Menschen, ist aber noch nie auf die Idee gekommen, ein Portfolio für sich selbst zu erstellen.

Unterdessen registriert Oliver eine weitere Angewohnheit seiner Zielperson. Zwischendurch presst Jared regelmäßig seine Fingerknöchel gegen seine Brust, als würde er sich selbst zurückschieben oder versuchen, mit der Faust seine Rippen auf sein Herz zu drücken. Oliver versucht, sich das hohle Knacken vorzustellen, das dabei zu hören ist. Hin und wieder verzieht Jared unbewusst das Gesicht vor Schmerz, ohne es selbst zu bemerken. Aber Oliver fällt es auf. Weil sein Augenmerk besonders jenen Eigenarten seiner Zielperson gilt, die einem ganz selbstverständlich vertraut wären, wenn man zusammen unter einem Dach aufgewachsen wäre, als Brüder.

Damit Jared sich in die Kindheit versetzen kann, die er hätte haben sollen, muss Oliver die Zeit ausdehnen. Er wird die Zeit manipulieren, ihnen beiden zuliebe. Er wird Schnipsel einer erfundenen Vergangenheit zusammenstellen, um die Wahrheit darüber zu vermitteln, was hätte sein können.

Betsy kurbelt ihr Fenster herunter und lehnt sich ein wenig hinaus in den Abendwind.

»Ist dir warm?«, fragt Martin neben ihr am Steuer.

»Ich find's bloß ein bisschen stickig«, erwidert sie, während sie die dunklen Ecken der Innenstadt betrachtet. Der Anblick der Seitenstraßen und Gässchen löst in ihr eine unerklärliche Sehnsucht aus.

»Ich fand, es war ein toller Erfolg«, sagt Martin mit lauter Stimme, um den Lärm des Fahrtwinds zu übertönen, der durch das offene Fenster dringt. »Du warst einfach spitze.«

»Gleichfalls, Schatz«, sagt sie, lächelt ihm zu und blickt dann wieder aus dem Fenster. Beinahe rechnet sie damit, Oliver da draußen am Straßenrand zu sehen, sein typisch flehentlicher Blick auf sie gerichtet, sein Stativ geschultert wie eine Schaufel. Er will zu viel. Oder nein, er will das Falsche. Ihr erwachsener Sohn ist wie ein Kind, vor dem ein reich gedecktes Büfett angerichtet ist und das starrsinnig darauf besteht, nur Cracker mit Erdnussbutter zu essen. Er will nur den Schmerz.

Was sie Oliver nicht erzählt hat: dass seinem Vater nach eigener Aussage zum Tanzen die Geduld fehlte. Dass sie, Betsy, sich oft danach gesehnt hatte, dass er mit ihr tanzen ging, sie über eine Tanzfläche führte und ihr unverwandt in die Augen schaute, während die Musik spielte. Auch in all ihren gemeinsamen Lieblingsfilmen kulminierte das Geschehen stets in einem solchen Moment. Für Betsy gehörte das zu einer Liebesbeziehung einfach dazu. Wie konnte es angehen, dass er nicht mit ihr tanzen wollte? So gar keinen Wert darauf legte, sie umschlungen zu halten, ihr die Wange zu streicheln und ihren Duft einzuatmen?

Einmal hatte sie ihn sogar direkt dazu aufgefordert. Sie waren bereits verlobt; sie wartete darauf, dass seine Zeit als Assistenzarzt zu Ende ging und ihr gemeinsames Leben anfangen konnte. Er war dauererschöpft und übermüdet, ging aber trotzdem immer mit ihr aus, wenn es sein Schichtplan erlaubte.

Sie waren in seiner Wohnung, die er sich mit drei anderen Medizinstudenten teilte. Die Küche roch stark nach Kaffee und faulem Obst. Es war eine dunkle Wohnung, eine Schlafhöhle; in allen Zimmern waren die Jalousien immer heruntergelassen, und der einzige Raum mit einer Glühbirne war das Badezimmer. Normalerweise kam Paul bei Betsy vorbei, wenn er wach war und nicht arbeiten musste, aber an diesem Tag hatten sie kurz bei ihm vorbeigeschaut, weil er sich umziehen wollte. Mit in die Hüfte gestemmten Händen sah sie zu, wie er nach einem zueinander passenden Paar Socken suchte. Schließlich stampfte sie mit einem ihrer flachen schwarzen Ballerinas auf dem Holzboden auf und sagte, sie fände, es sei höchste Zeit, dass er mal mit ihr tanzen ginge.

Paul lächelte, legte die Arme um ihre Taille und neigte den Kopf hinab, so dass sie seine ruhigen, gleichmäßigen Atemzüge an ihrem Ohr spüren konnte. Er hielt sie umarmt, bis ihr Atem ebenso ruhig ging wie seiner. Dann fing er an, sich unmerklich zu wiegen. Summte er tatsächlich leise vor sich hin? Oder war das nur das Surren des Deckenventilators über ihnen? Betsy spürte seine Arme an ihrem Körper, ganz intensiv, und folgte seiner langsamen, gemächlichen Bewegung.

Schon nach wenigen Sekunden, ehe sie auch nur den Kopf an seine Schulter gelegt hatte, spürte sie, wie er in Höhe ihres Nabels steif wurde. Im selben Moment hielt er inne und legte ihr die Lippen direkt ans Ohr. »Siehst du?«, sagte er mit gespielter Niedergeschlagenheit. »Unmöglich. Tanzen ist nur was für geduldige Männer. Also nichts für mich.«

Durch die Ränder der Jalousie am Fenster hinter ihm drang in dünnen Streifen das Tageslicht herein und bildete eine Art goldenen Rahmen für den Augenblick. Sie hielt ihn darin umarmt, während er sie entkleidete, ohne sie dabei loszulassen.

Und später, als die Kinder klein waren und sie den Eindruck hatte, dass er längst nicht mehr so ungeduldig war wie früher, hielt er sie pflichtschuldig umschlungen, eine langgezogene Umarmung eher als ein Tanz, und tat sein Bestes, um ihre nagenden Zweifel zu zerstreuen. Um sie an eine Zeit zu erinnern, als sie diese Zweifel noch nicht hatte.

»Na ja«, sagt Betsy jetzt, während sie das Fenster wieder hochkurbelt.

»Ja, was ist?«, fragt Martin.

»Oliver hat Wort gehalten. Er ist tatsächlich gekommen«, sagt Betsy verwundert. Erschreckend, wie sehr sie sich daran gewöhnt hat, dass auf ihren Sohn sonst nur selten Verlass ist.

»Mmm. Vielleicht wird er ja doch endlich erwachsen.« Martin hält an einer Kreuzung. »Das soll vorkommen, habe ich gehört.« Er sieht sie an und schmunzelt. »Wirklich. Auch noch mit achtundzwanzig.«

Sie lächelt.

Er versucht es erneut. »Es heißt doch, die Dreißig wäre die neue Zwanzig. Wie alt sind wir denn dann? Sechzig, aber in Wahrheit vierzehn?«

Sie lacht, fragt sich aber insgeheim, ob Oliver wohl jemals erwachsen wird. Wird er je akzeptieren, was geschehen ist, und endlich den Blick nach vorne richten? »Kann schon sein«, sagt sie und legt Martin die Hand auf den Arm, um in die Gegenwart zurückzukehren. In die Realität.

2

Oliver hat eine Zweizimmerwohnung von sechzig Quadratmetern Wohnfläche in der Nähe der Uni gemietet. Sein Büro befindet sich in einem der beiden Zimmer, an dessen Tür er ein selbstgefertigtes Schild mit der Aufschrift *Blick zurück auf altes Glück* angebracht hat. So lautet der Name seiner kleinen Firma. Früher ist er tagsüber in einem städtischen Lieferwagen zwischen den vier Büchereien im County gependelt, hat Bücher und Büromaterial angeliefert und gelegentlich auch beim Einräumen geholfen. Vor einem halben Jahr aber ist seine Stelle Kürzungen im städtischen Etat zum Opfer gefallen. Nunmehr ohne festes Einkommen und ohne sonstige Aussichten, befestigte er ein Schild mit der Aufschrift *Geöffnet* an der Tür des zweiten Zimmers. Wie eine Einladung hängt es unter *Blick zurück auf altes Glück* und erinnert Oliver daran, sich voll und ganz der Aufgabe zu widmen, verlorengegangene Dinge zu finden – Erinnerungen, Andenken – und sie, minutiös erfasst und etikettiert, in einer Datei zu sammeln, in der er jederzeit herumstöbern kann.

Außerdem hat er ein Schloss an der Tür angebracht, aber weniger aus Sicherheitsgründen – obwohl es einen Einbrecher schon kurzzeitig aufhalten könnte – als der Symbolik wegen. Weil es die Ernsthaftigkeit seiner Bemühungen unterstreicht. Wenn er morgens das Schloss an der Tür seines zweiten Zimmers aufschließt, weiß Oliver, dass jetzt der Arbeitstag anfängt.

Die Büroausstattung besteht aus einem Eckschreibtisch mit seiner Computeranlage sowie einem Bücherregal an der Wand, das vollgestopft ist mit Videobändern, DVD-Rohlingen, massenhaft CDs und einer Schachtel Kleenex. Wo sonst vielleicht ein Bett stehen könnte, befindet sich ein Sofa samt Couchtisch. Ein schwarzes Rollo vor dem Fenster sperrt das Tageslicht aus. Oliver schaltet seinen Computer an, ebenso die Kassettendecks und Lautsprecher und eine schummrige Lampe neben dem Sofa. Simsalabim! Das Büro ist geöffnet.

Momentan hat er nur ein Projekt, an dem er arbeitet. Es ist fast abgeschlossen und macht ihm sogar Spaß. Klar, viel lieber würde er den ganzen Tag seine eigenen abgedrehten Videos voller Daseinsangst produzieren. Aber Oliver ist einfach nur froh, dass er nicht in einem Supermarkt arbeiten oder kellnern muss, um seine Rechnungen bezahlen zu können. Und ab und zu hat er schon das Gefühl, dass seine Arbeit durchaus auch etwas mit Kunst zu tun hat. Was er aber niemals laut sagen würde, weil ihm das anmaßend vorkäme. Als würde er plötzlich den Weinkenner spielen und nur noch Sushi essen.

Die meisten seiner Freunde, die noch in der Stadt leben, gehen anspruchslosen Jobs nach und haben sich von den Träumen ihrer Jugendzeit komplett verabschiedet. Damals an der Highschool und später am College haben sie ihre eigenen Skateboard-Filme und improvisierten Videoinstallationen fabriziert, die über die Großleinwand des Footballstadions flimmerten, Bands gegründet, die in der Stadt vor ausverkauftem Haus spielten, und wirkten einfach nur cool, ohne sich sonderlich anstrengen zu müssen. Sie hielten sich für die künftigen kulturellen Leitsterne ihrer Generation und dachten, sie könnten ihre Verrücktheiten und Scherze einem größeren Publikum ebenso mühelos diktieren wie schon ihrem Publikum zu Schulzeiten. In der Stadt waren sie die heimlichen Stars, und es schien nichts dagegen zu sprechen, dass ihnen irgendwann auch der größere Durchbruch gelingen würde. Im Grunde dachten sie, sie könnten mit dieser Art Faxen ihr Leben lang weitermachen und damit auch noch Geld verdienen. Jetzt, wo sie auf die dreißig zugehen, leben sie meist in ärmlichen Verhältnissen und sind verbittert. Die Haarpracht lichtet sich, der Bierbauch wölbt sich, der Traum vom Berühmtwerden ist endgültig ausgeträumt. Sie verdingen sich in irgendwelchen Jobs und leben eigentlich nur für den Feierabend; dann besorgen sie sich etwas zu essen bei Taco Bell, fahren nach Hause, schalten den Fernseher an und lassen sich von Sitcoms berieseln, in denen die Schauspieler all den Blödsinn machen, den sie früher selbst immer gemacht haben, allerdings ohne dafür bezahlt zu werden.

Oliver dagegen hat immer schon etwas andere Pläne verfolgt.

Er setzt sich an den Computer und öffnet die Datei, der er den Namen *Keinen Tag länger* gegeben hat. Von diesem Projekt hat Oliver, wie so oft, wenn ihn das Bildmaterial inspiriert, zwei Versionen erstellt. Einen Director's Cut für sein Archiv, seine private Sammlung, die er nur Mary vorführt, und eine Version, die auf die Wünsche seiner Auftraggeber zugeschnitten ist. In der Regel unterscheiden sich die Versionen durch ihren Montagerhythmus.

Beim Schnitt eines Gedächtnisvideos für die Angehörigen achtet Oliver auf einen getragenen, langsamen Rhythmus, der länger bei einzelnen Aufnahmen verweilt, bisweilen sogar unter Einsatz von Zeitlupe: das lächelnde Gesicht, das Winken, der Kuss. Damit soll dem Tod gleichsam Trotz geboten werden, indem er unwirklich erscheint, unmöglich. Die Übergänge zwischen den Bildern gestaltet Oliver fließend, durch Überblendungen und Weichzeichner. Keine harten Schnitte. Es soll tröstlich wirken, melodisch, rhythmisch. Wie ein Schlaflied. Oder ein Kirchenlied.

Der Director's Cut dagegen ist eher atonal. Unterlegt ist er nicht mit der von der Familie ausgewählten Musik (in der Regel Balladen oder Instrumentalstücke), sondern mit Tonaufnahmen, die Oliver selbst gemacht hat. Diesmal ist es eine Collage der nächtlichen Geräusche in seinem Garten. Zirpende Grillen,

Motten, die gegen die nackte Glühbirne draußen auf der Veranda prallen, Vögel, die in den Bäumen rascheln, das Jaulen eines Hundes, das Kratzen von Zweigen an seiner Regenrinne. Kombiniert werden diese verstärkten Geräusche mit schnellen, harten Schnitten, Grafiken und Spezialeffekten, ohne irgendwelchen Weichzeichner. Der Film ist als Konzeptfilm gedacht, als Kommentar über die menschliche Existenz, die lediglich ein kurzes Aufflackern im großen Kosmos der Natur darstellt. Indem er zum Beispiel das verschwommene Bild von der dreijährigen Nonny in schwarz-weißen Schuhen durch eine von Hand gekrakelte Linie mit dem Bild der Alte-Damen-Schuhe verbindet, die sie bis zu ihrem Ableben im Spätsommer des vergangenen Jahres zu tragen pflegte, möchte Oliver etwas über Veränderung aussagen. Dies ist seine Theorie über die Zeitdehnung, darüber, dass der Tod nicht punktuell eintritt, sondern nach und nach, im Grunde die ganze Zeit über. Wären wir doch bloß dazu im Stande, die Relativität der Zeit zu erkennen, ohne Bildmaterial digitalisieren und mit verschiedenen Geschwindigkeiten abspielen zu müssen. Wäre Nonnys Tod dann nicht sogar schon in den schwarz-weißen Schuhen dieses kleinen Mädchens vorherzusehen? Und könnte nicht auch ihre Tochter, die winzig kleine Eizelle, die dereinst von dem winzig kleinen Spermium gefunden würde, schon genau hier mit diesen schwarz-weißen Schuhen ihren Anfang nehmen? Er fügt der Zeitlinie auf seinem Computer eine weitere Ebene hinzu, indem er eine Eizelle und ein Spermium zeichnet, die sich auf dem schimmernden Lackleder des Schuhs vereinigen.

Oliver hat noch keinem seiner Kunden einen Director's Cut vorgeführt. Bei Nonny aber, der verstorbenen alten Frau, hat er das sichere Gefühl, dass sie dieser Version durchaus etwas hätte abgewinnen können. Trotz ihrer Alte-Damen-Schuhe hat ihr Blick etwas Jugendliches. Von Müdigkeit, Ungeduld oder Bereitschaft für das Ende keine Spur.

Ihr Vater, der Drehbuchautor in Hollywood war, hat von den Zwanzigerjahren an körnige 16-Millimeter-Aufnahmen von ihr gemacht. Schon als Dreijährige strahlt sie dieselbe übermütige Lebensfreude aus, die sie sich bis ins hohe Alter bewahren sollte.

Es gibt eine Filmszene, die, ungeachtet der Kratzer, so zauberhaft schön ist, dass Oliver sie in der offiziellen Version extra langsamer laufen lässt. Nonny geht mit einem Kleinkind auf dem Arm über eine kleine Brücke in einem Park. Sie dürfte um die dreißig sein. Neben der Brücke ragen in geringer Höhe die Äste eines Baums über das Wasser, dicht belaubt und voller Blüten. Das kleine Kind, wahrscheinlich Nonnys Tochter, die Frau, die Oliver die Kisten voller Filme und Fotos vorbeigebracht hat, streckt die Hand nach dem Baum aus. Der Film ist in Schwarz-Weiß, deshalb kann Oliver nicht erkennen, was für ein Baum es genau ist, aber die Blüten sind sehr klein, wie bei der Chinesischen Wildbirne. Das Kind rupft eine einzelne Blüte von einem Zweig und hält sie Nonny vor den Mund, wie um sie damit zu füttern.

Nonny trägt einen Hut, der mit einem breiten Band unter ihrem Kinn festgebunden ist, ein elegantes Kleid und Pumps. Sonntagsstaat. Im Hintergrund sind Damen mit Handschuhen und Herren im Anzug und mit Fliege zu erkennen. Wie förmlich das Leben zu jener Zeit noch war, ist nicht zu übersehen.

Statt die Hand des Kindes sanft wegzuschieben, wie man es von dieser eleganten Frau erwarten würde, öffnet die Gestalt in Schwarz und Weiß ihren Mund und lässt sich die Blüte von dem Kind mitten auf die Zunge legen. Nonny birgt die Blüte in ihrem Mund, schließt die Lippen und lächelt. Dann wendet sie sich der Kamera zu und öffnet ihren Mund wieder. Da, auf ihrer Zunge, liegt die kleine Blüte, als wäre sie dort entsprossen. Sie schließt ihren Mund wieder, kaut kurz, schluckt und zeigt der Kamera und dem Kind dann ihren leeren Mund. Das Kind kichert fröhlich und klatscht in die Händchen. Nonny macht vor der Kamera einen Knicks, dann dreht sie sich um und spaziert über die Brücke davon, stilvoll und elegant. Als wäre es für Damen von Welt ganz normal, Blüten von einem Baum zu verspeisen, wenn sie ihnen angeboten werden.

Oliver würde diese Szene gerne irgendwo in seiner Schnittfassung unterbringen. Er wünscht, Nonny könnte sich seine Version ansehen und ihm einen Tipp geben, wie er es schaffen kann, sie ohne Rührseligkeit zu porträtieren. Denn sie ist hinreißend schön. Und liebenswert. Und wie sie auf das Kind eingeht, findet Oliver einfach nur bewundernswert. In ihrer Haltung kommt ein unschuldiges Staunen zum Ausdruck, das altmodisch wirkt, aber zugleich ganz zeitlos. Mit ihrem ureigenen Wesen würde sie die Stimmung dieses Films sofort ändern: aus Düsternis würde Licht.

Oliver ist verzaubert von ihrem Leuchten, kann aber nicht erkennen, was es genau für seinen Director's Cut bedeutet. Oder, im weiteren Sinne, für sein eigenes Leben. Wie passt es da hinein?

Sie klammert sich mit aller Kraft am Leben fest. Und dennoch. Eines Tages letztes Jahr im Herbst hat sie in einem Zimmer im Haus ihrer Tochter in einem Bett, das einst ihrem Vater gehörte, losgelassen.

Wir sterben alle. So viel ist Oliver klar. Was ihm aber nicht klar ist: warum das verborgen wird. Warum es in Medizinschränkchen versteckt und mit Laken zugedeckt wird, warum es von allen so peinlich berührt totgeschwiegen wird. Dies ist seine Art von Sentimentalität: eine unbändige Sehnsucht danach, das, was einmal war, zu rekonstruieren und sich erneut damit vertraut zu machen, sich mit den Folgen auseinanderzusetzen, die der Verlust unweigerlich nach sich gezogen hat. Nonny hätte vermutlich keine Scheu, ihm über jeden Aspekt ihres Todes – und ihres Lebens – Auskunft zu geben. Und über jede verschwundene Blüte von einem Birnbaum. Sie würde über alles sprechen, über das, was verlorenging, ebenso wie über das, was gefunden werden konnte.

Doch es ist ihre Tochter, die vorbeikommen wird, um die DVD abzuholen und einen Scheck für *Blick zurück auf altes Glück* auszufüllen. Sie wird damit nach Hause gehen, und dann? Wird sie die DVD irgendwo verwahren, bis ihr erstes Enkelkind geboren wird? Oder wird sie sich das Video jeden Abend ansehen, weil sie nicht der Versuchung widerstehen kann, den Geist dieser Frau wieder um sich zu haben? Oliver würde gern fragen – wüsste wirklich gerne –, welche Verwendung dieses Video finden wird, aber diese Frage erscheint ihm immer zu aufdringlich.

Er wirbt nicht per Anzeige für seine Dienste, verlässt sich ganz auf Mundpropaganda. Seit Neuestem darf er einen Stapel Flyer im Foyer des hiesigen Bestattungsunternehmens auslegen, was ihm aber bisher noch keine zahlende Kundschaft eingebracht hat.

Ein paar Leute haben angerufen, um anzufragen, ob er auch die Beerdigung filmen würde, entweder direkt am Grab oder die Trauerfeier in der Kirche. Es wäre leicht verdientes Geld, das einfach alles zu filmen, aber Oliver ernährt sich lieber einen Monat lang von Nudeln, als den Kameramann bei Beerdigungen zu spielen.

Er hat den Anrufern eine Paketlösung vorgeschlagen: Er wäre dazu bereit, die Beerdigung zu filmen, wenn er zugleich ein Gedächtnisvideo erstellen dürfte. Sie müssten ihm bloß Fotos, Videoaufnahmen, Gedichte und Musik zur Verfügung stellen, dann würde er daraus eine Montage ihrer liebsten Erinnerungen an den Verstorbenen zusammenstellen, abgerundet durch die Aufnahmen der Totenfeier und Beerdigung. Zu einem Pauschalpreis.

Aber das haben alle Anrufer abgelehnt. Sie wollten bloß einen Kameramann, keinen Dokumentarfilmer.

Diese Anfragen haben ihn noch tagelang geärgert. Woher dieser Drang, lieber eine Beerdigung aufzeichnen zu lassen als ein Leben?

Leb wohl und leb wohl und nochmals leb wohl? Eine Tatsachendokumentation für die Nachwelt?

Schon Videos von Hochzeiten findet Oliver dämlich. Ohne Filmmaterial vom ersten Kennenlernen, von Missverständnissen und Offenbarungen, von der Leidenschaft, vom Heiratsantrag – was besagt eine Hochzeit da schon? Das gemeinsame Leben macht die Liebesgeschichte aus. Nicht die Zeremonie, durch die sie sozusagen legalisiert wird.

Bisher hat ihn noch niemand gebeten, eine erste Verabredung zu filmen, einen ersten Kuss, einen ersten Streit. Auch die Interessenten von Bestattungsunternehmen wollten bisher immer nur Beerdigungen filmen lassen.

Tag für Tag. Nacht für Nacht. In kleinen, nicht dokumentierten Momenten offenbart sich im Laufe der Zeit die Wahrheit über den Verlust, ganz wie die Wahrheit über eine Ehe. Langsam entdeckt man, was sich verändert hat und was nicht. Man begreift, dass das Leben nie wieder so sein wird wie zuvor, auch wenn man noch dieselbe Kleidung trägt, dasselbe Handtuch benutzt und denselben Haarschnitt hat. Die Menschen um einen herum trinken weiter Kaffee, versenden Post und lachen sogar. Alles ist genau wie immer. Außer, dass nichts mehr so ist wie immer.

Auch das wäre eine Herausforderung: ein Video über die ersten Tage der Trauer. Was für Aufnahmen würde er dazu verwenden?

Oliver schaut sich noch einmal den Director's Cut von Nonnys Video an, justiert hier und da den Ton noch etwas nach und entscheidet dann, dass beide Versionen fertig sind. Er legt das Projekt beiseite, um sich auf die erste Begegnung mit seiner neuesten Kundin vorzubereiten, Mrs Wilcox.

Sie ist keine freundliche Frau. Lächelt nie als Erste, lächelt überhaupt nur selten. Viele Leute gehen ihr aus dem Weg, aus einem diffusen Unbehagen über ihre Lebensumstände und ihre ewige Bittermiene. Ihre auffallend vierschrötigen Kinnbacken sind immer aufeinandergepresst. Sie hat große Augen mit schweren Lidern, aus denen sie die Welt ohne Nachsicht betrachtet. Es ist ihr anzusehen, dass sie jedem einzelnen Menschen, der ihr über den Weg läuft, die Schuld an ihrem eigenen Unglück gibt.

Oliver aber stört sich nicht an ihrer Verbitterung. Die Kunden, mit denen er zu tun hat, sind nur selten fröhlich oder gesprächig. Vom Ausdruck der Trauer lässt er sich nicht einschüchtern.

Als er Mrs Wilcox an der Tür in Empfang nimmt, begrüßen sie sich mit einem Händedruck und halten sich ansonsten nicht lange mit Förmlichkeiten auf. Oliver führt sie in sein Büro und lädt sie ein, auf dem Sofa Platz zu nehmen. Er setzt sich auf seinen Bürostuhl und wendet sich ihr direkt zu. Sie drückt ein Fotoalbum an sich.

»Videoaufnahmen haben wir keine gemacht«, stellt sie einleitend klar.

»Nein?«, sagt Oliver, während ihm schon vor den zig Überblendungen graut, die dann erforderlich werden.

»Keine Ahnung, warum nicht. Keiner von uns hatte da wirklich …« Sie lässt den Blick durchs Büro schweifen, als hätte sie keine Lust, nähere Erklärungen abzugeben.

»In Ordnung. Ist kein Problem. Aber um dem Video eine gewisse Dynamik zu verleihen, werden wir noch andere Elemente benötigen. Mehr als nur ein Fotoalbum«, sagt er und deutet auf das Album auf ihrem Schoß.

»Das haben Sie mir vermutlich schon am Telefon gesagt«, sagt sie ungerührt.

»Ja. Wir haben über Musik geredet, über gesprochene Texte,

andere Bilder, die Sie jetzt nachträglich auf Video aufnehmen könnten. Zum Beispiel Lieblingsorte oder Landschaften oder …«

Mrs Wilcox sieht ihn verständnislos an.

»Soll ich Ihnen mal ein paar Arbeitsproben zeigen, Mrs Wilcox?«

»Sie wissen, dass Sie genau wie Ihr Vater aussehen, oder?« Es klingt fast vorwurfsvoll.

Oliver blinzelt. »Ja, habe ich schon öfter gehört.« Normalerweise lässt Oliver sich keine Gelegenheit entgehen, über seinen Vater zu reden. Aber hier liegen die Dinge anders. Mit ihr möchte er eigentlich nicht über seinen Vater sprechen. Darüber, was sein Vater für sie getan hat.

Stattdessen dreht er sich mit seinem Stuhl herum und schaltet den Monitor gleich neben seinem Schreibtisch an. Oliver legt sein Demo-Band ein, einen Zusammenschnitt aus verschiedenen Videos, die er für Kunden erstellt hat. Zu Beginn ist der Bildschirm schwarz, es erklingt eine – eher amateurhaft – auf dem Klavier gespielte Bach-Sonate. Schon bald löst sich das Schwarz auf und geht in das Bild eines älteren Mannes über, der von einem Klavierschemel aus in die Kamera lächelt.

»Genug«, sagt Mrs Wilcox. »Ich bin nicht interessiert an anderer … Leute …« Ihr will das passende Wort nicht einfallen.

»Videos?« Oliver bricht die Vorführung ab.

»Ja. Genau.«

»Ich wollte Ihnen bloß demonstrieren, was ich so alles machen kann.«

»Oh, ich weiß, was Sie alles *so* machen. Armselig, im Grunde. Etwa nicht? Alte Frauen wie ich. Die Männer sterben immer als Erste.«

Kurz herrscht betretenes Schweigen.

Sie sieht auf das Album, das sie mit den Händen umfasst hält, und fährt fort. »Als Mädchen schwärmen wir für die älteren

Jungen. Bei ihnen fühlen wir uns so sicher, so geborgen, so gut aufgehoben. Und dann sterben sie alle vor uns und hinterlassen uns Berge von Werkzeug, von dem wir nichts verstehen, und Schränke voller nutzloser Krawatten.« Sie lacht, aber es klingt künstlich und freudlos.

»Entschuldigung. Habe ich Sie recht verstanden? Ich dachte, in diesem Video sollte es um Ihre Tochter gehen.«

»Ja, richtig«, sagt Mrs Wilcox unwirsch. Bei ihrem schroffen Tonfall fällt es schwer, zu glauben, dass sie jemals jemanden geliebt hat. »Meine Tochter. Jetzt, wo Roger nicht mehr lebt, habe ich niemanden mehr. Niemanden, der sie kannte und mir helfen könnte, mich zu erinnern. So viel von ihr, das aufs Neue verschwunden ist, als er gestorben ist. Zu vergessen, das ist das Allerschlimmste.«

Oliver nickt. Auch er hat Angst vor dem Vergessen, davor, dass die wenigen Erinnerungen, die er hat, weiter verblassen.

Das Rollo am Fenster ist immer heruntergezogen, damit der Monitor umso heller leuchtet und gut zu erkennen ist. Aber jetzt ist der Monitor schwarz, und die Dunkelheit des Raumes macht ihr gemeinsames Schweigen erträglich. Irgendwie wäre es ungehörig, dieses Schweigen zu brechen, ungefähr so, als würde man in der Kirche oder im Theater dazwischenquatschen. Also starren sie beide vor sich hin, ohne etwas zu sehen.

Oliver lässt eine Erinnerung Revue passieren, an die er häufig denkt: wie er mit Mary zusammen in dem Holzapfelbaum hinter seinem Elternhaus saß, neben dem Haus, in das sie bald umziehen sollten, nachdem ihre Mutter Mr Nice Guy geheiratet hatte. Der Tag hatte einmal mehr mit einem langen, faulen Vormittag begonnen, den sie damit verbrachten, an den kleinen, bitteren Äpfeln herumzunagen, zwischen den Ästen herumzuklettern und Stücke dicker grauer Rinde vom Stamm abzuschälen. Ein ganz normaler Sommermorgen wie so viele andere. Man weiß nie, welcher Tag es sein wird, der das eigene

Leben in zwei scharf getrennte Abschnitte zerteilt: Davor und Danach. Dies war der letzte unbeschwerte Tag.

Sie beratschlagen, denken sich Namen aus. Frederick. Skywalker. James. Percival. Mary führt eine Liste. Ihr rosafarbenes Notizbuch ist aufgequollen und brüchig, weil sie es einmal nachmittags auf der Veranda vergessen hat und es dem starken Sprühregen des neuen Rasensprengers zum Opfer gefallen ist, der sich mitten in der Nacht von alleine anschaltet.

Oliver beobachtet eine Gruppe Kinder aus der Nachbarschaft, die sich im Nachbargarten versammelt haben, um Verstecken zu spielen. Sie sind älter als er. Älter als Mary. So ungefähr zwölf. Ihre Stimmen dringen laut herüber, sie überspielen ihre Unsicherheit durch Patzigkeit, die aus ihnen hervorschießt wie leicht entflammbares Benzin.

Sie wimmeln planlos und unentschlossen im Garten herum. Keiner will den Schwarzen Peter.

Sie schubsen sich gegenseitig und lachen dann übermütig, berauscht von dem kurzen Körperkontakt. Schließlich erklärt sich ein Junge bereit, die Rolle des Suchers zu übernehmen. Er ist flink, das sieht Oliver, kräftig und mit beweglichen Schultern. Wird auch nur einer es schaffen, ihm zu entwischen und zur sicheren Station zurückzugelangen?, fragt sich Oliver.

Das könnte aufregend werden.

Normalerweise gibt es von hier oben nicht viel zu sehen. Die Dächer der Nachbarhäuser ringsherum, auf denen sich die Lüftungszylinder aus Aluminium drehen wie tanzende kleine Roboter. Die Terrassen und Veranden, wie sie die meisten Häuser hier haben, sind vollgerümpelt mit rostigen Gartenstühlen, Dreirädern, knautschigen alten Bällen und großen Schalen mit trübem Wasser für die Hunde. In Olivers Siedlung tut sich kaum je etwas Aufregendes.

Bis jetzt.

Alle Kinder schwärmen aus, bis auf den Jungen, der mit geschlossenen Augen in der Mitte des Gartens stehen bleibt. Aus seinen geballten Fäusten sprießen Finger hervor, während er bis zehn zählt.

Von seiner Beobachterposition aus zollt Oliver den guten Verstecken Anerkennung – hinter dem Schuppen, unter der Veranda, in der leerstehenden Hundehütte – und verdreht die Augen über all jene, die es weniger geschickt anstellen: sich hinter den dünnen Stamm einer Esche stellen, in ein Beet mit Stauden oder, am schlimmsten, sich einfach auf den Rasen kauern, weil eine Stimme ausruft: *Eckstein, Eckstein, alles muss versteckt sein!*

Eins der Mädchen, mit dicken schwarzen Haaren, kennt Oliver aus dem Schwimmbad, Patty Wilcox. Sie hat mit Abstand das beste Versteck gefunden: unter der Abdeckplane des Grills, die über dem Terrassengeländer hängt. Genau dort hätte sich Oliver auch versteckt, wenn er hätte mitspielen dürfen. Sie klettert durch das Geländer, kriecht unter die Plane und zerrt sie dann mit einem Arm über sich, damit sie so dahängt wie zuvor.

Oliver bekommt Herzklopfen vor Aufregung, als er sieht, wie sie verschwindet. Er kann sich vorstellen, wie es dort unter der Plane ist, wie sich ihre Augen langsam an die Dunkelheit gewöhnen, während sie von außen die Geräusche aus dem Garten hört. Kann sich vorstellen, wie sie von ihrem eigenen heißen, feuchten Atem ins Schwitzen gerät.

Der Junge, der den Sucher spielt, kommt ihrem Versteck entsetzlich nahe, streift mit den Fingerspitzen über den Grill. Doch er geht ahnungslos weiter.

Eine Entdeckung nach der anderen wird gemacht, die gefundenen Kinder rennen kreischend in Richtung der rettenden Station, doch kein einziges schafft es bis dorthin. Jedes Mal, wenn wieder jemand entdeckt wurde, drückt Oliver Patty Wilcox fester die Daumen. Bald sind alle aufgestöbert. Aber nicht Patty. Sie haben keine Ahnung, wo sie sie suchen sollen.

Auf einmal bekommt Oliver Angst, ist sich sicher, dass jetzt jeden Moment eins der anderen Kinder, die halbherzig im Garten herumsuchen, die Plane hochreißen und schreien wird: »Ich hab dich gefunden. Ich wusste es. Ich hab dich gefunden.«

Aber das geschieht nicht.

Er behält die Segeltuchplane genau im Auge, um womöglich eine Bewegung auszumachen, ein Zeichen ihrer Atmung. Aber die Plane hängt ganz still über dem Geländer. Ist sie vielleicht schon, von Oliver unbemerkt, darunter hervorgeschlüpft und hat sich an die Station retten können?

Dann, direkt unter dem Rand der Plane, entdeckt Oliver ihren Schnürsenkel. Sie hockt noch immer dort. Aber sie rührt sich nicht.

Nach einer Weile haben die anderen keine Lust mehr, das Mädchen zu suchen. Ohne jede Warnung lassen sie sie – mit ihrem großartigen Triumph – einfach im Stich, huschen einer nach dem anderen zum seitlichen Gartentor hinaus, wie Hunde, die eine neue Witterung aufgenommen haben, der Garten liegt menschenleer und still hinter ihnen.

Oliver ist fassungslos. Wie können sie sie einfach so zurücklassen? Die Siegerin? Hätte sie nicht Anerkennung verdient, Glückwünsche?

Aber im Garten ist es totenstill. Das Spiel ist vorbei.

Oliver überlegt, ob er ihr zurufen soll, dass sie gewonnen hat. Stattdessen hört er seiner Schwester zu, die immer noch neue Namen in ihr Büchlein schreibt.

»Jake. Stewart. Duke. Ich habe mir immer einen Duke in der Familie gewünscht. Das klingt so vornehm. Was hältst du davon, Oliver?«

Oliver zuckt die Achseln, während er weiter den Garten im Auge behält. »Famose Sache«, sagt er, genau so, wie sie ihm eingepaukt hat zu antworten, wenn ihm nichts Besseres einfällt.

Das Mädchen kommt nicht heraus. Weiß sie, dass ihre Freunde fort sind? Ihr muss doch auffallen, wie still es auf einmal im Garten ist. Hat sie, zusammengekauert im Dunkel, das Spiel vergessen? Wenn sie nicht bald herauskommt, kann sie die anderen nicht mehr einholen. Dann verpasst sie den restlichen Spaß des Tages.

Oliver wird langsam mulmig zumute. Ist ihr etwas passiert? Hat sie sich verletzt, ist ihr übel? Was, wenn sie da drunter stirbt? Was, wenn das die Folge des Nichtgefundenwerdens ist? Wenn man nur leben kann, wenn es jemanden gibt, der einen gern hat, der sich Sorgen um einen macht, der einen überall sucht und nicht aufgibt. Oliver rückt auf die Mauer zu, ernsthaft entschlossen, in den Garten hinunterzuspringen, zu ihr zu laufen und sie unter der Plane zum Vorschein zu bringen. Sie zu finden. Sie zu retten.

Als er sich gerade zum Sprung bereit macht, sieht er, wie sich die Plane zu bewegen beginnt.

Langsam schiebt sie sie beiseite und lugt in den Garten hinaus. Die Haare hängen ihr übers Gesicht, eine zusätzliche Tarnung. Als sie jedoch merkt, dass niemand nach ihr sucht, wirkt sie auf einmal verlegen und springt rasch von der Veranda, wischt sich die Knie sauber und streicht sich das Haar zurück, wie um ihre Würde wiederherzustellen.

Oliver kann vor Begeisterung nicht an sich halten. »Hey, du da unten. Gutes Versteck. Ich habe alles mit angesehen. Du hast gewonnen!«, ruft er ihr zu.

Sie schaut zu Oliver hoch, lächelt spontan und wird rot. Sie hebt die Hand, als wollte sie ihm zuwinken.

Oliver würde sie am liebsten einladen, zu ihm auf den Baum zu klettern und sich ihr Versteck von seiner Warte aus anzusehen, aber da steht Mary auf, weil sie wissen will, mit wem ihr Bruder da spricht. »Wer? Hat was gewonnen?«, fragt sie, mit den nackten Füßen den Ast umgreifend, und späht über Olivers Kopf hinweg.

Sobald Marys Gesicht zwischen den Blättern auftaucht, geht

mit dem Mädchen eine Wandlung vor sich. Sie ist älter als Oliver und Mary und scheint sich auf einmal ihrer Verlassenheit zu schämen, die sie beide mitbekommen haben.

»Scheiße«, flucht sie und versetzt der Plane am Geländer einen Tritt. »Was gibt's denn zu glotzen, hä?« Sie zieht aggressiv die Oberlippe hoch und stemmt die Hände in die Hüften.

»Keine Ahnung«, sagt Mary, ohne sich von ihr einschüchtern zu lassen. »Hängt von dir ab.«

Oliver wird ganz kalt bei dem Gedanken, dass er einen Streit verursacht haben könnte. »Ich hab euch bloß beim Spielen zugesehen. Beim Versteckspielen, meine ich. Mehr nicht. Dein Versteck war gut. Toll sogar. Keiner hat dich gefunden.« Er strahlt über das ganze Gesicht, weil er sich immer noch so für sie freut.

»Spionierst du öfter anderen Leuten hinterher? Weil das nämlich ungezogen ist, weißt du.« Sie tritt von einem Fuß auf den anderen, die Hände weiter in die Hüften gestemmt.

»Reg dich mal ab!«, schreit Mary zurück. »Spione arbeiten im Dienst von Königen und Königinnen. Beschützen die Krone, beschützen Ihre königliche Hoheit. Noch nie von Nullnullsieben gehört?« In letzter Zeit interessiert sich Mary brennend für das britische Königshaus. Sie haben sich James-Bond-Filme, Dokumentationen und sogar die Hochzeit von Charles und Diana angeschaut. Sie spart ihr Geld, um sich britische Boulevardzeitungen zu kaufen, die es hin und wieder im Supermarkt gibt, und bemüht sich darum, mit feinem britischem Akzent zu sprechen.

Patty nimmt die Hände von den Hüften. »Missgeburten«, sagt sie, zeigt Oliver und Mary den Mittelfinger und rennt dann los, den Stimmen hinterher, die sich, schon ein Stück die Straße hinab, noch schwach vernehmen lassen. Später an jenem Nachmittag sollte sie tot sein.

Während er jetzt in seinem Büro sitzt und die tiefen Falten rings um Mrs Wilcox' Augen betrachtet, denkt Oliver an Nonny und die Zeichnung, die er für den Director's Cut zu ihrem Schuh gemalt hat. Wir sehen nie unsere Anfänge. Eine der vielen Eizellen, die ihren Ursprung tief in Mrs Wilcox hatten, wurde zu Patty, und die Eizellen, die Patty in sich trug, als sie vom Bear Peak in die Tiefe stürzte, waren in ihren Eierstöcken bereits vorhanden, als sie sich noch in Mrs Wilcox' Gebärmutter befand. Bei der Obduktion müssten Olivers Vater diese unauffälligen weißen Organe aufgefallen sein.

Erst viel später erfuhr Oliver, warum sein Vater an jenem Tag, den er eigentlich mit seinen Kindern verbringen sollte, während ihre Mutter bei ihrem Nähzirkel war, ins Krankenhaus gerufen wurde. Patty Wilcox hatte beschlossen, sich mit einer gestohlenen Packung Zigaretten allein auf den Gipfel des Bear Peak abzusetzen. Dann war sie gestürzt. Die Haut an ihrem Hinterkopf war aufgeplatzt, und aus irgendeinem Grund geriet die Gewissheit ins Wanken, dass es sich um einen Unfall handelte. Es war also eine Autopsie erforderlich. Man musste Dr. Finley herbeitelefonieren.

Oliver und Mary hatten sich auf der Veranda gegenübergesessen, ein Kartenspiel in der Mitte, und ihre Pokermiene trainiert.

»Pik-Ass«, sagt Oliver, spitzt krampfhaft die Lippen und bekommt vor Anstrengung ganz heiße Ohren. Mary verengt die Augen und mustert ihn scharf. Er weicht ihrem Blick nicht aus, wie sonst so oft, wenn er eine Lüge zu kaschieren versucht. Nein, er reißt sogar unschuldig die Augen auf, die ebenso grün sind wie ihre: dunkelgrün wie die Kiefern, die hier im Hochland so üppig sprießen und ihre Zapfen auf das Metalldach fallen lassen, von dessen abschüssiger Fläche sie dann geräuschvoll nach unten kullern, wie ein leiser Trommelwirbel. Häufig, wenn sie sich unterhalten, hält ihr Vater unvermittelt inne, sieht zur Zimmerdecke hoch und sagt: »Trommelwirbel bitte«, in der Hoffnung, dass ein Kiefernzapfen seine Aussage gebührend unterstreichen möge.

Während Mary ihm forschend in die Augen sieht, um aus ihnen schlau zu werden, überlegt Oliver, welche Augenfarbe das

Baby wohl haben wird. Bestimmt eine andere als sie beide. Die Vorstellung eines ganz andersartigen Augenpaars verstärkt einerseits seine Zuneigung zu Mary und jagt ihm zugleich einen kleinen Schauer der Erregung über den Rücken, wenn er daran denkt, jemand Neues liebzuhaben. Das Baby, das nächste Woche zu ihnen kommt, wird ihnen allen kein bisschen ähnlich sehen. Seine Größe, Körperformen und -farben werden eine Überraschung sein, werden sie ihr Leben lang immer wieder neu überraschen. Es wird keinerlei Anhaltspunkte geben, kein biologisch vorgezeichnetes Schicksal in Richtung schütteres Haar, Sommersprossen oder Penicillinallergie. Das Baby, das zu ihnen kommt, wird ein Rätsel sein, das immer wieder neu zu lösen ist.

Ohne Vorwarnung bricht Oliver in wildes Gekicher aus.

Mary strahlt und nimmt den Kartenstapel an sich. »Hoffen wir, dass du nie in die Hände feindlicher Agenten gerätst. Du würdest unsere Geheimnisse im Nu preisgeben, Oliver.«

Er lässt sich auf die Seite rollen, weil er so sehr lachen muss. Sein hellblondes Haar, das den ganzen Sommer über noch nicht geschnitten worden ist, fällt ihm aus dem Gesicht und auf den Boden der Veranda. Mary streckt ihren nackten Fuß aus und gräbt ihn in seine Seite, dort, wo er besonders kitzlig ist. Er windet sich und krümmt sich, um ihren Angriff irgendwie abzuwehren. Jetzt muss sie ebenfalls lachen und wackelt drohend mit den Zehen. Oliver bewirft sie mit seiner Spielkarte. Sie wendet rasch das Gesicht ab.

»Aufhören«, kreischt er, rutscht von ihr weg und bemüht sich, wieder Luft zu bekommen. »Hör auf damit.«

Sie rührt sich nicht vom Fleck, droht ihm nur abermals spöttisch mit den Zehen, was nicht nur ihn, sondern auch sie zu neuen Lachstürmen reizt.

»Nicht«, presst er außer Atem hervor, dreht sich auf den Rücken und starrt hinauf zum blauen Himmel. Er hält sich die Augen zu, um sie nicht ansehen zu müssen. »Es stimmt, wirklich.

Es ist das Ass. Ehrenwort.« Seine Brust hebt und senkt sich heftig, während er um Atem ringt.

Mary dreht die Karte um. »Oliver!«

Sie klingt so entrüstet, dass sie beide von neuem losprusten. Beide bemerken sie nicht ihren Vater, der mit schräggelegtem Kopf in der offenen Verandatür steht und sie mit abwesendem Blick ansieht.

»Mary. Oliver. Ich muss zur Arbeit«, sagt er schließlich und bringt sie damit zum Schweigen. Mit offenen Mündern und geröteten Wangen schauen sie zu ihm hoch. »Soll ich Mom anrufen, dass sie herkommen soll? Oder meint ihr, ihr kommt auch eine Weile alleine klar?«

»Wir haben wieder an Namen gearbeitet, Daddy.« Mary gibt Oliver einen Stups in die Seite. »Stimmt's?«

»Cricket«, sagt Oliver lächelnd, die Wange an den kühlen Zement gedrückt. »Wir finden Cricket gut. Oder Skywalker.«

»Cricket Skywalker Finley? Was meinst du, Daddy?«

Ihr Vater steht mit den Händen in den Hosentaschen in der Tür. »Hm«, sagt er. »Das muss ich mir nochmal durch den Kopf gehen lassen. Könnt ihr beide euch ein Erdnussbutter-Marmeladen-Sandwich machen und keine Dummheiten veranstalten? Bis sechs dürfte ich wieder zurück sein.«

»Klar«, sagt Mary unbefangen, springt vom Boden auf und gibt ihm einen Kuss.

Oliver ist weniger angetan. »Erdnussbutter-Marmelade?«, mault er. »Das habe ich schon heute Mittag gegessen.«

»Tja, dann lass dir was einfallen, Oliver. Mach dir eine Dose Thunfisch auf. Oder iss eine Tortilla mit überbackenem Käse. Oder wartet auf mich. Ich mache euch etwas zu essen, wenn ich wieder da bin. In Ordnung?«

Oliver nickt. Er umarmt ihn in Hüfthöhe und spürt, wie der Gürtel seines Vaters sich gegen seine Stirn drückt.

»Schön brav sein«, ermahnt ihr Vater sie zum Abschied und

verschwindet dann. Sie hören, wie der Ranchero gestartet wird und surrend rückwärts aus der Auffahrt fährt.

Es ist ein Augenblick, der wie eingefroren in Olivers Kopf hängt, während sich im Dunkel zwischen ihm und Mrs Wilcox ein endloses Schweigen dehnt.

Hat Oliver an jenem Tag einen ganzen Teil seiner selbst verloren? Falls ja, welchen Teil? War es keine Veränderung, die sich unmerklich im Laufe der Zeit ergeben hat, sondern eher ein unmittelbarer, sofort spürbarer Einschnitt? Als würde einem Baum ein Ast abgeschnitten? Hätte eine solche Veränderung fotografisch erfasst werden können?

»Das hier«, sagt Mrs Wilcox schließlich und hebt leicht das Album an, »ist eins von zweien. Beide auf einmal kann ich Ihnen nicht geben. Wenn Sie mit diesem hier fertig sind, bringe ich Ihnen das andere vorbei.«

Oliver nickt. »Es wird nicht lange dauern. Ich scanne die Fotos einfach in den Computer ein. Wird nicht länger als einen Tag oder zwei –«

»Rufen Sie an, wenn Sie fertig sind.« Mrs Wilcox steht auf und legt das Album aufs Sofa.

Oliver begleitet sie zur Tür.

Draußen auf der Veranda bleibt sie noch einmal kurz stehen. »Sie sind gut gerüstet, nehme ich an«, sagt sie. »Für diesen Job.«

Oliver nickt. »Die Wunder der Technik.« Er sieht ihr nach, während sie davongeht, und erst da fällt ihm auf, dass er sie missverstanden hat.

Den restlichen Abend über scannt er Bilder von Patty Wilcox ein. Zuerst das Baby, klein und schmächtig mit einem rosa Häubchen auf dem Kopf, die Augen auf etwas jenseits der Kamera gerichtet. Dann das Kleinkind, übermütig lachend auf einem Schaukelpferd, die Zöpfe ganz verschwommen durch die Bewegung. Mit jeder Etappe verändert sie sich, aber Oliver erkennt das neugeborene Gesicht, das in ihr verborgen ist, durchgehend wieder. Er geht sehr vorsichtig mit den Fotos um, steckt sie jedes Mal behutsam zurück ins Album. Die oberen Ecken der einzelnen Seiten sind nahezu ausgefranst, der dünne Karton ist dort ganz grau und abgewetzt, weil er so oft berührt worden ist.

3

Missy Rolondo ist eine gepflegte Frau von fünfunddreißig Jahren. Mit ihrem Mann und den beiden Söhnen wohnt sie in einem großen, modernen Haus aus Stein, Glas und Metall mit einer atemberaubenden Aussicht nach Westen. Die grandiosen Sonnenuntergänge sind der Grund, warum sie sich so dafür eingesetzt hat, dieses Haus zu kaufen. Man kann auf einem Badefloß im Swimmingpool liegen und dabei zusehen, wie der weite Himmel über einem nach und nach die Farbe wechselt, von Blau zu Orange zu Violett und schließlich zu Schwarz. In letzter Zeit jedoch hat Missy Angst, ihren Bikini anzuziehen und die Kinder allein vor dem Fernseher zurückzulassen, während sie sich, mit einer Hand im Wasser plätschernd, im Pool treiben lässt.

Sie hat Angst, erklärt sie Mr Scrap, wegen allem, was passiert ist. Hinzu kommt, dass sie schlicht erschöpft ist. Sie schläft kaum noch. Und sie fühlt sich bedroht.

Sie befürchtet, dass ihr Mann, Andy Rolondo, den sie nach den drei romantischsten Monaten ihres Lebens am Strand von Santa Monica geheiratet hat, rückfällig geworden ist und wieder Kokain nimmt, trotz seiner Versicherung ihr gegenüber, dass er sich von dieser Sucht mit fünfundzwanzig in einer Einrichtung in Wyoming ein für alle Mal hat kurieren lassen. Er betreibt eine Kette von Nobelrestaurants, die strategisch über das ganze Land verteilt sind. Deswegen ist er ständig unterwegs und immer nur in unregelmäßigen Abständen zu Hause präsent. Die letzten sechs Jahre konnte Missy mit diesem unsteten Rhythmus gut leben. Wenn sie mal Abstand von den Kindern brauchte, standen Babysitter zur Verfügung. Und gerade weil er so viel fort war, sehnte sie jedes Mal umso mehr seine Rückkehr herbei. Das schöne, unterkühlte Haus erwachte nur dann so richtig zum Leben, wenn er da war.

Dies ist ihre Geschichte.

Weil sie nie sicher sein konnte, ob er nicht vielleicht einen Tag früher zurückkäme, um sie zu überraschen, machte sie sich jeden Tag sorgfältig zurecht. Sie freute sich immer wieder aufs Neue auf den Moment, wenn er heimkam und ihr als Beweis seiner Liebe ein Geschenk mitbrachte – Schmuck etwa oder frischen Hummer, einmal sogar einen Pelzmantel.

Und immer hatte er neues Spielzeug für die Jungen dabei. Der Kleine, ein Baby noch, bekam das nicht mit. Er kicherte nur übermütig, wenn Andy ihn in ihrer hohen Eingangshalle in die Luft warf, höher und immer höher. Andrew aber, der Ältere, ließ bereits Anzeichen von Sehnsucht erkennen, wie Missy es nannte. Immer wieder verfiel er ohne Vorwarnung in hysterische Tobsucht oder tiefe Traurigkeit, worauf sie ihm jedes Mal geduldig erklärte, dass Liebe sich eben manchmal so anfühlt. Alles in allem aber, beruhigte sie sich, konnte er mit dem Handel ganz gut leben. Sein Schrank voller Hightechspielsachen machte ein paar verpasste Baseballspiele oder Schwimmstunden allemal wett.

Andy sieht blendend aus, kleidet sich geschmackvoll und bewegt sich mit selbstsicherer Anmut. Wenn er lächelt, tritt ein sanfter Zug in seine braunen Augen, und es wird förmlich heller im Raum. Er hätte gut Theaterschauspieler oder Hollywoodstar werden können.

Er wechselt häufig das Auto, liebt neue Schuhe, neue Sonnenbrillen, ändert ständig seinen Geschmack, was Musik und Filme betrifft, und kann sich auch in der Kunst nie so recht entscheiden. Doch als er Missy auf der Interstate zwischen Phoenix und Denver einen Heiratsantrag machte, hat er ihr versichert, dass er sich bei ihr instinktiv sicher wäre, dass sie die Richtige ist, ähnlich wie bei der Auswahl von Köchen für seine Restaurants, bei der er sich ebenfalls ganz auf seinen Instinkt verlässt.

Darüber, dass er bis zu dem Tag, an dem sie sich kennenlernten – er im Zahnarztstuhl, lächelnd, sie über ihn gebeugt, sein Gebiss begutachtend –, ein ziemlich bewegtes Liebesleben geführt hatte, war sie vollauf im Bilde gewesen. Sie war dankbar dafür, dass er sie erwählt und damit zu dem einen wirklichen Fixpunkt in seinem Leben gemacht hatte.

Sie war zuverlässig, beständig, ein Gegengewicht zu all seinen Dramen und Exzessen. Ihr gemeinsames Leben würde ein ebenso glänzender Erfolg wie seine Karriere als Unternehmer, weil er einen Riecher für die Auswahl der richtigen Partner hatte. Wenn ein Koch eine Speisekarte zusammenstellen und die Gerichte Abend für Abend in gleichbleibend hoher Qualität herstellen konnte, war ihm eine dauerhafte Anstellung sicher.

Nicht anders bei Missy. Als Ehefrau von Andy Rolondo waren dieselben Qualitäten erforderlich wie bei einem Fünfsternechef: Beständigkeit, Nervenstärke und die Fähigkeit, mit ungewöhnlichen Arbeitszeiten klarzukommen.

Missy, die bis dahin noch nie für ihr zuverlässiges Naturell gelobt worden war, hatte das Gefühl, endlich den Sinn ihres Lebens gefunden zu haben. Nach so vielen öden, langweiligen Jahren, in denen die einzige Abwechslung darin bestand, jede Dreiviertelstunde bei Patienten Zahnstein zu entfernen, fand sie sich auf einmal in ein aufregendes neues Leben versetzt, von dem sie nie zu träumen gewagt hätte.

Andy überließ ihr die Auswahl des Hauses – es war sein erster fester Wohnsitz in dem Sinne, weil er bis dato lieber in noblen Luxuswohnungen in einer Reihe von Städten zur Miete gewohnt hatte. Für diesen Ort in den Bergen entschied sie sich, weil es hier eine ruhige, eher unspektakuläre Innenstadt gab, die ihren Mann nicht unnötig ablenken würde, wenn er zu Hause war. Und in die sie sich problemlos einfügen könnte, wenn er nicht da war.

Auch das Klima sagte ihr zu, weil Kinder hier vier klar unterscheidbare Jahreszeiten erleben konnten. Am wichtigsten aber: In der Gegend fühlte sie sich an das Haus ihrer Großeltern in Colorado erinnert, hoch oben auf einem Berg gelegen, am Ende einer gewundenen Schotterpiste. Als Kind hatte sie dort immer Käfer und Eidechsen gesammelt und die kleinen Teilchen in der Erde untersucht – Flöckchen, die aussahen wie Silber und Gold, Saatgut aus grauer Vorzeit und winzig kleine Kiefernzapfen. An anderen Orten wird so etwas niedergetrampelt und zubetoniert.

All das erzählte Missy Mr Scrap als Hintergrundinformation.

Gerade beim Hintergrund weiß man oft nicht, wo man aufhören soll. Wie weit man ausholen, wie sehr man in die Tiefe gehen soll. Während man dem Anwalt auf diesem Stuhl gegenübersitzt, wird einem auf einmal klar, dass im Grunde das gesamte eigene Leben, seit man in den Windeln lag, ganz logisch und folgerichtig zu diesem Augenblick hingeführt hat.

Sie könnte Mr Scrap erzählen, wie Andys Augen aussahen, während sie, angetan mit einem Mundschutz, seine Lippen mit behandschuhten Fingern behutsam wegdrückte und seine Zähne mit ihrem kleinen Werkzeug aus rostfreiem Stahl bearbeitete. Wie ihr gar nicht aufgefallen war, dass er ihr die Finger an den Unterarm gelegt hatte, bis er, vielleicht vor Unbehagen, sachte drückte. Da er nicht sprechen, seinen Charme nicht spielen lassen konnte, blickte er ihr tief in die Augen und drückte nur dann fester zu, wenn sie kurz wegschaute.

Mr Scrap hat schon unzählige solcher Geschichten gehört. Immer dasselbe im Grunde. Sie alle enden unglücklich. Damit verdient er sein Geld.

Dieses erste, einleitende Vorgespräch empfindet er inzwischen als anstrengendsten, ermüdendsten Teil des Tages. Für seine Mandantinnen jedoch ist es oft wertvoller als die Unterhaltssumme, die er am Ende für sie herausschlägt, oder der Anteil von der Pension des Ehegatten, den er ihnen sichern kann.

Er schafft es, seinen Mandantinnen mit so viel Geduld und Aufmerksamkeit zuzuhören, weil er sich bewusst ist, wie nahe er selbst einmal einem unglücklichen Ende gewesen ist. Keine Scheidung, sondern unerfüllte Liebe.

Bis heute ist er dankbar dafür, dass ihm ein solches Ende dank schierem Glück und perfektem Timing erspart geblieben ist. Doch insgeheim, ganz im Stillen, empfindet er auch Angst.

Jeden Tag versucht er für den Wunsch, der in Erfüllung gegangen ist, Abbitte zu tun. Für den Tod, den er so inständig erhofft und dann sogar miterlebt hat. Wobei er sich im Klaren ist, dass die Anteilnahme für seine Mandantinnen dazu vielleicht nicht ausreichen könnte. Dass sie vielleicht gar nicht ins Gewicht fällt.

Seine Fähigkeit, zuzuhören, wenn fremde Menschen ihm ihr Herz über ihre Zweifel, ihren Kummer, ihre Wut ausschütten, Menschen, die ihm ansonsten herzlich gleichgültig sind, ist eine Qualität, die ihn von anderen Vertretern seiner Zunft unterscheidet.

Er ist ein gefragter Scheidungsanwalt; sein Vermögen ist beträchtlich. Es gibt kaum einen materiellen Wunsch, den er sich nicht erfüllen kann. Nur die Liebe seiner Stiefkinder kann er sich nicht kaufen. Aber das ist eine abgedroschene Klage, die er ständig ebenso von Freunden und Bekannten hört, und er hat sich damit abgefunden. Es liegt ihm fern, den beiden daraus einen Vorwurf zu machen; immerhin war es der Tod ihres Vaters, der seinem tristen Leben neue Hoffnung gab. Dass er wildfremden Menschen so teilnehmend als kluger, sachkundiger Anwalt zur Seite steht, sollte seine Schuld aber doch sicherlich ein großes Stück abgetragen haben.

Mr Scraps Kanzlei befindet sich in einem Bürohochhaus, zu

dem auch eine öffentliche Tiefgarage gehört. Als Mieter verfügt er über eine Magnetkarte, mit der er die Zahlschranke automatisch passieren kann. Um fünf Uhr nachmittags aber stauen sich an der Ausfahrt immer zahlreiche Autos. Sogar vor der Ausfahrt, die ausdrücklich als »Nur für Mieter« gekennzeichnet ist.

Während er jetzt mit heruntergekurbeltem Fenster und ausgeschaltetem Radio in der Schlange wartet, lässt er sich die Kümmernisse von Missy Rolondo durch den Kopf gehen, die er gerade noch zu ihrem Auto begleitet hat, das unweit von seinem geparkt war.

Ihr Mann reagiert zunehmend abweisend auf ihre Bitten, mehr Zeit zu Hause zu verbringen; selbst sein Teilzeiteinsatz lässt zusehends nach. Sie bereut ihre Entscheidung inzwischen, ist zu der Einsicht gelangt, dass es reines Wunschdenken war, zu glauben, dass sie mit jemandem, der so anders ist als sie, so sprunghaft, so abwesend, eine wirkliche Beziehung führen könnte. Und dass es ein Irrtum war, sagte sie unter Tränen, mit einem Mann Kinder in die Welt zu setzen, der nicht bereit ist, für sie sein Leben zu ändern. Welcher Mann bringt es fertig, sich nicht von einem Säugling im Strampelanzug erweichen zu lassen, von einem Sohn, der ihn darum bittet, ihm eine Gutenachtgeschichte vorzulesen?

Dann war da noch die Sache mit dem Kokain. Schwer zu sagen, ob er jemals clean gewesen war. Missy hat Mr Scrap versichert, dass ihr Mann mit Drogen nichts am Hut hatte, als sie ihn geheiratet hat. Doch Mr Scrap hat schon viele solcher Trennungen miterlebt und weiß, wie sehr sich die Wahrnehmung von Menschen ändern kann. Was zuvor noch als kleiner, charmanter Makel empfunden wurde, kann auf einmal zum Scheidungsgrund werden.

Für Mr Scrap aber spielt das eigentlich keine Rolle. Er wird in ihrem Namen einen Antrag auf alleiniges Sorgerecht sowie vorübergehende Unterhaltszahlungen für sie und die Kinder stellen, bis eine mündliche Verhandlung anberaumt werden kann. In der Zwischenzeit hat er Missy Rolondo geraten, ihre Türschlösser auszuwechseln und mit Mr Rolondo nur noch per Anwalt zu verkehren.

Unseligerweise befolgen seine Mandantinnen seine Ratschläge nicht immer. Wenn Andy Rolondo das nächste Mal in der Stadt vorbeischaut, argwöhnt Mr Scrap, wird sie seinen Anruf entgegennehmen, sich darauf einlassen, dass er »nur auf ein Glas« vorbeikommt, und auch das kostspielige Geschenk nicht ablehnen, das er vermutlich wie immer für sie dabeihat. Wenn sie dann erleichtert zusieht, wie er, ganz treusorgender Vater, das schlafende Baby die Treppe hochträgt, wird sie ins Grübeln geraten, ob sie nicht vielleicht voreilig gehandelt, einen Fehler begangen hat. Hoffnung ist ein starkes Aphrodisiakum.

Na, wie dem auch sei. Seine Buße jedenfalls hat Mr Scrap für diesen Tag abgeleistet.

Er lässt den Wagen ein Stückchen weiterrollen. Vor ihm befinden sich nur noch wenige Autos.

Da hört er ein durchdringendes Reifenquietschen. Er schaut in den Rückspiegel und sieht, dass Missy Rolondo in ihrem bulligen Geländewagen der Weg von einem lachhaft kleinen schwarzen Sportwagen verstellt wird. Sie weint.

Mr Scrap rutscht ein wenig auf seinem Sitz nach unten, um nicht um Hilfe angegangen zu werden. Er ist beinahe aus der Tiefgarage heraus, auf dem Weg nach Hause.

In der typisch dumpfigen Luft zwischen den Zementwänden der Tiefgarage hallt Andys Stimme laut wider. Er fuchtelt aufgeregt mit den Händen.

»Wie bitte? Was soll das werden, Missy? Ich finde eine Nachricht auf meiner Mailbox vor, dass du zu einem Scheißanwalt gehst? Was sind denn das für neue Sitten, habe ich irgendwas nicht mitbekommen?«

Sie hält ihren Kopf mittlerweile gesenkt, um ihren Mann nicht ansehen zu müssen.

»Sieh mich an«, brüllt er. Der Verkehr kommt völlig zum Erliegen. Der Fahrer vor Mr Scrap dreht sich um und späht an seinem Wagen vorbei, direkt zu Missy und Andy Rolondo.

Missy hebt folgsam den Kopf. Ihre Unterlippe zittert. »Ich wusste nicht mehr weiter, Andy. Du bist seit Wochen fort … ich erreiche dich nicht übers Telefon …«

Ihr Mann atmet tief durch. Mr Scrap sieht, wie sich seine Schultern unter dem edlen blauen Anzugstoff heben und senken.

»Okay. Hör zu, lass den Wagen hier, gehen wir etwas trinken. Dann klären wir alles.«

Aber Missy schüttelt halbherzig den Kopf. Sie wendet den Blick ab. »Auf so was soll ich mich nicht einlassen«, sagt sie, als würde sie die Worte von einem Stichwortzettel ablesen, den Blick auf Mr Scrap gerichtet, dessen Fenster weiterhin heruntergekurbelt ist.

Andy folgt ihrem Blick. Er sieht, wen sie da anschaut. Mr Scrap sieht sofort weg, nestelt an einem Aktenordner auf dem Beifahrersitz herum und betet im Stillen, dass die Autos vor ihm endlich weiterfahren mögen.

Andy zeigt mit dem Finger nach vorn. »Hat der Typ da dir gesagt, was du zu tun und zu lassen hast?« Er dreht sich zu Mr Scraps Auto um. »Hat der gesagt, du sollst dich nicht mehr mit mir treffen? Mit deinem eigenen Ehemann nicht mal was trinken gehen?«

Missy Rolondo sieht ihn wieder an. »Nicht, Andy.«

Andy beachtet sie gar nicht. Er steuert zielstrebig auf Mr Scrap zu und lächelt dabei verständnisheischend in die Runde. Er hebt sogar einen Finger, um den Autofahrern hinter Mr Scrap zu signalisieren, dass die Sache in einer Minute erledigt sein wird. Dann legt er die Hände unten ans offene Fenster und lehnt sich zu Mr

Scrap ins Auto vor, so dicht, dass ihre Gesichter sich beinahe berühren. Mr Scrap sieht Andy Rolondo ruhig an, um ihm zu zeigen, dass er sich nicht von ihm einschüchtern lässt.

Mit leiser Stimme sagt Andy: »Sind Sie der Drecksack, der meiner Frau geraten hat, mich zu verlassen? Damit Sie mir fünfhundert Dollar die Stunde dafür abknöpfen können, dass sie sich bei Ihnen ausweint?«

Obwohl ihm klar ist, dass diese Antwort nicht erwünscht ist, erwidert Mr Scrap: »Scheidung ist niemals die erste Option, Mr Rolondo. Vielleicht sollten Sie beide es mal mit einer Eheberatung –«

Andy Rolondo fällt ihm grob ins Wort. »Schön vorsichtig sein, Arschloch«, sagt er. Sein Herrenduft ist dezent, aber nicht zu ignorieren.

Mr Scrap wendet den Kopf wieder nach vorne, blickt starr geradeaus, auf die Bremslichter des Wagens vor ihm. Noch nie ist er dem Gesicht eines anderen Mannes so nahe gekommen.

Andy schnuppert an dem Schweiß, der auf Mr Scraps Stirn perlt. »Ich könnte Sie fertigmachen«, sagt er. Sein Atem riecht unangenehm nach kaltem Zigarettenrauch.

Mr Scrap schielt zur Seite, mustert die perfekt geschnittenen Haare an den Schläfen seines Widersachers.

Als würde er seinen verstohlenen Blick bemerken, öffnet Andy Rolondo den Mund und klappt ihn fest wieder zu, direkt neben Mr Scraps Ohr, dem das Klicken der Zähne durch Mark und Bein fährt. Dann zieht Andy ein Feuerzeug aus der Hosentasche, entzündet es unmittelbar neben Mr Scraps Wange, fischt gemächlich eine Zigarette heraus und steckt sie sich an, ohne die Flamme zurückzuziehen. Er nimmt einen tiefen Zug, pustet Mr Scrap den Rauch ins Gesicht und sagt: »Sie wären schneller am Ende als ein Stubenküken.« Er zieht langsam den Kopf zurück, ohne jedoch die Hand von der Wagentür zu nehmen. Lächelt mit seinen makellos gepflegten Zähnen noch einmal in die

Runde, nimmt dann die Hand von Mr Scraps Auto und drückt mit dem Daumen auf den Knopf der Zentralverriegelung.

Beiläufig, aber mit vernehmlicher Stimme sagt er: »Sie sollten Ihre Türen besser verriegeln, Mister. Sicherheit geht vor, sage ich immer.«

Mit sympathieheischendem Winken in die Runde kehrt er zu dem Geländewagen zurück, in dem Missy sich jetzt haltlos schluchzend die Hände vor den Mund drückt.

Mr Scrap zupft sich am Ohrläppchen, spürt immer noch die pulsierende Hitze unter seiner Haut. Er lockert sich die Krawatte und umklammert dann resolut das Lenkrad, um das Zittern seiner Hände zu beruhigen. Mit noch immer vom Zigarettenrauch brennenden Augen folgt er den Autos vor sich. Er wirft einen Blick in den Rückspiegel und sieht, dass Andy Rolondo sich wieder an Missys Tür lehnt. Dann rollt er auch schon hinaus ins helle Tageslicht, und das Bild ist verschwunden.

Hier auf dieser abgelegenen Schotterpiste wirkt Olivers Ford Ranchero, Baujahr 1972 – der mit seiner langgestreckten Ladefläche hinter dem zweisitzigen Limousinen-Teil anmutet wie ein kurioses Experiment aus einer Schweißerwerkstatt –, vollkommen zeitlos. Nirgends ein modernes Auto weit und breit, mit dem verglichen er altertümlich und überholt erscheinen könnte, es ist fast so, als wäre er gerade erst vom Band gelaufen – einfach nur ein silberfarbenes Auto, das unter einem blauen Sommerhimmel rasant durch einen saftig grünen Wald kurvt.

Und der Fahrer? Auch er könnte gut ins Jahr 1972 passen. Er trägt einen weinroten Rollkragenpulli, eine Hose mit Hahnentrittkaro sowie einen üppigen Vollbart und lässt lässig den linken Arm aus dem Fenster hängen. Gleißend hell fällt das Sonnenlicht auf die weiße Rinde von Espen.

Während Oliver die Hand in den Fahrtwind hängen lässt, stellt er sich vor, ein Mädchen namens Betsy säße neben ihm. Er würde sie 1969 kennengelernt haben, während seines Medizinstudiums, heilfroh, eine Freundin gefunden zu haben, bei der er samstagabends vorbeikommen und zwei Bier trinken durfte, gefolgt von einem eher kurzen, erschöpften Liebesspiel. Eine Freundin, die es nicht störte, dass er danach sofort einnickte und dann den folgenden Tag und auch die folgende Nacht an einem Stück durchschlief.

Während seiner Schlafphasen lebte Betsy um ihn herum ganz normal weiter. Räumte sogar im Zimmer um ihn herum auf. Zog die Jalousien hoch, betätigte die Toilettenspülung, ließ Musik laufen, lauter Handlungen, die in seine Träume hinüberlappten. Doch sie weckte ihn nie und machte ihm auch nie irgendwelche Vorwürfe, wenn er sich schließlich aus dem Bett hochquälte, einen Teller Rührei in sich hineinschaufelte und dann die grüne Ärztekluft überstreifte, die sie in der Zwischenzeit für ihn im Waschsalon gewaschen hatte. Seine Dankbarkeit dafür, dass sie seinen verrückten Dienstplan klaglos akzeptierte, wäre das, was sie eigentlich als Paar zusammenhielt. Und wäre gleichzeitig auch irreführend.

Kommt das hin? Oliver stellt sich weiter vor, er wäre sein Vater, versucht sich in den Menschen hineinzuversetzen, der er war.

Erst als Vater von zwei Kindern wurde ihm klar, dass er eine Frau geheiratet hatte, für die er keine Liebe empfand, sondern höchstens Wertschätzung. Ungefähr so wie einem besonders hilfsbereiten Medizinstudenten in der Klinik gegenüber. Oder einem Dienstmädchen.

Olivers Mutter liebte ihn dagegen über alles, war immer glücklich, wenn er zu Hause war, während sein Vater sich zwar immer zu freuen schien, sie zu sehen, und auch dankbar für ihre Zuneigung war, sich seiner eigenen Gefühle aber nicht annähernd so sicher wirkte.

Aus dem richtigen Blickwinkel betrachtet, konnte sie, wenn sie ihr Haar offen trug, bezaubernd aussehen. Sie hatte eine hübsche Figur, schlank und anmutig, ihre Umarmung war fest und aufrichtig. An einem Nachmittag wie diesem jedoch, wie Oliver ihn sich gerade vorzustellen versucht, wenn seine Eltern einen ihrer seltenen Ausflüge zu zweit unternahmen, hatten sie sich vermutlich wenig zu sagen. Sicher würde sein Vater seiner Mutter mit ihren im Fahrtwind flatternden Haaren bewundernde Blicke zuwerfen. Vielleicht sogar nach ihrer Hand greifen, sie sanft umfasst halten. Um so etwas wie Liebe zu simulieren.

Oliver wirft einen Blick auf den Beifahrersitz. Der Bezug ist ein bisschen eingerissen, er muss ihn noch ausbessern. Der Ranchero seines Vaters ist schon vor langer Zeit verkauft worden, deshalb hat Oliver dieses Exemplar, einer spontanen Eingebung folgend, einem Herrn abgekauft, der ein Inserat in die Zeitung gesetzt hatte. Er hat ihn in Silbermetallic lackiert und auch den roten Rallyestreifen nicht vergessen, an dem sein Vater so oft geistesabwesend herumtastete, wenn er beim Fahren den Arm aus dem Fenster hängen ließ.

Dass dieser Wagen mal einem Fremden gehört hat, stört Oliver nicht. Der Sitzbezug aus Kunstleder fühlt sich vertraut an, und der geräumige Laderaum ist sehr praktisch, um die Kartons mit Andenken und Fotos, Videokassetten und Musikaufnahmen zu transportieren, die seine Kunden ihm zur Verfügung stellen.

Hätte Betsy hier neben seinem Vater gesessen, wäre es doch denkbar, dass sie ihn gebeten hätte, kurz anzuhalten, weil sie die Landschaft fotografieren wollte. Nicht wahr?

Olivers Vater würde über ihren spontanen Wunsch, die Natur zu fotografieren, schmunzeln. Ein Foto aus dem Westen, um es an jemanden zu verschicken. Ein wahrhaft fragwürdiges Unterfangen. Doch aus Höflichkeit würde er ihrem Wunsch nachkommen. Würde sich sogar neben das Auto stellen und für sie posieren, wenn sie ihn darum bäte.

Die wunderbare Magie des stets wiederkehrenden Sommers,

die sich heute genau wie vor fünfundzwanzig Jahren entfaltet, ermöglicht Oliver eine Zeitreise in die Vergangenheit. Sein Vater, davon ist er überzeugt, hat diese Straße gekannt und sie gewiss auch einmal an einem sonnigen Tag wie diesem gesehen.

Diese Straße bildet einen Zugangspunkt zu einer Vergangenheit, die sich tatsächlich so abgespielt haben könnte.

Oliver fährt mit dem Ranchero rechts ran und parkt am staubigen Straßenrand. Seine Ausrüstung, Stativ und Kamera mit Fernauslöser, befindet sich hinten im Laderaum.

Auf dem Beifahrersitz liegt ein Beutel mit einigen der Sachen aus der Holzkiste, die er in seinem Kleiderschrank aufbewahrt, Sachen, von denen er nie geahnt hätte, wie gut er sie eines Tages würde gebrauchen können. Sie ist seit Jahren nicht mehr angerührt worden, diese persönliche Habe seines Vaters, die das Krankenhaus damals an seiner statt heimschickte. Alles Dinge, die er am Körper getragen hat. Seine Hemdfliege. Brieftasche. Armbanduhr. Eine Dose Tic Tac. Birkenstocksandalen.

Die biologischen Bestandteile seines Vaters jedoch – seine Körperflüssigkeiten und Haare, seine Fingernägel – blieben im Krankenhaus zurück. Wurden von dort in die Leichenhalle gebracht. Schließlich auf einem Friedhof ganz in der Nähe beigesetzt. Die Männer, die all das erledigten, trugen dabei dunkle Anzüge, für die sein Vater zu Lebzeiten nur Hohn und Spott übrighatte und die er nicht einmal zu Hochzeiten und förmlichen Abendessen trug. Diese Männer mittleren Alters mit kleinen Namensschildern am Revers, Mitarbeiter der Leichenhalle, lächelten zwar nicht viel, hörten einem aber mit schräggelegtem Kopf zu, wenn man mit ihnen sprach, wie alte Hunde, wenn sie vertraute Worte hören. Das waren die Typen, die seinen toten Vater in den Sarg legten. Die ihm den Bart trimmten und das Haar kämmten. Seine Brille zurechtrückten und seinen Gürtel zuschnallten.

Als Kind konnte Oliver nicht verstehen, warum man ihnen

zwar all die Sachen aus seinen Taschen und aus seinem Büro zuschickte, aber nicht seinen Körper. Dann hätte er ihn mit Mary noch einmal umarmen und dann hinten im Garten beerdigen können, gleich neben dem Hamster. Und der Streunerkatze aus der Nachbarschaft, die sein Vater begraben hatte, nachdem sie von einem Auto überfahren worden war. Stattdessen war sein Vater auf einmal tabu, gehörte zum System des Todes, in dem andere das Sagen hatten.

Nach dem Tod ihres Vaters las Mary Oliver aus einem Anatomielehrbuch vor, den Abschnitt über Haare und Nägel. Es handele sich dabei um tote Zellen, wurde erklärt. Eine Ansammlung starker, toter Zellen. Wenn also der Bart seines Vaters bereits zu seinen Lebzeiten abgestorben war, warum konnten sie ihn dann nicht behalten? Schließlich handelte es sich nicht um ein verwesliches Körperteil, bei dem eine Bestattung zwingend erforderlich war.

Aber eigentlich hätte Oliver den Bart damals gar nicht haben wollen; weil sein Vater ohne ihn nicht mehr sein Vater gewesen wäre. Im Übrigen kann Oliver sich heute den gleichen Bart wachsen lassen, es hat nur eine Woche gedauert, sich zur Vorbereitung auf diese Fotos einen netten Vollbart zu züchten. Den Unterschied in der Farbe von Haupt- und Barthaar hat Oliver von seinem Vater geerbt. Er hat hellblondes, fast weißes Haar, das sich fein und glatt an seine Kopfhaut schmiegt. Sein Bart dagegen ist ziegelrot. Am Morgen erst hat Oliver ihn mit der kleinen Schere in Form gebracht, die früher mal in der Badezimmerschublade seines Vaters lag.

Oliver ist kein weltabgewandter Griesgram, auch wenn seine Mutter ihm das gerne unterstellt. Die Hose mit dem Hahnentrittkaro und der Rollkragenpulli stammen aus seinem eigenen Kleiderschrank. Die Siebziger sind wieder angesagt. Er gibt eine eindrucksvolle Erscheinung ab. In genau dieser Aufmachung könnte er heute Abend auch ausgehen und irgendwo in der

Stadt ein Mädchen in ähnlichem Retrolook aufreißen. Sie mit zu sich nach Hause nehmen und eine Platte mit Discomusik, Soft- oder Jazzrock auflegen; all das hat er in seiner Sammlung.

Aber nicht, während er die Uhr seines Vaters am Arm trägt und seine Brieftasche mit dem längst abgelaufenen Führerschein für den Original-Ranchero in der Hosentasche stecken hat.

Vor etwa einem Jahr, als er im Kleinanzeigenteil auf das Inserat für genau dieses Modell gestoßen war, hat er sofort Mary angerufen. »War das nicht einer Baujahr 1972?«, fragte er sie ganz aufgeregt. »Der, den Dad hatte?«

Mary gähnte ins Telefon. »Ich bin gerade erst von einem Achtundvierzig-Stunden-Flug mit Zwischenlandung in Miami zurück, Oliver. Wovon redest du da bitte?«

»Von seinem Pick-up. Dads Ranchero.«

Am anderen Ende blieb es kurz still. »Oliver«, sagte sie schließlich, in dem besorgten und etwas entnervten Ton, den sie bei diesen Gesprächen immer anschlägt. Sie macht sich Sorgen, dass er stecken geblieben ist, weder loslassen noch den Blick nach vorne richten kann; er glaubt, sie fürchtet sich davor, stillzustehen.

»Du benutzt wieder die Stimme«, sagte er, um sie an ihre gemeinsame Übereinkunft zu erinnern.

Schweigen am anderen Ende.

»Weißt du nicht mehr?«, setzte Oliver neu an. »Er hat uns immer auf der Kühlerhaube durch die Gegend gefahren …«

Sie seufzte und gab dann doch seiner Nostalgie nach. »Was *hat* er sich bloß dabei gedacht?«

»Und Dad fuhr höchstens acht Kilometer in der Stunde, aber uns ist es immer vorgekommen, als wären wir rasend schnell.« Diese Erinnerung, eine der wenigen, die er hat, hütet Oliver wie einen Schatz. »Wir haben dabei so gestrahlt, dass wir am Ende lauter kleine Fliegen an den Zähnen hatten.«

Mary lächelte jetzt, das hörte er. Mit etwas schief hochgezogener Oberlippe, ganz wie er.

»Wir haben sogar gelacht. Die ganze Strecke den Hügel hoch, Mare.«

»Und der Motor unter uns fühlte sich immer heißer an.«

»Woran haben wir uns eigentlich festgehalten?«, fragte Oliver, obwohl er die Antwort kannte.

»Aneinander – als würde es ums nackte Überleben gehen«, sagte sie.

»Es hat ja geklappt.«

»Ja«, sagte sie, »allerdings.«

»Und der Himmel sah jedes Mal so aus, als würde er sich immer weiter entfernen. Weißt du noch? Wir dachten, wir würden nach und nach in der Erde versinken. Deswegen war es auch so warm, dachten wir.«

»Das hast *du* gedacht, Oliver.«

Oliver lachte.

»Also, war es einer von 1972?«

»Ja, das kommt wohl hin.«

»Es steht einer in der Zeitung.«

Wieder eine kurze Stille. »Oliver, tu's nicht«, seufzte sie dann. »Das ist einfach nur makaber.«

»Wieso? Wieso soll das makaber sein, Mary?«

»Es ist ein blödes Auto, Oliver. Ein blöder Truck. Keine richtige Limousine, kein richtiger Pick-up. Vom Verbrauch ganz zu schweigen.«

»So viel fahre ich nicht.«

»Wie sieht's mit Mädchen aus? Gehst du viel mit Mädchen aus, Oliver? Weil sich mit der Karre der Kreis potenzieller Interessentinnen um etwa fünfundneunzig Prozent reduziert.«

»Ist doch praktisch. Dann werden die oberflächlichen Tussis ausgesiebt, denen es darauf ankommt, was für ein Auto ich fahre.«

»Willst du damit sagen, ich bin oberflächlich?«

»Ich fahre dich auch auf der Haube spazieren.«

»Kein Interesse«, sagte sie kalt.

»Wir haben dieses Auto geliebt, Mare.«

Wieder blieb es kurz still. Weil sie, das wusste Oliver, gerade, zwischen Liebe und Missbilligung schwankend, tief durchatmete, um nicht die Geduld zu verlieren.

»Klar, Oliver, *damals*«, sagte sie mit Betonung.

»Ich besuche dich mal damit. Dann können wir uns zusammen auf den Beifahrersitz quetschen, wie früher immer.«

»Ich muss jetzt ins Bett, Oliver, schlafen.«

»Okay. Ich mache ein Foto von den Vordersitzen und steck es dir in den Briefkasten.«

»Tu das«, sagte sie und legte auf.

Gesagt, getan. Er fotografierte die Vordersitze und fuhr mit dem Foto bei Mary vorbei. Sofort. Ihre Jalousien waren heruntergelassen, und er achtete darauf, an den Scharnieren ihres Briefkastens so wenig Lärm wie möglich zu machen. Ehe er das Bild hineinsteckte, hielt er kurz inne. Es war das erste Foto, das er von einem Bestandteil der Vergangenheit gemacht hatte. Er fand es sehr gelungen, weil es irgendwie wehmütig wirkte, ein hastiger, etwas schiefer Schnappschuss, der gerade deswegen echt und sozusagen historisch aussah.

Von seinem Vater gibt es keine Fotos, jedenfalls hat Oliver nirgendwo eins finden können. Er mochte es nicht, fotografiert zu werden, hat seine Mutter ihm etwas entnervt erklärt. Weil ihn das zu sehr an seine Arbeit erinnerte, an den hässlichen Lichtblitz in der fensterlosen Leichenhalle.

Oliver hat die Brille seines Vaters dabei, sie steckt in seiner Hemdtasche. Wenn er sie aufsetzt, gerät immer noch alles vor ihm ins Schwimmen und Tanzen, ganz wie früher. Beim Fahren kann er sie nicht tragen. Nun klemmt er sie sich oben auf den Kopf, während er das Stativ aufstellt und den Fernauslöser in seine Kamera einstöpselt.

Er findet eine Stelle, die gerade verkehrt genug ist: schattig, hie und da mit Sonnenlicht getüpfelt. Seine Mutter ist seit jeher eine ungeduldige, hastige Fotografin, achtet nicht auf Einzelheiten. Sie hätte ihren Mann im Schatten fotografiert, gegen das Licht, und ein Foto erhalten, das an den Rändern gleißend hell ist.

Während er an der Kühlerhaube lehnt und mit den Fingern an dem glatten Streifen aus Lack herumreibt, stellt Oliver sich vor, sie würde vor ihm auf der Straße stehen und sich gerade mit der Feineinstellung des Fotoapparats abmühen. Er zieht die Brille seines Vaters herunter vor seine Augen. Alles verschwimmt. Er kann nichts mehr vor sich klar erkennen.

Sein Vater, was würde er tun? Sich bemühen, nicht zu blinzeln. Geduldig dastehen. Spontan daran denken, wie viel einfacher es doch ist, einen Leichnam zu fotografieren.

Schließlich würde er ein wenig das Gesicht verziehen – als Zugeständnis auf ihre Aufforderung hin, zu lächeln –, und genau da betätigt Oliver mit dem Fuß den Fernauslöser, und die Kamera macht klickend eine Aufnahme.

Damit ist alles vorbei.

Oliver nimmt die Brille ab, klemmt sie sich wieder oben auf den Kopf. Die scharf umrissene Schönheit der Umgebung versetzt ihm einen kleinen Schock. Alles ist so klar, so deutlich. Jedes einzelne leise im Wind zitternde Espenblättchen sitzt genau am richtigen Ort, ist mit seiner Farbe und Form ebenso spektakulär wie die Millionen anderer Blättchen ringsherum.

Er klappt das Stativ zusammen, stöpselt den Fernauslöser aus, setzt den Deckel auf das Objektiv und verstaut seine Ausrüstung wieder hinten im Laderaum des Ranchero. Ehe er ins Auto einsteigt, nimmt er auch die Uhr seines Vaters ab, zieht die Brieftasche aus seiner Hosentasche und verstaut beides wieder in dem Beutel. Nach diesem fast symbolischen Akt überkommt Oliver eine seltsame Beklemmung, als wäre ihm sein Vater erst jetzt, in diesem Moment, wirklich genommen worden.

Er deckt sein jetzt uhrenloses Handgelenk mit der anderen

Hand ab. Streicht die Härchen dort glatt und wischt die Erinnerung an das schwere Metallband fort.

Heute befindet sich ein eigenartiger Brief unter der Post. Ein luftpostähnlicher Umschlag aus dünnem hellblauem Papier, ohne Absender. Betsy Scrap setzt sich mit dem Brief an den Tisch und mustert ihn durch ihre Lesebrille. Heutzutage hat sie die Muße, sich jeden einzelnen Spendenaufruf für den Kampf gegen Diabetes bei Kindern und Jugendlichen, jeden flammenden politischen Aufruf, jedes Werbeschreiben eines Kreditkartenunternehmens durchzulesen. Bei der Lektüre von Serienbriefen kann sie ihren Gedanken so wunderbar freien Lauf lassen. Eine Seite voll kursiv gesetztem Text wirkt da geradezu Wunder, und wenn ihre Gedanken so ziellos umherschweifen, vergehen schon mal zwei oder drei Stunden wie im Flug. Ein leerer, untätiger Tagesabschnitt wird zu etwas ganz anderem verwandelt. Dann fällt ihr plötzlich auf, dass sie gar nicht zu Mittag gegessen hat und ihr nur noch wenige Stunden Zeit bleiben, um einzukaufen und das Abendessen für Mr Scrap zu kochen.

Häufig denkt sie über Mary nach, ihre Älteste, die gerade im Flugzeug irgendwo über Singapur oder Frankfurt oder Stockholm herumschwirrt. Als pflichtbewusste Tochter setzt Mary ihre Mutter jeden Monat über ihren Dienstplan in Kenntnis. Sie schickt ihn per E-Mail an Mr Scraps Büro, weil Betsy nichts von Computern hält und Mary wiederum nichts von Spontanbesuchen, obwohl sie nicht einmal zehn Kilometer weit weg wohnt.

Wie aufgeweckt, wissbegierig und frühreif Mary als kleines Mädchen gewesen war. Ihr Vater liebte sie dafür. Betsy fühlte sich davon eher eingeschüchtert. Wenn Mary aus der Bücherei nach Hause kam, brachte sie keine Märchen oder Kinderbücher mit, um sie sich von ihr, zusammengekuschelt in der warmen Nachmittagssonne, vorlesen zu lassen, sondern Bücher über Astronomie und Revolution. Was wusste Betsy schon über Galaxien und Supernovae, über Spionage und die britische Monarchie? Über derlei Themen, die ein so kleines Mädchen Betsys Auffassung nach unmöglich richtig erfassen konnte, grübelte ihre Tochter noch nachts im Bett nach, statt zu schlafen.

An Kochen, Stricken, Nähen oder Ähnlichem hatte Mary nie irgendein Interesse gezeigt – Fertigkeiten, die aber Betsy für die Art Glück, die sie gefunden hatte, für unbedingt erforderlich hielt. Ein übersteigertes Interesse an Geschichte oder am Weltall, fand sie, konnte einen nicht glücklich machen. Betsy selbst hatte ihr Glück bei Marys Vater gefunden. Weil sie, so ihre Überlegung, eine gute Hausfrau war und ihm den Rücken freihielt, ihm dabei half, sein eigenes Glück zu verwirklichen. Sie hatte damals am College die Frauenbewegung miterlebt und eines Abends sogar schwer betrunken auf einer Unifete ihren BH verbrannt, doch wie derlei unsinnige Ambitionen zu dauerhaftem Glück führen sollten, wollte ihr nicht einleuchten.

Einige Zeit nach Pauls Tod, als Mary in die Pubertät gekommen war, stellte Betsy fest, dass ihre unersättliche Tochter offenbar gesättigt war. Sie nahm keine Bücher mehr mit ins Freibad und redete auch nicht mehr mit britischem Akzent. Wenn sie mit dem Auto unterwegs waren, starrte sie still aus dem Fenster, ganz wie Betsy, ohne je zu fragen, wo sie genau hinfuhren, warum oder wie weit es bis dorthin war.

Im Stillen war Betsy erleichtert darüber. Ihnen beiden zuliebe.

Himmel. Wie ahnungslos sie damals war. Wie wenig sie damals ahnen konnte, was für Überraschungen das Leben mitunter bereithält. Heute ist Mary Stewardess, eingefleischter Single und fest entschlossen, ihr Leben hauptsächlich in zehntausend Meter Höhe zu verbringen, und Betsy ist die Lust am Kochen und Nähen gründlich vergangen. Es ödet sie an. Sie wäre gerne dazu fähig, konzentriert ein Buch zu lesen, über Geschichte etwa, oder die Namen der Jupitermonde auswendig zu lernen. Damit sie, während sie zum hunderttausendsten Mal in ihrem Leben eine Mehlschwitze zusammenrührt, sich wenigstens dabei im Geist die wunderschönen griechischen Namen der Monde eines anderen Planeten vorsagen könnte.

Betsy sieht auf den Brief hinab, der vor ihr auf dem Tisch liegt. Er ist handgeschrieben, in einer eckigen, eigenwilligen Schrift.

10. August

Lieber Fremder, liebe Fremde,

dieser Brief zielt nicht darauf ab, Ihre Bekanntschaft zu machen. Ich schreibe Ihnen, weil ich Sie nicht kenne und gerne möchte, dass wir uns auch weiter fremd bleiben. Was aber trennt uns wirklich? Räumliche Entfernung? Wissen? Wünsche, Sehnsüchte? Ihnen mag das vorkommen wie eine rhetorische Frage, aber mich beschäftigt sie sehr. Wenn wir die Geschichte, die Abstammung und Biologie bis zum Anfang zurückverfolgen könnten, würde sich gewiss herausstellen, dass wir alle miteinander verwandt sind. Der einen schicksalhaften Vereinigung des allerersten Liebespaars der Welt entsprungen sind. Auf einer Hochebene vielleicht, in einer Tundra oder einem grünen Tal an einem Fluss. Können Sie sich das vorstellen? Sie und ich, Cousins sechsundvierzigmillionsten Grades. Wären wir immer noch Fremde, wenn der Nachweis unserer gemeinsamen Abstammung erbracht würde, abgedruckt in irgendeiner wissenschaftlichen Fachzeitschrift oder festgehalten auf einem brüchigen, uralten Stück Papyrus, das in einer Höhle irgendwo in Peru ausfindig gemacht wurde?
Oder würden wir uns gegenseitig Weihnachtskarten und Geburtsanzeigen schicken, die Post mit unseren endlosen Briefwechseln vollkommen überlasten?

Ich habe ein paar Cousins, zu denen ich eigentlich kaum Kontakt habe. Sie sind die Kinder der Schwester meines Vaters, sie wohnen in Reno, schrauben gerne an Stockcars herum und kleiden sich wie die Wrestler im Fernsehen. Auf den roten T-Shirts, die sich über ihren dicken Bäuchen spannen, stehen Sachen wie »Captain Pain« oder »Master of the Mat«. Sie könnten mir kaum fremder sein als Sie. Obwohl ich Sie, wie gesagt, überhaupt nicht kenne. Vielleicht tragen Sie ja auch gerne solche Sachen, was für unsere Zwecke in Ordnung wäre. Würde ich meine Cousins nicht kennen, wären sie viel interessanter, dann könnten sie als Sinnbilder einer bestimmten Kultur oder Gegenstände anthropologischer Feldforschung dienen. Stattdessen bin ich mit ihnen in einem Toyota Celica durch die Wüste bei Las Vegas gefahren, um mit ihnen unsere Großmutter zu besuchen – die Frau, die ihre Mutter und meinen Vater im selben Haus großgezogen hat, wo sie fünfzehn Jahre lang täglich dasselbe Badezimmer benutzt und am selben Tisch gegessen haben, obwohl sie heute, soweit ich das beurteilen kann, rein gar nichts mehr miteinander gemeinsam haben –, und saß neben ihnen, während sie johlend eine Schachtel Käsecracker aus dem Fenster hinaus auf den Highway warfen, wo sie sich ein paarmal überschlug, bis ein anderes Auto kam und sie plattfuhr. Rot und orange lag sie hinter uns auf dem Asphalt, wie ein totgefahrenes Tier. So unmittelbar aus der Nähe betrachtet, waren meine Cousins in ihrer Andersartigkeit nicht mehr interessant.

Ihre Adresse habe ich ganz wahllos aus dem Telefonbuch herausgesucht, nach dem gleichen Verfahren wie als Kind, als ich immer den Globus gedreht und dann mit geschlossenen Augen auf den Ort getippt habe, an dem ich später mal bestimmt meinen künftigen Ehemann kennenlernen würde, Mosambik oder Brasilien oder Syrien. Ich habe diesen Mann bis heute noch nicht gefunden und einsehen müssen, dass diese Vorstellung an Realitäten wie Sprache, Religion, Kultur und Geld scheitert. Ich habe den Atlantik bisher nur einmal überquert, für einen kurzen Aufenthalt in London, wo es so neblig war, dass ich meinen künftigen Mann nicht mal hätte erkennen können, wenn er mich an der Hand gefasst hätte. Es ist also denkbar, dass der mir vorherbestimmte Mann, mag er nun in einem Café in São Paulo arbeiten oder als Olivenbauer im hügeligen Umland von Damaskus, bis heute auf mich wartet. Finden Sie das naiv? Vermutlich. Aber ich möchte lieber naiv sein und voller Hoffnung als abgeklärt und voller Verzweiflung.

Dieses Projekt ist voller Hoffnung. Sein Ziel besteht darin, dass ich Sie wahrhaft zu sehen bekomme. Der Film in meiner Kamera wird Sie festhalten, wie Sie wirklich sind, ohne Pose oder Verstellung. In der Kunst wird zu viel getrickst und mit Effekten gearbeitet. Und nicht nur da! Auch im Leben an sich wird getrickst und mit Effekten gearbeitet. Für eine kurze Zeit können Sie ganz ehrlich sein, und ich werde Sie dabei erwischen. Konkret gesagt: Falls Sie an diesem künstlerischen Projekt mitwirken wollen, lassen Sie am 18. August zwischen 21.30 Uhr und 22 Uhr das Licht in einem Zimmer an, das zur Straße hinausgeht. Schalten Sie einfach das Licht an und gehen Sie Ihrem normalen Alltag nach, worin der an diesem Abend auch bestehen mag. Ich schicke Ihnen einen Abzug des Fotos zu, ehe ich es irgendwo öffentlich bei einer Ausstellung zeige. Sollten Sie kein Interesse daran haben, gesehen zu werden, weil Sie die dunklen Winkel Ihres Lebens lieber dunkel halten möchten, lassen Sie das Licht bitte ausgeschaltet oder schließen Sie die Vorhänge. Ich werde Ihren Wunsch auf jeden Fall respektieren.

Bitte kommen Sie nicht aus dem Haus gelaufen, weil Sie meinen, dass wir uns erst kennenlernen sollten, bevor Sie dann ins Haus zurückspurten und für mich im erleuchteten Zimmer posieren. So arbeite ich nicht. Ich kann Sie nicht wahrhaft ansehen, wenn ich Sie auch nur flüchtig kenne. Schon ein Händedruck verändert den Blickwinkel, aus dem ich Sie wahrnehme. Er verzerrt ihn, macht ihn rein subjektiv und nimmt ihm die Reinheit. Es geht mir nicht um eine Pose. Ich habe meine eigene Frage beantwortet – meine eigene rhetorische Frage: Was uns trennt, was uns voneinander fernhält, ist unsere eigene Unaufrichtigkeit, unser Verlangen, die Wahrheit des Lebens zu verbergen und geheim zu halten.

Mit freundlichen Grüßen
M. K.

Nachdem Betsy den Brief durchgelesen hat, faltet sie ihn wieder zusammen und zwingt sich zu einem künstlichen Lachen, während sie sich im Zimmer umsieht, um festzustellen, ob Oliver sie etwa gerade filmt. Ein solcher Streich, um sie zu einer Reaktion zu provozieren, würde ihm ähnlich sehen. Sie ist seine Schrulligkeiten inzwischen gewöhnt und eigentlich ständig darauf gefasst, dass er sie überfallartig aus der Reserve zu locken versucht. Er sieht in ihr einen schweren Stein, der sich niemals umdrehen wird – und dessen Unterseite von langgehüteten Geheimnissen und verborgenen Antworten darauf wimmelt, warum das Leben ihn so ungerecht behandelt und ihm seinen Vater so früh genommen hat. Wenn sie darauf eine Antwort wüsste, wenn sie in solche Geheimnisse eingeweiht wäre, würde sie ihren kleinen Jungen auf jeden Fall darüber aufklären. Ihren einzigen Sohn, der bis heute etwas Kindliches hat, etwas Unreifes, mit seinem sanften Gesicht und den weichen Händen. Hier in ihrer Einsamkeit, während sie weiter künstlich vor sich hin lächelt, kann sie sich eingestehen, dass seine Zartheit bisweilen Mitleid bei ihr erregt, manchmal aber auch Widerwillen. Es ist ihr unverständlich, warum er es nicht schafft, sich von der Vergangenheit zu lösen, endlich erwachsen zu werden, Härte zu entwickeln. Ihr ist das auch nicht erspart geblieben.

Natürlich, sie ist die Mutter, ermahnt sie sich. Sie ist diejenige, die Oliver mutwillig in diese Welt gesetzt hat, obwohl sie genau wusste, wie gefährlich und traurig es dort mitunter zugeht. Trotzdem ist es ungerecht, dass sie gezwungen war, sich umzugewöhnen, und er sich dem einfach verweigert. Sie hat ihren beiden Kindern vorleben müssen, wie man einander liebt, wie man ein neues Heim erschafft, in einem anderen Haus wohnt, die Vergangenheit loslässt und eine neue Gegenwart findet, die weder geplant noch gewünscht war, sondern schlicht das Ergebnis von Plänen und Wünschen ist, die vor langer Zeit ausgelöscht wurden. Oliver hat sie und das Beispiel, das sie ihnen vorgelebt hat, beobachtet, genau studiert und letzten Endes zurückgewiesen. Gerade die jugendlich impulsive Art, die Betsy bei ihm missbilligt, ist der Grund dafür, warum er auch ihren Pragmatismus so sehr ablehnt.

Also, wie kommt er darauf, einen solchen Brief zu schreiben, sich so etwas auszudenken? Was soll das mit dem Ehemann? Will er jetzt bei ihr den Anschein erwecken, er sei schwul? Warum? Aber andererseits, wie kommt er darauf, sich genau das gleiche Auto zuzulegen, das sein Vater früher gefahren hat, und sich einen Bart wachsen zu lassen, mit dem er aussieht wie ein Wiedergänger seines verstorbenen Vaters?

Vermutlich einzig und allein, um sie aus der Fassung zu bringen. Sie selbst erinnert sich vage daran, wie sie sich im ersten Semester am College die Haare wasserstoffblond gefärbt und angefangen hat, französische Zigaretten zu rauchen, einfach nur, um an Heiligabend am Kofferkarussell im Flughafen miterleben zu dürfen, wie der Blick ihrer Mutter erst über sie hinweghuschte, ohne sie zu erkennen, und zu sehen, wie sie gleich darauf vor Unwillen das Gesicht verzog und die Augen schloss, weil ihr klar wurde, dass das Mädchen, das sie soeben spontan als Flittchen eingestuft hatte, ihre eigene Tochter war. Auf der Heimfahrt hatten sie kein einziges Wort miteinander gewechselt, während im Autoradio Weihnachtslieder liefen.

Himmel. Aber Betsy war damals gerade achtzehn. Und ihre selbstgerechte Genugtuung, aber auch Ernüchterung bei diesem Anlass beruhte darauf, dass es ihr gelungen war, den Nachweis zu führen, wie wenig vorbehaltlos die Liebe ihrer Mutter im Grunde war. Warum sie das als Sieg verbuchte, ist ihr bis heute ein Rätsel.

Oliver aber ist beinahe in dem Alter, in dem Betsy an dem rosafarbenen Resopaltisch im übermäßig klimatisierten Büro des Bestattungsunternehmers Platz nehmen musste. Die rotfleckige Stirn des Mannes glänzte feucht, seine viel zu kurze, unschöne Krawatte streifte über den Tisch, während er ihr dabei behilflich war, einen Sarg für ihren verstorbenen Mann auszuwählen. Und einen Grabstein, um die Stelle zu markieren, wo der Sarg beerdigt würde, auf dem alten Friedhof, den sie noch nie selbst aufgesucht hatte. Als er mit ihr die Inschrift auf dem Grabstein klären wollte – Größe, Schrifttyp, Inhalt –, wurde ihr übel. Schlimmer als beim Klingeln des Telefons, schlimmer als bei den Auflaufformen, die sich im Kühlschrank stapelten, schlimmer als bei der nach wie vor heiß und ungerührt scheinenden Sommersonne, die auf den Tod keinerlei Rücksicht nahm.

Ihre eigene Mutter war angereist. Auf einmal tüchtig und ohne irgendwelche Bedingungen zu stellen. Sie hatte sich ein Zimmer in dem Hotel in der Innenstadt gemietet und kam jeden Morgen vorbei, um den Kindern Rührei zu machen, Wäsche zu falten, ans Telefon zu gehen, die Aufläufe aufzuwärmen, die Kirchenlieder und Blumen für die Trauerfeier auszuwählen und schließlich sogar die Inschrift auf dem Grabstein, eine lateinische Wendung, *ad astra*, die Betsy vom Grabstein ihrer Großeltern wiedererkannte.

Betsy sieht abermals den Brief in ihrer Hand an. Hat sie sich um ihren Sohn angemessen gekümmert? Hat sie für Oliver je all das getan, was ihre Mutter früher für sie getan hat? Nach Pauls Tod war sie ja nicht mal in der Lage gewesen, sich um sich selbst zu kümmern. Sie war so viel wie möglich im Bett geblieben, seine Schuhe weiter neben sich auf dem Fußboden, seine Kleidung, an der noch immer sein Geruch haftete, im Wäschekorb, sein Rasierer noch immer am Waschbecken. Ihre Mutter machte Sandwiches und kümmerte sich um die Kinder. Kämmte Mary das Haar – die das nach dem Schicksalsschlag, der sie getroffen hatte, ganz gegen ihre Gewohnheit klaglos über sich ergehen ließ – und schnitt Oliver die Fingernägel. Machte sie für die Beerdigung ihres Vaters zurecht. Etwas, das Betsy nicht fertigbekommen hätte.

Betsy will den Brief in ihren Sekretär legen, liest ihn auf dem Weg durchs Zimmer aber noch einmal durch. Dabei schwindet ihr Verdacht, dass Oliver dahinterstecken könnte, und sie kommt zu dem Schluss, dass er echt ist. Dass es sich tatsächlich um die ernst gemeinte Anfrage irgendeiner »Künstlerin« handelt, die nichts Besseres zu tun hat, als wildfremde Leute zu fotografieren.

Tja, also gut, warum nicht. Vielleicht hängt ihr Foto ja irgendwann an einer weißen Wand in einer Galerie oder einem Museum und bedeutet irgendjemandem etwas. Irgendwer wird ihr Gesicht sehen und ihre Seele erkennen, so, wie sie es sich immer schon erträumt hat. Das Kameraobjektiv könnte, wie beim Betrachten einer Landkarte, das Meer des Unglücks um ihre Mundwinkel herum lokalisieren, die im gelösten Zustand immer nach unten hängen; das Plateau der Hoffnung, das sich über ihre Stirn erstreckt, auch heute noch, trotz der tiefen Furchen des Was-wäre-gewesen-wenn; die Quelle des Abscheus, welche die schlaffe Haut an ihrem Kinn und ihrem Hals für sie bildet und gegen die sie allabendlich mit teuren Pflegecremes ankämpft. Sie könnte auf einer Kunstfotografie von Bedeutung sein, auf der sie mitten im Leben festgehalten ist, lebendig und dauerhaft, ohne je zu verblassen, so, wie sie sich derzeit verblassen fühlt.

Martin würde es natürlich komisch finden, in seinem dunkelblauen Anzug mit einem Glas Wein in der Hand unter lauter schwarz gekleideten Künstlertypen herumzustehen, während er ihr Foto mit ironischem Blick mustert. Nicht, dass er sie nicht lieben würde; das tut er ganz eindeutig. Aber er hat etwas gegen solche Zurschaustellung, würde ihr Hochglanzporträt wohl als Affront gegen das ruhige, zurückgezogene Leben empfinden, das er immer kultiviert hat. Vermutlich würde er sich in ein glucksendes Lachen flüchten und sie sein kleines Meisterwerk nennen.

Falls es zum Verkauf steht, würde er es womöglich sogar kaufen, bloß, um es aus der Öffentlichkeit zu entfernen. Er würde es, mit dem »Gesicht« nach unten, in den Kofferraum seines Autos legen und dann schweigend mit ihr nach Hause fahren, sanft ihre Hand umfassend.

Oliver kommt ihr wieder in den Sinn, und sie fragt sich, ob er, wenn sie einmal nicht mehr lebt, von ihr wohl auch eins seiner trübsinnigen Gedenkvideos erstellt. Wird er glauben, sie zu kennen, einfach nur, weil es Fotos und Videoaufnahmen von ihr gibt? Vermag er aus dem Bildmaterial aus ihrem Leben – von dem Swingtanzen etwa, das er gefilmt hat, ohne selbst etwas davon zu verstehen – die Momente zusammenzufügen, die niemals nach außen sichtbar sind und schon gar nicht fotografiert werden können? Etwa die langen Stunden, die sie an manchen Tagen nur damit verbringt, sich Sorgen um ihre Kinder zu machen und darüber zu grübeln, ob sie ihnen das richtige Rüstzeug fürs Leben mitgegeben hat? Sie wirft einen Blick auf den Brief. *Was uns trennt, ist unsere eigene Unaufrichtigkeit.*

Betsy schlägt in ihrem Terminkalender den 18. August auf und notiert sich dort mit Bleistift: *21.30 Uhr, Licht anschalten.*

4

Oliver sitzt vor Alfalfa's in seinem Ranchero und betrachtet das Foto von sich in der Rolle seines Vaters. Er wirkt sehr überzeugend. Das Foto ist ihm hervorragend gelungen, so gut, dass es als tatsächliches, nicht erst gestern, sondern vor fünfundzwanzig Jahren entstandenes Dokument der Existenz seines Vaters durchgehen könnte. Es vermittelt eine Art Erwartung – die goldenen Fluten des Espenlaubs und das zurückhaltende Grinsen seines Vaters. Oliver will noch mehr solcher Fotos, mindestens eine Hand voll, damit er, wenn er sich bei Jared vorstellt, ihm gleichzeitig auch seinen Vater vorstellen kann.

Oliver schaut von dem Foto hoch und sieht, dass ein Mädchen vor seinem Auto steht. Sie verstellt ihm die Sicht auf den Supermarkt. Mehr noch, jetzt, wo er sie ansieht, fällt ihm auf, dass sie sogar an seinem Auto lehnt, und ahnt schon, dass sie einen schmutzigen Turnschuh auf seine Stoßstange gestellt hat.

Er kurbelt das Fenster herunter, streckt den Kopf hinaus. Sie rührt sich nicht. »Hallo?«, sagt er schließlich, leicht befremdet über ihre Gleichgültigkeit.

Sie dreht sich um, und jetzt sieht er, dass sie eine kleine Digitalkamera mit einem großen Objektiv in den Händen hält.

»Ja?«, sagt sie und sieht ihn an, ohne zu lächeln.

»Äh, Sie lehnen an meinem Auto. Es ist nur, na ja, ich finde irgendwie …« Er vermag seine Beschwerde nicht recht in Worte zu fassen.

»Und, *äh*, Sie stehen hier in meinem Revier. Also, wie du mir, so ich dir.«

»Wie?«

Er bekommt keine Antwort. Sie hat sich wieder umgedreht und hantiert an ihrer Kamera.

Oliver setzt widerwillig seine Sonnenbrille auf, öffnet die Tür und steigt aus. »Entschuldigung«, sagt er, weil er inzwischen zu dem Schluss gelangt ist, dass er es mit einer Verrückten zu tun hat. »Ich möchte einfach nicht, dass Sie sich an mein Auto lehnen. Okay? Das wollte ich Ihnen gerade sagen. Mehr nicht. Könnten Sie jetzt bitte von meinem Wagen weggehen?«

Sie dürfte so um die fünfundzwanzig sein. Trägt einen Wickelrock um die breiten Hüften, ein T-Shirt mit einer lächelnden Ketchup-Flasche am schlanken Oberkörper und Skater-Turnschuhe. Ihr Gesicht macht keinen verrückten Eindruck. Ihre Frisur schon eher, zwei kurze, in Blond, Rot und Braun gesträhnte Stummelzöpfchen. Ihre Augen aber sind klar und intelligent. Sie hat sehr zart wirkende Haut, die aussieht, als könnte sie ohne Weiteres einreißen.

»Klar«, sagt sie und hebt flüchtig den Blick von ihrer Digitalkamera, auf der sie gerade Bilder durchgeht. Mit dem Fuß, der tatsächlich auf seiner Stoßstange steht, stößt sie sich von seinem Auto ab, hält ihn kurz hinter sich in der Luft, als gehörte das zu einem Tanz, und stellt ihn dann ebenso anmutig auf dem Boden ab. Aber sie geht nicht zur Seite.

Oliver bewundert im Stillen ihre hübsche, wohlgerundete Figur. Sie ist gut proportioniert, wirkt kräftig, robust, als könnte sie nichts so leicht umhauen.

Doch dass sie vor seinem Auto steht, missfällt ihm nach wie vor. Beim Blick über ihre Schulter kann Oliver die Bilder auf ihrer Kamera sehen, lauter Schnappschüsse von Leuten, die gerade Alfalfa's verlassen. Sie geht sie rasch durch. Einmal, dann noch einmal und schließlich noch ein drittes Mal sieht Oliver Jared auf ihren Fotos.

»Hey, was macht der denn hier? Warum fotografieren Sie ihn?«, fragt Oliver.

»Wen?« Sie klickt sich zu einem weiteren Foto von Jared vor.

»Ihn«, sagt Oliver und tippt mit dem Finger auf das Sichtfeld.

Sie zieht ihre Kamera weg. »Holla«, sagt sie, »Finger weg von meiner Ausrüstung. Damit verdiene ich mir meinen Lebensunterhalt.« Ihr Tonfall ist ernst, energisch, aber dann dreht sie sich zu Oliver um und zwinkert ihm zu.

»Entschuldigung«, sagt Oliver und lässt folgsam die Hand sinken. »Kann ich gut verstehen, das mit der Ausrüstung. Ich habe selber eine, auf die ich unheimlich Acht gebe. Und die Lebensgrundlage eines Mädchens möchte ich auf keinen Fall ohne Erlaubnis anrühren.«

»Okay, ist ja abgefahren. Ein Flirt auf die redselige Tour, aber egal. Dieser Nerd-Charakter macht Sie irgendwie sympathisch.«

Oliver fühlt sich missverstanden. Hat er geflirtet? Ist er ein Nerd? Er kann auch ganz lässig und entspannt sein. Aber nicht jetzt. Nicht, wenn sie Bilder seines Beinahe-Bruders auf ihrer Kamera hat. »Aber wer ist er?«

»Wissen Sie das nicht? Ist das nicht offensichtlich? Gut, von der Optik her machen Sie den Eindruck, als wären Sie musikalisch eher auf dem Retro-Trip, aber das hier auf dem Foto ist Stub Coops, der extrem angesagte, extrem hippe weiße Rap-Künstler, dessen erste Single gerade mit Platin ausgezeichnet wurde und der mit der Ex von Tom Cruise liiert ist.«

Oliver schließt die Augen. Ein Lächeln steigt von seinem Innersten auf. Er strahlt sie an. »Gibt es Sie wirklich?«

»Wollen Sie mal anfassen?«, sagt sie und streckt ihm ihren Arm entgegen.

Oliver legt ihr seinen Zeigefinger auf den Unterarm. »Der heißt nicht Stub wie-auch-immer. Der Typ ist doch kein Promi …«

Das Mädchen zieht seinen Arm wieder zurück, weg von ihm. Konzentriert stellt sie ihre Kamera ein.

Oliver sieht zum Supermarkt hinüber. Als er mit dem Finger ihre Haut berührte, hat er kurz ganz vergessen, dass sie ihm die Sicht verstellt. Die Sicht auf *seine* Zielperson, *seine* Zukunft.

Da taucht er plötzlich auf, Jared. Kommt schlaksig durch die Tür nach draußen geschlendert.

»Stub! Hier drüben. Hi, Stub. Wie geht's Penelope?«, ruft sie ihm mit lauter Stimme zu, als würde sie mit Oliver in einer Gruppe von dreißig anderen Leuten stehen, die alle um Jareds Aufmerksamkeit buhlen. Tatsächlich befindet sich außer ihnen auf dem Parkplatz nur noch eine Mutter, die gerade ihr Kleinkind in ihren Minivan packt. Die Mutter dreht sich neugierig um, mustert Jared kurz und schnallt dann weiter ihr Kind an.

Jared wiederum grüßt lässig seine beiden Paparazzi, spreizt zwei Finger zum Peace-Zeichen. Eine Rockstar-Geste oder ein Zeichen dafür, dass er diese Situation kein bisschen merkwürdig findet?

Dass Oliver mit seiner großen Sonnenbrille neben ihr steht, bringt ihn nicht weiter aus der Ruhe. Er lässt ihre Fragen nach Penelope unbeantwortet und sieht bald ganz von ihr weg, hinüber zum Rand des Parkplatzes.

Oliver gerät ins Grübeln. Ist er vielleicht doch ein Promi? Ein weißer Rapper, der nebenher als Tütenpacker bei Alfalfa's jobbt? Was hat das für seine Beziehung zu Oliver zu bedeuten? Ist er letzten Endes doch nur ein weiterer Fremder?

Er fühlt sich wie gelähmt vor Angst und Enttäuschung, alles falsch verstanden zu haben.

Sobald Jared die Hände an den ersten herumstehenden Einkaufswagen legt, hört das Mädchen auf zu fotografieren.

Sie sieht Oliver an. »Gute Ausbeute, was?«, sagt sie, während sie weiter die Fotos durchgeht. Sie neigt sich zu Oliver hinüber, um ihm eins zu zeigen, das ihr besonders gut gefällt.

Auf dem Bild sieht Jared eher unwillig in die Kamera. Mit seinen weiten Klamotten, den tätowierten Armen und dem Haar, das ihm ins Gesicht hängt, sieht er wirklich aus, als wäre er irgendeine Berühmtheit. Sie hat den Bildausschnitt und Blickwinkel so gewählt, dass das Foto tatsächlich wirkt wie ein Paparazzo-Schnappschuss.

»Sie sind doch nicht wirklich eine Paparazza, oder? Und er heißt auch nicht wirklich Stub, richtig?« In Olivers Stimme schwingt Hoffnung mit.

»Könnten Sie bitte sagen, wie Sie das Foto finden?«, drängt sie, ohne auf seine Frage einzugehen.

Oliver gibt ihrem Drängen seufzend nach und zuckt die Achseln. »Es ist schön. Er sieht aus … er sieht aus, als könnte er irgendwie berühmt sein.«

Sie strahlt ihn an. Ihre beiden Schneidezähne stehen ein wenig übereinander. »Genau. Er könnte berühmt sein. So wie jeder Mensch im Grunde. Wer also will behaupten, wenn er schon so aussieht, dass er es nicht auch ist? Bestimmt die Wahrnehmung nicht die Wirklichkeit? Ich meine, was spricht dagegen, dass er der nächste Mädchenschwarm wird?«

Oliver hört das Klappern von Einkaufswagen, die über den Asphalt geschoben werden. Jared geht leicht gebeugt, um seine schwere Last besser schieben zu können.

»Der nächste Mädchenschwarm?«, fragt Oliver über das Rattern der vielen Räder hinweg.

Auch sie hebt die Stimme, um sich über den Lärm hinweg verständlich zu machen. »Na gut, hier wirkt er vielleicht nicht unbedingt so. Aber stellen Sie sich vor, Sie würden an einem Zeitschriftenregal stehen. Sie sehen das Foto in einem Klatschmagazin, und zack, ist es real für Sie.«

»Er ist also doch kein Superstar?« Oliver merkt, wie er unwillkürlich grinsen muss.

»Ebenso wenig wie Sie«, sagt sie, hebt wieder die Kamera und richtet sie diesmal auf Oliver.

Der Kamera zuliebe nimmt er die Sonnenbrille ab und schiebt

sie sich ins Haar. Da er sich erst am Vortag fotografiert hat, meint er genau zu wissen, was sie durch ihren Sucher sieht: den roten Bart; seine goldgrünen, dicht zusammenstehenden Augen; sein blondes Haar – wie seine Schwester meint, sein bestechendstes Merkmal –, das ihm in lockeren Strähnen über die Schläfen hängt.

In entspanntem Zustand hat sein Gesicht etwas Offenes, seltsam Eifriges. Wenn er die Stirn runzelt und die Lippen spitzt, sieht er aus wie ein egomanischer Philosoph. Wenn er lächelt, sieht er aus wie ein großer Junge.

Er wechselt immer wieder den Gesichtsausdruck und sonnt sich in ihrer Aufmerksamkeit.

»Okay, ein wenig Nachhilfe brauchen Sie noch«, sagt sie und lässt die Kamera sinken. »Aber«, sie späht noch einmal durch den Sucher, »ohne diesen Bart könnten Sie, glaube ich, durchaus als zweiter Chris Martin durchgehen. Oder als neuer Paul Bettany. Kommen Sie, sehen Sie.« Sie winkt ihn zu sich.

Er betrachtet sein Bild auf ihrer Kamera. Er runzelt darauf die Stirn und spitzt die Lippen, missfällig, als wollte er sie rügen: unverschämte Fotografin, dringt einfach so in seine Privatsphäre ein. Aber er wirkt auch selbstbewusster, als er sich je gefühlt hat. Fast so, als hätte sie ihn durch einen Filter aufgenommen, der seinen Zügen einen Ausdruck von Selbstsicherheit verleiht.

»Paul Bettany hat in *Master and Commander* mitgespielt, oder?«, fragt er, beeindruckt darüber, wem er vermeintlich ähnlich sieht.

Sie zuckt die Achseln. »Keine Ahnung. Aber er ist mit Jennifer Connelly verheiratet, und die gehört zur A-Liga.«

»Wenn wir hier also ein Mädchen fänden, das als Jennifer Connelly durchgeht, wären wir dick im Geschäft, was? Den Bart trage ich nicht immer. Ist nur vorübergehend. Für ein Projekt, an dem ich gerade arbeite.«

»Ich liebe Projekte. Zeigen Sie mir was?« Sie sieht zur offenen

Autotür hinüber. »In Santa Monica gibt es einen Alfalfa's, der fast genauso aussieht wie dieser hier. Ich schicke die Fotos laufend an alle möglichen Bildagenturen in L. A. An Klatschblätter. Bisher bin ich noch kein einziges losgeworden.«

»Warum ziehen Sie nicht einfach nach L. A.? Wo es *echte* Prominente gibt?«

»Oh, mit dem Halsbrechergewerbe will ich nichts zu tun haben. Mit diesen Geiern, die rücksichtslos das Privatleben anderer Leute ausschlachten. Fotos von ihren Kindern, ihren Häusern, ihren Einkaufswagen veröffentlichen. Igitt. Jared stört es nicht, wenn ich ihn fotografiere. Er weiß Bescheid und ist damit einverstanden. Ich würde nie wirklich jemandem auflauern, der aus einem Supermarkt kommt. Oder sehe ich etwa so aus?« Bei dieser Frage hebt sich ihre Stimme.

Oliver schüttelt mit Nachdruck den Kopf. »Nein, ganz und gar nicht.«

»Ich will das System untergraben. Es als das entlarven, was es wirklich ist. Die Erhöhung ganz gewöhnlicher Menschen bis hin zu einem gottähnlichen Status. Ein auf der Vermarktung von Menschen beruhender Zirkus der Absurditäten. Die Hierarchie gewisser in Strandvillen lebender, Stöckelschuhe tragender, Yoga praktizierender Zellen. Alles nur Schein, alles nur Fassade. Pixel. Und wenn ich das *zeigen* könnte, es wirklich veranschaulichen könnte, indem ich einen gefakten Promi-Schnappschuss in die Klatschblätter einschmuggle – das wäre der Hammer. Ich sehe es förmlich schon vor mir, wie all die Teenies den tollen Schnappschuss von Stub Coops aus ihren Teenie-Blättern ausschneiden, um ihn sich an die Wand zu pinnen – und in Wirklichkeit ist es ein Foto von Jared, das sie da aufhängen, ja sogar: anbeten? Vom Tütenpacker aus unserem Supermarkt!«

»Jared«, murmelt Oliver, dem sein eigenes Leben kurz völlig entfallen ist. Er setzt die Sonnenbrille wieder auf, um sich seine

Mission in Erinnerung zu rufen. »Und was ist mit seinem Muttermal?«

»Gibt's einen Grund für die Tarnung?«, fragt sie, ohne auf Olivers Bemerkung zu dem roten Fleck auf Jareds linker Gesichtshälfte einzugehen.

Oliver zuckt mit den Schultern. »Äh, ja. Das ist ein bisschen kompliziert.«

»Sind Sie wirklich Paul Bettany?«

»Wäre möglich. Bloß ein bisschen umgemodelt, was?«

»Ich heiße Miranda Knack«, sagt sie und streckt ihm die Hand entgegen. »Alias irgendwer sonst auf der Welt, vollkommen umgemodelt.«

Oliver gibt ihr die Hand. »Oliver Finley«, sagt er. »Ich finde Sie ziemlich originell, muss ich sagen.«

Sie starrt ihn an, als hätte sie das Kompliment gar nicht registriert. »Okay. Und was das betrifft.« Sie deutet auf ihre eine Gesichtshälfte. »Jeder hat eine Schokoladenseite. Und jeder hält seine Schokoladenseite in die Kamera, wenn er merkt, dass er fotografiert wird.«

Sie sieht Oliver an, mustert ihn eingehend. »Das da ist Ihre Schokoladenseite, würde ich sagen.« Sie zeigt auf seine rechte Wange und berührt sie fast dabei. »Also, ein Hallo an Ihre Schokoladenseite. Das hier ist meine.« Sie wendet ihm das Profil zu. »Jetzt, wo unsere Schokoladenseiten sich kennengelernt haben, können wir uns ja verabschieden. Wir verabschieden uns doch, oder?«

Oliver zuckt verwirrt die Achseln. So unbeholfen und um die passenden Worte verlegen hat er sich das letzte Mal in der sechsten Klasse gefühlt, bei seiner Englischlehrerin. »Keine Ahnung …«

»Weil ich das nämlich stressig finde. Abschied nehmen, meine ich. Man geht auseinander, und dann male ich mir aus, die Leute rasen mit ihrem Auto gegen einen Telegrafenmast oder bekommen ein Messer in den Rücken gerammt, wenn sie gerade am Geldautomaten stehen. Und habe Angst, davon in den Nachrichten zu erfahren und dabei zu merken, dass ich mich nicht mal richtig von ihnen verabschiedet habe, und dass der Unterschied von fünf Sekunden, die unser Abschied gedauert hätte, ihnen vielleicht das Leben hätte retten können. Und dann werde ich mich außer Stande fühlen, mein eigenes Leben weiterzuleben, weil ich es versäumt habe, ihr Leben zu retten. Ist eine wirklich schlechte Angewohnheit. Ich arbeite dran, mir das abzugewöhnen. Aber ich möchte mich auch richtig verabschieden, und dazu muss man sich darüber im Klaren sein, was jenseits dieses Abschieds jederzeit passieren kann. Verstehen Sie?«

»Nur zu gut. Ich weiß nur zu gut, was jenseits eines Abschieds passieren kann.« Oliver schüttelt den Kopf. »Aber ich bin ein Fremder. Es ist nicht Ihre Aufgabe, auf mich aufzupassen oder mir das Leben zu retten.«

»Vielleicht aber doch. Wer von uns kennt schon seine wahre Bestimmung? Was genau es ist, das uns nützlich oder einzigartig macht in diesem komplexen System von Organismen.«

Oliver schüttelt wieder den Kopf. »Glauben Sie wirklich, es könnte Ihre Rolle sein, mich zu beschützen? Nachdem Sie mir gerade verraten haben, dass Sie sich ausmalen werden, wie ich tot in einer Blutlache liege, kaum dass ich hier weggefahren bin?«

Miranda schießt die Röte in die Wangen, und dadurch wirkt das Blau ihrer Augen noch strahlender. »Es wird kein fröhlicher Gedanke sein. Und genau darum hasse ich Abschiede.«

»Sie hätten meine Kindheit erleben sollen. Dann wären Sie heute an Abschiede gewöhnt.«

»Mmh. Eine schwere Kindheit?«, fragt sie, runzelt die Stirn und sieht ihn mitfühlend an.

»Ja. Verlust- und Verlassenheitsgeschichten. So sieht's aus.«

»Das schreckt mich nicht«, sagt sie, während sie ihre Kamera in einen Leinenbeutel steckt.

»Ach ja? Mich schon«, sagt Oliver und muss an das Foto an seinem Armaturenbrett denken. »Ich bin ein absolutes Nervenbündel.«

»Sollten wir aber alle sein, oder? Bei den Risiken, die wir dauernd eingehen. Rücksichtslose Autofahrer, ständig Schießereien, die Gefahren des Passivrauchens. Ist schon ein verdammtes Wunder, dass das überhaupt jemand überlebt.«

»Stimmt.« Oliver gluckst vor sich hin. »Tja, und da ich eine Spielernatur bin, setze ich mich jetzt in mein Auto und fahre zur Arbeit. Dann kommt jetzt der richtige Abschied.« Er reicht ihr abermals die Hand. »Hat mich gefreut, dich kennenzulernen, Miranda.«

Sie nimmt seine Hand und nickt. »Ja, Oliver. War mir ein Vergnügen, deine Bekanntschaft zu machen.«

»Okay, dann musst du dir jetzt keine Sorgen mehr machen, in Ordnung? Weil mir bei der Vorstellung, wie du mich in einer Blutlache vor dir liegen siehst, nämlich langsam echt mulmig wird.«

»Klar. Sicher. Ist jetzt alles in Ordnung.« Sie zeigt auf ihre Schläfe und macht ein klickendes Geräusch, als würde sie einen Schalter drücken.

Oliver setzt sich in seinen Ranchero und startet den Motor.

»Es sei denn natürlich«, ruft sie ihm nach, »ich habe gerade fünf Sekunden Unterschied auf der anderen Seite des Schicksals erzeugt und dich so direkt auf Kollisionskurs mit einem entgegenkommenden Sattelschlepper geschickt.« Ihre Stimme folgt ihm über den Parkplatz und verliert sich dann.

5

Bitte schnallen Sie sich jetzt an und ziehen Sie Ihren Sitzgurt fest. Stellen Sie die Rückenlehne an Ihrem Sitz senkrecht und klappen Sie den Tisch vor Ihnen hoch.

Mary denkt über die Bedeutung dieser Worte kaum noch nach. Sie sind nur mehr eine Abfolge tröstlicher Laute, wie der Segen, den ein Priester seiner Gemeinde tagaus, tagein erteilt. Sie kennt diese Leier; dies sind ihre Leute.

Wenn sie aber zu Hause in ihrem Bett liegt, geschafft vom Jetlag und noch nach Kabinenluft riechend, und wieder einmal nicht einschlafen kann, verlieren die Worte ihre tröstliche Wirkung. Immer und immer wieder gehen sie ihr durch den Kopf, wie um sie zu verspotten.

Schnallen. Sitzgurt. Rückenlehne. Senk. Recht. Klappen. Tisch.

Manchmal hält sie es nicht mehr aus. Dann richtet sie sich auf, schaltet das Licht an und sucht nach irgendeinem Gegenstand in ihrem kleinen Schlafzimmer, der nichts mit Luftfahrt zu tun hat, um auf andere Gedanken zu kommen.

Heute Abend sitzt sie auf ihrem Gymnastikball, wippt leise vor sich hin und starrt auf das Foto, das Oliver ihr letztes Jahr kurz vor ihrer Operation geschenkt hat. Er hatte wieder einmal in Erinnerungen an eine Vergangenheit schwelgen wollen, von der Mary sich längst gelöst hatte.

Solche Fundstücke aus dem Erinnerungsfundus ihres Bruders taugen nicht dazu, sie auf andere Gedanken zu bringen. Um das Foto von den Vordersitzen seines damals neuen Ranchero nicht mehr ansehen zu müssen, schaltet sie das Licht aus und kehrt ins Bett zurück.

Es gibt sechs Notausgänge. Zwei im vorderen Teil, zwei über den Tragflächen und zwei im hinteren Teil der Maschine. Bitte beachten Sie, dass sich der nächstgelegene Ausgang auch hinter Ihnen befinden könnte.

Wie von selbst deuten ihre Finger über der Bettdecke in die verschiedenen Richtungen: vorn, Mitte, hinten, vorn, Mitte, hinten. Bettpfosten, Schranktüren, Aquarium. Immer schneller geht ihr der Refrain durch den Kopf, wie um sie zu zermürben, als würde er selbst nach einem Notausgang suchen. Ihre Hände fuchteln wild in der Luft herum, um mit dem Tempo Schritt zu halten. Das Bett beginnt sich zu drehen, wie bei Horizontalturbulenzen.

Das wird nie aufhören, denkt sie. Dieses Leben aus halb ausgepackten Koffern. Immer zwischen zwei Einsätzen. Immer in der Luft, in der Schwebe gleichsam.

Doch auch die Alternative – der Anschein eines Lebens, das man für fest geerdet hält, für stabil und beständig – ist letzten Endes immer und jederzeit von Katastrophen bedroht: Tod, Krankheit, Enttäuschung lauern überall, und dafür gibt es keine Notfallpläne, keine Schwimmwesten oder Sicherheitsvorkehrungen.

Bitte Ruhe bewahren. Der Kapitän hat das Anschnallzeichen angeschaltet. Vorn, Mitte, hinten.

Wenn es Mary gelingt, ihre Hände stillzuhalten, hört häufig auch der Reigen der Worte in ihrem Kopf auf. Sie legt sich die Hände auf die Brüste, ein Themawechsel. Seht nur, Mädels, geht es ihr durch den Kopf, seht, wie wunderhübsch ihr seid. Sie liebt ihre prallen, wohlgerundeten Brüste sehr. Die Operation war nicht ganz billig, sie hat monatelang dafür sparen müssen, aber es hat sich gelohnt. Auch die Schmerzen während der Heilung und den Verlust der Empfindung rund um die Brustwarzen hat sie dafür gerne in Kauf genommen.

In der Sitztasche Ihres Vordersitzes finden Sie ein Informationsblatt mit allen Sicherheitshinweisen für dieses Flugzeug.

Wenn ihr Vater noch am Leben wäre, würde er es sicher nicht gutheißen. Auch Oliver hat versucht, ihr noch einmal ins Gewissen zu reden, als er sie frühmorgens am Tag der Operation ins Krankenhaus fuhr.

»Das ist eine OP, die nicht erforderlich ist, Mare. Du lässt dir freiwillig von jemandem den Körper aufschneiden. Und zwar nicht, weil es um Leben oder Tod geht. Dad hat immer gesagt, in einem Krankenhaus wird man nicht gesund.«

»Das ist deine Meinung.« Sie schloss die Augen und faltete die Hände im Schoß. Dass er noch auf der Fahrt in die Klinik versuchen würde, ihr die Sache auszureden, damit hatte sie nicht gerechnet. Warum hatte sie ihn bloß gebeten, sie dort hinzubringen? Im Bus wäre die Fahrt weit weniger stressig gewesen.

»Gibt es nicht spezielle BHs, mit denen du dir behelfen könntest? Überleg doch mal, man wird in dein Fleisch reinsäbeln, durch Muskeln und Nerven hindurch.« Er nahm die Hand vom Steuer und machte sägende Bewegungen in der Luft.

»Es reicht, Oliver.« Mary schlug die Augen auf und betrachtete sein Gefuchtel. »Ich habe immerhin ein Jahr Medizin studiert, im Gegensatz zu dir. Und du hast Recht: genau das wird bei der OP passieren. Falls ich auf dem OP-Tisch sterbe und diese Brustvergrößerung nicht überlebe, wirst du es bereuen, so mit mir gesprochen zu haben. Also halt jetzt bitte die Klappe.« Sie lehnte den Kopf zurück und schloss wieder die Augen. Oliver ihre Beweggründe für diesen Eingriff darlegen zu wollen war sinnlos.

Oliver gab es auf und fuhr schweigend in die Tiefgarage. Er trug ihre Tasche, während sie die zig Anmeldeformulare in der Klinik ausfüllte. Saß schweigend neben ihr, bis die Krankenschwester ihr schließlich die Kanüle anlegte, und als man ihn aufforderte, sich nun zurückzuziehen, drückte er ihr einen sanften Kuss auf die Wange. Mary blickte, schon ein wenig benommen, zu ihm hoch, während er noch unschlüssig neben ihr stand. Dann gab er sich sichtlich einen Ruck und sagte tapfer: »Keine Sorge, Mare. Wird schon schiefgehen. Also dann, mach's gut.«

Seit der OP sieht sie Oliver seltener als früher. Teils, weil sie sich dieser Tage verstärkt für Langstreckenflüge einteilen lässt. Aber auch, weil sie mittlerweile die Geduld mit ihm verloren hat und er ihr einfach nicht verzeihen kann, dass sie erwachsen geworden ist, dass sie mit jenem Abend in der alten Küche abgeschlossen hat, als sie beide bestürzt und mit aufgerissenen Augen vor ihrem Vater standen.

Damit, und auch mit den darauffolgenden Wochen, als ein Baby ins Haus kam, sich mit seinen Händchen an ihrer beider Finger festklammerte und dann wieder verschwand. Auch mit dieser Erinnerung hat sie abgeschlossen und sie endgültig ad acta gelegt.

Sie spielt schon lange nicht mehr Detektiv, ganz so, wie sie auch nicht länger darauf aus ist, Britin zu sein, auf Bäume klettert oder sich müßigem Wunschdenken hingibt. Anders ging es nicht, sonst würde sie bis heute denselben Hirngespinsten hinterherjagen wie Oliver. Stattdessen hat sie gelernt, ohne allzu enge Bindungen auszukommen und damit Abstand zum Schmerz des Lebens zu halten. Sie konzentrierte sich noch mehr auf Fakten. Suchte Ablenkung in der Schule, stürzte sich mit Ehrgeiz ins Lernen.

Sie häufte Wissen an in der Hoffnung, dadurch gegen weitere Überraschungen des Lebens gewappnet zu sein. Eher aus Verlegenheit, in Ermangelung anderer Pläne, fing sie ein Medizinstudium an und quälte sich durch ein fürchterliches Jahr, in dem sie sich in den Verästelungen des menschlichen Körpers und seiner Krankheiten verlor. An dem Tag jedoch, als ihr zweites Studienjahr hätte beginnen sollen, stieg sie in ein Flugzeug und wollte nie wieder aussteigen, so wohl fühlte sie sich in dem abgezirkelten Raum mit den nach vorne ausgerichteten Sitzreihen und den Leuchtanzeigen mit den klaren, einfachen Regeln. Seine Geschwindigkeit – durch die sofortiger Abstand vom Ort des Abflugs hergestellt und in Sekundenschnelle ein völliger Perspektivwechsel herbeigeführt wurde – katapultierte sie in den Beruf, den sie bis heute ausübt.

Wenn sie im Dienst war, verflüchtigte sich ihre Enttäuschung über sich selbst. Der Tag war in überschaubare Zeitabschnitte zwischen Start und Landung aufgeteilt, und sie war Teil einer Mannschaft mit einem klaren gemeinsamen Ziel. Mary plauderte und scherzte gerne mit den Passagieren, hatte Freude daran, sich um ihre unmittelbaren Bedürfnisse etwa bei Hunger, Durst, Angstzuständen oder Kälte kümmern zu können. Nach und nach ließ sie das medizinische Wissen aus jenem Studienjahr hinter sich, ließ es in Städten auf der ganzen Welt zurück.

In zehntausend Meter Höhe kehrte langsam ihre alte Persönlichkeit zurück, weit entfernt von der Trübsal, in der ihr Bruder sich dauerhaft eingerichtet hatte.

Als sie Oliver von ihrem Vorhaben erzählte, sich den Busen vergrößern zu lassen, versuchte er sie mit dem Argument davon abzubringen, dass ihr Vater so etwas strikt abgelehnt hätte. Viele der progressiven Birkenstockträger aus den Siebzigern aber – Männer wie ihr Vater eben –, das weiß Oliver nicht und mag es auch nicht wahrhaben, fliegen heute erster Klasse, tragen eine Rolex am Arm und trinken teuren Merlot.

Sollten wir Ihnen darüber hinaus irgendeinen Wunsch erfüllen können, wenden Sie sich bitte jederzeit an uns.

Bei Zwischenlandungen laden diese Männer sie manchmal auf einen Drink oder ein Abendessen ein. Vielleicht, weil sie sich mehr erhoffen. Vielleicht, weil sie davon ausgehen, mit ihr leichtes Spiel zu haben. Aber Mary verabscheut Klischees; sie hat sich den Busen nicht vergrößern lassen, um damit Männer einzufangen. Sie legt keinen Wert darauf, abends in einem kratzigen Bademantel am Fenster eines unpersönlichen Hilton Hotels in Miami oder San Francisco zu stehen und einem Telefonat nach Hause zuzuhören. Geführt von einem Mann, der in Unterhose auf dem Bett lümmelt, Wein schlürft und Krabben vom Zimmerservice vertilgt, während er seiner Frau vorjammert, dass es im Flugzeug nur Erdnüsse zu essen gab. Dass Flugreisen immer mehr zu besseren Busfahrten verkommen. Und noch mehr Jammertiraden dieser Art, während gleichzeitig eine Stewardess mit operierten Brüsten den zweiten der beiden Bademäntel trägt, die er an Bord als kleine Aufmerksamkeit erhalten hat.

Stattdessen streift Mary in den Korridoren der Hotels umher und versucht, in ihrer Zeitzone zu bleiben. Oft denkt sie dabei über die Videos nach, die Oliver ihr regelmäßig zeigt – die Videos, die er für sich selbst macht. Jedes Mal sitzt sie neben ihm auf dem Sofa in seinem Büro und sieht sich pflichtergeben die zusammenhanglosen Selbstgespräche an, die wie kleine Fenster in seine Daseinsangst anmuten.

Als Oliver ihr das erste Mal erzählte, dass er ein Video drehte, war Mary begeistert. Weil sie dachte, dass er seine Fertigkeiten dazu nutzen würde, eine Geschichte zu erzählen, etwas Unterhaltsames, Witziges zu gestalten. Sie war sogar mit Popcorn und Malzbier bei ihm aufgetaucht.

»Filmeabend!«, hatte sie frohlockt, als er ihr die Tür öffnete.

»Stimmt haargenau«, hatte er gesagt und dann Popcorn geknabbert und Malzbier geschlürft, während Mary auf den summenden, stöhnenden, pfeifenden Bildschirm schaute.

Es waren Rad schlagende Kinder zu sehen, alte Männer beim Klavierspielen und Ameisen, die auf einem toten Vogel umherwimmelten. Es war nicht unterhaltsam. Es kamen keine Stunts vor, keine Witze. Sie saß mit aufgerissenen Augen und klopfendem Herzen da, die Hände unter die Beine geschoben. Als der Film vorbei war, sah Oliver sie erwartungsvoll an.

»Und?« Er leckte sich das Salz von den Fingern.

»Oliver«, sagte sie vorwurfsvoll. »Das ist doch kein Film. Was soll das sein?«

Er zuckte die Achseln. »Keine Ahnung. Aber überschlag dich bloß nicht vor Begeisterung.«

»Nein. Versteh mich nicht falsch. Es ist natürlich gut gemacht. Rein technisch. Ich weiß bloß nicht, was es sein soll. Was ich davon halten soll.« Mary war immer bemüht, ihren in sich gekehrten Bruder in seiner Verschrobenheit nicht auch noch zu bestärken.

»Was du davon hältst, bleibt völlig dir überlassen. Das ist kein Test. Sag mir, was du darüber denkst.« Bittend sah er sie an, mit seinem arglosen, offenen Gesicht.

Mary wandte ihm ihr Gesicht zu und seufzte.

»Gut, alles klar. Hab's kapiert.« Er stand auf und schaltete den Bildschirm aus.

»Oliver.« Sie wusste nicht, wie sie reagieren sollte. Tatsächlich spürte sie ein Summen an der Nasenspitze und in den Lippen, als wäre sie heftig geschüttelt worden. Aber das wollte sie ihm nicht verraten.

Beinahe alles, was Oliver tat, nahm irgendeinen Faden aus jenem Sommer auf. Obwohl es ihr dort in Olivers dunklem Büro nicht direkt ersichtlich war, zog sie der Faden eindeutig zurück zu dem Moment, als sie mit Oliver Hand in Hand in der Küche gestanden und mit heftigem Herzklopfen, hin- und hergerissen zwischen Furcht und Hoffnung, zugesehen hatte, wie sich Mr Nice Guy über ihren Vater beugte. Also saß sie auf dem Sofa und zerbrach sich den Kopf über das Video, um seinem Sinn und Zweck auf die Spur zu kommen. Wobei sie allerdings nur zu einer Einsicht gelangte: nämlich, dass sie es unbedingt noch einmal sehen wollte.

»Ich weiß auch nicht, was es genau ist«, sagte Oliver, ehe sie ihre Meinung revidieren konnte. »Hab einfach ein bisschen herumexperimentiert.« Er lächelte und trank noch einen Schluck Malzbier.

Sie sah auf ihre Hände hinab. »Was hast du weiter damit vor?«

Oliver sah sie beinahe erstaunt an. »Das landet in der Schublade. Oder fällt dir was Besseres ein?«

»Nein«, sagte sie hastig, erleichtert darüber, dass er sonst keine Pläne damit verfolgte. Mit vierzehn hatte er in der Zeitung mal eine Suchanzeige nach ihrem verhinderten Bruder aufgegeben, in der Rubrik »Verloren – gefunden«. Es war ihr sehr unangenehm, wenn seine Spinnereien derart publik wurden. »Ich hab's mir gerne angesehen, Oliver.«

Also zeigt er ihr seine Filme weiterhin, wenn er wieder mal einen fertiggestellt hat. Sie sitzt auf seinem Sofa, drückt ein Kissen an sich und wird immer wieder völlig in den Bann gezogen von dem, was sie da sieht. Hinterher findet sie lobende Worte, offenbart ihm aber nie das volle Ausmaß ihrer Bewunderung. Verrät ihm nie, dass sie allein bei der Erinnerung an diese Bilder manchmal Lust bekommt, sich aus zehntausend Meter Höhe aus dem Flugzeug zu werfen, nur um etwas spüren zu können. Wenn sie es zuließe, könnten seine Videos in ihr wieder den Glauben an die wundervollen Möglichkeiten des Lebens erwecken. Es kommt ihr vor, als würde er den Inhalt seines Herzens und seiner Seele in eine Flasche füllen, kräftig schütteln und das Ergebnis dann in einen schlanken, anmutigen Kelch gießen.

Wenn sie unterwegs ist und nicht schlafen kann, denkt sie über diese Videos nach. Bewundert sie im Geist ein weiteres Mal. Und dann schweifen auch ihre Gedanken zu dem Jungen, den sie als Säugling fortgegeben haben.

Während sie nun, nach wie vor hellwach, im Bett liegt, atmet Mary tief ein und wieder aus. Sie denkt an ihr Lieblingsfenster im Flughafenhotel, daran, wie draußen auf den Pfützen nach einem Gewitter die Sonne funkelt. Während Flugzeuge starten und landen, Menschen zurück nach Hause oder in die Ferne befördern, ermahnt sie sich immer, ganz im Hier und Jetzt zu leben. Ihre prallen, runden Brüste geben ihr Mut. Die kleinen Silikonkissen darin sind der Beweis, dass Biologie kein Schicksal zu sein braucht.

Ihr Sitzkissen kann auch als Schwimmhilfe verwendet werden.

Irgendwo in Mr Scraps Schlaf kommen Schritte vor. Er hört ihr Hallen, das immer lauter wird, je näher sie kommen. Wo befindet er sich? Im Bett? Oder ist er in seinem Auto eingeschlafen? Ja, in der Tiefgarage offenbar. Irgendwo über ihm ist das Quietschen von Reifen zu hören, die über den glatten Betonboden gleiten. Wenn er doch nur aufwachen könnte, dann könnte er vor der Gefahr davonfahren. Dieser Traum versucht ihn zu wecken, will ihn beschützen.

Aber er bekommt einfach nicht die Augen auf.

Jetzt ist es still. Aber sein Traum, da ist er sich ganz sicher, ist noch nicht vorbei.

Er wartet darauf, was als Nächstes passieren wird. Da vernimmt er auch schon das nächste Geräusch. Das Klicken eines Feuerzeugs, gefolgt vom Aufflackern einer Flamme, die er ganz in der Nähe zischen hört. Dann der Geruch von Benzin. Ein leises und furchterregendes Tröpfeln. Wie ein heißer Windhauch leckt die erste Flamme des Feuers an seinen Koteletten. Sein Arm zuckt, um es wegzuschieben, und von dieser Bewegung wacht er endlich auf. Aha. Er hätte also bloß den Arm zu heben brauchen.

Wie viele andere Fehler hat er noch gemacht?

In kalten Schweiß gebadet befühlt er hektisch sein Ohr, tastet an seiner Kotelette herum.

Mr Scrap setzt sich auf und reibt sich die Augen, wischt sich den Schweiß von Stirn und Nacken. Seine Frau neben ihm schläft tief und fest. In zwanzig Jahren hat sich ihr Gesicht kaum verändert. Sie hat zwar eine andere Frisur, trägt ihr Haar heute kurz, nicht mehr lang wie damals bei ihrem ersten Ehemann, aber ihre Haut ist nach wie vor weich, glatt, faltenlos. Ihre Wangenknochen sind zart mit kleinen Sommersprossen gesprenkelt.

Wo war er, als diese Pünktchen auf ihrer Haut unter der grellen Sommersonne entsprossen? Vermutlich vertieft in irgendwelche Witzblätter, ohne zu ahnen, dass es irgendwo ein Mädchen gab, dessen Anblick ihn einmal ebenso sehr trösten wie peinigen könnte. Ein Mädchen, das zur Frau heranwachsen und einen anderen Mann lieben sollte, den sie sogar heiratete, obwohl sie wusste, dass er sie weitaus weniger liebte als sie ihn, dem sie zwei Kinder gebar und den sie schließlich zu Grabe tragen musste, ihren Gram an sich pressend wie ein wertvolles kleines Päckchen. Und als er es nicht mehr aushielt, bot Mr Scrap ihr schließlich eine Zuflucht, erlaubte ihr, weiter ihren Kummer zu pflegen, auch dann noch, als sie seine Frau wurde.

Sie liebte ihn ein bisschen weniger, als er sie liebte, aber das fiel nicht weiter ins Gewicht. Immerhin, fand Mr Scrap, hatten sie damit eines gemeinsam: die Erfahrung asymmetrischer Liebe.

Dass Liebe in gleichem Umfang erwidert wurde, war gar nicht notwendig. Sie ließ sich von ihm lieben, wie ihr erster Mann ihr erlaubt hatte, ihn zu lieben. Wie ein geliebtes Kätzchen in den Händen eines übereifrigen Kindes ließ sie es sich geduldig gefallen, dass er sie sich über die Schulter warf und ihr ins Ohr flüsterte, trotz allem.

Wenn er nachts zwischendurch aufwacht, so wie jetzt, kann er ihr über das Gesicht streicheln, über Stirn, Nase, Wangen und Kinn, mit dem Finger an ihrem Hals hinabfahren, zwischen ihren Brüsten hindurch, über ihren Bauch und das schütter gewordene Haar zwischen ihren Beinen. Sie rührt sich nicht dabei.

Schlägt nicht mal die Augen auf, um zu sehen, was passiert. Sie kennt seine Gewohnheiten, seine nächtlichen Gelüste, hat sich daran gewöhnt.

Er lässt seine Hand an der wohltuend warmen Innenseite ihres Schenkels verharren. Mr Scrap schließt die Augen, um weiterzuschlafen. Doch sobald er wieder allein im Dunkel seines Kopfs ist, hört er erneut das Gluckern von Benzin. Er schlägt die Augen auf und horcht angestrengt.

Vielleicht läuft ja irgendwo im Haus ein Wasserhahn. Oder die Spülmaschine ist wieder kaputt. Doch jetzt, mit offenen Augen, hört er gar nichts mehr.

Entnervt schlägt Mr Scrap die Bettdecke zurück, steht auf und geht über die kühlen Holzdielen hinüber zu den Glastüren, um sich zu vergewissern, dass sie auch abgesperrt sind. Aber der Griff dreht sich mühelos in seiner Hand, und er öffnet die Tür. Er sieht sich zum Bett um, zu seiner Frau, die ahnungslos neben dieser nicht abgesperrten Tür schlummert.

Hat er vergessen, das vor dem Zubettgehen zu überprüfen? Hat sie die Tür irgendwann in der Nacht aufgeschlossen? Ist jemand anderes im Haus gewesen?

Draußen auf der Terrasse ist nur das durchdringende Zirpen der Grillen zu hören. Die erhöhte Terrasse zieht sich um zwei Seiten des Hauses herum, und hier auf der Rückseite sieht man direkt in die Kronen der kleineren Obstbäume im Garten. Von den Bäumen unmittelbar vor ihm geht ein süßer Duft von reifenden Früchten, Aprikosen, Äpfeln, Birnen und Feigen, aus. An dem Apfel- und Birnbaum hängen noch hie und da ein paar verwelkte Blüten. Irgendwo in ihrem Inneren sind neue Früchte im Entstehen.

Mr Scrap verschränkt die Hände auf dem Rücken und spaziert auf der Terrasse um das Haus herum. Als er um die Ecke gebogen ist, kann er die Straße vor seinem Haus sehen. Weiter unten am Hang wirft eine Straßenlaterne einen kreisförmigen gelben Schein auf den Asphalt, der einzige Lichtfleck in der gesamten Siedlung.

Zur Straße hin wird der Vorgarten durch eine breite, nicht beschnittene Hecke aus Buchsbaumsträuchern begrenzt, deren Blätter sogar jetzt, im nächtlichen Dunkel, glänzen. Als Mr Scrap die damals noch kümmerlichen Stauden setzte, hatte der Arzt von nebenan sich einen spöttischen Kommentar nicht verkneifen können.

»Gefällt mir, wenn jemand sich nicht scheut, in seinem Garten ein eindeutiges Zeichen zu setzen«, hatte er grinsend gesagt.

Im Verhältnis zu Mr Scraps riesigem Vorgarten hatten sich die kleinen grünen Schösslinge, die da am Rand verteilt standen, schon recht komisch ausgenommen. Er quittierte die Bemerkung nur mit einem gutmütigen Glucksen, damit der Arzt nicht merkte, welchen Groll er gegen ihn hegte, wie sehr er ihm sein müheloses Leben missgönnte. Ein Mann wie der Arzt brauchte nichts zu planen. Sein Leben geschah einfach. Er hatte eine liebenswerte, hübsche, zärtliche Frau geheiratet, ohne sich wirklich um sie bemühen zu müssen. Und sie liebte ihn über alles, das war nicht zu übersehen. Das war mit das Erste, was Mr Scrap auf Betsy aufmerksam machte. Wie sehr sie ihren Mann liebte. Wie sie ihre Hand auf seinen Arm legte, wenn sie mit ihm redete, wie sie ihm dabei tief in die Augen sah.

Um Hecken und Sträucher und Büsche und Unkraut kümmerte sich der Arzt nicht. Das machte sie. Der Arzt führte ein herrliches Leben.

Bis es damit dann plötzlich vorbei war.

Und als es vorbei war, stellte sich nicht nur heraus, dass es weder eine Lebensversicherung noch ausreichende Ersparnisse für einen solchen Notfall gab – nein, es gab nicht einmal Fotos oder ähnliche Andenken für seine schöne, hingebungsvolle Frau.

Aus den kleinen Schösslingen in Mr Scraps Vorgarten sind inzwischen stattliche, robuste Sträucher geworden. Während er sie von der Terrasse aus betrachtet, ruft er sich die hochgewachsene Gestalt des Arztes in Erinnerung, die eckigen Brillengläser vor seinen grünen Augen, den dichten roten Bart, der einen so auffallenden Kontrast zu seinem hellblonden Haar bildete, einen genetischen Irrtum geradezu.

Derselbe Irrtum wiederholt sich auch bei dem Sohn, der die Sicherheit, die ihm durch die erneute Heirat seiner Mutter geboten wurde, nie zu schätzen wusste. Der Junge betrügt sich selbst um sein Leben, weil er nicht über einen alten Groll hinwegkommt. Und warum grollt er? Wegen eines Neugeborenen. Er trauert einem Säugling nach, den seine Mutter nie gewollt hat und dem gegenüber sie keinerlei Verpflichtung hatte, ihn allein großzuziehen.

Selbstverständlich hatte sich Mr Scrap über diese Entscheidung auch seine eigenen Gedanken gemacht. Aber sie lag damals nicht in seiner Hand.

Erst im Nachhinein wurde Mr Scrap klar, dass der quäkende kleine Säugling seine einzige Chance gewesen war, Vater zu sein; erst im Nachhinein, weil er davon in jener dunklen Sommernacht noch nichts ahnen konnte, als sie den Jungen in eine Decke einhüllten und zu einer weniger wohlhabenden Adresse brachten. Er hatte sich der Sache so routiniert angenommen, dem Baby einen anderen Weg gebahnt, ihm ein neues Zuhause mit einer neuen Ansammlung von Stimmen verschafft, die über ihn hinwegredeten, während er schlief. Die Aufgabe, für diesen Säugling eine andere Familie zu finden, hatte ihm erlaubt, eine Rolle zu spielen, einen Grad von Vertraulichkeit herzustellen, den er, so dachte er, auf anderem Weg niemals hätte erreichen können. Woher hätte er wissen sollen, dass es gar nicht nötig war, so um ihr Herz und ihre Zuneigung zu buhlen, dass sie ihn mit derselben Selbstverständlichkeit heiraten würde, mit der sie etwa an einem heißen Tag ein kaltes Getränk in Empfang genommen hätte? Höflich, vernünftig und durstig, war sie weitaus leichter zu gewinnen, als Mr Scrap es sich vorgestellt hatte.

Ein plötzlicher Wind ruft die Gerüche des vergangenen Nachmittags in Erinnerung. Frisch gemähtes Gras, Rosen, Kühlflüssigkeit, Chlor – die ganze Fülle des Sommers in einem Windstoß, der ihm durch den dünnen Baumwollpyjama fährt. Dann aber läuft ihm jäh eine Gänsehaut über den Rücken, als er noch einen anderen Geruch wahrnimmt: Zigarettenrauch. Mr Scrap blickt suchend auf der Straße umher: Vielleicht führt ja jemand frühmorgens seinen Hund Gassi, oder ein Jugendlicher treibt sich noch herum. Aber es ist weit und breit niemand zu sehen. Wer ist es dann?

Er schaut von der Terrasse hinab zu seiner eigenen Haustür, wo die Verandalampe ein hartes helles Licht auf die Schwelle wirft. Ein irgendwie unheimlicher Anblick. Wäre dies ein gemaltes Stillleben, würde irgendwo außerhalb des Bildrahmens Gefahr lauern.

Mr Scrap geht bis zum Rand der Terrasse, späht durch die Lücken zwischen den Holzbohlen unter seinen Füßen. Kommt der Rauch von da unten? Wieder erhebt sich ein Windzug, der ihn zusätzlich verwirrt. Allerlei Geräusche dringen an sein Ohr, das Dahinkollern einer Blechdose, das Rascheln einer dünnen Plastiktüte, die sich plötzlich aufbläht, das Knarren schwerer Äste – oder hört er da etwa auch Schritte auf dem kiesbestreuten Weg unter ihm?

Der Wind legt sich wieder, und damit kehrt auch wieder Stille ein. Der Geruch von Zigarettenrauch aber ist nach wie vor deutlich wahrzunehmen.

Ob er mal rufen soll? Wenn er davon ausgehen würde, dass sich da unten ein gewöhnlicher Dieb herumtreibt, würde er sich bemerkbar machen, um den Strolch zu erschrecken und so in die Flucht zu schlagen. Aber Mr Scrap hält es für so gut wie ausgeschlossen, dass der Rauch, der durch die Holzbohlen der Terrasse dringt, von irgendeinem dahergelaufenen Dieb stammt. Nein. Während er dort steht, barfuß und noch unter dem Eindruck seines Traums von vorhin, ist er sich sicher, dass das nur Andy Rolondo sein kann, der hergekommen ist, um ihn weiter einzuschüchtern.

Mr Scrap kniet sich lautlos hin und streckt sich dann lang auf dem Bauch aus. Er drückt seine Stirn ans Holz und späht mit einem Auge angestrengt durch eine Lücke zwischen zwei Bohlen.

Er sieht ein paar alte Fahrräder, zwei Schaufeln und einen Eimer, in dem seine Frau immer das gejätete Unkraut sammelt. Sonst nichts. Aber das beruhigt Mr Scrap nicht, er starrt weiter angestrengt nach unten. Wenn er nur lange genug hinschaut, sieht er sicherlich gleich irgendeine Bewegung, einen Hinweis darauf, dass dort ein Eindringling lauert.

Vielleicht leidet er auch unter Verfolgungswahn und bildet sich den Zigarettenrauch und die Schritte nur ein. Vielleicht tut sich hier zu dieser frühmorgendlichen Stunde rein gar nichts Ungewöhnliches. Dann kommt erneut Wind auf, und wieder ist die Umgebung erfüllt von allerlei ominösen, rätselhaften Geräuschen.

Umrauscht vom warmen nächtlichen Wind, schläft Mr Scrap irgendwann ein, das Auge noch immer über der Lücke, darauf lauernd, dass sich seine Vermutungen bestätigen.

Seine Frau wird ihn später dort finden. Die Beklommenheit, mit der sie am Morgen durch die offenstehende Glastür auf die Terrasse hinausgetreten ist, verwandelt sich in pures Entsetzen, als sie seinen Körper ausgestreckt auf dem Boden entdeckt und alles so sehr nach einem weiteren Verlust aussieht.

Kurz vor Sonnenaufgang klettert Oliver, behängt mit seiner Ausrüstung, über den Zaun des Freibads. Noch ist das Bad geschlossen, und das Schwimmbecken mit seinem leuchtend blauen, unbewegten Wasser bietet einen hinreißenden Anblick. Als Kind hätte Oliver sich eine solche Gelegenheit, die ruhige

Wasseroberfläche mit seinen Füßen als Allererster zu durchbrechen, ganz allein unter die Oberfläche abzutauchen und dem hohlen Geräusch des Nichts zu lauschen, schwerlich entgehen lassen. Heute Morgen aber ist er ganz in seiner Rolle: verheirateter Pathologe, neununddreißig, Vater zweier Kinder.

Mit Schwimmbrille um den Hals sitzt er in seiner Badehose am Beckenrand. Ein Grinsen breitet sich auf seinem Gesicht aus, als er etwas außerhalb seines Gesichtsfeldes wahrnimmt. Seine Kinder nämlich, die sich im Wasser tummeln. Sein Sohn und seine Tochter, die zwischen den Beinen meist verständnisvoller Erwachsener hindurchschwimmen. In Gedanken bei ihnen betätigt er den Fernauslöser seiner Kamera.

Während er weiter lächelt, schließt sich die Blende mit einem Klicken, wie eine zufallende Tür. Wie traurig sein Vater wäre, wenn er wüsste, was er alles verpasst hat. All das Chaos, das er durch seinen Tod ausgelöst hat. Dass sein Tod den kleinen Jungen zum Waisen machte, den er so gerne hatte retten, so gerne hatte kennenlernen wollen.

Versunken in die Betrachtung der langen Schatten, die im Schein der Morgensonne auf die Freibadterrasse fallen, entscheidet Oliver, dass es Schummelei wäre, einen Blick auf das Leben zu werfen, nachdem man gestorben ist. Wie Orpheus, der sich nach Eurydike umdrehte, weil er es vor Ungeduld nicht mehr aushalten konnte. Oder, überlegt Oliver, als würde einem das Ende eines Buches verraten, ehe man es selbst ganz durchgelesen hat.

Oliver jedenfalls würde lieber in der Mitte des guten Buches aufhören, wenn alle noch am Leben sind. Würde, falls es hinters Bett fällt oder unauffindbar unter einem Haufen Werbepost begraben wird, lieber nie erfahren, wie es am Ende ausgeht. Damit ihm der Anfang für alle Zeit unangetastet im Gedächtnis bleibt.

Oliver denkt an seinen Vater, ausgestreckt auf dem Küchenboden. Peng. Das Buch wird zugeschlagen, ehe er es zu Ende gelesen hat. Nicht weiter schlimm. So wird zumindest sein Vater von der Tragödie nichts mehr mitbekommen.

Aber es gibt das Buch bis heute. Auch wenn niemand darin liest. Die Seiten füllen sich mit einem wildbewegten Melodram: Seine Mutter macht die Adoption rückgängig, heiratet den Nachbarn von nebenan und tut so, als könnte dieses neue Leben das alte ersetzen.

Ein Holzapfelbaum wölbt seine Zweige über das Schwimmbecken, und als Oliver aufsteht, um seine Ausrüstung einzupacken, plumpsen zwei der roten Früchte ins Wasser hinab. Miniaturbojen gleich wippen sie auf der Oberfläche. Scharlachrote Warnsignale.

Als er klein war, störte er sich nicht an ihrem bitteren Geschmack. Es machte ihm einfach Spaß, Früchte zu essen, die er selbst pflücken konnte, so bitter und zäh sie auch sein mochten. Die Holzäpfel von dem Baum hinten in ihrem Garten hat er dauernd gegessen. Oder vielmehr, darauf herumgekaut und -gelutscht, während er seinen Blick über die umliegenden Gärten schweifen ließ.

An dem Tag, als Oliver mitbekommen hat, wie Patty Wilcox sich unter der Grillabdeckung versteckte, haben er und Mary da später am Nachmittag Sirenen gehört? Er weiß es nicht mehr. Als sein Vater so unverhofft ins Krankenhaus gerufen wurde, ist Oliver wieder auf den Baum geklettert, hat sich einen Holzapfel gepflückt und die Umgebung im Auge behalten, in der Hoffnung, etwas ähnlich Aufregendes zu entdecken wie am Vormittag.

Aber es macht keinen Spaß, allein im Baum zu sitzen. Er läuft zum Haus zurück, um Mary zu holen, und findet sie zu seiner Überraschung auf einem der Liegestühle auf der Veranda vor, eifrig in ihr Notizbuch schreibend.

»Was ist los?«, fragt er mit dem Holzapfel im Mund, den er von innen gegen seine Wange drückt.

»Üble Sache, alter Junge.« Sie spricht wieder mit britischem Akzent. »Dieses Mädchen« – sie zeigt hinüber zum Holzapfelbaum – »dieses Mädchen von heute Vormittag. Die, die du gefunden hast. Patty Wilcox. Sie wird vermisst. Seit heute Mittag. Mehr weiß ich nicht. Tina Farnsworth hat's mir erzählt.« Sie zuckt mit den Schultern. »Alle suchen wie verrückt nach ihr. Sogar die Polizei. Vielleicht ist sie ausgerissen. Oder entführt worden«, fügt sie hinzu und reißt dabei leicht die Augen auf.

Oliver rennt zum Baum zurück, klettert behände hinauf und stellt sich auf einen Ast, der hoch genug ist, um über die Mauer sehen zu können. Er späht zu der Grillabdeckung im Garten von Mr Nice Guy, die noch genauso über dem Terrassengeländer hängt, wie sie sie zurückgelassen hat. Sie versteckt sich wieder dort, davon ist er überzeugt, und wartet darauf, dass Oliver sie findet.

»Mary«, ruft er zu ihr hinüber. »Jede Wette, dass sie sich wieder da unter der Plane versteckt.«

»Wie kommst du darauf, Oliver?«

»Das weiß ich einfach. Bitte, komm her. Wir müssen uns beeilen.« Ungeduldig wippt er von einem Fuß auf den anderen.

»Ist ja gut«, gibt Mary seinem Drängen nach. Als sie zu ihm auf den Ast geklettert ist, treten sie beide vorsichtig auf die hohe Zementmauer hinüber, die die beiden Gärten trennt.

»Ist er zu Hause?«, fragt Oliver, während er zu den großen Fenstern des Nachbarhauses hinüberschielt.

»Nein. Er ist Anwalt, Oliver, schon vergessen? Die sind nie zu Hause.«

»Oh«, sagt Oliver und springt dann als Erster in die Tiefe. Er landet gut, aber zu dicht am Blumenbeet, so dass er eine große Schlüsselblume zerdrückt.

Mary landet ganz in der Nähe, ohne etwas zu zerdrücken. »Wir haben keine Zeit zu verlieren. Wir müssen die Königin finden.«

Oliver sieht sie fragend an. »Hä?«

»Ach, du weißt schon. Wie heißt sie noch. Also, dann komm.«

»Famose Sache«, sagt er und duckt sich leicht, Marys Beispiel folgend. Sie pirschen sich über den Rasen an das Geländer heran. Oliver hebt die Grillabdeckung hoch, aber darunter befindet sich niemand. Mary späht wachsam umher, auf der Hut vor feindlichen Agenten. Sie sehen noch an anderen Stellen nach, unter der Terrasse, hinter dem Schuppen, seitlich neben dem Haus. Nichts. Der Garten ist menschenleer. Trotzdem schleichen sie so vorsichtig umher, als befänden sie sich in den düsteren, kopfsteingepflasterten Seitenstraßen und Gässchen eines imaginären London.

»Verflixt«, sagt Mary und dreht sich zu Oliver um. »Die Spur ist kalt.« Irgendwo in der Ferne heult eine Sirene.

»Verflixt«, wiederholt Oliver und hebt ein Stöckchen vom Boden auf.

»Also, zurück zum Stützpunkt, Sportsfreund?«, fragt Mary und tut so, als würde sie eine Nummer auf ihrem Telefon wählen. Sie spricht mit dem Boss, erklärt ihm, dass sie die Spur der Königin verloren haben.

»Er hat uns zum Rapport einbestellt. Sieht nicht gut für uns aus, alter Junge.«

»In der Tat.« Oliver wirbelt das Stöckchen in der Hand herum. »Ich war mir sicher, wir finden sie. Meinst du wirklich, sie ist entführt worden?« Oliver malt sich aus, wie das Mädchen gefesselt in einem Lieferwagen liegt.

»Keine Ahnung.« Mary kehrt zur Mauer zurück und legt dort den Kopf in den Nacken. »Äh, Oliver. Wir müssen, glaube ich, außen herum gehen.«

Sie hat Recht. Über die Mauer zu klettern kommt von hier aus nicht in Frage, sie ist viel zu hoch.

Einige Zweige ihres Holzapfelbaums ragen traurig in den Garten ihres Nachbarn herüber. Auch Früchte sind hinuntergefallen,

Dutzende kleiner roter Kugeln, die im Gras verstreut liegen. Ob ihn das aufregt, ihren Nachbarn, Mr Scrap? Wäre es ihm lieber, wenn sie die Zweige beschneiden, die Früchte aufsammeln würden? Oder nimmt er das für den Schatten, den die Zweige dieser hinteren Ecke in seinem Garten spenden, in Kauf?

Oliver zuckt die Achseln und folgt Mary durch das Seitentörchen ihres Nachbarn, durch ihren eigenen Vorgarten und ihr Seitentörchen, bis sie sich wieder im Garten hinter ihrem Haus befinden.

Mit dem Stöckchen in der Hand steuert Oliver auf die Veranda zu und denkt über ein weiteres Erdnussbuttersandwich nach. Seine Mutter ist noch bei ihrem Nähzirkel, und sein Vater ist noch nicht wieder aus dem Krankenhaus zurück. So schade er es findet, dass sein Vater überraschend zur Arbeit musste – eigentlich hatten sie ins Freibad gehen wollen –, dadurch eröffnet sich auch eine Art ungewohnte Freiheit.

Oliver spürt, wie etwas unter seinem nackten Fuß knirscht. Er springt erschrocken zur Seite und schaut nach unten ins Gras. Was da geknirscht hat, sieht aus wie ein Stück Abfall. Er dreht es mit seinem Stock herum. Es ist kein Abfall. Es ist ein Ei. Schneeweiß, grau gesprenkelt, angeknackst. Er pikst noch einmal mit dem Stock dagegen.

»Hey, Mare«, ruft er. Es ist mehr als angeknackst. Die ganze eine Seite fehlt, als wäre die halbe Eischale abgeschnitten worden, um ein Schaubild zu erschaffen.

»Mary«, schreit Oliver, ganz erschrocken jetzt über das, was er da sieht. »Komm mal her. Ich brauche dich.«

Oliver kann nicht den Blick von dem halbentwickelten Vogel abwenden, ganz rosa und grau und nackt ist er. Mary ist jetzt herbeigeeilt und prüft die Lage mit nüchternem Blick.

»Was ist das?«, fragt sie, als sie sich neben ihn ins Gras kniet. Sie hat einen frischen Kaugummi im Mund, Geschmacksrichtung Wassermelone. Er riecht sehr süß und stark.

»Ich weiß nicht. Ein Vogel, nehme ich an.«

»Wow. Wie eine kleine Leiche«, sagt Mary und nimmt Oliver das Stöckchen aus der Hand. »Guck, es könnte auch ein Mensch sein.« Sie deutet auf die zusammengefalteten Ärmchen und Beinchen.

»Vögel haben aber keine Arme«, sagt Oliver. »Ist es deshalb gestorben?« Er sieht sie mit großen Augen an, voller Angst, aber auch mit der leise aufkeimenden Hoffnung, dass nicht er das Vögelchen getötet hat. »Weil es Arme hatte, und das geht nicht?«

»Die entwickeln sich zu Flügeln weiter. Wenn da jetzt Federn dran wären, wären es Flügel.« Mary streckt ihre Arme aus und macht flatternde Bewegungen. »Aber es war schon fast lebendig. Es ist fast vollständig entwickelt. Vielleicht *ist* es ja sogar schon vollständig entwickelt.« Sie stupst mit der Stockspitze gegen den kleinen, seltsam abgeflachten Schnabel des Vogelkükens. »So schlüpfen sie, glaube ich. In diesem Zustand, mit breiten Schnäbeln, die erst später spitz werden – weil ihre Mütter sie dann leichter füttern können.«

Oliver beobachtet Mary, der das blonde Haar vorne über die Schultern hängt. Sie drückt mit dem Stöckchen gegen den Vogel. Die Unterseite der Eischale zerknackst noch mehr.

»Heh, hör auf«, sagt Oliver und reißt seiner Schwester den Stock aus der Hand.

»Das Vieh ist schon tot, Oliver. Ich kann ihm nicht mehr wehtun.«

»Woher willst du das wissen? Du weißt nicht über alles auf der Welt Bescheid.« Er wischt sich den nackten Fuß gründlich am Gras ab.

Mary verdreht die Augen und lässt eine große lila Kaugummiblase in ihrem Mund verschwinden. »Wenn man stirbt, stirbt man«, sagt sie stolz.

»Aber was ist mit seiner Seele?«

»Die ist auch fort. Im Himmel«, säuselt sie verträumt, zeigt mit dem Arm anmutig nach oben und verharrt kurz in dieser Haltung, wie für ein Foto. »Oder in der Hölle«, sagt sie auf einmal mit tiefer Stimme und zeigt mit steifem Arm nach unten. Dann verneigt sie sich leicht, als würde sie auf Applaus warten.

Oliver wendet den Blick ab. Es ist immer dasselbe mit seiner Schwester: Sie will immer im Mittelpunkt stehen. Und für Oliver steht sie in der Regel auch im Mittelpunkt. Bis sie wieder anfängt, eine Schau abzuziehen. Ein Teil von ihm findet es mies, dass sie sogar meint, einen toten kleinen Vogel übertrumpfen zu müssen, der noch in seine Eischale geschmiegt ist, die rosigen Füßchen an den Bauch gedrückt, als hätte er gefroren. Wie kann sie von Oliver verlangen, sie noch mehr anzuhimmeln, als er es ohnehin schon tut? »Hör auf«, flüstert er.

Der kleine Vogel sieht in seinem Ei so zerbrechlich und verschrumpelt aus, als hätte ihn der Tod am Ende seines Lebens ereilt, nicht am Anfang. Sein Schnabel ist breit und flach, als wäre er zu viel benutzt worden und deshalb in sich zusammengesackt. Seine Haut ist dünn und knittrig, die Augenlider sind ganz schlabbrig.

Mary neben ihm seufzt tief und knallt mit ihrem Kaugummi. »Okay. Also, wollen wir ihn beerdigen?«

»Was, wenn das gar kein Baby ist? Wenn er schon sein ganzes Leben gelebt hat? Und das hier ist sein – wie heißt das noch mal?« Er denkt an den großen Bildband von der Tutanchamun-Ausstellung im Bücherregal seiner Eltern. Es wäre besser, wenn der Vogel ein langes Leben gelebt hätte und nicht gestorben wäre, ohne auch nur im Nest gesessen oder einen Wurm gefangen zu haben. Ohne auch nur einmal im Leben seine Flügel gebraucht zu haben. Wenn der Vogel an Altersschwäche eingegangen wäre, wäre Oliver bedeutend leichter ums Herz.

»Sein Sarkophag?« Mary sieht ihn mit krausgezogener Nase an.

»Genau, sein Sarkophag. Wir könnten ihm Brotkrumen und Würmer mitgeben, als Grabbeigaben, und ihm ein richtiges Grab ausheben.«

Mary zuckt nur mit den Schultern.

Beim Spielen gibt derzeit nur sie mit ihren Vorschlägen den Ton an. Und dabei geht es immer darum, so zu tun, als wären sie erwachsen. Und Briten. Ägyptische Bestattungsriten haben da keine Chance.

»Ist es aus dem Nest gefallen, Oliver?« Mary sieht zu dem Holzapfelbaum hoch, in dem sie so oft zusammensitzen.

Oliver kippt mit seinem Stock die Eierschale vor und zurück. Er denkt jetzt nicht mehr an den Vogel, sondern an seinen Bruder. An das Baby, das sie in ein paar Tagen adoptieren. Das Baby, über das sich ihre Eltern wochenlang nur mit gedämpfter Stimme unterhalten haben, bis sie Oliver und Mary dann eines Tages aufforderten, sich aufs Sofa zu setzen, und ihnen eröffneten, dass sie bald eine fünfköpfige Familie sein würden. Seine Mutter wies sie mit ernster Miene darauf hin, wie viel Arbeit so ein kleines Baby macht, wie viel Hilfe sie da von ihnen brauchen würde. Sein Vater dagegen strahlte über das ganze Gesicht, sorglos und ganz außer sich vor Freude. Im Stillen verspricht Oliver dem kleinen Bruder, der noch nicht bei ihnen ist, dessen Name irgendwo in dem Notizbuch steht, das Mary inzwischen fast vollgeschrieben hat, seine Vorschläge beim Spielen immer zu berücksichtigen.

»Ich weiß, was wir machen können«, sagt Mary auf einmal und läuft zum Haus. »Geh nicht weg«, ruft sie ihm über die Schulter zu.

Oliver hockt sich hin und betrachtet die durchscheinende Haut des Vogelkükens genauer. Mary soll nicht denken, dass er den Vogel auf dem Gewissen hat. Er will nicht, dass sie ihn verpetzt. Dass sein Fuß ein fast perfekt ausgebildetes Vogelbaby zerquetscht hat. Denn genau das ist passiert, das weiß er. Egal, was Mary da gerade im Haus treibt, es wird den toten Vogel nicht wieder lebendig machen können.

Über ihm zwitschert, tschilpt und gurrt es. Rotkehlchen, Tauben, Spatzen. Sie sitzen oben auf fast allen Ästen des Holzapfelbaums und sehen auf Oliver hinunter, wie er auf Patty Wilcox hinuntergesehen hat. Die schwarzen Knopfaugen der Vögel huschen unruhig umher, wenn er ihren Blick zu erwidern versucht. Aus ihren Blicken spricht keine Wärme. Sie verabscheuen ihn. Starren ihn vorwurfsvoll an.

Mary kehrt mit einem Geschirrhandtuch zurück, das sie auf dem verwitterten Gartentisch auf der Veranda ausbreitet.

Er lässt das Ei im Gras zurück und lehnt sich an den Tisch, neben dem Geschirrhandtuch. »Mary?«, sagt er.

»Ich möchte, dass du mir das Ei bringst, Oliver.« In der einen Hand hält sie das Schweizer Armeetaschenmesser, mit ausgeklappter Messerklinge.

Das Geschirrhandtuch auf dem Tisch sieht kurz aus wie ein Tischset, und Oliver kommt der grässliche Gedanke, dass seine Schwester vorhaben könnte, den Vogel zu verspeisen.

»Du wirst ihn nicht essen, Mary. Das lasse ich nicht zu.« Er läuft zurück zu dem Ei, hebt es vom Gras auf und birgt es schützend in beiden Händen.

Mary dreht sich mit dem Messer in der Hand zu ihm um. »Ganz ruhig, Oliver. Ich will den Vogel nicht essen. Für wie beknackt hältst du mich eigentlich?« Sie verzieht spöttisch den Mund.

Oliver sieht auf den Vogel hinab. »Wozu hast du dann das Messer geholt?«

»Es ist ein Skalpell«, sagt sie.

»Hä?«

»Wir werden eine Autopsie durchführen, Oliver. Wie Daddy immer bei der Arbeit. Wir werden herausfinden, was passiert ist.«

Oliver hört, was sie sagt, fühlt sich durch ihre Worte aber kein bisschen beruhigt.

»Hallo? Hast du nicht gehört? Ich brauche den Vogel«, sagt sie und streckt ihm die Hand entgegen.

Oliver weicht zurück. Hält das Ei nur noch in der einen Hand, um sich mit der anderen über die Augen wischen zu können. »Das verstehe ich nicht.«

»Eine Autopsie, Oliver. Damit finden wir heraus, warum das passiert ist. Ob da etwas faul ist.«

»Aber wir wissen doch gar nicht, wie das geht. Am Ende machen wir ihn bloß kaputt.« Oliver dreht sich zu dem Holzapfelbaum um, zu den Augen, die sie beide, das weiß er, weiter wachsam beobachten.

Mary stemmt die Hände in die Hüften.

»Ich habe Anweisungen vom Hauptquartier bekommen. Genau hier könnte der Schlüssel zur Lösung dieses Falls verborgen sein.« Mit gesenkter Stimme und ohne britischen Akzent setzt sie hinzu: »Das zeigen wir Daddy, wenn er nach Hause kommt. Um ihn damit zu überraschen. Er kann uns danach helfen, das Protokoll zu diktieren.«

Mary starrt auf ihre nackten Füße. Dann sieht sie wieder ihren Bruder an. »Okay?«

Oliver fröstelt. Das Ei in seiner Hand wiegt kaum etwas. Er stellt sich die behutsamen Hände seines Vaters vor. »Ja, okay«, sagt er schließlich.

»Leg ihn hier auf das Tuch«, sagt sie mit vor Aufregung geröteten Wangen und deutet auf den Tisch.

Oliver trägt den Vogel zum Tisch hinüber und legt ihn in die Mitte des Geschirrhandtuchs. Wohl ist ihm nicht dabei. Um sich irgendwie bei dem Geschöpf zu entschuldigen, hält er weiter schützend die Hände um das Ei herum.

»Nicht so«, sagt Mary, die gerade eine Plastiklupe auf den Tisch legt. »Halt es fest, aber lass mir Platz. Wir sollten ihn vielleicht erst aus der Schale nehmen. Lass mich mal.« Sie streckt die Hand aus, aber Oliver lässt sie nicht an das Ei heran.

»Das mache ich«, sagt er.

»Vorsichtig aber, pass auf.«

»Kommandier mich nicht herum. Ich weiß schon, wie das geht.« Vorsichtig hält er das Ei in der einen Hand und zupft behutsam den Teil der Schale ab, der noch an dem Vogel festhaftet. Die Schale zerbröckelt in kleine Stückchen, an denen winzige Flaumfedern und getrocknetes Blut kleben und die sich teils schmerzhaft unter seine Fingernägel bohren, aber Oliver macht weiter, bis der Vogel völlig freiliegt. Zu seiner Überraschung fühlt er sich weder warm noch sonderlich weich an. Ohne das Ei liegt der kleine Körper merkwürdig platt auf Olivers Hand, die er seiner Schwester schließlich unter die Nase hält. »Siehst du?«, sagt er.

Mary nickt.

Oliver sieht sie direkt an. »Fertig.«

»Gut gemacht, alter Knabe. Dann leg ihn jetzt auf das Tuch.«

Oliver tut, wie ihm geheißen. Er stützt den Körper links und rechts mit den Daumen ab, während seine Schwester die Spitze des kleinen Messers unten am Hals des Vogels ansetzt. Als die Klinge das Gewebe durchtrennt, stößt sie vor Schreck einen kleinen Schrei aus.

Oliver schreit ebenfalls auf, ohne zu wissen, was genau passiert ist. Dann sehen sie sich an und kichern.

»Was sind wir doch für Angsthasen«, sagt Mary und stößt Oliver mit dem Ellbogen an.

Sie schneidet den Vogel mit dem Messer bis hinab zu den winzigen, überkreuzten Beinchen auf.

»So, das hätten wir«, sagt sie und wischt das Messer am Geschirrtuch ab.

Oliver sieht zu, während sie die Klinge einklappt und die kleine Schere ausklappt. Als sie sie in den Einschnitt einführt und die dünne Haut wegschneidet, steigt auf einmal ein Geruch auf, bei dem sich Oliver der Magen zusammenzieht. Beinahe süß, wie nasser Staub oder eine alte Decke. Mary rührt sich nicht. Ihre Schere verharrt über dem Loch, das sie fabriziert hat.

»Was siehst du?«, fragt sie ihn mit ruhiger, strenger Stimme, wie eine Lehrerin.

»Nichts«, sagt Oliver ziemlich laut, um das Nichts zu überdecken. »Überhaupt nichts, Mary. Da ist nichts. Du hast alles nur schlimmer gemacht.« Er sieht einen winzigen blassrosa Beutel inmitten etwas dunklerer Fäden in Rosa und Gelb. »Da ist noch nicht mal Blut.« Bei dieser Beobachtung kommt Oliver der Gedanke, dass der Vogel womöglich gar nicht tot war; dass er vielleicht noch gelebt hat, als Mary ihn aufgeschnitten hat.

Sie legt das Messer mit der aufgeklappten Schere auf dem Geschirrtuch ab und wischt sich die Hände an ihrer kurzen, abgeschnittenen Jeans ab. »Okay, Oliver, ganz ruhig bleiben. Das ist erst der Anfang. Wir müssen etwas sehen können. Wir können nichts sehen, wenn du mich so anschreist.«

»Aber da ist nichts zu sehen. Es ist das Innere, sonst nichts. Dass es das Innere gibt, wussten wir auch schon, bevor du ihn aufgeschnitten hast.« Er versteht selbst nicht, warum er so wütend ist.

»Beruhige dich. Wir suchen ja nach etwas, was im Inneren nicht stimmt. Kapiert? Nach etwas, woran er dann gestorben ist.«

»Was hier nicht stimmt, ist, dass wir das Innere jetzt sehen können«, sagt Oliver und zeigt auf den vertrockneten kleinen Vogel auf dem Gartentisch. »Dass es jetzt nicht mehr innen ist, sondern außen. Das stimmt nicht damit.«

»Irrtum, Oliver. Genau das macht Daddy bei der Arbeit nämlich auch. Um festzustellen, warum und woran Leute gestorben sind.«

Erzählte sie die Wahrheit? Schnitt sein Vater tatsächlich tote Leute auf und legte ihr Inneres frei, wie Mary es gerade bei dem

Vogelküken getan hatte? Und dann kam er nach Hause und nahm Oliver an der Hand, um mit ihm pfeifend zum Briefkasten am Ende der Auffahrt zu gehen und die Abendzeitung zu holen?

Eine Fliege landet auf der Schere. Oliver beobachtet sie. Mary scheucht sie fort. Sie summt einmal um sie herum und landet dann auf dem Vogel. Krabbelt mit ihren hurtigen Beinchen über die Augen des Vogels und dann nach unten, auf die Öffnung in seinem Leib zu. Mary scheucht sie erneut fort. Sie landet auf Olivers Wange, und er lässt zu, dass ihre Beinchen mikroskopisch winzige Bestandteile des Vogels auf seiner Haut hinterlassen, ganz so wie die Bienen in dem Pflanzenbuch, das er neben seinem Bett liegen hat, die von ihren Beinen Pollenbröckchen in die Blüte einer Blume fallen lassen. Stempel. Pollen. Staubbeutel. So wird bei Pflanzen für Nachwuchs gesorgt, auf diese Weise leben sie weiter.

Die Körnchen aber, die von den Beinen der Fliege auf seine Wange übertragen wurden, halten niemanden am Leben.

Mary pikst mit dem Messer ungerührt an dem kleinen blassrosa Beutel herum, als sie beide das Garagentor hören. Ihr Vater ist wieder da.

Vor ein paar Jahren noch wären sie jetzt ins Haus gerannt, um ihn dort in Empfang zu nehmen. Um ihm freudig und voller Glück über seine Heimkehr die Arme um die Beine zu schlingen, weil sie damals noch ständig der Bestätigung bedurften, dass Objekte auch dann weiterexistieren, wenn sie nicht mehr zu sehen sind.

Daddy geht weg, Daddy kommt zurück. Für sie jedes Mal ein aufregendes Wunder, als sie noch kleiner waren.

Heute aber, mit sieben beziehungsweise neun, ist die Objektpermanenz, ihr Wissen um den Weiterbestand von Dingen, gefestigt und braucht nicht jedes Mal neu überprüft zu werden.

Das werden sie in den kommenden Jahren noch bitter bereuen, vor allem Oliver.

Jetzt aber haben sie nur Angst, erwischt zu werden.

Was sie hier tun, ist nicht erlaubt, davon ist Oliver überzeugt. Weder der Vogel auf dem Tisch noch das Messer oder die Schere. Sie sitzen mächtig in der Tinte.

»Kannst du ihn wieder zumachen, Mary?«, fragt er.

Sie hält inne und horcht. Die Haustür wird geöffnet und wieder geschlossen. Dann das unverkennbare Klirren, als der Schlüsselbund ihres Vaters in der Schale landet, die auf der Küchenanrichte steht: Er ist wieder zurück.

»Nein«, antwortet Mary schließlich und wendet sich wieder der Obduktion des Vogels zu. »Noch nicht.« Sie beugt sich tiefer über den kleinen Leichnam und stochert mit der Messerspitze aggressiv an dem winzigen Magen herum.

Oliver kann es nicht mehr mit ansehen. »Du hast doch gar keine Ahnung davon. Das war ein richtiger Vogel, hörst du, kein Spielzeug zum Zusammenbasteln. Du darfst das einfach nicht.«

Mary hebt kurz das Gesicht, um ihn böse anzusehen, und hält dabei das Messer in die Höhe, von dem Vogel weg, direkt neben Olivers Gesicht, so dass ihm der süßlich-metallische Geruch aus dem Inneren des Vogels in die Nase dringt. Er will sie auf keinen Fall allein mit dem Vogel auf der Veranda zurücklassen, hat aber auch schreckliche Angst, dass sein Vater sie gleich auf frischer Tat, über den toten Vogel gebeugt, ertappen könnte.

Mary setzt ihre Arbeit fort, säbelt immer weiter an dem Vogel herum. Vielleicht will sie ja so lange weitermachen, bis nichts mehr von ihm übrig ist. Objekt*im*permanenz.

Oliver hört, wie in der Küche der Teekessel unter den laufenden Wasserhahn gehalten wird. Jetzt wird es nicht mehr lange dauern, bis ihr Vater mit einem Becher Instantkaffee in der Hand nach draußen kommt und fragt, was sie zu Abend gegessen haben. Wenn er sieht, was sie hier angerichtet haben, wird er sich an den Bart greifen und vor Ärger daran herumziehen.

Aber es dringen andere Geräusche aus der Küche herüber.

Erst ein Klirren, als würde auf dem Linoleumboden ein Glas zu Bruch gehen. Ein Fluchen, dann ein Stöhnen, als bekäme sein Vater gerade einen Tritt in die Magengrube.

Dann der verstörte Ausdruck auf Marys Gesicht, die noch immer an dem Vogel herumstochert, als der Teekessel schrill zu pfeifen beginnt.

Nun, an diesem stillen Morgen, während er mit dem Bart seines Vaters im Gesicht und der Brille seines Vaters oben auf dem Kopf am Rand des Schwimmbeckens steht, sieht Oliver noch einmal auf die Holzäpfel, die auf der Wasseroberfläche treiben. Langsam, einer nach dem anderen, versinken sie, von ihrem eigenen Gewicht in die Tiefe gezogen, im Wasser, ein Schauspiel, das Oliver als seltsam tröstlich empfindet. Weil ihre scheinbare Niederlage schließlich auch eine Art von Befreiung darstellt. Könnte Oliver doch nur zulassen, dass *sein* Gewicht in der Gegenwart eine ähnliche Wirkung entfaltet. Stattdessen hängt er in der Luft, gekettet an diese Fotos und sein sehnsüchtiges Verlangen danach, diesen Nachmittag vor einundzwanzig Jahren zu einem anderen Ende bringen zu können.

Jetzt, wo er seinen Bruder gefunden hat, wird das Bedürfnis, das ihn schon so lange umtreibt, bald gestillt werden. Er trocknet sich die Füße ab, zieht seine Cordhose wieder an, über die Badehose, schlüpft in seine Turnschuhe und verlässt das Freibad. Ein neues Ende wird auch einen neuen Anfang ermöglichen.

Auf der Rückfahrt in die Stadt legt Oliver einen Zwischenstopp bei seiner Mutter ein. Von der Auffahrt aus kann er den Holzapfelbaum in ihrem alten Garten sehen, der seine Äste nach wie vor über die Mauer des Mr Nice Guy reckt. Bis heute fallen dort Holzäpfel in seinen Garten, wo sie das Gras rot sprenkeln. Nachdem seine Mutter mit ihnen hier eingezogen war, ihre Habe in Schuhkartons und Koffern über den Rasen schleppend, gehörte es zu Olivers Aufgaben, die heruntergefallenen Früchte aufzusammeln.

Er steckte sich nie wieder eine davon in den Mund, weil sie jetzt nur noch wie Abfall wirkten. Den halbvollen Eimer schleppte er unter die erhöhte Terrasse, zu der Stelle, auf die Mr Nice Guy mit seiner behandschuhten Hand zeigte; sie arbeiteten zusammen im Garten. Und dort blieb der Eimer dann den Sommer und Herbst hindurch stehen. Die Früchte wurden weich und verfaulten. Vögel, Fliegen und Ameisen fühlten sich magnetisch davon angezogen, ganz wie Oliver. Angelockt von dem strengen Geruch und dem Schicksal des Vergessenwerdens, kauerte er sich regelmäßig neben den Eimer und verfolgte den Fäulnisprozess. Sah mit an, wie die Haut sich lockerte und runzlig wurde. Sah, wie ihr Inneres herausblutete. Eine einsame kleine Zeitdehnung.

Als seine Mutter ihm heute Morgen die Tür öffnet, sieht sie kein bisschen mehr so aus, wie sie früher neben seinem Vater in dem Ranchero Baujahr 1972 ausgesehen haben mochte. Heute trägt sie ihr inzwischen graumeliertes Haar kurz. Da sie so gut wie immer ihre Lesebrille auf der Nase hat, muss sie das Kinn an die Brust drücken, um über sie hinwegspähen zu können. Bei Olivers Anblick runzelt sie leicht die Stirn.

Er sieht aus wie eine Erinnerung. Aber das sagt sie ihm nicht.

»Kommst du rein?«, fragt seine Mutter, wie üblich.

Oliver tritt über die Schwelle in das karg möblierte Wohnzimmer. Über den Esszimmerbereich hinweg kann er bis zu der Glasfront an der Hausrückseite sehen. Der Rasen im Garten dahinter ist saftig grün und gepflegt, das Grundstück wird ringsherum von dichten Sträuchern begrenzt. Die breite Terrasse aus Rotholz zieht sich hinten und seitlich am Haus entlang, genau dort sitzt Mr Nice Guy gerade, auch er mit Lesebrille, vertieft in einen Stapel Unterlagen, den er vor sich auf dem Tisch liegen hat.

»Nein, ich komm nicht rein«, sagt Oliver, obwohl er bereits mitten im Wohnzimmer steht. »Wollte nur kurz Hallo sagen.« Er gibt seiner Mutter einen Kuss auf die Wange.

Sie tätschelt ihm den Arm. »Ich habe Tee«, bietet sie an und wendet sich bereits ab, um zur Küche zu gehen.

»Keine Zeit, Mom. Ich bin unterwegs zu meiner neuesten Kundin, Material abholen.«

Das Lächeln seiner Mutter erstirbt. »Oh. Wieder eine?«

»Es sterben ständig Menschen, Mom.«

»Ja, selbstverständlich, Oliver.«

»Rate mal, wer es ist. Die neue Kundin.«

»Himmel, Oliver, das könnte sonst wer sein. Ich habe keine Lust, jetzt herumzuraten, wer gerade gestorben ist.«

»Das ist der erste Fingerzeig für dich. Die Person ist nicht erst *gerade* gestorben. Es ist schon länger her, sozusagen historisch. Gehört mit zu *unserer* Geschichte.«

Olivers Mutter nimmt entnervt ihre Brille ab. Verzieht unwillig den Mund. »Ich spiele jetzt nicht Rätselraten mit dir, Oliver. Ist dir nicht heiß in diesem Rollkragenpulli? Es ist doch so warm heute.«

»Der ist aus Baumwolle. Lässt viel Luft durch.«

Sie mustert ihren Sohn, der sie um einiges überragt und seinem Vater so ähnlich sieht. Der Vollbart, den er sich hat wachsen lassen, ist genau in die richtige Form geschnitten. Sie setzt ihre Brille wieder auf und sieht die Post an, die auf dem Tisch gestapelt ist. »Willst du mir jetzt von deiner historischen Kundin erzählen oder nicht? Mein Tee wird nämlich kalt.«

Oliver schiebt beide Hände vorne in seine Hosentaschen. »Mrs Wilcox.«

Seine Mutter sieht ruckartig von der Post hoch. Sie ist sprachlos. Geht zum vorderen Fenster hinüber, blickt hinaus zu Olivers Ranchero. »Also«, sagt sie schließlich, »das darf doch wohl nicht wahr sein!«

»Sie will eine dauerhafte Erinnerung. In digitaler Form. Für die Nachwelt, weil außer ihr niemand mehr da ist. Dass Mr Wilcox letztes Jahr gestorben ist, weißt du?«

Sie nickt. »Habe ich gehört. Ich sehe sie manchmal im Supermarkt, hin und wieder auch im Kurzwarenladen. Was hat sie vor?«

Oliver zuckt die Achseln.

»Mit deinem Video, meine ich.«

»Es sich ansehen?«

»Also, das ist doch krank.« Ihr Tonfall klingt amtlich. »Morbide. Wie schrecklich.« Sie zupft ein paar welke Blüten von dem Blumenstrauß ab, der auf dem Tisch unter dem Fenster steht.

»Morbidität liegt im Auge des Betrachters, Mom. Manche Menschen schöpfen Trost aus der Erinnerung.«

»Schön für sie. Ich lebe aber lieber im Hier und Jetzt. Schlage im Buch des Lebens lieber jeden Tag eine neue Seite auf, statt zwanghaft zurückzublättern.«

»Ja.« Oliver nickt. »Ja, mit dem Buch gehst du ähnlich hausieren wie Oprah Winfrey, Mom. Das kannst du sogar ohne Teleprompter verhökern.« Oliver imitiert die tiefe Stimme eines Nachrichtensprechers. »*Das Buch des Hier und Jetzt* findet reißenden Absatz. Ein bisschen seicht, ein bisschen banal, aber die Leser sind ganz verrückt danach.«

Sie ringt sich ein schmales, säuerliches Lächeln ab. »Oprah und ich haben einen guten Geschmack. Und wir wissen, dass das Hier und Jetzt nicht unbedingt seicht und banal sein muss.«

Oliver geht wortlos zu seiner Mutter hinüber, gibt ihr einen Kuss auf die Wange und geht dann los in Richtung Tür. Ihr Hier und Jetzt ist alles, was für sie zählt. Sie hat keine Sehnsucht nach dem, was einmal war und nicht mehr ist. Ob Oliver ihr überhaupt fehlen würde, wenn sie ihn verlöre?

»Ach, hätte ich fast vergessen«, sagt er und holt eine DVD aus seinem Rucksack. »Dein Video. Der Swing-Abend.«

Sie nimmt ihm die Hülle mit der DVD aus der Hand. »Danke, Oliver.« Es klingt aufrichtig.

Er zuckt nur mit den Schultern und springt dann mit einem Satz von der vorderen Veranda. »Für *Das Buch des Damals*. Wenn du das ewige Hier und Jetzt endlich mal satthast.«

Olivers Mutter weiß nie so recht, was bei ihm Spaß ist und was Ernst. Um seine Mundwinkel spielt immer ein Lächeln, sein Tonfall ist stets locker, unbeschwert.

»Du bist schon eine Nervensäge«, sagt sie.

»Aber hoffentlich eine nette«, erwidert er.

Seine Mutter steht auf der Veranda, sieht ihn kurz über ihre Brille hinweg an. Dann wirft sie ergeben beide Hände in die Luft, als Abschiedsgruß.

Röhrend springt der Motor des Ranchero an. Oliver hängt den Arm aus dem Fenster, zeigt seiner Mutter grinsend das Peace-Zeichen. Dann fährt er davon, die Finger an den Rand des roten Rallyestreifens gelegt.

Er erinnert sich an das Aufwachen, noch vor Sonnenaufgang. Im Haus war es unnatürlich still. Er spürte bleierne Erschöpfung, wie nach einem Kampf gegen einen viel älteren und stärkeren Gegner. Sein Körper wusste, was sein Verstand vergessen hatte.

Er rieb sich die Augen, sein Gesicht fühlte sich unter seinen warmen Händen kühl an. Erst da merkte er, dass er im Bett seiner Eltern lag. Links und rechts von ihm lagen seine Mutter und seine Schwester. Alle noch angezogen, keiner zugedeckt. Sich in dieser neuen Realität gemütlich einzurichten, war ein Ding der Unmöglichkeit. Und dann fiel es ihm wieder ein.

Noch in derselben kurzen Jeans, die sein Vater ihm am Vortag morgens aus dem Wäschekorb zugeworfen hatte, schlich Oliver sich leise aus dem Schlafzimmer und den Flur hinab zum Arbeitszimmer. Durch die Glastüren waren der Liegestuhl und der Gartentisch auf der Veranda nur umrisshaft zu erkennen.

Er schloss die Tür auf und ging nach draußen. Die Morgenluft war empfindlich kühl, stach in seiner Lunge, doch im Betonboden unter seinen nackten Füßen war, wie er dankbar feststellte, ein Rest Wärme vom Vortag gespeichert. Als er auf den Tisch zuging, sah er, dass dort noch etwas lag. Nicht das weiße Geschirrhandtuch und auch nicht die kleine Lupe, sondern das Schweizer Armeetaschenmesser, das seine Schwester benutzt hatte. Es lag noch dort, zusammen mit dem Vogel – zwei Objekte von ähnlicher Größe und Farbe, die nebeneinander ruhten wie Geschwister. Wie Kain und Abel.

Die Augen des Vogels waren tiefer eingesunken als noch am Vortag. Halb auf die Seite gedreht, sah er aus wie ein Stück faules Obst. Ein halbes Dutzend Ameisen wimmelte um den Kadaver herum. Seine offene Wunde war eingeschrumpelt und trocken.

Oliver steckte das Messer in seine Hosentasche. Zog sich dann das T-Shirt aus, hob damit den Vogel vom Tisch auf und wickelte ihn behutsam darin ein. Das Stoffbündel, fand Oliver, erinnerte ein bisschen an ein großes Ei. Im grauen Dämmerlicht stapfte er durch das taunasse Gras zu der Stelle, wo er den Vogel in seinem Ei gefunden hatte.

Nachdem er das Bündel vorsichtig abgelegt hatte, stach er mit dem Messer seiner Schwester zunächst einige Klumpen Gras heraus, bis er schließlich auf Muttererde stieß. Dann grub er mit den Händen weiter. Die Erde war kalt und feucht, einzelne Bröckchen drangen ihm schmerzhaft unter die Fingernägel. Oliver biss sich auf die Unterlippe; er schmeckte Blut. Als das Loch groß und tief genug war, legte er das Bündel hinein.

Aber er war noch nicht fertig. Er brauchte noch etwas, das er dem Vogel mit ins Grab legen konnte. Oliver ging ins Haus zurück, ließ seinen Blick suchend über Bücherregale und Küchenanrichten schweifen, kramte seine Spielzeugautos und Plastikbälle, Trillerpfeifen und Tonfigürchen durch. An der

Zimmertür seiner Schwester blieb er stehen und spähte angestrengt ins Dunkel. Ihr Bett war unberührt, noch immer ordentlich gemacht. Aus ihrem Aquarium kam ein leises Blubbern. Oliver ging zu ihrem Bett hinüber und sah sich suchend um. Auch hier gab es nichts Geeignetes.

Im Schlafzimmer seiner Eltern fand er seine Mutter und seine Schwester nach wie vor schlafend vor. Er ging zum Bett hinüber und beugte sich ganz dicht ans Gesicht seiner Schwester. Sie roch immer nach Pfannkuchenteig. Er kniete sich hin, legte seinen Kopf neben sie aufs Bett und schloss die Augen. Er konnte ihren Atem an seinen Händen spüren. Zu gern wäre er in ihren Schlaf hineingekrochen, zurück unter den dunklen Umhang.

Stattdessen dachte er an die Vögel, die in den Bäumen in ihrem Garten nisteten. Flatternd, die Köpfe ständig in Bewegung. Und dann sah Oliver hinter seinen geschlossenen Lidern eins der Nester vor sich, errichtet zwischen zwei Zweigen, sah es in allen Einzelheiten. Es war leer.

Er schlug die Augen auf und war darauf gefasst, dass seine Schwester mit ihm schimpfen würde. Sie schlief weiter.

Sie war eigentlich sehr großzügig. Gestern Morgen etwa hatte sie Oliver den letzten Mini-Pfannkuchen überlassen. Dieser letzte Rest Teig, den sein Vater aus der Schüssel in die Pfanne tröpfeln ließ, war bei ihnen beiden heißbegehrt.

Bei Sonnenaufgang könnte alles wieder anders sein. Wenn er die Vogelwelt mit dieser Zeremonie versöhnte, würde ihnen das Universum verzeihen. Nachdem ihre Untaten auf diese Weise abgebüßt waren, würde ihr Vater nach Hause kommen und über die hysterische Aufregung des Vorabends lachen, vor allem über die hektischen Versuche des Mr Nice Guy, ihn von Mund zu Mund zu beatmen. Das Chaos und Durcheinander, für das Oliver sich verantwortlich fühlte, konnte unmöglich für seine Familie bestimmt sein. All das konnte immer noch rückgängig gemacht werden. Für eine Opfergabe an das Jenseits würde seine Schwester sicher Verständnis haben. Ein Stückchen von ihr könnte den Lauf der Zukunft ändern.

Oliver stand auf und nahm das Taschenmesser aus der Hosentasche. Er klappte die noch mit Erde verschmierte Messerklinge aus, wischte sie sich an der kurzen Hose ab und klappte sie wieder ein. Für sein Vorhaben brauchte er die Schere. Nachdem er sie zur Vorsicht ebenfalls an der Hose abgewischt hatte, hob Oliver sehr behutsam eine lange Haarsträhne seiner Schwester in die Höhe und schnitt sie direkt an der Kopfhaut ab. Er betrachtete die Strähne kurz und entschied dann, dass er noch etwas mehr brauchte, um ein kleines Nest formen zu können.

Mit den beiden langen Haarsträhnen in der Hand schlich Oliver sich leise aus dem Zimmer und wieder nach draußen in den Garten, wo ihm diesmal vor Kälte eine Gänsehaut über den nackten Oberkörper lief. Oliver rollte das Haar zu einem kleinen Knäuel zusammen, legte es oben auf sein T-Shirt in dem Loch und füllte dann alles wieder mit Erde auf. Als er zum Schluss das herausgerupfte Gras auf der nackten Erde verteilte, kamen ihm unwillkürlich die Tränen. Quollen ihm einfach so aus den Augen, unmerklich fast, wie ein Luftzug, der durch eine offene Tür weht. Nicht so wie am Vorabend, als er zwar auch geweint hatte, mit seiner Mutter und Mary zusammen, aber dabei eher dem Beispiel seiner Mutter gefolgt war. Ganz Kind, hatte er ihren Schmerz schlicht nachgeahmt.

Mit diesen neuen, lautlosen Tränen in den Augen blickte Oliver hoch zu den Bäumen seitlich im Garten, in denen es, das wusste er, etliche Nester gab. In der Morgendämmerung meinte er plötzlich zu hören, wie es da oben raschelte. Mit Entschuldigungen tat er sich sonst immer schwer, aber hier war eine Abbitte, das spürte er, mehr als angebracht. »Es tut mir leid«, murmelte er kleinlaut, erhielt aber kein Zeichen, ob seine Worte angekommen waren, ob ihm Verzeihung gewährt wurde; immerhin aber schwang sich der erste Zaunkönig des Morgens von seinem Ast herunter und flog an seinem Kopf vorbei. Oliver wischte sich über die Augen und stapfte dann durchs Gras zurück zur Veranda.

Ehe er ins Haus ging, legte Oliver das Messer seiner Schwester wieder auf den Tisch, wo es noch tagelang liegen blieb.

Vielleicht war noch nicht alles verloren. Im grauen Licht des frühen Morgens fiel Oliver wieder ein, dass sie ja bald ein Baby retten würden, wie ihr Vater es ausdrücklich genannt hatte. Könnte all das wiedergutgemacht werden, wenn sie einem Baby ein Zuhause schenkten, einen Ort, an dem es geliebt wurde? Hatte sein Vater das so geplant?

Wenn sein neuer Bruder erst groß genug war, gelobte Oliver sich, würde er ihm von dem gestrigen Abend erzählen. Davon, was sie mit dem Vogel angestellt hatten und was dann als Nächstes passiert war. Wie es in der Küche mit dem laut summenden Neonlicht gerochen hatte. Von dem schrillen Pfeifen des Teekessels. Von den aufgerissenen Augen seines Vaters, von seinem zuckenden Mund. Er würde seinem Bruder als Geschichtslehrer dienen, ihn über alle Einzelheiten des Lebens aufklären und auch darüber, wie zerbrechlich das Leben war.

Oliver kehrte wieder ins Schlafzimmer seiner Eltern zurück und betrachtete die Sachen seines Vaters. Seine über den Stuhl geworfene Hose. Den Stapel Zeitschriften neben seinem Bett. Das gehäuft volle Schälchen mit Kleingeld auf der Kommode. Eine Ansammlung Pfefferminzbonbons aus einer Unzahl Restaurants. Würde all das mit ihm beerdigt werden?

Draußen vor dem Fenster wurde es langsam hell. Oliver nahm sich ein Pfefferminzbonbon und legte sich wieder aufs Bett zurück, zu seiner Mutter und seiner Schwester. Er wickelte das Bonbon aus, schob es sich in den Mund und behielt es auf der Zunge. Der Geschmack des sich langsam auflösenden Zuckers breitete sich in seinem Mund aus, während er darauf wartete, dass auch die anderen endlich aufwachten.

Auch auf die Gefahr hin, sich deshalb vielleicht bei Mrs Wilcox zu verspäten, bei der er gleich das zweite Fotoalbum abholen will, kann Oliver es sich nicht verkneifen, noch bei Alfalfa's vorbeizufahren, nur für einen flüchtigen Blick.

Nachdem er so geparkt hat, dass er direkte Sicht auf die Kassen besitzt, nimmt er seine Sonnenbrille aus dem Handschuhfach. Die ineinandergeschobenen Einkaufswagen vor dem Geschäft sind wie Verbündete aus glänzendem Metall.

Seit Ewigkeiten schon, scheint es ihm, sucht er nach diesem kleinen Bruder. Seine immer leicht zusammengezogenen Brauen und der stets wachsame Blick sind Ausdruck der Entschlossenheit, mit der er dieses Ziel verfolgt. Auch das leise Grinsen, das meist um seine Mundwinkel spielt, ist kein Ausdruck von Sorglosigkeit, wie man annehmen könnte; so sieht er aus, wenn er sich stark konzentriert, eine Eigentümlichkeit, die er von seinem Vater geerbt hat. Seit einundzwanzig Jahren unterzieht Oliver die Welt jetzt einem eingehenden Studium, sucht in jedem Gesicht nach etwas, das sich nicht beschreiben lässt. Nach etwas Vertrautem, Deplatziertem.

Mit vierzehn hat er Mary einmal gebeten, sich an jene Wochen zurückzuerinnern, die sie so entschlossen aus ihrem Gedächtnis verdrängt hatte. Was ihn besonders interessierte, waren die Tage gegen Ende der drei Wochen, in denen das Baby sich an den Umgang mit ihnen gewöhnt hatte, ihre Gesichter wiedererkannte, sich beim Klang ihrer Stimmen beruhigte, aus einem Fläschchen trank, das sie ihm reichten. Konnte Mary sich vielleicht noch an den Namen erinnern, den ihre Mutter genannt hatte, als sie das Telefonat führte? Sie hatten im dunklen Flur gesessen und ihrer zitternden Stimme gelauscht, während das Baby zwischen ihnen friedlich schlief. Oder wusste sie vielleicht noch den Namen der Straße, in die Mr Nice Guy sie tags darauf gefahren hatte? Ihre Mutter vorne auf dem Beifahrersitz hatte die ganze Fahrt über den Kopf in die Hände gelegt. Wenn sie sich nur an den Namen und den Ort erinnern könnte, könnten sie ihn zusammen finden.

Sein Leben wurde zu einer Art dauerndem Versteckspiel. Jedes Mal, wenn er nach der Schule einen neuen Freund zum ersten Mal zu Hause besuchte, sah er in den Schränken nach. Während sie gerade etwas anderes spielten, Fangen etwa, sah er unter Tischen nach, hinter Vorhängen, in der Besenkammer. Wenn er auf Toilette musste, warf er einen Blick in den Wäschekorb und die Badezimmerschränke, zog Duschvorhänge beiseite. Das Spiel endete nie. Tatsächlich konnte Oliver sich nicht vorstellen, wie es je enden sollte.

Aber jetzt. Auf dem Parkplatz vor Alfalfa's beobachtet Oliver von seinem Ranchero Baujahr 1972 aus, wie sein kleiner Bruder teure Auberginen und Bio-Dinkel in Tüten packt. Er mustert die vielen Tattoos an seinen Armen und hinten im Nacken: die kleine grüne Kröte mit leuchtend roten Augen, die das eine Handgelenk ziert, eine Pyramide mit einem Auge in der Mitte am anderen Handgelenk, den Stacheldraht, der sich an beiden Unterarmen entlangzieht, einen armygrünen Stern innen an seinem linken Arm, einen roten Torpedo, der seinen Bizeps hochschießt, und drei gezackte Blitze hinten auf seinem Nacken. Verborgen hinter seiner Sonnenbrille, fragt Oliver sich, was es mit den Tattoos im Einzelnen auf sich haben mag. Er hätte den Jungen gern nach jeder Sitzung im Tattoostudio nach Hause gefahren, in dem Ranchero, der aussieht wie das alte Auto ihres Vaters.

Und da taucht sie wieder auf, Miranda mit ihrer Kamera. Aber diesmal hat sie noch einen Hund dabei – einen zottigen gelben Köter, der aussieht wie ein Doppelgänger von Benji, dem Filmhund. Was vielleicht auch der springende Punkt ist: Mirandas anonymer, aber berühmt aussehender Hund.

Während sie über den Parkplatz näher kommt, fühlt Oliver sich unvermittelt an die junge Nonny aus dem Video erinnert, an ihre tastende, unsichere Art, sich durch ihre Umgebung zu bewegen, aber so, als wäre diese Unsicherheit gar nichts Schlimmes. Ihr kindlich staunender Gesichtsausdruck brachte tatsächlich eine unbefangene Akzeptanz dieser Unsicherheit zum Ausdruck. Miranda hat eine ganz ähnliche Ausstrahlung, und Oliver kann sich kaum sattsehen an ihr. Es würde ihn kein bisschen wundern, wenn sie jetzt den Mund öffnen würde und dieselbe kleine Birnenblüte zum Vorschein käme, die Nonny sich vor sechzig Jahren von ihrem Kind hat in den Mund stecken lassen.

Stattdessen geht Miranda um Olivers Ranchero herum und späht interessiert in den Laderaum. Sie trägt ihr Haar heute nicht zu Zöpfchen gebunden wie neulich, sondern offen, und dadurch wirkt sie weniger kindlich, erwachsener, trotz der jugendlich flippigen platinblonden und roten Strähnen in ihrem dunkelbraunen Haar.

Nachdem sie ihren Rundgang um sein Auto beendet hat, öffnet sie die Beifahrertür und strahlt Oliver an. »Ich bin total froh, dich wiederzusehen«, sagt sie. Der Hund stellt seine Pfoten auf den Sitz und schnuppert am Kunstlederbezug.

»Wirklich?« Oliver nimmt die Mappe vom Beifahrersitz und legt sie sich auf den Schoß, damit sie sich neben ihn setzen kann.

»Ja. Absolut. Du bist nicht mit einem Sattelschlepper kollidiert, auf der Straße überfallen worden oder sonst irgendwas Grausiges.« Sie atmet tief durch und mustert ihn dann aufmerksam, als wäre er ein uralter Bekannter, den sie aber seit Jahren nicht mehr gesehen hat. »Gut siehst du aus. Richtig gut. Was gibt's Neues bei dir?«

Oliver lächelt und mustert sie nun seinerseits. »Äh, ja. Läuft alles gut so weit. Hab weiter jede Menge zu tun, weißt du, wohne immer noch drüben in Marquette.« Er deutet mit dem Arm in Richtung Süden.

»Marquette? Aha«, sagt sie. »Dann kenne ich deine neue Wohnung, glaube ich, noch nicht. Und im Job – wie läuft's da so? Bist du noch bei diesem Pharmakonzern?«

»Nö.« Oliver schüttelt den Kopf. Es macht ihm Spaß, sich auf ihr kleines Spiel einzulassen. »Weißt du, ewig die vielen Pillen, das hatte ich irgendwann über. Ich hab eine schöne Abfindung herausgeschlagen – eine ganze Jahresration Antidepressiva – und dann gemacht, dass ich da rauskam. Und du? Auch weiter gut im Geschäft? Machst du noch diese Consulting-Sache?«

»Mit den Pavianen, meinst du? Das ist ja Ewigkeiten her. O nein. Nachdem diese Viecher mir auch noch auf mein letztes Paar Schuhe draufgepinkelt hatten, habe ich der Zoologie Lebewohl gesagt und umgesattelt. Ich hab bei einem Zirkus angefangen.«

»Bei welchem denn?«

»Beim amerikanischen Medienzirkus. Als Magierin, weißt du, ich zaubere so ein bisschen, und daneben bin ich auch in der Kundenbetreuung tätig.« Sie zuckt mit den Schultern. »Na ja, zum Leben reicht's nicht. Mit einer Arbeit, die einem keinen Spaß macht, lassen sich eben nur selten Reichtümer scheffeln.«

Oliver hat ein ganz flaues Gefühl im Magen, als würde er am Rande einer steilen Klippe stehen. Er möchte ein Foto von ihr machen, hier in seinem Auto, mit ihrem Hund zwischen den Knien, der am Handschuhfach herumleckt. »Bleib, wo du bist«, sagt er, steigt eilig aus und holt seine Kamera hinten aus dem Laderaum. »Darf ich?«, fragt er, als er sich wieder auf seinen Sitz fallen lässt.

»Ach, ich bitte dich. Du hast doch schon so viele Fotos von mir. Weißt du noch, damals ...« Sie verstummt, offenbar will ihr auf die Schnelle nichts einfallen.

»In dem schwedischen Badehaus, spielst du darauf an?«

Sie nickt. »So viele Bilder. Ja, ja, ja – einen ganzen Berg Fotos dürftest du von mir haben. Aber in Ordnung. Mach ruhig noch eins. Wer weiß, wann wir uns das nächste Mal über den Weg laufen. Ich meine, wann geht dein Flug?«

Oliver sieht auf die Uhr. »In einer Stunde«, sagt er und schaltet seine Kamera an.

»Meiner auch. Wo fliegst du hin?«

»Überallhin, aber nonstop. Ich finde die Landungen und Starts zwischendurch so ätzend.« Oliver nimmt den Deckel vom Objektiv.

»Quatsch, die sind doch das Beste an Flugreisen. Wie ein bisschen Achterbahn fahren zwischendurch, immer eine nette Abwechslung von der stickigen Druckluft und dem Dröhnen der Turbinen in der Kabine.«

Oliver richtet die Kamera auf sie und macht ein Foto.

»Ach, jetzt fällt's mir auch wieder ein«, sagt sie. »Letztes Mal, als wir uns getroffen haben, haben wir uns genau wegen dieser Nonstop-Sache in die Haare gekriegt. ›Wenn ich fliege, dann nur nonstop.‹ Wow. Manches ändert sich wirklich nie.« Miranda sieht Oliver wehmütig an.

»Oh, da irrst du dich aber«, sagt er grinsend. Er macht noch ein Foto von ihr und lässt dann die Kamera sinken. »Wie gesagt – eine ganze Jahresration Antidepressiva.«

Miranda lacht. Herzlich und ausgelassen, zum ersten Mal. Es ist Oliver gelungen, sie zum Lachen zu bringen.

»Wir sollten öfter so tun, als würden wir uns kennen«, sagt sie.

»Was machst du später?«, fragt Oliver.

»Später? Ich hab da diese Sache. Eine Sache, an der ich arbeite. Was machst du jetzt?«

»Jetzt?« Oliver legt sich die Mappe wieder auf die Knie. »Jetzt? Ich hab da diese Sache. Eine Sache, die ich erledigen muss. Eigentlich bin ich sogar schon spät dran«, sagt er und sieht bereits Mrs Wilcox' strenges Gesicht vor sich.

»Hm«, sagt sie und krault den Hund an den Ohren. »Also gut. Du könntest mitkommen. Bei meiner Sache. Sonst arbeite ich ja lieber allein, aber … da wir uns ja schon so lange kennen, dürfte das wohl in Ordnung gehen.«

Oliver nickt. »Ja, wenn dich das nicht stört, komme ich gerne mit.«

»Und deine Sache – kümmerst du dich für jemanden um den Steuerkram, oder was?« Sie zeigt auf die Mappe, an der er herumspielt.

»So ähnlich. Buchhaltung. Mein neues Betätigungsfeld. Erzähle ich dir alles heute Abend.«

»Gut. Willst du nicht wissen, wie mein Hund heißt?«

»Wie heißt er denn?«

Sie grinst spöttisch. Dann hält sie dem Hund die Ohren zu, damit er nichts mitbekommt, und flüstert: »Benji. Es ist *der* Benji. Noch nicht aufgefallen? Er hasst Starallüren, mag es nicht, erkannt zu werden. Gibt ungern Autogramme und so. Deshalb nenne ich ihn Angelo. Kurz Jello. Das ist eine gute Tarnung.« Miranda zwinkert ihm zu und steigt dann aus. »Nun komm, Jello«, sagt sie, und der Hund springt zu ihr hinaus. »Neun Uhr. An der Ecke Main und Jefferson.«

»Bis dann«, sagt Oliver und wischt sich die Hände an den Hosenbeinen ab.

Sie zögert sichtlich. »Ja«, sagt sie, rührt sich aber nicht vom Fleck.

»Ich komme auf jeden Fall«, versichert Oliver. »Hab für heute Nachmittag nichts Gefährliches geplant, keine Fahrt auf der Autobahn, keinen Abstecher an den Geldautomaten und auch keinen Fleischverzehr. Mir passiert nichts.«

Sie beugt sich zu ihm herunter und lächelt. »Keinen Fleischverzehr?«

»Wenn Leute ersticken, dann doch meistens an Fleisch, richtig? An Hot Dogs, Steak, Frikadellen.«

»Keine Ahnung.« Sie streckt den Arm durchs offene Fenster und greift nach seiner Hand.

Oliver kann sich nicht erinnern, wann ihn das letzte Mal jemand mit solcher Selbstverständlichkeit berührt hat. Hier wird nichts versprochen, aber auch nichts ausgeschlossen. Es ist einfach nur, was es ist: ihre Berührung. Er ist völlig hin und weg.

Sie lässt los. Die Luft draußen fühlt sich plötzlich kalt an. Oliver faltet die Hände auf dem Schoß.

»Essen darfst du ruhig – aber bitte gründlich kauen«, sagt sie und kommt um das Auto herum auf Olivers Seite. »Und jetzt, wo wir uns richtig verabschiedet haben, können wir dem Schicksal seinen Lauf lassen, okay?«

»Okay«, sagt er und beobachtet, wie Jello an ihren Knöcheln herumschnuppert. »Möge das Schicksal seinen Lauf nehmen.«

Sie lächelt, dabei zieht sie ihre Nase ein wenig kraus, und ihre Augen strahlen. »Also, bis später.« Miranda dreht sich um und marschiert davon, dicht gefolgt von ihrem nicht angeleinten Hund.

Oliver sieht ihnen nach. Das Bild, das die beiden abgeben, erinnert an die Schlussszene aus einem harmlosen Film für die ganze Familie, fehlt eigentlich nur noch die fröhliche Banjomusik. Jetzt läuft gleich der Abspann.

Er setzt die Kamera an und macht ein Foto von den beiden. Vielleicht wird aus seinem Leben heute Abend ja mehr als eine Liste von Dingen, die hätten sein können, aber niemals Wirklichkeit wurden.

6

DREIMAL HABEN DIE BÜRGER der Stadt jetzt bereits dagegen gestimmt, dass ein großes Einkaufszentrum innerhalb der Stadtgrenzen errichtet wird. An diesem Samstagnachmittag aber, an dem Mr Scrap die acht Kilometer auf dem Highway bis zum nächsten derartigen Ungetüm zurücklegt, ist der Parkplatz dort proppenvoll. Er kauft sonst nie bei solchen Großdiscountern. Er ist zwar sparsam, das schon, aber auch altmodisch, und der Gedanke, einen Nachmittag inmitten von Menschenmassen und Neonlicht zu verbringen, widerstrebt ihm zutiefst. Heute Nachmittag aber kommt er nicht darum herum. Wo sonst bekommt er bis siebzehn Uhr noch Staubsaugertüten, eine Dose Verschlusshäkchen und einen Becher Schlagsahne?

Betsy hat einen ihrer sporadisch auftretenden Migräneanfälle und liegt zu Hause in ihrem abgedunkelten Schlafzimmer. Deshalb muss er sich jetzt um diese Besorgungen kümmern, die sonst ihre Aufgabe wären. Er und Betsy haben heute Abend Gäste. Bloß ein paar Freunde, zwei Pärchen, mit denen sie oft Karten oder Domino spielen. Immer nachmittags vor solchen Abenden, wenn sie das Kochen erledigt hat, behauptet Betsy, dass bei ihr eine Migräne im Anzug sei. Er traut diesem Leiden nicht, ebenso wenig wie einem unglaubwürdigen Zeugen vor Gericht. Wenn er die Migräne ins Kreuzverhör nehmen könnte, würde er versuchen, ihr nachzuweisen, dass sie immer demselben Verhaltensmuster folgt. Ist es nicht so, würde er fragen, dass Sie sich immer nur dann einstellen, wenn Ihr Opfer (meine Frau) einer Sache aus dem Weg gehen will? Und ist es nicht so, dass Sie, um sich wieder zu verziehen, absolute Stille und Dunkelheit benötigen, nach denen es ihr Opfer an solchen Abenden dann verlangt? Könnte man da nicht eher von einer Annehmlichkeit sprechen als von einem Leiden? Sie stecken mit ihr unter einer Decke, habe ich Recht? Bieten ihr eine bequeme Ausrede, um sich vor Pflichten zu drücken, die ihr unangenehm sind.

Aus irgendeinem Grund macht es Betsy nervös, reizbar und unruhig, Gäste im Haus zu haben. Warum das so ist, versteht Mr Scrap nicht, denn sie ist eine gute Köchin, beherrscht die Kunst des zwanglosen Plauderns und hat meistens Glück im Spiel. Aber langsam findet er sich auch damit ab, dass er das nicht ändern kann. Diesen Abstecher unternimmt er nicht zuletzt in der Hoffnung, dass es ihre Migräne lindern könnte, wenn er die richtigen Staubsaugerbeutel besorgt (und später im Wohnzimmer saugt), neue Verschlusshäkchen für die Bluse, die sie gern tragen würde, und Schlagsahne für den Kaffee nach dem Abendessen auftreibt, während sie ungestört im dunklen Schlafzimmer ausspannt.

Wenn er all das brav und ohne Murren erledigt, unter Verzicht auf ein Kreuzverhör, besteht durchaus die Chance, dass die Migräne sich rechtzeitig bis zum Eintreffen ihrer Gäste gelegt hat. Anderenfalls kommt er in eine heikle Lage, denn dann muss er, wenn draußen die Räder auf der Auffahrt zum Stehen kommen, die Autotüren zugeschlagen werden und Stimmen sich durch den Vorgarten nähern, die Davises und Coles an der Haustür mit gequältem Lächeln in Empfang nehmen, sich allein mit ihnen an den von Betsy gedeckten Tisch setzen und mit ihnen unter dem von Betsy polierten Kronleuchter das von Betsy gekochte Menü verspeisen, während Betsy selbst oben liegt und sich zu elend fühlt, um den Abend mit ihnen zu verbringen.

Es gibt eine ganze Wand voll Staubsaugerbeutel, und Mr

Scrap ist gezwungen, das Kleingedruckte auf der Rückseite zahlloser Packungen zu studieren, um auch ja den richtigen Beuteltyp für sein Modell, einen Kirby, zu erwischen. Zwischendurch kommt ihm immer wieder der aufrührerische Gedanke, sich die Sucherei zu sparen und später einfach ohne neuen Beutel im Wohnzimmer staubzusaugen, ohne Betsy ein Wort davon zu erzählen.

Am Ende aber findet er die geeigneten Beutel und legt die Packung in seinen riesigen, leeren Einkaufswagen. Auf dem Weg in die Kurzwarenabteilung kommt er erst an der Haushaltswarenabteilung und dann bei Sportartikeln vorbei. Eine Angelrute fällt ihm ins Auge, und er bleibt stehen, um nachzusehen, was sie kostet.

Geangelt hat er schon seit einer halben Ewigkeit nicht mehr. Früher war er mal ein passionierter Angler, doch als er dann verheiratet war und sich um seine neue Familie zu kümmern hatte, verlor er die Freude daran, alleine an einem Fluss zu hocken. Weil er ständig das Gefühl hatte, dass die Kinder gegen ihn Front machten. Dass sie seine Abwesenheit an Abenden oder Wochenenden dazu nutzen könnten, ihrer Mutter einzureden, dass sie auf ihn nicht länger angewiesen waren. Dass sie ihn möglicherweise nie gebraucht hatten und ohne ihn viel besser dran wären.

Schließlich hätten sie, nachdem sie den Schock und die Trauer und das Verlassenheitsgefühl nach dem Tod ihres Vaters erst einmal überwunden hatten, zu dem Schluss gelangen können, dass sie auch ohne »Mr Nice Guy«, wie Oliver ihn oft in spöttisch-ironischem Tonfall nannte, auskommen könnten. Mit neun wusste der Junge bereits die gleiche aufreizende Art an den Tag zu legen wie sein Vater. Diese spezielle Kombination aus Launenhaftigkeit, einem aufgeweckten Verstand und trotzigem Eigensinn machte es Mr Scrap ungeheuer schwer, ihn zu lieben. Oder auch nur gern zu haben.

Mit Mary kam Mr Scrap wesentlich besser klar. Sie war lieb, leicht zu trösten, dabei aber auch sehr eigensinnig. Ihrem Blick war anzusehen, dass sie Mr Scrap bemitleidete, was ihn jedoch nicht störte, weil er nicht fand, dass es dazu Grund gab. Seine Theorie war, dass sie einfach einen Hang dazu hatte, andere zu bemitleiden, dass sie nun mal von Natur aus etwas rührselig war.

Vor seiner Heirat war das Angeln für ihn eine bewährte Zerstreuung, die seinen Verdruss über das Glück anderer ein wenig linderte. Wenn er ganz allein im Schatten von Espen und Kiefern am Ufer eines rasch dahinströmenden Flüsschens saß, den Angelhaken voller Hoffnung ausgeworfen, genoss er die Eintönigkeit des Wartens, die so sehr der Eintönigkeit seines eigenen Lebens glich. Dabei hielt er sich stets in Bereitschaft, um sofort reagieren zu können, wenn unvermittelt ein Ruck am Ende der Angelschnur erfolgte. So rasch kann sich das Blatt wenden; alle Entmutigung war vergessen, sobald erst einmal ein silbrig geschupptes Etwas am Haken zappelte. Dann riss er immer so rasch wie möglich die Schnur aus dem Wasser, in der heimlichen Furcht, am Ende doch nichts am Haken vorzufinden.

Es kam vor, dass er die Forelle noch in der Luft wieder verlor, mit ansehen musste, wie der in allen Farben des Regenbogens schillernde Körper, ein Halbmond der Hoffnung, zurück in die reißenden Fluten stürzte. Meistens aber zog er den Fisch an Land, machte ihn vorsichtig vom Haken los und ließ ihn in den Eimer fallen. Er hielt es für gierig weiterzufischen, bevor sein erster Fang gestorben war. Er beobachtete das hilflose, immer wieder von kurzen Phasen der Reglosigkeit unterbrochene Gezappel des Fisches, bis sich schließlich nur noch seine Kiemen matt bewegten und sein Blick starr auf Mr Scrap gerichtet war. Erst dann wandte er sich von dem Eimer ab und versuchte erneut sein Glück.

Sieben Fische in zwei Stunden, das war sein absoluter Rekordfang gewesen. Doch auf die Menge kam es ihm gar nicht so sehr an, mehr darauf, dass er überhaupt etwas an den Haken bekam. Auf das Hochgefühl, am Ende mit einem Fang nach Hause zu fahren, der keineswegs von vornherein garantiert gewesen war.

An dem Abend, als der Arzt von nebenan starb, geriet Mr Scrap zunächst nur in panische Aufregung, eine unter den Umständen wohl ganz normale Reaktion. Später jedoch, als er in der vertrauten Stille seines Hauses im Bett lag, konnte er nicht einschlafen. Das Bild des toten Arztes vor Augen – leblos und schwer unter ihm, die Kinder so still daneben –, lag er wach, bis schließlich die Sonne aufging. Mit derselben Mischung aus Vorfreude und Angst im Bauch, mit der er jedes Mal zu einem Angeltrip aufbrach, spürte er, wie die Strahlen der Morgensonne auf sein Bett fielen.

Während er jetzt im Supermarkt steht und darüber staunt, wie preisgünstig die bunten Angelruten aus Grafit mit den schlanken Korkgriffen und Führungsringen aus Aluminium sind, muss Mr Scrap wieder daran denken, wie rasch sich das Blatt doch wenden kann. Ein Angler bekommt nicht mit, was sich unter seiner Angelrute abspielt; er kann nicht sehen, wie die Steine unter Wasser umherkollern und zusammenstoßen, bis sich durch ihre kombinierte Masse die Strömung des Flusses unmerklich verändert. Er kann nicht sehen, wie Schlamm unter Wasser aufwirbelt und den Haken am Köder kurz wolkig verhüllt. So langwierig und komplex der Auftakt auch sein mag, die Veränderung erfolgt dann in Sekundenschnelle. Der Ruck an der Angelschnur, jener Hilferuf von nebenan, sogar die Bedrohung in der Tiefgarage – so etwas geschieht immer plötzlich und unerwartet. Es bedarf schon einer gewissen Geistesgegenwart, auf derlei Umschwünge gefasst zu sein und sich rasch an neue Lebensverhältnisse gewöhnen zu können. Genau hier, überlegt er, liegt das Geheimnis seines Erfolgs verborgen.

Hinter ihm, gegenüber dem Ständer mit den Angeln, befindet sich ein Tresen, an dem sich drei oder vier junge Männer gerade einen Artikel zeigen lassen, der sie hörbar begeistert. Mr Scrap lehnt sich etwas vor, um zu sehen, was genau sie da begutachten.

Die Waffe ist klein und unauffällig, anthrazitgrau. Kaum zu glauben, dass so etwas erlaubt ist: Da wird eine tödliche Waffe einfach so ein paar Jungspunden vorgeführt, die mit ihren tiefsitzenden Hosen, verkehrt herum aufgesetzten Baseballmützen und tätowierten Armen alles andere als vertrauenerweckend aussehen. Erschrocken weicht Mr Scrap einen Schritt zurück. Verfolgt bestürzt, wie der Verkäufer, ein älterer Mann mit dicker Brille und Halbglatze, die Waffe über den Tresen reicht, damit jeder der Burschen sie einmal in der Hand halten, den Hahn spannen und spielerisch damit zielen kann. Mr Scrap tastet unwillkürlich nach seinem Handy, das er am Gürtel trägt. Ist dies nicht der Moment, bevor das Chaos losbricht? Der Moment, dem später ewiges Bedauern folgt. Das tödliche »ach hätte ich doch nur« der Erinnerung.

Mr Scrap weicht leise einen weiteren Schritt zurück, zieht jetzt das Handy aus der Hüfttasche und klappt es auf. Jedes Geräusch kommt ihm unnatürlich laut, jede Sekunde wie endlos ausgedehnt vor.

Gelächter. Er hört Gelächter. Während sein schwitziger Finger schon auf der Taste liegt, sieht er noch einmal zum Tresen hinüber. Ein Junge lässt die Patronentrommel herumsirren; die anderen beiden sind weitergegangen, um sich andere Waffen anzusehen.

Mr Scrap klappt das Handy zusammen. Wischt sich mit dem Ärmel über die Stirn.

Natürlich. Die Pistole ist gar nicht geladen.

Vor lauter Schreck beim Anblick der Pistole ist ihm gar nicht in den Sinn gekommen, was ihm jetzt sonnenklar wird: dass so eine Waffe hier im Geschäft selbstverständlich nicht geladen ist.

Was muss er für einen lachhaften Anblick geboten haben, ein Mann mittleren Alters in Button-Down-Hemd, der sich, das

Handy im Anschlag, der Angstschweiß auf der Stirn, hinter ein Regal mit Angelkästen duckt und drauf und dran ist, der Polizei ein örtliches Armageddon zu melden.

Er setzt sich in Bewegung, schiebt seinen Einkaufswagen langsam weiter in Richtung Kurzwarenabteilung. Auf einmal scheint die Angst, die ihn gepackt hat, als er in seinem Garten nachts den Geruch von Zigarettenrauch wahrgenommen hat, vollauf gerechtfertigt. Dabei war er sich so albern vorgekommen, als er bei Sonnenaufgang auf der Terrasse aufgewacht war, die Wange fest ans Holz gepresst, während um ihn herum die Vögel zwitscherten. Jetzt aber hat er gesehen, wie real die Gefahr tatsächlich ist. Wie leicht es ist, sich in den Besitz einer Pistole zu bringen, die weniger kostet als ein Satz neuer Autoreifen. Kein Sicherheitssystem der Welt kann die geladene Waffe eines Eindringlings unschädlich machen oder Mr Scrap vor jemandem schützen, der in einen Laden wie diesen spaziert, seine Kreditkarte zückt und mit einer Waffe wieder hinausspaziert. Ängstlich wirft Mr Scrap noch einmal einen Blick über die Schulter.

Die Verschlusshäkchen hat er im Nu gefunden und besorgt dann in der Lebensmittelabteilung noch die Sahne. Auch einer Packung Schokoladeneis am Stiel und einer Tüte Chips kann er dort nicht widerstehen. Wann hat er zum letzten Mal Chips gegessen? Beim Gedanken daran, sie auf der Heimfahrt im Auto zu vertilgen, sich genüsslich das Salz von den Fingern zu lecken, läuft ihm das Wasser im Mund zusammen. Wie selten ich mir mal etwas gönne, überlegt er.

Dann aber sieht er die Warteschlangen. Es gibt zwar fünfundzwanzig Kassen, aber nur drei davon sind in Betrieb, und davor stauen sich die Menschenmassen. Jetzt versteht er, welchen Nachteil man für die riesige Auswahl von Waren zu niedrigen Preisen in Kauf zu nehmen hat. Statt zu drei verschiedenen Geschäften zu fahren, wird Mr Scrap dieselbe Zeit jetzt inmitten dieser Horden verbringen, die sich mit ihren Einkaufswagen im

Schneckentempo vorwärtsschieben. Doch als er sich erst mal angestellt hat, ergibt er sich in sein Schicksal. Jetzt aufzugeben, wo man bereits alle Einkäufe eingesammelt hat, das wäre in etwa so, als würde man seine Hochzeit abblasen, weil sich die Braut am Altar um zwanzig Minuten verspätet. Kleinmütig.

Also wartet er, eingekeilt zwischen zankenden Familien und quengelnden Kindern, wird unfreiwillig Zeuge etlicher Telefonate und Samstagabendplanungen, während ein Werbejingle nach dem anderen durch den Laden dudelt. Mr Scrap kontrolliert unauffällig die Einkaufswagen um sich herum, entdeckt Batterien, Bleichmittel, Kunstdünger, Springseile und andere potenziell nicht ungefährliche Artikel, aber nirgendwo eine Pistole.

Als er die Heimfahrt antritt, ist es schon fast fünf Uhr, und Mr Scrap kurvt in rasantem Tempo über die gewundene Straße, die von der Autobahn aus durch ein Waldgebiet zu ihm nach Hause führt. Eine Zeitlang nimmt er das einzige andere Auto auf der Straße gar nicht wahr, weil er völlig mit der Tüte Chips auf seinem Schoß beschäftigt ist. Dann aber muss er einer großen, sturen Krähe wegen, die mitten auf der Straße vor ihm hockt, bremsen und zuckt heftig zusammen, als er im Rückspiegel den Sportwagen bemerkt, der rasend schnell näher kommt – zu schnell. In der Erwartung, es jetzt jeden Moment krachen zu hören, hält er krampfhaft das Lenkrad umklammert und den Atem an. Das hat ihm gerade noch gefehlt, ein Auffahrunfall, der ihn zusätzlich Zeit kostet, einen langwierigen Papierkrieg und zeitraubende Abstecher in die Werkstatt nach sich zieht.

Die Krähe erhebt sich mit schweren Flügelschlägen und wütendem Krächzen in die Lüfte, streift knapp noch an Mr Scraps Windschutzscheibe vorbei. Der Wagen hinter ihm hat ihn nicht berührt, scheint aber direkt an seiner Stoßstange zu kleben.

»Bist du noch ganz dicht«, schimpft Mr Scrap mit Blick in seinem Rückspiegel, reißt kurz entnervt die Hände vom Steuer hoch und gibt wieder Gas.

Während er beschleunigt, entgeht Mr Scrap nicht, dass der Wagen ihm nach wie vor dichtauf folgt. Also fährt er extra weit rechts, damit dieser ihn überholen kann. Aber der Wagen klebt unbeirrbar hinter ihm.

Wird er verfolgt? Ehe er den Gedanken überhaupt zu Ende gedacht hat, bekommt er auch schon schwitzige Hände. Ist das etwa ein Wagen vom selben Typ wie der schwarze Sportwagen, in dem Andy Rolondo in der Tiefgarage herumgekurvt ist? Mr Scrap tritt fester aufs Gas, während er angespannt in den Rückspiegel starrt.

Die Sonne steht schon recht tief, daher ist es zu dunkel, um das Gesicht seines Verfolgers erkennen zu können. Das Auto allerdings, so viel kann er zweifelsfrei erkennen, ist schwarz, eindeutig.

Falls er verfolgt wird, sollte er lieber nicht nach Hause fahren. Andererseits dürfte Andy Rolondo vermutlich schon wissen, wo Mr Scrap wohnt. Jetzt steht für ihn absolut fest, dass es Andy Rolondo war, der neulich nachts vor seinem Haus gesessen und dabei geraucht hat. Trotzdem aber sollte er seinem Verfolger nicht die Gelegenheit zu einer Konfrontation bieten, auf die er nicht vorbereitet ist.

Er könnte die Polizei anrufen.

»Herrgott nochmal«, schimpft er vor sich hin, während er hastig sein Handy vom Gürtel nestelt. Nur noch ein paar Kurven, dann ist er so gut wie zu Hause. Mr Scrap klappt das Handy auf und senkt den Blick, um mit seinem schwitzigen Daumen die richtigen Tasten zu erwischen. Als er den Notruf gewählt hat und eben auf die Anruftaste drückt, zieht der schwarze Wagen nach links und rast mit einem irrwitzigen Tempo an ihm vorbei, das fast noch beängstigender ist als ihr Beinahe-Zusammenprall.

»Sie sprechen mit der Notrufzentrale. Welchen Notfall möchten Sie melden?«

Mr Scrap hat heftiges Herzklopfen, er weiß nicht genau, ob er tatsächlich in Gefahr war und ob sie jetzt wirklich vorüber ist.

»Äh, ja, hallo. Jemand hat mich gerade im Auto bedrängt. Aber es ist nichts passiert. Er ist jetzt weg. Entschuldigen Sie den Anruf.«

»Sir, wie lautet Ihr Name und wo befinden Sie sich?« Sie folgt stur ihren gewohnten Vorgaben.

»Nein, es ist nichts passiert. Kein Notfall. Trotzdem, vielen Dank.«

Er legt auf und wirft das Handy auf den Sitz neben sich. Nacheinander wischt er sich seine schweißnassen Hände an der Hose ab und atmet tief durch.

Was er da gerade erlebt hat, ist ihm noch immer nicht ganz klar, aber alles fühlt sich auf einmal anders an, als hätte er einen Blick in die verborgene Welt unter Wasser geworfen, die dem Angler zum Verhängnis wird. Der gründelnde Wels, der zwischen Schlick und Algen nach Fressbarem sucht, erblickt den fetten Wurm und beißt zu. Beim Eindringen des Angelhakens in seinen Gaumen werden Giftstoffe freigesetzt und strömen in die Brustflosse des Welses, die wiederum den Angler trifft, als er den Fisch an Land zieht. Ergebnis: Der Angler muss ins Krankenhaus, schwer verletzt und zum Gespött gemacht durch einen Fisch.

Die Bedrohung, mit der er soeben konfrontiert worden ist, lässt Mr Scrap keine Ruhe. Das schwarze Auto und die von ihm sichtbar gemachte neue Realität zu verdrängen, könnte katastrophale Folgen haben. Er muss sich an diese Veränderung anpassen.

Als er in die Auffahrt einbiegt, sieht Mr Scrap sich argwöhnisch nach allen Seiten um, da er nun auch mit Gefahr in seiner eigenen Nachbarschaft rechnet. Nachdem er in die Garage gefahren ist, lässt er das Automatiktor hinter sich hinabsurren, noch ehe er den Motor abgestellt hat.

Im Haus trifft er Betsy in der Küche an, noch sichtlich verschlafen.

»Hast du die Sahne?«, fragt sie, ohne den Blick zu heben und sich zu versichern, wer überhaupt hereinkommt.

Sie rührt gerade Essig und Öl zusammen, für die Salatsoße. Ihre Fingerknöchel sind weiß vor Anstrengung.

»Ja, hier«, sagt er und stellt die Einkäufe neben sie auf die Arbeitsfläche.

»Und hast du auch die Staubsaugerbeutel?« Endlich hebt sie den Blick.

»Ja. In dem Laden gibt es alles.« Seine Stimme, will ihm scheinen, klingt merkwürdig weit weg, als käme sie aus einer tiefen Höhle. Hat sie ihn überhaupt gehört? »Einfach alles«, bekräftigt er nochmals, während er anfängt, sich das Hemd aufzuknöpfen, und zusieht, wie sie die Sahne aus der Tasche nimmt.

»Na prima. Dann hast du das ja auch mal kennengelernt.« Sie lächelt ihn unbekümmert an, mit sichtlich frisch geschminkten Lippen.

Mr Scrap zuckt die Achseln. Was er erlebt hat, behält er besser für sich. Ihr Leben ist schon einmal Opfer tückischer Kräfte geworden, die verborgen im Herzen ihres ersten Mannes lauerten und dafür sorgten, dass sich seine Arterien Nacht für Nacht verengten, während sie friedlich und in seliger Ahnungslosigkeit Seite an Seite mit ihm im Bett lag und schlief. Ganz wie der Angler, der ahnungslos am Ufer des Flusses sitzt.

»Bleib nicht zu lange unter der Dusche«, sagt sie. »Ich brauche deine Hilfe bei einem widerspenstigen Docht.« Sie deutet auf die Anrichte, auf der drei Kerzen stehen.

Er nickt, wirft einen Blick aus dem Fenster, prüft, ob sich womöglich jemand am Fliegengitter zu schaffen gemacht hat.

Eher nachträglich fragt er: »Und, geht's dir besser?«

»Mmm. Heute haben die Tabletten mal geholfen.« Sie zuckt die Achseln. »Wer weiß?«

»Das ist schön.« Er klopft ihr im Vorbeigehen sanft auf die Schulter und hat nur den einzigen Gedanken, sie vor Dingen zu beschützen, die sie nicht sehen kann. »Wirklich schön.«

Nachdem Oliver bei Mrs Wilcox vorbeigeschaut und ein Fotoalbum gegen das andere eingetauscht hat, fährt er nach Hause und versucht zu arbeiten. Doch er schafft es nur, eine Hand voll Fotos einzuscannen, dann schweift sein Interesse wieder ab, zu seinen eigenen Fotos in dem schlichten braunen Umschlag. Er hat jetzt annähernd ein Dutzend zusammen, eine, wie er findet, angemessen abwechslungsreiche Auswahl.

In Turnschuhen, kurzer Sporthose und mit Stirnband war er dreimal um den Block gejoggt, ehe er sich vor der Apotheke in der Innenstadt abgelichtet hat, verschwitzt und mit hochrotem Kopf, als hätte er gerade eine Partie Racquetball hinter sich. Die Apotheke hat er deswegen als Hintergrund ausgewählt, weil sie noch genauso aussieht wie vor zwanzig Jahren: dieselbe Leuchtreklame, dieselben roten Backsteine, derselbe kahlköpfige Apotheker, der hinter dem Tresen voller Schlaftabletten und Penicillin steht.

Für das Foto, auf dem er in einem Sessel in der Bibliothek sitzt, hat er sich eine Ausgabe des *New England Journal of Medicine* von 1975 auf den Schoß gelegt. Oliver erinnert sich an andere Fachzeitschriften, die sein Vater weit häufiger gelesen hat, aber die gab es im Bibliotheksarchiv nicht vorrätig. Er schaut auf dem Bild nicht in die Kamera, sondern irgendwo in die Ferne, die Stirn gerunzelt, als würde er über etwas nachdenken, was er gerade gelesen hat.

Ein Foto aber, findet Oliver, fehlt noch. Er packt seinen Kram ein und kehrt in die Straße seiner Kindheit zurück. Mit diesem Foto wird das Dossier vollständig sein, und er kann Jared einen Eindruck von dem Leben vermitteln, das ihm entgangen ist. Einen Eindruck von dem Vater, der ihnen beiden genommen wurde. Von dem Zuhause, um das Jared gebracht wurde. Vielleicht, wer weiß, brauchen sie beide nicht über diese Verluste hinwegzukommen. Vielleicht können sie das Verlorengeglaubte zurückbekommen.

Als Erwachsener sollte man nach allem, was sich auf dieser Straße abgespielt hat, abgehärtet sein. Sich eben nicht mehr davon zermürben lassen. Hat er zumindest gehört. Von Mary nämlich, die sich Sorgen um sein geistiges und seelisches Wohlbefinden macht. Sie war es, die ihm vor langer Zeit gesagt hat, dass sie nie darüber hinwegkommen würden – höchstens durchstehen würden sie es. Sie hat diesen banalen Spruch aus der bonbonfarbenen Hochglanzbroschüre des Bestattungsinstituts wörtlich genommen und einen Tag nach dem anderen in ihrem Kalender abgehakt, um mehr und mehr Zeit in der Spalte »Vergangenheit« anzuhäufen, bis sie eines Tages einen Blick auf die imaginäre Bilanztabelle geworfen und entschieden hat, dass sie es geschafft hatte. Sie hatte es durchgestanden. Ende.

Auf diesem Foto wird Oliver nicht zu sehen sein; er hat sich den Bart inzwischen abrasiert und ist wieder ganz er selbst. Er wird aber mit Stativ fotografieren und ist froh über die langgezogenen, stimmungsvollen Schatten, die in der Abenddämmerung auf die Straße fallen. Das Haus, in dem sie früher gewohnt haben, gleich neben dem Haus, in dem seine Mutter bis heute wohnt, ist ein einstöckiges Gebäude mit Giebeldach und hellgelb getünchter Holzverkleidung. Die von gepflegten Sträuchern gesäumte, bogenförmige Auffahrt fällt sanft zur Straße hin ab.

Die heutigen Bewohner sind auf Oliver nicht gut zu sprechen. Sie haben schon vor langer Zeit die Geduld mit ihm verloren, nachdem sie ihn immer wieder auf dem Holzapfelbaum in ihrem Garten angetroffen hatten oder nachdem er einfach durch die offene Fliegengittertür ins Haus spaziert war, in der Küche, wo er stumm auf den Linoleumboden hinabstarrte, wo alles zu Ende gegangen war. Diese Leute, Mr und Mrs Wagner, reagierten zunächst verständnisvoll und brachten ihn oft quer über den Rasen nach Hause, zurück in das neue Haus, in dem er jetzt wohnte. Mr Nice Guy wartete immer schon und hielt seine eigene Fliegengittertür auf, durch die kühle, klimatisierte Luft ins Freie hinausdrang. Die Wagners waren ein jungverheiratetes Ehepaar, das gegen die Ungerechtigkeiten des Lebens bislang immun gewesen war.

Dann aber wurde Mrs Wagner schwanger. Damit rückte für die beiden das Wohlergehen ihres eigenen Kindes auf dieser unsicheren Welt entschieden in den Vordergrund, und ihr Verständnis für Oliver schwand rapide dahin. Fortan wollten sie ihn nicht mehr in ihrem Haus haben; er brachte Unglück, verbreitete nur Trübsinn.

Eines Tages nach der Schule spazierte er in ihr Kinderzimmer, das Zimmer, das früher ihm gehört hatte – das Zimmer, in dem sein Vater ihn das letzte Mal zu Bett gebracht hatte –, stellte sich an die Wiege, in der ihr Neugeborenes lag, und trommelte mit seinen nicht ganz sauberen Fingern am Rand herum. Als Mrs Wagner mit einem Stapel frischgewaschener Handtücher in das halbdunkle Zimmer kam und dort eine kleingewachsene Gestalt erblickte, die sich wie ein Miniatur-Kidnapper über die Wiege beugte, stieß sie vor Schreck einen Schrei aus. Sie schrie so laut, dass das Baby davon aufwachte und Oliver es mit der Angst zu tun bekam. Als Mrs Wagner durchs Zimmer gestürmt kam und das Baby aus der Wiege riss, ließ er beschämt den Kopf hängen.

Sie drückte das weinende Baby an ihre Schulter und wiegte sich hin und her, um es zu beruhigen. »Oliver«, fuhr sie ihn an, aber er hörte gar nicht zu.

»Wir hatten hier auch ein Baby«, sagte er leise. »Aber es hat kein eigenes Zimmer gehabt. Es hat immer dort geschlafen, wo wir auch waren.« Olivers Blick fiel auf seinen Schnürsenkel, der mit Schlamm verkrustet war. Wann war das passiert? War das

Schlamm vom Schulhof? Aus dem Park? Aus seinem Garten? Oder aus diesem Garten? Olivers altem Garten. Seinem richtigen Garten. »Babys brauchen natürlich noch gar kein Zimmer. Sie sind ja am Anfang so klein, dass sie eigentlich überall schlafen können. Kleine Wonneproppen. So hat mein Dad sie genannt.« Oliver erzählte gern von seinem Vater. Von den Späßen, die er immer gemacht hatte. Aber es schien, als wollte das kein Mensch hören.

Auch Mrs Wagner sah ihn jetzt merkwürdig an, mit unwillig verzogenem Gesicht. »Oliver«, fuhr sie fort, als hätte er gar nichts gesagt. »Du kannst hier nicht einfach so hereinspazieren.« Es war nicht zu überhören, wie sehr sie sich zusammenreißen musste, um nicht die Beherrschung zu verlieren.

Oliver sah zu ihr hoch. Die Beinchen des Babys waren an seinen Bauch hochgezogen, seine nackten Zehen lugten, rosig und winzig klein, unter ihrem Arm hervor. »Okay«, sagte er, folgsam und verängstigt. Stellte sie etwas mit dem Baby an, was er nicht mitbekommen sollte? War das Baby krank? Hatte sie Angst vor Bazillen? Warum durfte er nicht mehr hier sein?

Da für Oliver feststand, dass er dem Baby nie etwas tun würde, erklärte er es sich so, dass sie ihn nicht mehr im Haus haben wollte, weil es für ihn nicht sicher war. Oder ihm nicht guttat. War sie, wie seine Mutter, der Ansicht, dass es unsinnig war, ständig an seinen Vater zu denken? Oder an ihr Haus? An sein Zimmer – wie es früher war, an die Reihe knittriger Aufkleber in der Ecke, wo sein Bett damals stand, die er jede Nacht vor dem Einschlafen mit den Fingern berührte?

Oder hatte sie Angst, dass Oliver, dadurch, dass er sich so intensiv an früher erinnerte, irgendwie seinen Vater oder seinen kleinen Bruder herbeizaubern könnte? Mary hatte ihm von übersinnlichen Phänomenen erzählt. Von den verblüffenden Kräften des Geistes. Konnte Oliver durch seine Erinnerungen irgendwie einen von ihnen oder sogar beide zurück in dieses Haus mit dem langen, schnurgeraden Flur und dem großen Backsteinkamin zaubern? Was wäre so schlimm daran, falls Olivers Vater zurückkehrte? Was ging das Mrs Wagner an, warum verzog sie deswegen so aufgebracht das Gesicht?

Er musterte die neuen Gardinen, die großen blauen Wolken, die an die Decke gemalt waren. Als das noch sein Zimmer war, gab es diese Wolken noch nicht.

Und dann begriff er.

Mr und Mrs Wagner müssten dann ausziehen. Falls es Oliver irgendwie gelang, seinen Vater und seinen Bruder zurückzuholen, müssten sie hier ausziehen. Olivers Vater könnte mit Olivers kleinem Bruder im Arm zurückkehren und sagen, wie früher manchmal sonntags in dem überfüllten Pfannkuchenrestaurant: »Entschuldigen Sie, aber das ist unser Tisch. Wir mussten noch einen Boxenstopp einlegen, aber wir waren schon hier – sehen Sie die Zeitung da?«

Mr und Mrs Wagner würden dieses Haus verlieren. Sie müssten in ein anderes Haus umziehen, ihr Baby in einem anderen Zimmer unterbringen und dort einen neuen Himmel an die Decke pinseln.

»Ich meine«, fuhr Mrs Wagner fort, ihren Ärger noch immer nur mühsam unter Kontrolle, »das tut man doch einfach nicht. Einfach so in anderer Leute Häuser spazieren. Wenn du ein Erwachsener wärst, wäre das strafbar. Dafür kannst du ins Gefängnis kommen.«

Oliver konnte das Zetern der Vögel draußen in den Bäumen hören. Er stellte einen Fuß auf den anderen, verdeckte so seinen schlammverkrusteten Schnürsenkel.

»Oliver?«, sagte Mrs Wagner, schon merklich ruhiger, während sie dem Baby über den kahlen Kopf streichelte.

»Was?«, sagte Oliver, der gerade grübelte, ob es wirklich Leute gab, die im Gefängnis saßen, weil sie in das Haus gegangen waren, in dem sie früher mal gewohnt hatten, in das Haus gleich nebenan, das sie immer noch ein bisschen als ihr eigenes empfanden. Trugen die gestreifte Sträflingsanzüge, lebten hinter dicken Eisengittern und aßen von Blechtabletts? Ins Gefängnis wollte Oliver auf keinen Fall.

»Ich glaube, das wird dir von nun an eine Lehre sein.« Dabei zog sie die Augenbrauen hoch, als sei sie erstaunt über ihre eigene Tüchtigkeit.

»Okay«, sagte er und wich langsam zurück. Als er sich umdrehte und aus dem Zimmer ging, blieben auf dem Fußboden Schlammbröckchen zurück, die sich von seinem Schnürsenkel gelöst hatten. Danach betrat er das Haus nie wieder. Während er jetzt davor steht, findet Oliver es bedauerlich, dass er nicht trotzdem weiter jeden Tag hineingeschlichen ist, unbemerkt, durch die Seitentür.

Der Säugling der Wagners wuchs zu einem gefühllosen kleinen Rüpel heran, der einmal ein Mädchen aus der zweiten Klasse auf dem Spielplatz so brutal zu Boden stieß, dass sie dabei zwei Schneidezähne einbüßte. Er wurde so fett, dass sie schließlich keinen Ausweg mehr wussten, als ihn zum Abspecken in ein spezielles Ferienlager zu schicken, und dann mussten sie mitten im Juli achthundert Kilometer fahren, um ihn vorzeitig abzuholen, weil er den Schlafsack eines Betreuers in Brand gesteckt hatte. Als Teenager kaufte Wagner junior sich in der Tierhandlung Guppys, die er dann fein säuberlich auf der Veranda von Olivers altem Haus aufreihte, nur um dabei zusehen zu können, wie sie langsam und qualvoll verendeten, wie ihnen in der Sonne die Kiemen eintrockneten und die Augen im Kopf verschrumpelten.

Jetzt, wo er Jared gefunden hat, will Oliver noch ein Foto von dem Haus machen, in dem sie alle zusammen hätten aufwachsen können. Auch das Haus von Mr Nice Guy will er fotografieren; hier könnte Jared künftig zu Gast sein, um sonntags mit ihnen zu brunchen oder um mit ihnen Weihnachten zu feiern.

Er baut sein Stativ auf dem Bürgersteig gegenüber auf. Ihm schwebt eine Weitwinkelaufnahme vor: vorher und nachher.

Während seiner Vorbereitungen jedoch wird er abgelenkt. Im Nachher-Haus sind jetzt die Lichter angegangen. Durch das große Wohnzimmerfenster kann er seine Mutter sehen, die mit schräggelegtem Kopf und einem Glas Wein in der Hand dasteht, die freie Hand in die Hüfte gestemmt, als würde sie gerade einen Welpen dressieren, mit dem Wein als Belohnung dafür, wenn er sich brav auf die Seite rollt. Sie hört gerade einer Frau namens Shelly zu, die im Lauf der Jahre viermal den Nachnamen gewechselt hat. In den Monaten nach dem Tod seines Vaters kam Shelly jeden Tag bei ihnen vorbei, nahm Oliver auf den Schoß, wiegte ihn und sagte mit Tränen in den Augen: »Du armer kleiner Schatz. Wirklich, Betsy, deine armen Kinder.« Seiner Mutter war es immer sichtlich unangenehm, so unverhohlen bedauert zu werden.

Da taucht Mr Nice Guy auf, sieht nach, ob die beiden noch genug zu trinken haben. Da ist er wieder, denkt Oliver, mit seiner Weinflasche und einem Geschirrtuch zum Abtupfen, damit keiner je Durst leiden muss, mit Wein bekleckert wird oder einfach nur seine Ruhe hat.

Plötzlich beschleicht ihn die Furcht, dass gleich jemand aus dem Fenster sehen und ihn mit seiner Kamera entdecken könnte. Seine Mutter wird einfach den Blick abwenden, so tun, als hätte sie ihn nicht bemerkt. Oder so tun, als würde sie ihn nicht kennen. Mr Nice Guy wird ihm dagegen zuwinken und zur Tür eilen, ihn einladen, doch hereinzukommen, so wie immer, ohne sich anmerken zu lassen, wie sehr Oliver ihn innerlich in Rage bringt – eine Abneigung, die von Oliver im Übrigen vollauf erwidert wird.

Um nicht erkannt zu werden, zieht er sich die Kapuze seines Sweatshirts über den Kopf und duckt sich hinter sein Stativ, späht durch den Sucher, dreht am Objektiv, bis das Bild scharf ist, und drückt auf den Auslöser. Die beiden Häuser, Seite an Seite.

Vor Hast fällt ihm der Objektivdeckel aus der Hand, landet genau auf der Kante auf dem Bordstein und rollt los, die abschüssige Straße hinunter. Oliver versucht ihn noch mit ausgestrecktem Fuß zu stoppen, verfehlt ihn jedoch und muss ihm ein paar Schritte hinterherstürzen, um ihn noch zu erwischen. Am Ende steht er direkt gegenüber von der Cocktailparty im Wohnzimmer des Mr Nice Guy. Das Panoramafenster ähnelt einer Kinoleinwand. Während er mit dem Objektivdeckel in der Hand dasteht, muss er an Miranda denken. Sehen diese Leute irgendwelchen Prominenten ähnlich?

Seine Mutter auf keinen Fall. Sie erinnert höchstens an irgendwelche Stars aus Fernsehserien der Sechziger, wie etwa Patty Duke oder Sally Fields. Ihre Freundin, Miss Shelly, die schon eine Schönheits-OP hinter sich hat, könnte bei der richtigen Beleuchtung an Farrah Fawcett oder Suzanne Somers erinnern. Aber Mr Nice Guy?

Oliver setzt sich auf den Bordstein und betrachtet ihn eingehend, die Kapuze noch immer schützend über den Kopf gezogen. Nein, er hat ganz und gar nicht das Zeug zum Filmstar. Nicht mal als Rollenbesetzung für einen Kriminellen. Wenn es sehr dunkel wäre und er einen weißen Kapitänsanzug trüge, könnte er vielleicht noch als Kapitän auf dem Traumschiff durchgehen. In seiner dunklen Hose und dem Sakko jedoch, mit der Lesebrille oben auf dem Kopf und einem Geschirrtuch über der Schulter, sieht Martin Scrap einfach nur aus wie er selbst.

Als Oliver sich gerade wieder hochrappelt, sieht Mr Nice Guy aus dem Fenster und bemerkt seine kapuzenverhüllte Gestalt. Oliver sieht ihn direkt an, doch zum ersten Mal seit Menschengedenken zieht Mr Nice Guy nicht in gespielter Freude die Augenbrauen hoch; stattdessen verengt er die Augen. Als würde ihm das, was er da draußen sieht, Angst einjagen.

Oliver wendet sich um und läuft in geduckter Haltung zu seinem Auto zurück, verstaut hastig das Stativ hinten im Laderaum und gibt Gas, sobald er den Motor gestartet hat. Mit quietschenden Reifen rast der Ranchero die Straße entlang, begleitet von einem Auspuffknall, der sich anhört wie ein Pistolenschuss.

7

MARY FÄLLT ES MITTLERWEILE LEICHT, sich mit Fremden zu unterhalten. Flugreisende haben oft das starke Bedürfnis, über ihr Leben zu sprechen, es in ein kurzes Exposé mit dramatischen Plotwendungen zusammenzufassen, die in der Regel in Form eines Todesfalls, einer Scheidung oder eines unglaublichen Zufalls daherkommen. Wirklich, bei jedem beliebigen Flug gibt es mindestens drei Leute, die ein Drehbuch in ihrem Aktenkoffer oder einen Roman in ihrem Kopf haben. In naher Zukunft werden alle über den Fernsehbildschirm flimmern.

Und Mary ist eine unermüdliche Zuhörerin, warum auch immer. Jedes anonyme Unglück ist ein Stärkungsmittel, ein Balsam, das ihre ohnehin überaus lebhafte Fantasie anregt. In schlaflosen Nächten denkt sie oft über die Geschichten von Reisenden nach, die sie wahrscheinlich nie wiedersehen wird.

Es hat etwas von einer verdrehten Art von Zen: Indem sie sich unzählige persönliche Geschichten fremder Leute anhört, kann sie ihre eigenen Probleme abstreifen wie schmutzige Wäsche, so, als würde sie ihre Kleidung Stück für Stück in eine Wanne voll Wasser fallen lassen und zusehen, wie sie sich vollsaugt und nach unten sinkt. So dass sie sowohl nackt als auch unverwundbar ist.

Als sie jetzt zum x-ten Mal mit einem Fluggast in der Hotelbar sitzt, der ihr sein Eheleid klagt, hört sie geduldig zu und nimmt alles hin.

Sichtlich bekümmert lamentiert Doug, dass er und seine

Frau seit über zwei Jahren im Grunde nur noch nebeneinanderher leben. Jedweder romantische Funke, der sie mal verbunden haben mochte, ist längst erloschen. Geheiratet haben sie damals nur, weil sie nach einem gemeinsamen Abend, an dem sie beide zu viel getrunken und sich kaum etwas zu sagen hatten, schwanger wurde. Aber sie waren noch sehr jung damals. Kaum volljährig.

Er sieht Mary lächelnd an, mit seinen dunkelbraunen Augen. Seine Probleme sind nichts Besonderes. Sein Auftreten aber schon. Er sieht viel zu gut aus, um ehrlich zu sein, überlegt sie im Stillen. »Das interessiert Sie im Grunde gar nicht, oder?«, fragt er. »Sie ist eine großartige Mutter, und ich bin ein ganz anständiger Vater, und wir ziehen einigermaßen wohlgeratene Kinder groß. Also«, sagt er und trinkt noch einen Schluck Wein, »wursteln wir uns weiter durch.«

»Ist sie glücklich?«, fragt Mary, so neugierig wie schon seit langer Zeit nicht mehr.

Er zuckt die Achseln. »Wären Sie das? Liebe kann man nicht vortäuschen, egal, was Talkshowmoderatoren einem weiszumachen versuchen. Wir haben es versucht. Sie hat etwas Besseres verdient.«

Mary ist misstrauisch, eine Haltung, die sie sich selbst anerzogen hat.

»Was sie verdient«, sagt er mit leiser Stimme, »ist, dass jemand neben ihr sitzt und dabei das Gefühl hat …«

Mary merkt, wie sie schwitzige Hände bekommt, als er innehält und ihr tief in die Augen sieht.

»Das Gefühl hat, dass dieser eine Moment genug sein könnte. Nur dieser Moment.« Endlich senkt er den Blick und sieht auf seine Hände, die vor ihm auf dem Tisch liegen.

Mary fühlt sich überrumpelt. In ihrem Kopf summt es. Sie sieht ihn lächelnd an. Er ist ein verheirateter Mann, der mit einer Frau in einer Hotelbar sitzt, die er gerade erst kennengelernt hat. Das ist eine Tatsache. Mildernde Umstände sind rein subjektiv. Seine Frau glaubt vermutlich, dass er sie über alles liebt. Vermutlich rechnet sie jetzt gerade mit seinem abendlichen Anruf, bei dem er ihr beteuern wird, wie sehr sie ihm fehlt. Dass er es kaum erwarten kann, wieder nach Hause zu kommen.

»Welcher Ehemann hat denn schon dieses Gefühl bei seiner Frau?«, fragt Mary und überlegt im Stillen, warum Betrug immer sexy ist und Treue banal.

»Oder welche Frau bei ihrem Mann? Sie haben Recht«, sagt er und nickt. »Es ist immer ein Glücksspiel. Aber ich kenne eine Hand voll Leute, die das große Los gezogen haben.« Er sieht ihr Glas an. »Noch einen Wein?«

»Nein danke.« Mary fühlt sich ein bisschen schwindelig, und in ihrem Bauch macht sich ein unerklärliches Kribbeln bemerkbar.

»Tut mir leid, falls ich Sie in Verlegenheit gebracht habe. Aber das ist für Sie wohl eine Art Berufsrisiko. Dass Männer so aus der Fassung geraten.« Dabei ist er gar nicht aus der Fassung geraten. Wirkt eher noch souveräner dadurch, dass er ihr so offen sein Herz ausgeschüttet hat.

Er zeigt ihr die Fotos seiner Töchter, die er in seiner Brieftasche dabeihat: Ihr dichtes Haar ist ordentlich um ihre engelhaften Gesichter herum gekämmt und festgesprayt. Die ältere trägt, als Zeichen ihrer beachtlichen Willensstärke, nimmt Mary an, ein Plastikkrönchen im Haar.

Auf Mary machen die beiden keinen sonderlichen Eindruck. Bloß zwei Gesichter mehr unter den Hunderten, die ihr Tag für Tag begegnen. Für ihn jedoch sind sie etwas ganz Besonderes, man merkt es an der Art, wie er über sie redet, wie er lächelnd die Fotos betrachtet, ehe er sie Mary aushändigt. Diesen Zug findet sie besonders einnehmend. Ein Mann, der seine Kinder offenbar wirklich liebt.

»Haben Sie Kinder?«, fragt er, während er sein zweites Glas Wein austrinkt.

Sie lächelt. »Nein. Bloß die, die mir den ganzen Tag in den Ohren liegen und mehr Limo haben wollen.«

Er nickt. »Ich hätte auch nie gedacht, dass ich mal welche haben will. Ich meine, Gott, wenn es nicht die eigenen sind … da findet man sie ganz süß, aber meist auch nur einen Moment lang.«

»Ihre Töchter sind bestimmt sehr lieb. Sie sehen niedlich aus«, sagt sie und gibt ihm die Fotos zurück.

»Sie sind wahrscheinlich wie alle anderen Kinder. Fast den ganzen Tag über denkt man, dass man gern etwas Zeit für sich hätte, dass einem ihre Quengelei auf den Geist geht und man alles für etwas Ruhe und Frieden geben würde, doch wenn sie dann unter der Bettdecke liegen, ihren Teddy an sich drücken und friedlich schlummern, möchte man sie am liebsten wieder aufwecken und noch einmal zusehen, wie sie auf einem Bein durch die Gegend hüpfen, so, wie sie den ganzen Tag durchs Haus gehüpft sind.«

Mary lacht. Er ist wirklich charmant. Ihr Gespräch, das im Flugzeug angefangen hat und noch nicht in das Wo-sind-Sie-her- oder Wo-reisen-Sie-hin-Territorium vorgedrungen ist, plätschert ungezwungen dahin. Sie lernt nur selten Leute kennen, mit denen ihr der Umgang so leicht fällt, und bei diesem Typen hat sie aus irgendeinem Grund das Gefühl, sie könnte ihm alles erzählen. Als könnte sie sich irgendwie auf ihn verlassen, wenn es darauf ankäme. Sie ist drauf und dran, ihn zu begehren. Oder zumindest die Möglichkeit einer einzigartigen Liebe in Betracht zu ziehen, die selbst das Risiko, sie zu verlieren, lohnend erscheinen lassen könnte.

Doug bittet den Kellner um die Rechnung.

Die Band, die die ganze Zeit über mit Soundcheck beschäftigt war, ist nun endlich spielbereit. Doug dreht seinen Stuhl herum, neben Mary, um das Trio sehen zu können. Eine Sängerin, ein Gitarrist und ein Bassist setzen zu einer Reihe Jazz-Klassiker an.

Mary streift ihre Schuhe ab und legt die Füße auf den Stuhl ihr gegenüber. Außer ihnen befinden sich nur noch zwei weitere Gäste in der Bar, ein Mann und eine Frau, die am Tresen sitzen und Martinis trinken.

»Tanzen Sie mit mir«, sagt Doug und legt die Hand auf Marys Stuhl, direkt neben ihren Arm. Es ist ein freundliches Angebot, weder aufdringlich noch opportunistisch.

»Ich habe gerade meine Schuhe ausgezogen«, sagt sie.

»Ohne Schuhe tanzt es sich am besten«, sagt er lächelnd, streift seine eigenen teuren Loafers ab und schiebt sie gegen ihre Pumps, so dass ihrer beider Schuhe unter dem Tisch dicht zusammenstehen wie unartige Kinder.

Mary lässt sich von ihm auf die Tanzfläche geleiten. Es ist Jahre her, seit sie das letzte Mal mit einem Fremden getanzt hat. Er umfasst ihre Taille, und die gesammelten Gerüche seines Tages dringen ihr in die Nase. Haargel, Knoblauch, Schweiß, Wein. Die Musik ist so laut, dass eine Unterhaltung nicht möglich ist. Sie halten ihre Köpfe parallel, sehen aneinander vorbei in entgegengesetzte Richtungen.

Es ist aufregend, ihm so nahe zu sein. Während sie sich zusammen im Takt der synkopierten Rhythmen bewegen, spürt sie die solide Kraft seines Körpers unter seiner Kleidung. Sie lässt ihre Gedanken schweifen, malt sich aus, wie es weitergehen könnte.

Sie könnten sich zusammen ein Zimmer nehmen, barfuß nach oben gehen und eine Liebesnacht miteinander verbringen, in der sie einander bald vertraut werden würden. Am Morgen dann wären sie keine Fremden mehr, sie würden beim Blick ins Gesicht des anderen die Art Freude empfinden, die man beim Anblick eines Menschen verspürt, mit dem man eine ganze dunkle Nacht verbracht hat. Eines Menschen, der einem beim Zähneputzen und Haarekämmen zugesehen hat, der für die letzte Berührung des Tages und das erste Lachen am Morgen darauf gesorgt hat.

Auf einmal würde er ihr etwas bedeuten. Weil sie Freude an seinem Gesicht hätte, würde sie entsprechend traurig sein, wenn sie es nicht um sich hätte. Sie würde anfangen, sich über sein Leben außerhalb ihrer gemeinsamen Stunden Gedanken zu machen: über Telefonnummern, Geburtsdaten, Lieblingsspeisen, seine Liste charmanter Anekdoten über frühere Beziehungen. Auch jene Kinder, die ihr so unwichtig erschienen, würden auf einmal wichtig. Sie würde anfangen, ihm seine Liebe zu ihnen zu verübeln. Aus Eifersucht, weil sie sich dadurch zurückgesetzt fühlen würde. Dann würde sie sich selbst hassen. Sie wäre zu einem Klischee geworden. Oliver würde ihr erklären, dass es die Brustvergrößerung war, die ihr das Urteilsvermögen vernebelt und sie wie eine Einstiegsdroge auf diesen Weg der Reue geführt hat. Dann käme die unvermeidliche schmerzliche Loslösung von diesem Mann, diesem Fremden, mit der Folge, dass ihr nacktes Ich verunsicherter und misstrauischer denn je zurückbliebe.

Als das Pärchen, das eben am Tresen gesessen hat, auf die Tanzfläche kommt, fragt sich Mary, ob sie einander wohl auch fremd sind. Dessen ungeachtet, früher einmal waren sie es ganz bestimmt. Wie unfassbar mutig man im Grunde sein muss, überlegt Mary, um auf einen Fremden zuzugehen und zu denken, dass er für einen im Lauf der Zeit zum vertrautesten Menschen auf der Welt werden könnte. Sie ist schlicht zu feige und daher für die Liebe nicht geeignet.

»Ich muss morgen früh raus«, sagt sie Doug laut ins Ohr. »Danke für den Wein.«

Mary lässt ihn stehen und geht fort. Nur gut, dass sein bestürztes Gesicht weiter das eines Fremden ist.

Oliver ist jetzt spät dran und hat fast keinen Sprit mehr. Er parkt den Ranchero bei sich in der Auffahrt, hebt sein Stativ und die Kamera aus dem Laderaum, damit sie nicht gestohlen werden, und joggt die sechs Blocks bis zur Ecke Jefferson und Main, wo er mit Miranda verabredet ist. Als er oben am Ende der Steigung ankommt, empfängt ihn ein merkwürdiger Anblick. Dort kommt ihm nämlich, als wäre er am Ende der Welt angelangt, das aus einem riesigen Spiegel besteht, eine Gestalt entgegen, die genauso aussieht wie er, mit einem Stativ über der Schulter und einer Kamera, die sie quer um den Oberkörper geschlungen hat.

Gleich darauf erkennt er, dass es Miranda ist, und bekommt Herzklopfen vor Vorfreude. Sie beide erkennen die Komik in ihrem ungewöhnlichen und nahezu identischen Aufzug. Miranda wirft lachend den Kopf zurück, während sie auf ihn zukommt. Oliver stimmt zwar in ihr Gelächter ein, ist aber vor allem ganz hin und weg von ihrem Anblick. Als sie einander gegenüberstehen, umarmt er sie spontan, was für sie beide ein bisschen überraschend kommt. Auch sie legt ihren freien Arm um ihn, und so stehen sie dort im Dunkeln, in dieser Umarmung, die sich anfühlt wie ein verfrühtes Happy End und die dazu führt, dass sie am Ende beide noch lauter lachen müssen.

»Wow«, sagt sie und weicht etwas zurück, um hinauf in sein Gesicht sehen zu können. »So hast du mich in dem schwedischen Badehaus nie begrüßt.«

Oliver lässt rasch die Arme sinken. Er zuckt mit den Schultern, lächelt aber unbeirrt weiter. »Ich habe mich eben noch nie so gefreut, dich zu sehen«, sagt er.

»Tja, ich würde ja liebend gern den ganzen Abend hier herumstehen und mich von einem hübschen Kerl anlächeln lassen, aber …« – sie wirft einen Blick auf die Uhr – »wenn du immer noch mitkommen willst, müssen wir jetzt los.«

Oliver salutiert mit der einen Hand. »Aye-aye, Captain!«

»Wir sind hier zwar nicht auf einem Schiff«, sagt Miranda mit einem Augenzwinkern, »aber deine Gefolgschaft soll mir trotzdem recht sein.«

Sie setzt sich in Bewegung, den sanft ansteigenden Hang hoch, der zu den Häusern in der Mitte des Blocks führt.

Oliver folgt ihr und legt die Hand auf ihr Stativ. »Darf ich dir das abnehmen?«, fragt er.

Miranda sieht ihn an, zögert kurz und reicht es ihm dann. »Okay, eins vorab: Solltest du ein Haus kennen, vor dem ich stehen bleibe, und die Leute, die da wohnen, weil du für die vielleicht mal den Steuerkram erledigt hast oder was auch immer, behalte es einfach für dich.«

»Bist du Privatdetektivin oder so was?«

»Du hast als Kind zu viel ferngesehen«, sagt sie mit einem Grinsen. »Ich bin Fotografin.«

Er lächelt seinerseits.

»Kunstfotografin – so, jetzt habe ich's ausgesprochen. Ich bin Künstlerin. Ich glaube immer noch, dass Kunst die Welt verändern kann. Ich bin altmodisch, okay?«

»Auf die bestmögliche Art und Weise«, sagt Oliver und starrt sie unverhohlen an.

»Findest du? Okay. Ich habe zwei Sachen, an denen ich gerade arbeite. Die eine bei Alfalfa's nenne ich *Wer ist ein Star?*. Und bei dieser hier – für die habe ich noch keinen Namen – fotografiere ich Leute anonym zu Hause in ihrer Privatsphäre, bei allem, was sie um diese Zeit des Abends so tun.«

»Ist das legal?«

Sie kichert. »Die Frage ist nicht übel.«

Auf dieses Kompliment hin haucht Oliver sich auf die Fingernägel und poliert sie sich am Sweatshirt. Dann streckt er ihr die Hände entgegen. »Verehrte Künstlerin, darf ich vorstellen, Ihre Muse.«

Miranda reicht ihm die Hand, und er wirbelt sie ein wenig ungelenk herum. »Und du? Woran arbeitest du so?«

»An so einer Sache. Fotos.«

Sie mustert ihn eingehend. »Offensichtlich«, sagt sie und deutet auf seine Kamera.

Er zuckt die Achseln.

»Okay. Ein schweigsamer Künstler. Du wirst sie mir schon noch früh genug zeigen.«

»Nein, ganz im Ernst«, sagt er dann. »Ist das legal, was du da machst?«

»Hast du Angst, du könntest mit mir verhaftet werden?« Sie stupst ihn mit dem Ellbogen an. »Gefährlich ist das neue Sexy, etwa nicht?«

»Das wäre ein weiterer guter Titel für dich.« Er berührt sie seinerseits mit dem Ellbogen, ohne ihn gleich wieder von ihr wegzuziehen.

Sie zieht die Augenbrauen hoch und nickt.

»Ich habe eine Erlaubnis eingeholt«, sagt sie dann. »Ich schicke den Leuten vorher einen Brief, in dem ich ihnen das Projekt erkläre und anfrage, ob sie bereit sind, sich von mir fotografieren zu lassen. Falls sie Licht anschalten und die Vorhänge offen lassen« – sie zeigt auf ein Haus mit Flachdach vor ihnen, in dem in einem Zimmer Licht brennt und die Gardinen zurückgezogen sind –, »signalisieren sie mir damit ihr Einverständnis.«

Oliver folgt Miranda zu einer Stelle auf dem Bürgersteig direkt gegenüber von dem Haus. Er baut ihr Stativ für sie auf und tritt dann einen Schritt zurück.

Sie schraubt ihre Kamera auf das Stativ und versieht sie dann mit einem Objektiv. Ehe sie durch den Sucher schaut, betrachtet sie das erleuchtete Fenster.

Ihre Bildmotive sitzen einander gegenüber. Ein alter, gebrechlicher Mann sitzt zusammengesunken in einem Rollstuhl, Knie an Knie mit seiner Pflegerin, einer jungen Frau in Turnschuhen und hellrosa Trainingsanzug. Neben ihr steht ein Serviertisch auf Rollen, sie steckt einen Löffel in ein Gläschen, offenbar Babynahrung, und hält ihn dem Mann hin. Er öffnet artig den Mund, lässt sich wie ein kleines Kind füttern. Auf dem Serviertisch vor dem Mann steht auch ein Glas Wasser mit einem abgeknickten Strohhalm, den er mühsam zwischen die Lippen zu bekommen versucht. Die junge Frau ist ihm behilflich, hält ihm den Strohhalm so hin, dass es schließlich gelingt.

Während er trinkt, sieht der alte Mann aus dem Fenster. Blinzelnd hält er im nächtlichen Dunkel nach seiner Verabredung Ausschau: der unbekannten Fotografin.

Dort steht sie, sieht ihn an, während er sie ansieht und Oliver die gesamte Szene beobachtet. Miranda drückt auf den Auslöser und fängt diesen suchenden, erwartungsvollen Blick ein. Der alte Herr möchte nicht nur fotografiert werden, er möchte auch, dass sein Leben unter die Lupe genommen, herumgedreht, betrachtet und wiederbelebt wird. Es scheint einfach nicht gerecht, dass er so unwürdig von einer nach Stunden bezahlten Pflegekraft mit Babynahrung gefüttert wird. Er hätte niemals so alt werden sollen; im Zweiten Weltkrieg wäre er als Pilot ein halbes Dutzend Mal um ein Haar abgeschossen worden. Das wäre ein ehrenhafter Abgang gewesen.

Er lässt den Strohhalm von seinen Lippen fallen.

Heute ist jeder Tag von der Furcht erfüllt, den nächsten auch noch erleben zu müssen. Inzwischen ist er zu schwach, um seinem Leben selbst ein Ende zu setzen, zu allein, um das von jemand anderem erledigen zu lassen. Beenden Sie das, sagt sein Gesicht zum Fenster hin, während er ins Dunkel hinausstarrt. Nehmen Sie dieses Leben und beenden Sie es.

Dann taucht der Löffel wieder auf, frisch gefüllt. Die Pflegerin hält ihn dem Mann vor den Mund, stupst ihm sogar ungeduldig damit gegen die Lippen, weil er nicht reagiert. Schicksalsergeben öffnet er den Mund, den Blick weiter aus dem Fenster gerichtet.

Mirandas Kamera arbeitet weiter – die Blende öffnet und schließt sich, öffnet und schließt sich.

Dann stülpt sie ganz unvermittelt den Deckel aufs Objektiv, schraubt die Kamera los und hängt sie sich um den Hals. Oliver tritt einen Schritt vor, um ihr mit dem Stativ behilflich zu sein. Nachdem er es zusammengeklappt und sich über die Schulter gelegt hat, setzen sie sich schweigend in Bewegung, die leicht ansteigende Straße hinauf. Ihr Blick ist ernst. Oliver ist voller Bewunderung für die Fotos, die ihr gerade gelungen sein dürften.

»Wusstest du, dass er –«

»Ich weiß nie etwas, ehe ich irgendwo hinkomme. Die Adresse suche ich wahllos aus dem Telefonbuch heraus. So läuft das.« Ihre Stimme klingt tonlos.

»Das war so, ich weiß gar nicht, wie …« Dann verstummt er, widersteht dem Impuls, ihrer beider Erlebnis mit seinen Gedanken zu verwässern.

Sie weiß seine Zurückhaltung zu schätzen und hakt sich bei ihm unter. Wären da nicht die Digitalkameras, die sie beide um den Hals baumeln haben, und die zu beiden Seiten der Straße parkenden Autos, könnten sie in dieser Haltung auch als zeitloses junges Liebespaar durch ein längst vergangenes Jahrhundert schlendern.

Die nächste Adresse in ihrem Terminplan ist einige Straßen weiter weg. Nie hätte Oliver zu träumen gewagt, dass er mal ein Mädchen kennenlernen würde, dem es Spaß macht, mit Kamera und Stativ bepackt durch die Dunkelheit zu wandern. Eines Tages, hatte er immer gedacht, würde er eben Kompromisse eingehen und sich mit einem Leben abfinden müssen, in dem er ziellos und mit Tüten bepackt durch Shopping-Center schlurfen würde, während das Mädchen, das er sich zu lieben entschlossen hatte, sich amüsierte. Jetzt aber hat er ganz plötzlich das Gefühl, als hätte ein Teil von ihm das alles, was jetzt passiert, so geplant.

Ein Teil von ihm muss gewusst haben, dass er durch die Suche nach seinem Bruder etwas anderes Wertvolles finden würde.

Das ist nicht nur Glück, überlegt er, während er sie von der Seite ansieht. Das ist die Belohnung dafür, wenn man sich selbst treu bleibt.

Sie hat ihre Hand langsam an seinem Arm hinabgleiten lassen, bis sie bei seiner Hand angekommen war, die sie nun fest umfasst hält. Ringsum zirpen laut die Grillen, wetteifern mit seinem pochenden Herzen.

»Da wären wir«, sagt sie leise und deutet auf eine Stelle auf dem Bürgersteig, wo er das Stativ aufstellen soll, gegenüber von einem weiteren Haus, in dem ein Fenster hell erleuchtet ist. Es handelt sich um ein etwas kleineres, höher gelegenes Schlafzimmerfenster.

»Sonst habe ich immer eine Leiter dabei, aber die habe ich gerade meinem Nachbarn geliehen. Er muss seine Lüftung reparieren«, erklärt sie und nagt dann nachdenklich an ihrer Unterlippe herum.

Nach kurzem Überlegen schiebt er seine Finger zu einer Räuberleiter zusammen und hält sie Miranda einladend hin. Sie dankt ihm mit einem strahlenden Lächeln und stellt dann einen Fuß darauf. Mit Schwung befördert er sie nach oben in eine hohe Esche direkt hinter ihnen, die Kamera hat sie noch immer umgehängt. Sie postiert sich auf einem dicken, nicht allzu hohen Ast, und Oliver reicht ihr dann ihr Stativ hoch. Sie klemmt es auf dem Ast fest, bis es nicht mehr wackelt. Nachdem sie einen Blick durch den Kamerasucher geworfen hat, seufzt sie und sieht Oliver hilfesuchend an.

Behände klettert er zu ihr auf den Ast hinauf. »Was ist los?«, flüstert er.

Sie fordert ihn mit einer wortlosen Geste auf, einen Blick durch den Sucher zu werfen. Ein von oben herabhängender Zweig versperrt mit seinen grünen, gebogenen Blättern die

Sicht. Oliver lacht, klettert auf einen höher gelegenen Ast und zieht von dort den störenden Zweig nach oben, so dass die Blätter ihr nicht mehr das Gesichtsfeld versperren. Sie sieht zu ihm hoch und bedankt sich mit in die Höhe gerecktem Daumen.

Oliver liegt ausgestreckt auf dem Bauch und hält den Zweig unter sich mit beiden Händen fest. Diesmal ist hinter dem Fenster ein junger Mann zu sehen, der gerade mit Hanteln trainiert. Er hat sich seitlich zum Fenster hingestellt, ist im Profil zu sehen, während er die Hanteln in einer sich immer wiederholenden festen Abfolge von Bewegungen in die Höhe stemmt, mal vor dem Körper, mal seitlich davon, mal hoch über den Kopf. Sein Gesichtsausdruck ist ernst und konzentriert.

Oliver langweilt es bald, ihm zuzusehen. Er legt seine Wange auf den Ast und schaut den Hügel hinab zu den Lichtern der Innenstadt. Als Junge hat ihn dieser abendliche Anblick immer sehr fasziniert – all die Stadtviertel rund um seine Nachbarschaft herum, erhellt von klar umrissenen, dichten Ansammlungen von Licht. Er hatte sie eingehend betrachtet und dabei gewusst, dass irgendwo zwischen all diesen Lichtern sein verlorener Bruder gefunden werden könnte.

Auf der Fahrt in eins dieser Viertel war schrill und laut die Stimme seiner Mutter vom Beifahrersitz nach hinten gedrungen. »Bitte, lasst einfach die Finger von ihm. Himmel.«

Oliver schließt kurz die Augen, während seine Arme, mit denen er weiter den Zweig in die Höhe hält, langsam müde werden.

Das Baby weint – nein, es heult richtig. Seine Augen sind geschlossen, der Mund so weit geöffnet, dass sein vor Zorn geröteter zahnloser Gaumen zu sehen ist. Das dunkelrote Muttermal seitlich an seinem Gesicht scheint vor Wut zu pulsieren, während der Kleine in einem fort schreit und brüllt und zwischendurch kaum Luft holt. Ihre Großmutter hat ihn auf den Namen Brandon getauft, ehe sie heimflog, aber Oliver und Mary nennen ihn einfach nur Baby B – kurz für Baby-Bruder.

Oliver und Mary haben schon alles versucht, um ihn zu beruhigen – Mary hält seine Händchen und bewegt sie in einem kleinen Tanz hin und her, während Oliver eine Art Beatbox-Geräusche von sich gibt und das kleine graue Stoffäffchen vor ihm hin und her hopsen lässt. In der Regel lässt er sich durch einen dieser Tricks beruhigen. Aber nicht heute.

»Es ist nicht mehr weit«, sagt Mr Nice Guy, der am Steuer sitzt. »Müssen wir hier rechts oder links ab?«

Olivers Mutter wischt sich die Tränen aus den Augen und hält sich den Zettel mit der Wegbeschreibung dicht vors Gesicht. Sie muss schreien, um sich über das Gebrüll des Kleinen hinweg Gehör zu verschaffen. »Verdammt nochmal, ich kann hier nichts erkennen, Martin. Überhaupt nichts.«

Mary sieht Oliver mit großen Augen an. Sie hat Angst, das sieht er ihr deutlich an. Bisher hatte er gedacht, sie hätte einen Plan; wüsste irgendeinen Ausweg aus diesem Schlamassel. Dass es irgendeine Zauberformel gäbe, damit ihre Mutter endlich nachgeben und ihnen sogar dankbar dafür sein würde, wenn sie letzten Endes mit ihrem kleinen Bruder zusammen wieder nach Hause fuhren.

In diesem Moment aber, als er nur Marys Augen und nicht die seiner Mutter sehen kann, packt Oliver eine schreckliche Angst. Nicht bloß davor, ihr Baby fortzugeben. Sondern davor, wie leicht die Welt ins Wanken geraten kann. Was, wenn jetzt auch noch seine Mutter sterben würde?

Er will keine Waise sein, die eines späten Abends von Mr Nice Guy auf dem Rücksitz seines Autos sonst wohin kutschiert wird, um dort abgegeben zu werden.

Vor einem kleinen Haus mit einem Schild am Gartentor – *Vorsicht, bissiger Hund* – hält das Auto unvermittelt an. Auf dem gepflasterten Weg, der durch den Vorgarten zur Haustür führt, steht eine Frau. Sie sieht älter aus als alle Mütter, die Oliver kennt, trägt eine Jeans und dazu Badeschlappen aus Plastik.

Seine Mutter steigt nicht aus dem Wagen aus. Sie lächelt der Frau von ihrem Sitz aus durchs Fenster tapfer zu, wendet dann aber das Gesicht ab, weil sie die nun unvermeidliche Übergabe nicht mit ansehen kann.

Mary schnappt sich den Kindersitz und eine der Taschen mit Kleidung und Windeln, die sie gepackt haben. Sie weist Oliver an, ihr mit der zweiten Tasche zu folgen, und steigt dann mit dem weiter laut heulenden Säugling aus. Nachdem sie den Kindersitz auf dem Bürgersteig abgestellt hat, gurtet Mary Baby B rasch los, damit er endlich mit dem hysterischen Gebrüll aufhört. Sie hebt ihn sich auf den Arm und legt ihm sachkundig die Hand um den Hinterkopf.

»Sein Hals ist noch nicht sehr kräftig«, sagt sie zu der Frau und wiederholt damit die Worte, die ihnen selbst erst vor ein paar Wochen eingeschärft worden sind. »Wir haben Kleidung und Windeln mitgebracht«, fügt sie hinzu und tritt leicht mit ihrem nackten Fuß gegen den Kindersitz.

Oliver stellt die Tasche, die er vom Auto herübergetragen hat, auf dem Weg ab und legt den abgewetzten Plüschaffen obendrauf. Mr Nice Guy, der nervös mit dem Autoschlüssel in seiner Hosentasche herumklimpert, streckt der Frau in Jeans die Hand entgegen. Der neuen Mutter.

»Erfreut, Sie kennenzulernen«, sagt er, obwohl sie sich gar nicht namentlich vorgestellt haben.

»Gleichfalls«, sagt sie und schüttelt ihm die Hand.

Der Kleine hat sich jetzt beruhigt. Sichtlich erschöpft von seinem Gebrüll ruht sein Kopf an Marys Schulter. Oliver streichelt ihm sanft über den Hinterkopf mit dem feinen, seidigen Haarflaum.

So stehen sie beisammen, Geschwister, die einer ungewissen Zukunft entgegensehen.

Und dann das Unvermeidliche, Unvorstellbare: Die Frau hängt sich die Tasche mit Kleidung über die Schulter und reckt Mary und Oliver die Arme entgegen, um sich den Kleinen aushändigen zu lassen. Sie sind beide selbst noch Kinder, die aus den Spielregeln der Erwachsenenwelt nicht schlau werden.

Es kommt zu einer kurzen, stillen Rebellion. Oliver legt besitzergreifend die Hand um den Hinterkopf des Babys.

»Wir haben den ganzen Sommer auf ihn gewartet«, sagt Oliver zu dem Trio von Erwachsenen, die das hier eingefädelt haben. Die Frau und Mr Nice Guy nehmen seinen Protest mit einem stummen Nicken zur Kenntnis. Seine Mutter im Auto hält den Blick auf ihren Schoß gesenkt. Mary küsst den Kleinen auf die tränennasse Wange, verharrt mit ihren Lippen dicht neben seinem Ohr.

Dann aber fügt Mary sich in das Unvermeidliche und gibt ihn frei. Die Frau nimmt ihn ganz sachlich in Empfang. Um all ihre neue Habe besser transportieren zu können, legt sie den Kleinen wieder in den Kindersitz und hebt ihn hoch, schwingt ihn an ihrer Seite, während er von neuem losheult.

Auf der Heimfahrt bettet Oliver seinen Kopf auf Marys Schoß, und sie streichelt ihm übers Haar. Beide weinen still vor sich hin, aber ihre Tränen sind genauso sinn- und zwecklos wie die des Babys.

Miranda hat nun etwa ein Dutzend Fotos geschossen und gibt Oliver Zeichen, dass er den Zweig jetzt loslassen kann. Das grüne Blattwerk schnellt raschelnd nach unten, an dieselbe Stelle zurück wie zuvor. Er klettert hinunter zu Miranda, die auf ihrem Ast sitzt und die Bilder von dem jungen Mann mit seinen Hanteln auf ihrer Kamera betrachtet.

Sie sieht Oliver an und zuckt die Achseln. »Bleibt für heute Abend noch ein dritter Termin.«

»Kein Problem. Ich bin dabei«, sagt Oliver und spannt seinen bescheidenen Bizeps an.

»Gibt es dich wirklich?«, fragt Miranda. Ihre Brille ist leicht verrutscht, weil sie sie gegen den Sucher gedrückt hatte.

Oliver rückt sie ihr gerade und lässt danach seine Fingerspitzen auf ihrem Wangenknochen verharren. So hält er sanft ihr Gesicht umfasst und fragt sich, warum es ihm schon jetzt so vertraut vorkommt. Unter ihrer glatten, straffen Haut spürt er jede zarte Wölbung ihres Wangenknochens; etwas so Erotisches hat er lange nicht erlebt.

Er küsst sie gleich dort auf dem Baum, ganz vorsichtig, damit sie auf dem Ast nicht aus dem Gleichgewicht geraten. Dann reckt er, mit noch immer geschlossenen Augen, seine Kamera neben sich in die Höhe, um damit ihren ersten Kuss bildlich festzuhalten. Beim grellen Aufleuchten des Blitzlichts müssen sie beide spontan lächeln. Aus dem Geäst über ihnen dringt das entrüstete, schlaftrunkene Tschilpen einiger Spatzen herunter.

»Verdammte Paparazzi«, brummt Oliver, während er weiter Mirandas Gesicht umfasst hält.

»Denen ist nichts heilig«, antwortet sie.

Oliver nimmt die Hände von ihrem Gesicht und lässt sie auf seine Beine sinken. »Dieses Bild ist heilig«, erklärt er. »Mir nämlich, in Zukunft.«

Sie nickt. »Der Anfang«, flüstert sie.

»Von allem«, ergänzt er.

Schweigend bleiben sie noch einen Moment lang auf dem Ast in luftiger Höhe sitzen, die Stirnen aneinandergelegt. Dann reicht Miranda Oliver ihr Stativ und klettert mit um den Hals baumelnder Kamera nach unten. Ganz mühelos, wie von selbst, sind sie füreinander notwendig geworden.

8

Weil Oliver damit beschäftigt war, seine eigenen Fotos auszudrucken, ist Miranda am vorigen Abend wieder allein losgezogen, um zu arbeiten. Am frühen Morgen, noch vor Sonnenaufgang, hat sie Olivers Haustür aufgeschlossen und sich zu ihm ins Bett gelegt. Er ist nach und nach aufgewacht, während sie die Ausbeute der Nacht auf ihrer Kamera begutachtete.

»Schau«, sagte sie und zeigte Oliver eine Frau, nicht viel älter als er, die im Bikini hinter einem riesigen Panoramafenster steht und mit verstörtem, ängstlichem Gesichtsausdruck nach draußen starrt. Das Wasser aus dem Pool vor ihr wirft ihr ein silbriges Kräuselmuster auf den Körper.

»Wusste sie nicht, dass du kommst?«, fragte Oliver, dem nicht ganz schlüssig erschien, warum die Frau so ängstlich aussah, wenn sie doch wusste, dass sie fotografiert wurde.

Miranda warf Oliver einen Blick zu. »Verstehe ich selber nicht. Das Licht war angeschaltet. Das ist das Zeichen, nach dem ich gehe.« Sie zuckte die Achseln. »Aber …«

Oliver führte ihren Gedanken zu Ende. »Sie hat dich für jemand anderen gehalten. Hat gedacht, du wärst ein Stalker, keine Künstlerin.«

»Mist«, sagte Miranda, während sie auf dem Display die anderen Fotos durchging, die alle ähnlich verstörend aussahen wie das erste. »Wenn sie solche Angst hat, warum stellt sie sich dann im Bikini ans Fenster?«

»Vielleicht wollte sie tapfer sein«, sagte Oliver und rieb sich den Schlaf aus den Augen. »Dir die Stirn bieten.«

Miranda legte die Kamera beiseite und kuschelte sich eng an Olivers Brust. »Ich weiß ja nicht, wie's dir geht, aber wenn ich mich tapfer fühlen wollte, würde ich nie einen Bikini tragen. Eher einen Umhang oder so etwas.«

»Perfekt«, sagte Oliver direkt neben ihrem Hals. »Ich hatte schon immer eine Schwäche für Wonder Woman.«

Den restlichen Morgen und Vormittag brachten sie im Bett zu. Am Ende aber ließ sich das Knurren ihrer leeren Mägen nicht länger ignorieren. Oliver sagte Miranda, er wolle sie gern zu einem richtigen Date ausführen, und sie huschte ins Badezimmer, um sich zurechtzumachen.

Jetzt biegen sie um die letzte, weit geschwungene Kurve zu dem teuren Nobelrestaurant, in dem es die frittierten Artischocken und den Himbeerkuchen gibt. In seiner Brieftasche hat Oliver das Honorar von Mrs Wilcox bei sich und ist gewillt, es auszugeben. Er ist in Feierlaune. Nicht bloß wegen Miranda, sondern auch, weil er seine Sammlung von Fotos jetzt abgeschlossen hat.

Miranda hakt sich bei ihm unter, während sie zusammen das ruhige, vornehme Restaurant betreten.

»*Sehr* schön hier, Mr Finley«, sagt sie, während sie mit den Händen über die Tischdecke streicht.

»Warte ab«, sagt er und deutet auf den Brotkorb, der soeben zwischen sie gestellt worden ist.

»Aha«, sagt sie und legt die Finger um ein ofenwarmes Brötchen.

»Also«, beginnt Oliver, während sie genüsslich das braune Brot zerpflückt. »Ich bin fertig. Gestern Abend habe ich alles ausgedruckt. Nun kann ich Jared die Fotos geben.«

Miranda zieht die Augenbrauen hoch. »Das ist toll. Dass du fertig bist, meine ich. Übrigens, dieses Brot ist mein neuer bester Freund. Und da du uns miteinander bekannt gemacht hast, möchte ich dich bitten, nicht eifersüchtig zu sein.« Sie lächelt Oliver an, und dabei strahlen ihre Augen vor fröhlichem Übermut. »Aber«, fährt sie fort, »was soll Jared denn mit den Fotos anfangen?«

Oliver sieht sie ernst an. »Deswegen habe ich das ja überhaupt gemacht. Fotos von meinem Vater, damit er ihn ein bisschen kennenlernen kann. Sich ein Bild machen kann.«

»Damit *er* ihn ein bisschen kennenlernt oder damit *du* ihn kennenlernst?«

»Wie meinst du das?«

Sie zuckt mit den Schultern. »Ich meine, bei den Fotos geht es mehr um dich als um alles andere. Jared hat ganz andere Sorgen als ein paar nicht vorhandene Fotos.«

Oliver sieht sie stumm an, während sie auf ihrem Brot herumkaut.

»Diese Fotos sind kein Geschenk, keine Dokumentation oder sonst was. Diese Bilder, die du aufgenommen hast, nennt man ganz anders, Oliver.«

»Und zwar?«, fragt er, völlig verblüfft.

»Fünf Buchstaben. Es fängt mit K an, hört mit T auf und reimt sich auf Dunst. Schlicht und ergreifend. Deine eigene persönliche Sichtweise dessen, was real ist. Oder wichtig.«

Oliver schüttelt den Kopf. Er hatte gedacht, er müsste ihr das nicht erklären. Hatte gedacht, sie würde das verstehen. »Nein. Ich bin nicht so wie du. Es ging mir hier nur um diese eine Sache, um nichts anderes.«

Sie verzieht keine Miene. »Ja«, sagt sie. »Genau.«

»Nein. Es geht nicht um mich.« Oliver merkt, wie er heftiges Herzklopfen bekommt.

»Wieso?«

»Weil es darum einfach nicht geht.«

Das Brot in dem Korb, der zwischen ihnen steht, ist inzwischen abgekühlt. Miranda kaut auf dem letzten Bissen ihres Brötchens herum.

»Hm«, sagt sie und stützt das Kinn auf die Hand. »Du hast

diese Fotos also nur gemacht, um sie Jared zu zeigen. Bloß weil du meinst, er ist dein Bruder, und du gerne möchtest, dass er …«

Oliver nickt. »Dass er versteht.« Er sieht Miranda direkt in die Augen. Sie weicht seinem Blick nicht aus. »Dass er versteht«, wiederholt er mit Nachdruck.

»Okay«, sagt sie und nickt. »Aber er könnte sonst wer sein. Du kannst unmöglich wissen, ob er tatsächlich dieses Baby ist. Das weißt du. Du jagst einem unerreichbaren Ziel hinterher. Stimmt's? Gefällt dir das? Unerreichbaren Zielen hinterherzujagen? Bis ans Ende der Welt?«

Ihr energischer Blick lässt keinen Zweifel daran, dass sie diese Frage ernst meint, das sieht Oliver. Dass sie notfalls auch bereit wäre, mit ihm darüber zu streiten. Bei ihm aber überwiegt die Enttäuschung, und er wendet den Blick von ihr ab und reibt sich über die Augen. »Ernsthaft? Ich dachte, du würdest das verstehen«, sagt er, während ihm die Stille in dem Restaurant auf einmal vorkommt wie das Rauschen eines reißenden Flusses, der direkt an seinem Ohr vorüberströmt.

»Tu ich ja. Tu ich ja«, sagt sie und mustert ihn weiter, sichtlich aufgebracht.

»Aber du sagst doch, ich soll ihn in Ruhe lassen; den Jungen, nach dem ich schon mein Leben lang suche. Ich glaube also nicht, dass du das verstehst.«

»Ein Junge, der auch ein berühmter Rapper sein könnte, und du würdest nicht mal den Unterschied bemerken. Das ist der Punkt.«

»Das ist *dein* Punkt, Miranda. Nicht meiner.«

»Also, was ist dein Punkt, Oliver? Willst du deine Fotos ernstlich als Andenken für einen Typen ausgeben, der sich dafür vermutlich kein bisschen interessiert?«

Oliver merkt, wie seine Hände ihm von den Beinen rutschen. »Wir machen nicht dasselbe, du und ich. Hier geht es nicht um irgendein experimentelles Konzept. Hier geht es um mein *Le-*

ben, Miranda. Nicht um Kunst. Es geht mir darum, meinen Bruder zu finden. Und das ist mir nun gelungen. Ich habe ihn gefunden. Die Fotos sind für ihn. Punkt, aus, Ende.«

Miranda beugt sich zu Oliver vor, stößt mit der Brust an die Tischkante. »Okay, Oliver. Ich hab's kapiert. Ich hab's kapiert«, sagt sie und schnippt einen Brotkrümel auf ihn zu. Der bohrende Blick aber, mit dem sie ihn ansieht, will nicht so recht zu ihrem versöhnlichen Tonfall passen.

»Was?«

»Was?«, erwidert sie und faltet die Hände vor sich auf dem Tisch.

»Du meinst nicht, dass er mein Bruder ist. Du meinst, dass ich mich bei allem irre.«

Sie schüttelt den Kopf. »Nein. Nicht bei allem. Ich meine nur, dass die Welt größer ist, als es dir vermutlich lieb wäre. Ich meine, dass du ein sehr kleines Leben in einer sehr großen Welt führst.«

Oliver wendet den Blick von ihr ab. »Was soll denn das schon wieder heißen, verdammt nochmal? Herrgott. Er *ist* mein Bruder. Das werde ich dir und allen anderen beweisen.«

Miranda zuckt nur mit den Schultern, senkt den Blick.

Auf einmal dreht sich alles. Oliver beschleicht das schreckliche Gefühl, dass Miranda auch nur ein ganz normales Mädchen ist, das ungerührt Brot futtert, während sie ihm vorhält, was alles mit ihm nicht stimmt. Bei aller Abneigung gegen Klischees kann er nicht länger an sich halten. »Mir reicht's«, sagt er, steht auf, pfeffert seine Serviette auf den Tisch und marschiert davon, lässt sie einfach sitzen.

Er steigt allein in den Ranchero und fährt in die Stadt zurück, versucht das schlechte Gefühl und die Gewissensbisse abzuschütteln, die ihm hartnäckig auf den Fersen bleiben.

Warum hatte ich immer das Gefühl, ich würde eigentlich woanders hingehören? *Weil das der Wahrheit entspricht.*

Warum hatte ich immer das Gefühl, abgeschoben worden zu sein? *Weil du abgeschoben worden bist. Zweimal.*

Wer ist meine richtige Familie? *Wir. Ich und Mary und Mom.*

Wird mich jemals irgendjemand richtig kennen? *Ich kenne dich bereits.*

Beim Blick auf die Mappe aus braunem Karton auf dem Beifahrersitz fällt Oliver auf, wie harmlos sie aussieht, wie unscheinbar. Er wird als x-beliebiger Typ, als Fremder über die Schwelle von Alfalfa's schreiten und dann mit einem Bruder wieder herauskommen.

So sieht der Plan aus.

Jared kommt hinaus ins Freie und zündet sich eine Zigarette an. Im Westen erglüht der Himmel in kräftigem Rosa. Auch das würde Oliver gern fotografieren – der Umriss seines Bruders, der durch das leuchtende Abendrot schlendert –, aber er lässt seine Kamera im Wagen.

Oliver legt ein paar Meter im Laufschritt zurück, bis er zu Jared aufgeschlossen hat. »Hey«, sagt er.

Jared zieht an seiner Zigarette und nickt Oliver zu, anscheinend kein bisschen verwundert darüber, dass er so plötzlich und unerwartet Gesellschaft bekommt.

»Ich heiße Oliver. Oliver Finley.« Er streckt ihm die Hand hin und merkt gleichzeitig, dass das die falsche Geste ist. Ein förmlicher Händedruck? Wie kommt er denn da bloß drauf?

Jared nickt ihm bloß zu.

Oliver lässt verlegen seine Hand sinken. »Ich habe ein paar Sachen, die ich dir gern zeigen würde.«

Jared zieht abermals an seiner Zigarette.

Oliver nickt. »Okay. Also, das fällt mir wirklich nicht leicht, und du hältst mich wahrscheinlich für einen Spinner, aber …«

Jared geht ungerührt weiter, ohne sich durch Olivers Stimme im Geringsten aus dem Takt bringen zu lassen.

»Wir sind Brüder.« Das sind die Worte, die Oliver seit einundzwanzig Jahren aussprechen wollte.

Jared sieht ihn an und zieht dabei eine Augenbraue in die Höhe.

»Das mag seltsam klingen, so aus heiterem Himmel und so, ich weiß, aber es ist wirklich wahr. Ich weiß es schon eine ganze Weile – immer schon, eigentlich. Ich weiß immer schon von dir. Und als ich dich dann endlich gefunden hatte, wollte ich das hier einfach unbedingt zusammenstellen.« Er hält die Mappe in die Höhe. »Das ist für dich zum Ansehen, damit du etwas über ihn verstehst. Über uns …«

»Was. Zum. Henker.« Jared ist endlich stehen geblieben. Seine Stimme ist leise und ruhig.

»Ja, ich weiß. Aber es stimmt. Es ist mein Ernst.«

»Wer zum Teufel sind Sie? Brauche ich einen Anwalt?«

»Nein, nein. Scheiße. Wenn du einen brauchst, brauche ich auch einen.« Oliver lacht nervös.

Jared lacht nicht.

»Ernsthaft. Um so etwas geht es wirklich nicht. Hör zu, das ist nicht sonderlich subtil, schon klar, so wie das jetzt hier abläuft, aber ich möchte deine Zeit nicht unnötig verschwenden.«

Jared hat den Gesichtsausdruck eines Lesers, der genau weiß, wie es weitergehen wird, weil er schon einmal bis zu dieser Stelle im Buch vorgeblättert hat.

»Also, ich bin mir ziemlich sicher, dass wir dich adoptiert haben. Für kurze Zeit. Meine Familie. Wir hatten schon den ganzen Kram – die Fläschchen und Windeln und etwas Kleidung –, und wir haben auf dich gewartet und uns Namen für dich ausgedacht. Das volle Programm. Und dann ist mein Vater gestorben. Einfach so, er hatte einen Herzinfarkt. Du bist trotzdem vorbeigebracht worden. Und meiner Mutter ist das alles über den Kopf gewachsen. Also haben wir dich zurückgegeben. Oder besser gesagt, an die nächste Familie auf der Liste weitergereicht. Als würde man jemandem in einer Warteschlange den Vortritt lassen. Sie da, nehmen Sie ihn, wir müssen erst warten, bis unser Leben wieder halbwegs ins Lot gekommen ist.«

»Was brauchst du? Einen Dollar oder so?« Jared fängt an, in seinen Hosentaschen herumzukramen. »Tolle Geschichte für ein bisschen Kleingeld, Alter.«

Oliver schüttelt den Kopf. »Nein. Ich brauche kein Geld. Was ich dir erzähle, ist die Wahrheit, Herrgott nochmal.«

Jared schnippt seine Zigarettenkippe an Olivers Schulter vorbei. Die beiden stehen sich gegenüber wie zwei Bauern auf einem Schachbrett.

»Und ich erbe eine Million Piepen, richtig?« Jared setzt ein müdes Lächeln auf. »Man kann auch verarscht werden, ohne dass eine versteckte Kamera dabei ist. Solche krummen Touren hat's auch schon gegeben, bevor es das Fernsehen gab.«

»Ich meine es so was von ernst. Hier.« Oliver hält Jared die Mappe hin. »Sieh dir diese Fotos an. Das war mein Vater, so, wie ich ihn in Erinnerung habe. So, wie er damals war, als er den Antrag gestellt hat, dich großziehen zu dürfen.«

Jared verdreht die Augen und nimmt Oliver die Mappe aus der Hand. »Steckt Miranda da irgendwie mit dahinter? Gehört das auch zu ihrer ›Kunst‹, oder wie?« Er malt mit Zeige- und Mittelfinger einer Hand Anführungsstriche in die Luft.

Oliver schüttelt den Kopf. Bei der Erwähnung ihres Namens ist ihm spontan flau geworden, und er spürt einen Kloß im Hals. »Miranda hat damit nichts zu tun. Hier geht es nur um dich und mich.«

Jared zieht die Augenbrauen hoch. »Oh«, sagt er etwas zweifelnd. »Wirklich? Ganz sicher, dass du nicht doch auf meine geheime Promi-Identität aus bist?«

»Nein, das ist kein Kunstprojekt. Hier geht es um das Leben.

Das wirkliche Leben. Ich habe mir das nicht ausgedacht.« Seine Stimme zittert, weil er so aufgewühlt ist.

»Hey, ganz ruhig. Ich hab's jetzt verstanden. Du hältst mich für irgendjemanden. Prima, ist cool. Wie auch immer.« Jared hat Erfahrung im Umgang mit verwirrten Obdachlosen, die er hin und wieder im Supermarkt beschwichtigen und vor die Tür setzen muss. Er weiß, was es heißt, ausschließlich in seinem eigenen Kopf zu leben. Er schlägt die Mappe auf und fängt an, die Fotos durchzusehen.

Sein zunächst unbeteiligter Blick zeigt bald schon echtes Interesse. Oliver sieht, dass ihn die Fotos nicht kaltlassen. Was natürlich nicht daran liegen kann, dass er die Person darauf wiedererkennt, aber vielleicht erwacht in ihm bei diesen Bildern ja eine Art Sehnsucht nach einem Vater, der so ausgesehen hätte. Nach einem Vater mit tiefliegenden Augen, einer hohen Stirn und einem roten Vollbart. Mit Händen, die warm und zupackend waren, dessen Umarmungen nach Seife rochen. Nach einem Vater, der einen niemals enttäuschte, wenn er einem versprochen hatte, einem eine Gutenachtgeschichte vorzulesen.

»Alter, der sieht ja aus wie du«, sagt Jared schließlich und sieht zwischen dem Foto vor sich und Oliver hin und her.

Oliver zuckt die Achseln und verdrängt die Gänsehaut, die ihm gerade über die Arme läuft. »Ja. Wir sehen uns sehr ähnlich, schätze ich.«

Jared klappt die Mappe zu. »Okay. Und weiter?« Er atmet tief durch und gibt Oliver die Mappe zurück. »Ich gehe jetzt nach Hause. Hast du was, wo du hingehen kannst?«

»Hältst du mich etwa für verrückt?«, fragt Oliver bestürzt.

Jared zuckt die Achseln. »Auch nicht für verrückter als alle anderen, Mann.«

»Was kann ich tun, um dir das hier zu beweisen? Leben deine Eltern hier in der Gegend? Du *bist* doch adoptiert worden, oder? Könnten wir mit denen sprechen, herausfinden, ob sie sich noch an uns erinnern, an mich und meine Schwester?«

»Mit denen habe ich keinen Kontakt mehr, Mann. Schon seit Jahren nicht mehr. Und einen toten Vater brauche ich erst recht nicht.«

»Aber es geht nicht nur um ihn.« Und hier kann Oliver nicht weiterreden. Eine lange, drückende Pause entsteht.

Jared sieht ihn mit hochgezogenen Augenbrauen an, wartet darauf, dass er seinen Gedanken zu Ende führt.

»Weil wir doch Brüder wären, verstehst du? Mein Leben lang hab ich an dich gedacht und mir ausgemalt, was alles hätte sein können. Ich habe eine Schwester, Mary. Sie ist toll. Meine Mom auch. Wir wären eine Familie gewesen. Wir vier.«

Jared verengt leicht die Augen. »Wieso bist du so sicher, dass ich der bin, den du meinst?«

Olivers Blick huscht spontan zu Jareds Muttermal. Zu dem dunkelroten Fleck, der Oliver vor einem Monat das erste Mal bei ihm aufgefallen ist.

Jared legt die Hand an seine Wange. Die Vögel in dem Baum über ihm erschrecken über irgendetwas und erheben sich laut flatternd in die Lüfte. »Deswegen? Deswegen meinst du, ich bin der, den du suchst?« Er verliert langsam die Geduld. »Ja, na gut. Hätte, wäre, könnte, nicht wahr? Man kann das Rad aber nicht zurückdrehen. Dein Baby mit dem hässlichen Muttermal gibt es nicht mehr, Oliver. Ich bin jetzt der, der ich bin. Und nicht der kleine Bruder von irgendwem oder ein Waisenjunge oder sonst was. Ich hab Scheiße gebaut und bin draußen auf Bewährung. Und jetzt versuche ich, sauber zu bleiben. Ich packe einfach nur Einkäufe in Tüten – mehr nicht. Mehr will ich gar nicht. Mein Tag ist gelaufen, und ich gehe jetzt nach Hause. Also lass mich einfach in Ruhe, weil ich es nämlich echt satthabe, mich ständig von irgendwelchen Leuten volltexten zu lassen.« Jared mahlt grimmig mit den Kiefern, als müsste er sich wirklich sehr beherrschen.

Oliver nickt. Ein Geruch nach frischgemähtem Gras liegt in der Luft. »Verstehe. Das ist ziemlich abgedreht, klar, und ich habe nicht daran gedacht, dass du mit alldem ja gar nicht gelebt hast – dass du ja gar nicht weißt, wie das damals alles abgelaufen ist. Aber ich …« Oliver hält inne. Auf einmal fällt ihm auf, wie kleinlich und abstrus es wirkt, dass er ständig von sich redet. Ging es bei dieser Sache etwa tatsächlich immer nur um ihn? Sollte Miranda am Ende Recht haben?

Natürlich. Ja, genau das ist es – abstrus und kleinlich und ein einziger Egotrip. Das wird Oliver auf einmal klar, während sich das unbehagliche Schweigen zwischen ihm und Jared in die Länge zieht. Unser aller Ende kommt mit einem letzten Knistern von Elektrizität, wenn unser Herz stehen bleibt und die Welt schlagartig endet und unvollendet zurückbleibt. Unsere eigene Welt endet, und mit uns endet die ganze Welt. Doch gleichzeitig besteht sie auch fort, ist fraglos dazu in der Lage, ohne uns weiterzuexistieren.

Oliver schließt kurz die Augen und sieht das Baby vor sich, das auf dem Schoß seiner Schwester liegt und schläft. Das rote Muttermal zieht sich quer über seinen Kiefer. Sie sitzen zusammen in Marys Zimmer auf dem Boden, ihr Bett ist nicht gemacht. Ihre Mutter und Mr Nice Guy sind in der Küche und wärmen ein Fläschchen an. Durch den Flur dringen ihre angespannten Stimmen herüber.

Mary fängt an zu summen, kein Schlaflied, sondern den Gassenhauer der Village People, den sie den ganzen Sommer über auf ihrem Kassettenrekorder gehört haben. Oliver stimmt ein, und sie singen zusammen.

Young man, there's no need to feel down.
I said, young man, pick yourself off the ground.

Sie kennen den Text auswendig, singen ihn jetzt schon seit Monaten. Sie wippen im Takt mit den Köpfen und sehen dabei das schlafende Baby an. *Young man*, singen sie zusammen, immer und immer wieder. Auch jetzt wieder hört Oliver es in seinem Kopf, ganz deutlich.

Er öffnet die Augen und führt seinen Gedanken zu Ende. »Ich möchte dich einfach nur kennenlernen. Das hat *er* sich gewünscht.« Oliver tippt auf die Mappe, zum Zeichen, dass damit sein Vater gemeint ist. »Und ich habe mir das damals auch gewünscht.«

Jared nickt, die Zähne noch immer aufeinandergebissen. »Tja, schön und gut, aber in der Gleichung kommt noch eine dritte Person vor, oder? Außer dir und deinem verstorbenen Vater.«

Oliver zuckt die Achseln. »Richtig. Absolut richtig. Du hast dir das nicht gerade gewünscht, klar. Aber es ist eine Möglichkeit. Oben am Hillcrest Drive steht das Haus, in dem du aufgewachsen wärst. Es gibt Mary, die es viel besser geschafft hat als ich, sich von der Vergangenheit zu lösen und den Blick nach vorne zu richten.« Oliver setzt ein entwaffnendes Grinsen auf, das sonst nie seine Wirkung verfehlt. »Und dann ist da noch unsere Mutter – die auch ihre Fehler hat, sicher, aber sie hat unseren Vater sehr geliebt, und sie bäckt tolle Geburtstagstorten, zaubert ein sagenhaftes Brunch und kann so ziemlich alles nähen. Alle Sorten von Verzierungen, Tischdecken, Badeanzüge, einfach alles.«

Jared verzieht kurz das Gesicht, als fände er gerade die letzte Auskunft etwas befremdlich. Er sieht noch einmal auf die Mappe in Olivers Hand. »Ich schreibe dich ab«, sagt er und fährt mit der Hand durch die Luft, als würde er etwas signieren, »als Spinner. Du hast sie doch nicht mehr alle. Und ich fände es gut, wenn du aufhören würdest, ständig draußen vor Alfalfa's herumzuhocken. Du hast mir die Bilder gezeigt – dein Dad war toll, bestimmt –, aber jetzt musst du mich in Ruhe lassen. Kapiert?«

Sein Tonfall ist zögerlich und aggressiv, vertraulich und kalt zugleich.

Oliver fühlt sich wie gelähmt. Zwanzig Jahre lang hat er von diesem Moment geträumt und ihn herbeigesehnt, und jetzt geht er zu Ende. Die Luft riecht noch immer nach frischgemähtem Gras, während sich die Dunkelheit um sie legt wie eine Strafe.

Hätte er Jared einfach einen Fremden sein lassen, bloß einen Typen mit einem Muttermal, das jedem sofort ins Auge sticht, könnten sie einander jetzt ein bisschen von sich erzählen – so wie Leute, die zufällig ins Gespräch kommen, wenn sie im Bus oder im Flugzeug oder im Wartezimmer beim Arzt nebeneinandersitzen –, statt in einem Tonfall miteinander zu verkehren, den sonst nur Leute benutzen, die sich zu gut kennen.

Später, viel später, hätte er ihm verraten können, dass sie weit mehr waren als bloß gute Freunde. Oder er hätte es auch damit gut sein lassen können. Es hätte schon gereicht, wenn sie Freunde geworden wären. Das Album mit den Fotos seines Vaters hätte er ihm eher nebenher zeigen können. Als bloßes »Kunstwerk«, verdammt.

Oliver nickt. Was bleibt ihm sonst übrig?

Doch, eins noch: Er drückt Jared die Mappe mit den Fotos in die Hand. »Nimm sie«, sagt er. »Schmeiß sie weg, verbrenn sie oder verschenk sie meinetwegen. Ich will sie nicht mehr.«

Das kann Jared nicht ablehnen. Kein Mensch stößt andere gern unnötig vor den Kopf. »Deine Entscheidung«, sagt er, wendet sich zum Gehen und schiebt sich die Mappe unter den Arm wie ein Schuljunge.

Irgendwo im Gebüsch beginnt eine Grille zu zirpen. Die Vögel schweigen, haben sich an ihren Ruheplätzen eingerichtet. Oliver kann nicht an sich halten und ruft ihm laut hinterher:

»Wir haben dich wirklich gewollt. Das ist alles. Wir wollten dich wirklich gern bei uns haben.«

Jared marschiert ungerührt weiter, dreht sich nicht um. Lässt nicht erkennen, ob er Oliver gehört hat oder nicht – bloß sein Kopf neigt sich unvermittelt nach vorn, so dass es aus Olivers Perspektive aussieht, als wäre er jetzt auf unebenem Gelände und müsste den Boden vor sich aufmerksam im Auge behalten.

9

VIELE STRASSENLATERNEN GIBT ES NICHT auf dem Hillcrest Drive. An diesem dunklen Abend Mitte August rollt ein alter Pinto langsam die Straße entlang, während der Fahrer des nur geborgten Wagens Ausschau nach einem bestimmten Haus hält. Nach zwei Anläufen hat er es gefunden. In der Ferne, am oberen Ende des Hügels, entfernt sich gerade eine einsame Gestalt von diesen Häusern. Sie ist nur umrisshaft zu erkennen, schief, wie ein flügelloses Tier, das einen Rock trägt. Bald schon ist sie an der Ecke angelangt und biegt ab, so dass die Straße menschenleer zurückbleibt.

Jared schaltet den Motor aus, der ziemlich laut ist, weil der Wagen keinen Schalldämpfer hat. Er hat die Fenster heruntergekurbelt, durch die ein leichter Windzug fährt, der nach Abfällen und Rasensprengern riecht.

Er ist ziemlich beeindruckt von dem weitläufigen, aber nicht übertrieben protzigen Terrassenhaus. Es verfügt über eine schmale vordere Veranda und eine breite Terrasse, die sich im ersten Stock um das Haus herumzieht. Auf der Treppe, die zur Haustür hochführt, stehen Töpfe mit Ringelblumen, die im Schein der Verandalampe warm orange leuchten. Es ist genau die Sorte Haus, in die er früher mit seinen Kumpels immer eingebrochen ist.

Das Leben in geordneten bürgerlichen Verhältnissen wie hier hat seine schönen Seiten, keine Frage. Abendessen im Kreis der Familie und Fahrgemeinschaften und mit Kindern aus der Nachbarschaft Fangen spielen. Feste Schlafenszeiten und Hausarreste und Tischmanieren. Wäre das hier sein Zuhause gewesen, das Haus, in dem er aufgewachsen ist, hätte er vermutlich ganz andere Kindheitserinnerungen. Statt der Drogensucht, die er nicht loswird, und statt des Knicks im Nasenbein, den er bei einer seiner vielen Schlägereien davongetragen hat, hätte er möglicherweise ein Regal voller Schwimmpokale und ein eingerahmtes College-Diplom und könnte immer sonntags zum Abendessen in dieses Haus am Hillcrest Drive kommen.

Zum Abendessen ist es jetzt schon zu spät, aber durch die große Fensterfront kann er eine Frau mit einer Lesebrille auf der Nase und einem Glas Wein in der Hand erkennen. Sie steht so reglos da, dass sie ihm fast unwirklich erscheint. Wie eine Schaufensterpuppe wirkt sie, kühl und schicksalsergeben, als würde sie für ein Porträt Modell stehen. Dann aber dreht sie sich unvermittelt um, als hätte sie jemand etwas gefragt. Ein Mann kommt auf sie zu und gießt ihr den letzten Rest Wein aus einer Flasche ins Glas. Sie lächelt ein wenig und lässt ihn wieder fortgehen, ohne etwas gesagt zu haben.

Besonders mütterlich wirkt sie nicht. Sie wirkt kantig und beherrscht, hat auffallend ausgeprägte Wangen- und Augenbrauenknochen. Sie ist bloß eine x-beliebige Frau, nicht anders als die Frauen, deren Einkäufe er tagtäglich in Tüten packt. Sie ist eine Fremde, die für ihn nicht die geringste Bedeutung hat.

Diese Frau im Fenster, die ihn fortgegeben hat, hatte ihn lediglich weitergereicht, aus ihren Armen in die Arme von jemand anderem. Wie auf einer Stehparty. Da, er gehört jetzt Ihnen. Nehmen Sie ihn. Oh, wie süß. Bitte sehr, gern geschehen.

Ihn interessiert wesentlich mehr, warum die Frau, die ihn empfangen und ausgetragen und zur Welt gebracht hat, ihn fortgegeben hat. Die Frage, die sich wohl jedes adoptierte Kind stellt. Aber warum nur? Wie nur?

Der Frau im Fenster gibt er daran ebenso wenig die Schuld wie sonst jemandem. Während er sie beobachtet, hat er den Eindruck, dass ihr irgendetwas zu schaffen macht. Selbst in ihrem großen, geräumigen Haus, selbst mit ihrem kalten Weißwein und den lackierten Fingernägeln gibt es da etwas, das für einen angespannten Zug um ihre Augen herum sorgt, das unter der Oberfläche an ihr zieht und zerrt. Grübelt sie vielleicht seinetwegen, ist *er* der Grund für ihre Unruhe? Fragt sie sich, was aus ihm geworden sein mag, nachdem sie ihn weitergegeben hat? Wünscht sie sich vielleicht, sie hätte es nicht getan?

Oliver hat nichts davon gesagt, dass ihn noch jemand anderes zu finden hofft.

Jared zündet sich eine Zigarette an, in der Hoffnung, damit irgendwie die Traurigkeit zu verscheuchen, die er einem Spinner namens Oliver Finley und dessen lächerlichen Hirngespinsten zu verdanken hat. Jared braucht keinen Bruder, und schon gar nicht einen, dem man am liebsten einen Tritt in den Hintern verpassen würde, der einen mit seiner ernsthaften Art spätestens nach der dritten Klasse nur noch genervt hätte.

Als Jared gerade den ersten Zug nimmt, geht im oberen Stock ein Licht an. Er wirft einen Blick ins Wohnzimmer – die Frau ist weiter dort, hat sich aber jetzt auf dem Sofa niedergelassen, wo sie sehr aufrecht und mit leerem Blick dasitzt. Er sieht eine schemenhafte Gestalt im oberen Fenster, ihr Mann vermutlich. Olivers Stiefvater. Ein Mann, der bereit war, die Familie eines anderen unter seine Fittiche zu nehmen. Ein Mann, dessen Rivale schon lange tot ist, obwohl er sie alle mit seiner karierten Hose, dem üppigen Vollbart und seinem ernsten Blick bis heute verfolgt. Er wird niemals altern, sein Tod hat etwas Mythisches.

Jared zieht zornig an der Zigarette. Das hier ist nicht seine Familie. Er versucht sich vorzustellen, wie er als Fünfjähriger im feinen Polohemd auf einem glänzenden roten Dreirad sitzt, während in der Garage bereits ein Fahrrad mit Dreigangschaltung für ihn bereitsteht, weil diese Familie sich den Luxus leisten kann, Erfolg und Wachstum als etwas Selbstverständliches anzusehen. Aber er ist genetisch nicht für diese Art Leben geeignet, ein Leben, das man sorglos auf der Auffahrt vor dem Haus verbummelt, ein Leben, in dem man mit Eis am Stiel und Eiersalat verwöhnt wird. Er ist schon immer ein drahtiger, sehniger Typ, wie dazu geschaffen, zu kämpfen und zu täuschen, sich in beengte Winkel zu zwängen und Zutritt zu fremden Häusern zu verschaffen.

Selbst wenn er hier aufgewachsen wäre, mit jährlichen Urlaubsreisen und Ferienlagern, mit Gutenachtgeschichten und pflichtschuldigen Umarmungen, wäre er heute trotzdem ein Drogenabhängiger. Und vielleicht sogar schon tot. Weil er über genug Geld verfügt hätte, um sein unvermeidliches Schicksal zu beschleunigen. Die Frau in dem Fenster und der Mann im oberen Stock haben richtig gehandelt, als sie ihn weitergegeben haben. Er hätte ihnen bloß eine weitere Tragödie beschert.

Sie sitzt immer noch auf dem Sofa, ohne seine Gegenwart zu bemerken. Eine Rasenfläche trennt seine Beinahe-Mutter von ihrem Beinahe-Sohn. Jared fragt sich, wo die Künstler jetzt wohl stecken. Dieses Bild solltet ihr malen. Dieses Foto aufnehmen. Diesen Moment einfangen.

Er würde sie gerne trösten. Er war kein übermäßig liebenswertes Kind, und sie hätte ihn bestimmt nicht leiden können.

Jared könnte ihr das überzeugend erklären, während die Motten um die Lampe auf der Veranda herumschwirren würden. Seine Worte würden ihr etwas bedeuten. Ihr Gesicht würde sich entspannen. Sie würde das Weinglas nicht mehr ganz so krampfhaft umklammern.

Vielleicht würde sie ihm im Gegenzug erzählen, was sie von seiner Mutter weiß. Seiner leiblichen Mutter, die es nicht über sich bringen konnte, ihn mit zu sich nach Hause zu nehmen, oder die womöglich gar keinen festen Wohnsitz hatte.

Dieses Gespräch, so weit hergeholt es auch scheinen mag, ist Anreiz genug für Jared, aus dem Auto auszusteigen. Er wird die

Treppe zu der Veranda hochsteigen und an der Tür klingeln. Wenn sie ihm öffnet, wird sein Muttermal ihr auf Anhieb verraten, wer er ist.

Die Scheinwerfer des Ranchero erhellen mit ihren gelben Lichtkegeln die Nacht. Buchsbäume und Kiefern tauchen kurz auf und versinken wieder in der Finsternis, als Oliver an ihnen vorbeifährt. Achtlos über Nacht zurückgelassene Fußbälle, Mülltonnen, die geduldig auf den Lastwagen der Müllabfuhr warten, sogar im Rinnstein herumliegender Abfall, hier eine leere Coladose, dort eine Zellophanverpackung, leuchten für Sekunden im Lichtschein auf wie verlorene Schätze. Je mehr er beschleunigt, desto rascher werden die Sträucher und Bälle und Abfälle vom Dunkel verschluckt, fast so, als würde er die Welt von seinem altmodischen Auto aus einer Begutachtung unterziehen und dann verwerfen, als würde er ein Urteil über sie fällen. Oliver rast dahin und lässt gleichgültig die kurz auftauchenden und wieder verschwindenden Objekte an sich vorüberziehen.

Dann wird die Straße schmaler und führt in gewundenen Serpentinen nach oben, hinauf in die sogenannte »Wildnis«. Hier verändert sich die Landschaft. Jetzt tauchen im Licht der Scheinwerfer Wacholderbüsche und Agavekakteen auf, die auch dann hell erleuchtet bleiben, wenn er an ihnen vorbeigefahren ist; ein weltberühmter Landschaftsarchitekt hat Lampen installiert, um ihre Formen und Schatten ins rechte Licht zu rücken. Hier gibt es keine Bürgersteige, keine Rinnsteine, keinen Abfall. Weiter oben am Hang glitzern die Lichter von Häusern, tiefhängenden Sternenhaufen nicht unähnlich.

Oliver denkt kurz über seine Aufgabe nach – über die digitalen Clips auf seinem Computer, die noch darauf warten, dass er ihnen die Form und den Rhythmus und die musikalische Untermalung verpasst, die den von Mrs Wilcox gewünschten gefühlvollen Gesamteindruck ergeben. Obwohl er vor dem Nachthimmel kaum etwas erkennen kann, weiß Oliver, welcher der Gipfel ihr ihre Tochter genommen hat. Er und sein Vater waren ein paarmal hinaufgestiegen, um dort nach Eidechsen zu suchen. Einmal hat er dort oben sogar eine Silbermünze gefunden.

Neben vielen anderen unbegreiflichen Wahrheiten in jenem Sommer konnte Oliver damals einfach nicht verstehen, wie ein so staubiger, steiniger, gottverlassener Ort jemanden hatte umbringen können. Waren er und sein Vater dort ebenfalls in Gefahr gewesen? Oder war Patty Wilcox bloß leichtsinnig gewesen? Oliver wusste, wie Mädchen sein konnten – wie gern sie Kram und Schätze aller Art in Täschchen, Rucksäcken und Schultaschen mit sich herumschleppten. Mary hatte immer ein Buch dabei; einen Stift und Papier; ein Glasröhrchen mit Glitzerpulver; eine Lupe; drei Eicheln; eine Taschenlampe; einen roten Buntstift; einen Spiegel; und, sorgfältig in ein Blatt Toilettenpapier eingewickelt, den Panzer einer Zikade. All diese Sachen packte sie manchmal aus, wenn sie sonntags im Restaurant frühstückten, und reihte sie auf dem Tisch gegenüber von ihrem Vater auf, während er seinen Kaffee trank und hinter seinem Vollbart vor sich hin lächelte. Hatte Patty Wilcox das Gleichgewicht verloren, als sie irgendein Fundstück einzusammeln versuchte?

Als Oliver jetzt seinen Arm aus dem Fenster hängt und in Richtung des betreffenden Hügels späht, verzieht er beim Gedanken an ihren Sturz das Gesicht. Sie ist aus einer Höhe von fünfundzwanzig, wenn nicht gar fünfundvierzig Metern in die Tiefe gestürzt, auf eine Ansammlung von Felsbrocken und Geröll. Ihr Leichnam wurde in einem Sack mit Reißverschluss zu seinem Vater gebracht, um dann von ihm wissenschaftlich untersucht zu werden. Sie war der letzte menschliche Körper, den sein Vater je berühren sollte.

Oliver hat das letzte Schulfoto dieses Mädchens jetzt bei sich zu Hause, eingescannt in seinen Computer, auf dem sie das künstliche, gezwungene Lächeln zur Schau trägt, das so typisch ist für Schulfotografen-Fotos. Es gehört zu seinem Job, sie auf diese Weise zu vereinnahmen, und am Ende wird er eine Rechnung dafür schreiben, sobald das Video fertig ist. Außerdem ist dies auch das Gesicht, das sein Vater vor Augen hatte, als er in seinem Labor seiner Arbeit nachging. Dieses Mädchen stellt also eine ungewöhnliche Verbindung zwischen ihm und seinem Vater her.

Wenn Patty nun jenen Sommer überlebt hätte und Oliver nicht, würde sein Name ihr da noch etwas sagen? Würde sein Tod Bestandteil der verschwommenen Erinnerungen sein, die alle an das Jahr 1982 haben? Eher nicht. Wahrscheinlich wäre er einfach in Vergessenheit geraten. Vielleicht hätte Jared ihn auf den Familienfotos ersetzt, wäre als geeigneter Ersatz akzeptiert worden. Vielleicht würde sich niemand Gedanken darüber machen, was alles hätte sein können.

Das war schließlich Olivers ureigene Domäne.

Eine Reihe rechteckiger Häuserkästen aus Stahl und Glas werden von innen durch große, kugelförmige weiße Lampen erhellt. Wie eine Pointe gleichsam, als wäre es das letzte Bild in einem Comic, ist in einem jener Kästen ein kleiner Junge mit einem roten Umhang zu sehen, der lautlos hinter der Fensterscheibe brüllt. Er sitzt alleine mit hochrotem Kopf in einem karg möblierten Wohnzimmer auf dem Boden. Während Oliver auf der Straße wendet, um die »Wildnis« wieder zu verlassen, taucht eine Frau auf, hebt den weiter brüllenden Jungen hoch und setzt ihn sich an die Hüfte.

Es ist eine Frau, die Oliver bekannt vorkommt, ohne dass er sie auf die Schnelle einordnen könnte. Der kleine Junge widersetzt sich ihr mit aller Entschlossenheit; aber wird er sich an diesen erbitterten Kampf später mal überhaupt noch erinnern? Wird er sich an seinen Wutausbruch oder den Umhang oder die Geduld seiner Mutter erinnern? Oder wird diese Szene inmitten anderer, weniger banaler Kindheitserlebnisse untergehen, eine Erinnerung, die nur seine Mutter noch bewahrt und über die sie nie ein Wort verliert, um ihren Sohn nicht zu ärgern und sich nicht unnötig zu brüsten? Oliver beobachtet die beiden, verfolgt das allmähliche Abebben des Wutausbruchs, sieht, wie die Mutter ihrem müden Sohn nachsichtig über den Hinterkopf streichelt, während er das Gesicht an ihre Bluse drückt und Rotz und Wasser heult.

Als sie, sich langsam hin und her wiegend, aus dem Fenster sieht, wird Oliver klar, warum sie ihm so bekannt vorkommt. Der Morgen scheint schon eine Ewigkeit her zu sein, aber er erinnert sich noch gut daran, wie Miranda gerochen hat, als sie zu ihm ins Bett gestiegen ist – nach Tau und Asphalt nämlich. Die Frau, die Oliver hier gerade beobachtet, ist die Frau, die auf den Fotos, die Miranda ihm gezeigt hat, so ängstlich gewirkt hat. Als würde sie draußen vor ihrem Fenster einen Stalker vermuten.

Furcht ist auf ihrem Gesicht jetzt nicht zu erkennen. Sie wirkt vielleicht etwas müde, aber vor allem dankbar und erleichtert darüber, dass ihr Sohn sich endlich beruhigt hat.

Oliver fragt sich, wie diese Frau wohl jetzt, gesehen durch Mirandas Kamera, aussehen würde. Mit einem Mal wird seine Einsamkeit noch größer, als befände er sich selbst auf einem Foto und es würde nach und nach verblassen; er sieht förmlich vor sich, wie er verschwindet.

Er fährt langsam die Straße entlang, hügelabwärts. Wie soll es jetzt mit ihm weitergehen? So viele Jahre hat er über diesen Tag nachgedacht, ihn sich auszumalen versucht. Niemals hätte er geglaubt, dass er sich an diesem Tag so tölpelhaft vorkommen und zugleich so wütend auf sich selbst sein würde. Nie hätte er geglaubt, dass die Verzweiflung über diesen historischen Verlust noch durch die Verzweiflung über den Verlust eines Mädchens überlagert werden könnte.

Der Mond ist heute Abend nur eine hauchdünne Sichel. Oliver betrachtet sie im Rückspiegel. Ob Jared wohl nur einen Gedanken an ihre Begegnung verschwendet hat oder jemals verschwenden wird? Miranda hatte Recht. Oliver hat aus seinem Leben ein Kunstprojekt ohne Medium gemacht. Er ist ein einziges großes Konzept ohne jeden Ausdruck.

Ein Stück vor ihm trottet ein Hund gemächlich über die Straße und bleibt in der Mitte stehen. Gelassen dreht sich das Tier um und sieht in die hellen Scheinwerfer.

Jello.

Das gibt's doch nicht. Er hupt. Der Hund sieht ihn an und trottet dann weiter über die Straße, die Nase dicht über dem Asphalt, nach neuen Gerüchen schnuppernd. Oliver streckt den Kopf aus dem Fenster und versucht den Hund mit einem Pfiff zu sich zu locken, aber dieser verschwindet am dunklen Straßenrand und ist nicht mehr zu sehen. Oliver pfeift weiter, drängender jetzt, und hängt den halben Oberkörper zum Fenster hinaus, während er angestrengt ins Dunkel späht.

Er fährt langsam weiter, und dort, an der nächsten Straßenbiegung, sieht er sie, Miranda, mit ihrem Stativ über der Schulter. Mit ihrer Hornbrille und dem offenen Haar, das ihr Gesicht umrahmt, bekleidet mit einem kurzen schwarzen Neckholder-Kleid und Jeans, sieht sie einfach umwerfend aus, findet er, durch und durch beherrscht und selbstsicher.

Oliver hört sie rufen: »Komm her, Junge. Na komm.«

Gleich darauf zuckt sie beim Auftauchen der Scheinwerfer jäh zusammen. Oliver hält mitten auf der Straße an. Vor ihm im Licht der Scheinwerfer sind allerlei Motten und Mücken zu sehen, die durch die dünne Nachtluft schwirren.

Miranda hält sich schützend die Hand vor die Augen, weil seine Scheinwerfer sie blenden. Aber Oliver kann sich noch nicht dazu durchringen, sie abzuschalten, hingerissen von ihrem Anblick im hellen Licht. Sie lächelt, ein breites, unbefangenes Willkommenslächeln. In seinem Herzen regt sich spontan Hoffnung.

Ihr Lächeln verwandelt sich in ein unwilliges Stirnrunzeln, sie fährt sich mit der freien Hand quer über den Hals, damit er endlich die hellen, blendenden Scheinwerfer ausschaltet. Oliver folgt widerstrebend ihren Wünschen. Sofort wird sie vom Dunkel der Straße verschluckt.

Oliver steigt aus und eilt mit drei großen Schritten zu ihr hinüber. Jello steht im weichen Sand am Straßenrand und wedelt mit dem Schwanz. Er bellt zweimal, als Oliver Miranda in die Arme schließt.

So steht er mit ihr auf der Straße, hält sie umarmt und überlegt fieberhaft, wie er sich am besten bei ihr entschuldigen soll.

»Ich habe mir den Himbeerkuchen bestellt«, sagt sie, ehe er etwas sagen kann.

»Ach Scheiße«, sagt Oliver, dem es entsetzlich peinlich ist, dass er sie dort allein hat sitzen lassen. »Nicht zu fassen, dass ich einfach so abgehauen bin. Bestimmt hasst du mich jetzt.«

»Mit zwischenmenschlichen Beziehungen tue ich mich immer schon schwer. Warum auch immer.« Sie stellt sich auf die Zehenspitzen, flüstert ihm ins Ohr: »Ich bin eben ein Freak«, und fährt dann mit normaler Stimme fort: »Aber ich traue mir trotzdem eine gewisse grundsätzliche Menschenkenntnis zu. Ich finde nach wie vor, dass du dich kleiner machst, als du wirklich bist. Du versuchst, auf diesem kleinen Flecken in der Vergangenheit zu leben. Das kann auf die Dauer nicht gut gehen. Es führt kein Weg zurück, egal, wie sehr du dich an die Vergangenheit klammerst.«

Oliver sieht sie an. Ihr Gesicht strahlt eine Offenheit aus, eine Aufgeschlossenheit, die er so noch bei keinem anderen Menschen erlebt hat. Er bückt sich und pflückt eine Löwenzahnblume am Straßenrand, die er ihr mit einer leichten Verbeugung überreicht.

Als würde sie einem kosmischen Drehbuch folgen, zupft Miranda die gelbe Blüte vom Stiel ab und fährt sich damit über die Nasenspitze, so dass auf der Haut dort ein gelber Fleck zurückbleibt. Dann rubbelt sie die Blüte kurz zwischen ihren Händen und benutzt sie dann, um sich ähnliche Flecken auf Wangen, Stirn und Kinn zu malen.

Während sie sich das Gesicht mit dem Farbstoff der Löwenzahnblüte bemalt, sieht Oliver vor seinem geistigen Auge eine goldene Blüte vor sich, die aus ihrem Mund zum Vorschein kommt.

»Ich möchte dir etwas zeigen«, sagt er.

Sie nickt. »Ja, gerne.«

Sie fahren den kurzen Weg zu ihm nach Hause, wo Oliver seinen Computer anschaltet. Miranda steht hinter ihm und schaut erwartungsvoll auf den Bildschirm. Oliver zeigt ihr seine Videos. Seine Director's Cuts. Zunächst das Video von Nonny. Miranda betrachtet es aufmerksam, scheint von den alten Filmaufnahmen, die vor Jahrzehnten an einem weit entfernten Ort entstanden sind, ebenso beeindruckt wie er. Als es zu Ende ist, sagt sie einfach nur: »Mehr.« Oliver führt ihr ein weiteres Video vor und bekommt nochmal die gleiche Antwort: »Mehr.«

Also führt er ihr ein Video nach dem anderen vor, bis sie alle gesehen hat. Sie steht die ganze Zeit hinter ihm, während sie die Filme betrachtet, ist offenbar fasziniert von Olivers ganz eigener Art, Bilder, Klänge und Texte zu Collagen zusammenzufügen.

Als der Bildschirm schließlich wieder neutral blau leuchtet, sieht Miranda ihn an. Kurz scheint es, als würde das Summen der elektrischen Geräte im Raum – der Monitore, Laufwerke, CD-Brenner – sich verstärken, lauter werden wie das Zirpen von Grillen nach Einbruch der Dunkelheit. Es spricht an ihrer Stelle, ersetzt ihre Gedanken und ihre Worte durch ein einziges nüchternes Summen. Diese Geräte, deren Geschichte noch so jung ist und die technisch ständig weiterentwickelt werden, scheinen einem Optimismus das Wort zu reden, der jedem technikfernen Wesen töricht vorkommen würde. Ihre Vorfahren vor gut zweihundert Jahren bestanden noch aus schlichten Hebeln und Drehzügen. Kein Vergleich zu heute! Heute können diese Geräte das Leben digitalisieren, die Köpfe der Menschen von ihren Körpern lösen und eine neue Wirklichkeit konstruieren. Liebespaare, die voneinander getrennt in Lissabon und Kalkutta leben, können Nachrichten austauschen und einen Schusterladen auf einer bestimmten Straße in Tokio lokalisieren. Die Technologie verbessert sich immer weiter. Sie kann die Fehlbildungen im Herzen eines Patienten offenbar machen. Für eine Maschine hat der Tod keine Bedeutung.

Während die Maschinen in Olivers Büro unaufhörlich weiterreden, ihre endlosen Abfolgen von Einsen und Nullen produzieren, Verbindungen herstellen, Codes entschlüsseln, Bedeutung erschaffen, starren Oliver und Miranda einander schweigend an.

»Unglaublich«, sagt sie schließlich, während sich auf ihrem Gesicht ein seltsames strahlendes Lächeln ausbreitet. »Alles, was ich dir erzählt habe, weißt du schon längst. Warum hast du mir das nicht gesagt?« Sie ballt die Hand zur Faust und boxt ihm damit, weiter lächelnd, gegen die Schulter. »Warum hast du mir das nicht eher gezeigt? Oliver, *das* hier ist dein eigentliches Werk.«

Oliver zuckt mit den Schultern und sieht sie an, während vom Bildschirm ein blaues Leuchten auf ihr Gesicht fällt. Kurz wirkt sie wie ein Orakel, das aus einer anderen Welt zu ihm spricht. Aus etwas, das er immer für ganz normal und wenig bemerkenswert in seinem Leben gehalten hat, hat sie eine Offenbarung gemacht.

Sie legt ihm die Hand auf die Schulter. Er fröstelt.

»Die Sache ist die«, sagt er, um einen möglichst ruhigen Tonfall bemüht. »Niemand will darüber reden. Meine Mutter, meine Schwester, die scheinen das beide einfach vergessen zu wollen.

Oder tun so, als würden sie es vergessen. Für sie ist der Fall erledigt. Sie wollen nicht daran zurückdenken. Aber ich will zurückdenken, Miranda. Ich habe Angst davor, irgendetwas zu vergessen. Und ich hab einfach gedacht, falls auch nur der Hauch einer Chance besteht, dass Jared nicht vergessen werden möchte, dass er sich Gedanken darüber macht, was hätte sein können, dann muss ich es versuchen. Ich musste einfach.«

Sie nickt. »Verstehe ich.«

Oliver lacht kurz verbittert auf. »Er aber nicht. Ihm wäre es wirklich lieber, dass ich ihn vergesse. Wirklich.«

Miranda lässt ihre Hand von seiner Schulter bis an sein Handgelenk hinabgleiten und umfasst es sanft. »Manchmal finden wir vor dem Supermarkt Leute, die einfach nur Fremde sind, die mit uns zusammen auf diesem Planeten leben«, sagt sie und umfasst auch noch sein anderes Handgelenk, so dass sie das Gewicht seiner beiden Arme hält. »Und manchmal finden wir vor dem Supermarkt auch Menschen, die Teil unserer Familie sind.«

Betsy sieht auf die Uhr. Es ist bereits 22.30 Uhr, aber sie verharrt weiter vor dem Fenster, weil sie nicht glauben mag, dass ihre kurze künstlerische Einlage schon vorüber ist.

Sie waren genau zur rechten Zeit von ihrer Tanzstunde am Montagabend nach Hause zurückgekehrt. Während sie vor dem Spiegel im Flur rasch ihr Make-up auffrischte, fragte sie sich unwillkürlich, ob es sich so wohl anfühlen mochte, wenn man sich für ein Treffen mit einem heimlichen Liebhaber zurechtmacht. Während man Lippenstift und Rouge aufträgt, denkt man an den Blick eines anderen, der einen ansieht. Da zum Umziehen keine Zeit mehr blieb, ging sie in ihrem hellblauen Tanzkleid ins Wohnzimmer, schaltete die Lampen an, atmete tief durch und setzte sich auf den Rand des Sofas. Martin hatte sich in das heimelige holzgetäfelte Arbeitszimmer mit dem Großbildfernseher auf der anderen Seite des Hauses zurückgezogen.

Sie schlug die Füße übereinander und richtete den Blick hinaus auf die Auffahrt. Legte die Hände vor sich auf den Schoß und versuchte sich einzureden, dass dies ein Abend war wie jeder andere. Dass sie gerade nicht beobachtet und fotografiert wurde. Was könnte sie tun, während sie hier saß? Sie blickte suchend auf dem Sofa umher, aber ihr Nähbeutel war nirgends zu sehen. Aus Furcht, ihre Verabredung zu verpassen, wagte sie nicht, das Zimmer zu verlassen, um ihn zu holen, also saß sie einfach nur still da. Während sie hinaus in den Vorgarten spähte, ließ Betsy in Gedanken die vorangegangene Tanzstunde Revue passieren. West Coast Swing hatte auf dem Programm gestanden. Das letzte Musikstück war ihr noch unmittelbar präsent. Ein eher langsamer, gefühlsbetonter Tanz, mit dessen Takt sich Martin anfangs schwergetan hatte. Betsy aber war begeistert. Auf dem Sofa sitzend, ließ sie ihre Füße den *sugar push* üben, während sie im Kopf den sinnlich-schwülen Klang der Posaune hörte. Dann stand sie auf, um den *basket whip* und den zweihändigen *tuck-turn* zu üben, verlor sich völlig in der Schrittfolge, die Arme vor sich ausgestreckt, als würde sie einen imaginären Partner umfassen.

Jetzt steht sie noch immer reglos mitten im Zimmer, als wäre sie dort platziert und aufgefordert worden, sich nicht von der Stelle zu rühren. Sie ist sich sicher, dass ihre kurze Begegnung mit der Kamera einer Fremden vorbei ist und dass sie dabei erwischt worden ist, wie sie ganz allein vor sich hin tanzte. Der Eindruck, den sie dabei gemacht haben dürfte – als wäre sie ein einsames Mauerblümchen und nicht etwa eine Frau, deren Ehemann in einem Zimmer gleich nebenan in einem Sessel sitzt, die eigenen Tanzschuhe auf dem Boden vor sich –, ist alles andere als wahrheitsgetreu. Bis auf den Umstand, dass es ihr schwerfällt, länger stillzusitzen, ist dabei nichts enthüllt worden.

»Ach nein«, schimpft sie leise vor sich hin und stampft vor Ärger mit dem Fuß auf. Doch sie rührt sich nicht vom Fleck und sieht weiter erwartungsvoll hinaus ins Dunkel, nur auf die

Möglichkeit hin, dass sie weiter beobachtet wird. Sie fragt sich, ob »M. K.« wohl noch da draußen ist.

»Schatz?«, sagt Mr Scrap, der gerade mit der Weinflasche vom Abendessen ins Zimmer kommt. Sie sieht ihn ein wenig erschrocken an und hält ihm dann lächelnd ihr Glas hin, um sich von ihm einschenken zu lassen.

»Ich wollte dich nicht erschrecken«, sagt er und bemüht sich, Blickkontakt herzustellen. »Was starrst du denn so aus dem Fenster? Hast du draußen irgendwas gehört?«

Sie runzelt leicht die Stirn. »Mmm«, sagt sie, was als Bestätigung aufgefasst werden könnte. Sicher, sie könnte jetzt die Lippen öffnen und ihm eine Erklärung liefern, eine Ausrede dafür, warum sie hier so geistesabwesend herumsteht. Könnte behaupten, dass wieder einmal ein Streifenhörnchen auf den Deckel ihrer Mülltonne gesprungen ist. Dass zwei Vögel sich um einen Schlafplatz gezankt haben. Dass der Hund der Nachbarn seine Vorderpfoten gegen den Zaun gestemmt hat, um einen besseren Blick auf die Nacht zu erhaschen. Das ist die Sorte Geräusche, die sie hätte hören können, die Art kleine Störungen, die sie dazu veranlassen könnten, so aufmerksam aus dem Fenster zu schauen. Die harmlosen Geräusche der Welt nach Einbruch der Dunkelheit.

Aber sie sagt nichts, und er fragt nicht weiter nach. Sie kann sich vorstellen, wie er mit ihr schimpfen würde, wenn sie ihm verriete, was sie tatsächlich getan hat. Er würde auf der Stelle die Lampen ausschalten und ihr vorhalten, dass irgendein Perversling in ihre Privatsphäre eingedrungen ist. Es wäre ihr lieber, wenn er sie jetzt allein ließe, damit sie die Lampen heute Abend ausschalten kann, aber er rührt sich nicht vom Fleck und sieht nervös und vorwurfsvoll aus dem Fenster.

»Da draußen ist niemand«, sagt Betsy rasch, aus Angst davor, dass er ihr Vorhaltungen machen könnte.

»Doch, da ist jemand«, sagt er und deutet hinaus auf den Bürgersteig. Ein fremdes Auto, ziemlich mitgenommen und verbeult, parkt direkt vor ihrem Haus.

Dann jagt er auch schon aus dem Zimmer und die Treppe hoch, mit zitternden Händen und voller Sorge, ob er es wohl schaffen wird, das Ding noch rechtzeitig zu laden. Es liegt in einen Kopfkissenbezug eingewickelt unten in seinem begehbaren Kleiderschrank, unter den braunen Kleiderbügeln, auf denen seine Gabardinesakkos hängen. Er wühlt hektisch nach dem Bündel, bis es vor ihm auf dem Teppich landet. Im Knien fummelt er am Lauf herum und versucht sich an die Handgriffe zu erinnern, die ihm der untersetzte, grauhaarige Mann hinter dem Verkaufstresen in dem großen Supermarkt vorgeführt hat. Einen Tag, nachdem er dort Staubsaugerbeutel und Sahne besorgt hatte, war er noch einmal in den Laden zurückgekehrt und stand diesmal selbst vor dem Glastresen, hinterließ auf der ein wenig schmierigen Scheibe dort seine eigenen, unverwechselbaren Fingerabdrücke. Er hatte eine weitere schlaflose Nacht hinter sich, in der er verdächtige Geräusche in seinem Garten zu hören meinte und von allerlei diffusen Ängsten geplagt wurde. Er war übermüdet und fahrig. »Ich hätte gern eine Waffe zur Selbstverteidigung«, hatte er zu dem Verkäufer gesagt, der ihn durch seine dicke Brille hindurch skeptisch musterte.

Der Verkäufer hatte wortlos die Schlüssel aus seiner Hosentasche gezogen, den Tresen aufgeschlossen und zwei in Frage kommende Modelle vor ihm hingelegt.

»Beide zur Selbstverteidigung geeignet. Kommt nur darauf an, wie viele Löcher Sie hinterlassen wollen«, sagte er, den Blick von Mr Scrap abgewendet, wie um Ausschau nach eher in Frage kommenden Kunden zu halten – der Typ mit dem Vollbart etwa, der sich gerade das Angelzubehör anschaute, oder der junge Skinhead, der gerade den Reißverschluss an einem Zelt öffnete. Männer, denen man nicht vorzuführen brauchte, wie eine Schusswaffe geladen wird.

Jetzt, im schummrigen Licht der Schrankbeleuchtung, ruft Mr Scrap sich vor Augen, wie mühelos dieser Verkäufer die Patronen in die Trommel geschoben hatte. Eine, zwei, drei, vier, fünf. Ebenso routiniert und selbstverständlich, wie Mr Scrap das Diktiergerät in seinem Büro bedient. Aufnahme, Pause, zurückspulen, abspielen. Das könnte er auch im Schlaf oder mit verbundenen Augen. Oder in diesem gottverdammten schummrigen Kleiderschrank.

Er hätte das Ding in geladenem Zustand aufbewahren sollen, Vorsicht hin oder her. Schließlich befanden sich keine kleinen Kinder in der Nähe – und so, wie er Oliver und Mary kennt, dürfte sich das vermutlich auch nie ändern. Kein Mensch in diesem Haus würde dieses Ding mit einem Spielzeug verwechseln oder es abfeuern, ohne zu verstehen, was für ein Schaden dadurch angerichtet werden könnte.

Warum hast du das Ding nicht in geladenem Zustand aufbewahrt, verdammt, schießt es ihm durch den Kopf, als ihm eine weitere kleine Kugel durch die Finger flutscht und im dichten Flor des Teppichs landet. Hektisch tastet er danach herum, fährt mit den schwitzigen Händen suchend über das Teppichgewebe.

Als er schließlich alle fünf Patronen hineingeschoben hat – die Trommel muss immer vollständig geladen werden, hatte ihm der Verkäufer eingeschärft, es darf nie eine Kammer leer bleiben –, eilt Mr Scrap wieder zurück zur Treppe.

Da aber hört er, wie eine Autotür zugeschlagen wird, direkt vor seinem Vorgarten. Das hat auch Betsy unten im Erdgeschoss mitbekommen. Sie späht jetzt hinaus, tritt – das spürt er – näher ans Fenster heran, ohne sich darüber im Klaren zu sein, dass sie sich nicht so gut sichtbar präsentieren sollte. Ohne zu ahnen, dass sie in Gefahr schwebt. Heute Morgen erst hat er eine einstweilige Verfügung bei Gericht erwirkt, auf der ihrer beider Namen stehen. Andy Rolondos Drohung in der Tiefgarage. Das schwarze Auto, das ihn auf der Rückfahrt vom Supermarkt so bedrängt hat.

Der Geruch von Zigarettenrauch, der so deutlich wahrnehmbar aus seinem eigenen Garten heraufdrang. Er konnte genügend Indizien aufzählen, um den Richter zu überzeugen.

Aber Mr Scrap weiß, dass ein Mann wie Andy Rolondo sich von einem solchen Dokument niemals aufhalten lassen würde. So einer folgt nur seinen eigenen Spielregeln. Zu oft schon hat Mr Scrap in seiner eigenen Arbeitspraxis erlebt, wie nutzlos eine einstweilige Verfügung sein kann: als würde man einem Kleinkind einen Zettel mit Verhaltensregeln an die Zimmerwand hängen. Es muss auch jemand dazu bereit sein, bei Zuwiderhandlung Konsequenzen folgen zu lassen.

Mr Scrap wendet sich von der Treppe ab und eilt stattdessen hinaus auf die Terrasse. Von hier aus kann er den Garten und die Straße überblicken. Ein Mann ist gerade um das Auto herumgegangen – ein dunkles Auto. Dasselbe Auto? Er sieht nach unten, hält Ausschau nach Andy Rolondo – nach seinem raspelkurzen Haar, der Kombination aus Schnauz- und Kinnbart, der modischen Sonnenbrille. Schwer zu sagen.

Mr Scrap hält die Pistole fest umklammert. Sein Zeigefinger schwebt zitternd vor dem Abzug, als unten eine Zigarette in seinen Garten geschnippt wird.

»Ich habe eine einstweilige Verfügung gegen Sie erwirkt«, ruft Mr Scrap nach unten, mit einer Stimme, die der Panik nahe ist.

Der Mann sieht hoch in Richtung Terrasse. Er hebt die Hände, wie um sich zu ergeben.

»Mein Gott, ist das nicht etwas paranoid«, sagt er mit lauter, kräftiger Stimme, als sei er derlei Wortgefechte unter freiem Himmel gewohnt.

Mr Scrap wird von der Dunkelheit verborgen, auf den Mann aber fällt etwas Licht von der Straßenlaterne. Es ist nicht Andy Rolondo. Sondern ein Jugendlicher, irgendein junger Strolch.

Sehr schlau. Natürlich. Ein Mann, der Geld hat, kann Handlanger anheuern, die seine Befehle ausführen.

Unter ihm öffnet sich die Fliegengittertür, mit einem Quietschen, das klingt wie das Rufen eines einsamen Kindes. »Martin?«, ruft Betsy von der Haustür aus. »Was ist los?«

»Alles unter Kontrolle, Betsy. Geh einfach wieder ins Haus zurück und mach die Tür zu.« Mr Scraps Finger ruht jetzt direkt auf dem Abzug.

Der Junge hat weiter die Hände gehoben, aber eher halbherzig. Er hat offenbar keine Angst.

»Alles in Ordnung bei dir? Warum steht dieser Junge da und hat die Hände erhoben? Martin?«

Verdammt. »Das erkläre ich dir später. Bitte geh wieder ins Haus.« Warum löchert sie ihn mit Fragen? Warum hat sie keine Angst?

Der Junge kommt jetzt einen Schritt näher und sieht nach oben, in Richtung von Mr Scraps Stimme. »Warum tun Sie das? Sie haben ernsthaft eine einstweilige Verfügung erwirkt, damit ich Ihre Frau nicht sehen kann? Ist ja unglaublich, Mann.«

»Seien Sie still«, sagt Mr Scrap in dem Tonfall, den er vor Gericht immer benutzt. »Bitte.« Verwunderlich, dass seine untrainierten Arme, mit denen er die Waffe jetzt schon so lange nach vorne streckt, noch nicht müde sind. Das Adrenalin verleiht ihm anscheinend ganz neue Kräfte. »Warum wollen Sie meine Frau sehen? Was haben Sie hier verloren?«

Betsy ist noch nicht wieder ins Haus gegangen, das merkt er. Der ängstliche Tonfall in seiner Stimme dürfte ihr nicht entgangen sein. Seine Autorität wird untergraben, weil sie alles mit anhört. Wenn sie doch nur seiner Aufforderung folgen und ins Haus zurückgehen würde.

»Lass gut sein, Martin«, sagt sie herablassend, als wäre sie der Ansicht, dass sie mit der Situation besser umgehen kann als er.

»Ich wollte ihr nur ein paar Fragen stellen, Mann. Zielen Sie etwa mit einer Kanone auf mich, oder was? Was geht hier ab? Klären Sie mich auf.«

»Da ist keine Waffe«, sagt Betsy mit ruhiger, sanfter Stimme, als wollte sie ein streunendes Tier heranlocken.

Was weiß sie schon von Gefahren? Von wirklichen ernsten Schwierigkeiten? »Nicht wahr, Martin?«, ruft sie zu ihm hoch. »Da ist keine Waffe.«

Der Junge senkt die Stimme, wendet sich jetzt direkt an Betsy. »Alles in Ordnung bei Ihnen, Lady? Hat er Ihnen wehgetan?«

»Doch, hier ist eine Waffe«, ruft Mr Scrap zu ihnen nach unten. »Und sie ist direkt auf Sie gerichtet, junger Mann. Also drehen Sie sich um und steigen Sie gefälligst wieder in Ihr Auto. Runter von meinem Grundstück, Sie gottverdammter Versager, oder das hier nimmt ein schlimmes Ende.«

»Martin!«, ruft Betsy entsetzt und eilt von der Veranda herunter, auf ihren Besucher zu. Sie steht mit in die Hüfte gestemmten Händen da und späht nach oben, zwischen den Ästen der Bäume hindurch. Sie versucht Blickkontakt zu ihrem Mann herzustellen, aber er behält weiter starr sein Ziel im Auge.

Der Junge hat jetzt eine Hand hinten in die Hosentasche geschoben und geht auf Betsy zu. Mr Scrap hält weiter die Pistole auf ihn gerichtet.

»Stehen bleiben«, ruft er, aber der Junge geht einfach weiter über die Steinplatten, die quer durchs Gras führen.

Warum hört denn niemand auf ihn?

»Mein Gott, hast du da wirklich eine Pistole?« Ihre Stimme klingt vorwurfsvoll. Sie meint offenbar, er wüsste nicht, was er da tut.

Der Junge weigert sich stur, die Hände zu heben. Und er denkt auch nicht daran, sich wieder zu verziehen. Im Licht, das von der Veranda herüberdringt, ist sein Gesicht jetzt besser zu erkennen. Es wirkt irgendwie brutal, bedrohlich irgendwie. Als würde er bereits bluten.

Da reagiert Mr Scrap, krümmt mit aller Kraft den Finger um den Abzug und kneift dabei fest die Augen zusammen. *Das hast du davon,* denkt er, als die Explosion ihn erschüttert. *Hör dir das an.* Und dann, vor lauter Schreck über den donnernden Knall und Betsys Aufschrei, drückt er noch einmal ab, ohne auch nur die Augen zu öffnen, ohne mitzubekommen, dass Betsy jetzt auf den Jungen zurennt, um ihn zu retten. Doch als Mr Scrap die Augen aufschlägt, kauert Betsy unter ihm im Gras. Der Kopf des Jungen liegt auf ihrem Schoß; sie hält sein Gesicht mit dem blutroten Fleck an der Seite mit ihren Armen umfangen.

Die Hausfront ist in flackerndes rotes Licht getaucht, ein Anblick, der an eine übertriebene Adventsbeleuchtung oder eine Disco erinnert. Doch das rote Flackern stammt von drei Krankenwagen, fünf Polizeiautos und einem Feuerwehrwagen, die alle auf den Notruf hin angerückt sind. Die Einsatzkräfte der an der Straße aufgereihten Fahrzeuge stehen, ganz Herren der Lage, in Grüppchen verteilt auf dem saftig grünen Rasen vor der Nummer 315. Drei Sanitäter laden das Opfer von der Stelle im Gras, wo sie es bei ihrer Ankunft vorgefunden haben, auf eine Trage.

»Ma'am«, fragt der Sanitäter zum wiederholten Mal, »ist das Ihr Sohn?« Auf ihrem Kleid befindet sich ein kleiner Blutfleck, der noch feucht ist und ihr am Körper haftet.

»Wird er wieder gesund?«, erwidert sie. »Warum zittert sein Bein so?« Sie deutet auf seinen Fuß, der in seinem Basketballturnschuh zuckt. Der Junge hatte ein Foto von Paul in der Hand, ein Foto von ihrem verstorbenen Mann, das sie nie zuvor gesehen hat. Jetzt liegt es unten im Gras und starrt zu ihr hoch. Sie begreift das alles nicht.

»Im Krankenhaus wird man Ihnen dazu mehr sagen können. Haben Sie jemanden, der Sie hinfahren kann?«

Sie gibt keine Antwort darauf.

Weil in diesem Moment aus dem Gewühl fremder Gesichter

Oliver auftaucht. Bei seinem Anblick ist es um ihre nur mühsam gewahrte Fassung endgültig geschehen.

»Mom? Was ist passiert?«, fragt er, während er sie in die Arme schließt. »Alles in Ordnung mit dir?«

»Oliver«, sagt sie, weil sie nichts anderes über die Lippen bekommt. »Oliver.«

Dann bemerkt auch Oliver das Foto im Gras. Es ist das Bild, auf dem er am Rand des Schwimmbeckens sitzt. Siedend heiß wird ihm bewusst, was er mit seiner leichtfertigen Aktion womöglich angerichtet hat, sosehr er sich auch gegen diese Einsicht sperrt. »Was ist passiert, Mom? Wer ist hier verletzt worden?«

Er wendet sich zu Miranda um, die mit umgehängter Kamera ganz in der Nähe steht.

»Das ist eins von meinen Fotos, Miranda. Eins von denen, die ich Jared geschenkt habe.«

Miranda legt ihm kurz eine Hand auf den Unterarm. Dann geht sie auf das Foto zu und bückt sich, um es aufzuheben, wird jedoch von einem Polizisten daran gehindert – am Tatort dürfe nichts verändert werden.

»Am Tatort?« Sie ist fassungslos.

»Hier ist jemand angeschossen worden, Ma'am«, erklärt er und gibt ihr mit der Hand Zeichen, zurückzutreten. Miranda gehorcht und stellt sich wieder neben Oliver, der weiter seine Mutter umarmt hält, die jetzt ihr Gesicht an seine Brust schmiegt.

»Wo ist Martin, Mom?«, fragt Oliver und hält in alle Richtungen nach Mr Nice Guy Ausschau.

Sie hebt nicht den Kopf, sondern deutet nur stumm auf die vordere Veranda. Dort sitzt er, den Kopf in die Hände gelegt, flankiert von zwei Uniformierten.

Eins der rot flackernden Lichter entfernt sich die Auffahrt hinab, während der Krankenwagen mit Jared an Bord auf die Straße abbiegt und dann die Sirene anschaltet.

»Was ist mit Jared, Mom? Wie schwer ist er verletzt?« Oliver muss gegen das Sirenengeheul anschreien.

»Wer?«, fragt Betsy und nimmt endlich das Gesicht von seiner Brust.

»Der Junge. In dem Krankenwagen. Das ist er, Mom. *Er.*« Oliver erstarrt.

»Ich wusste nicht, was ich tun sollte.« Sie schaut zur Straße und sieht dem Krankenwagen nach, bis er nach Norden abgebogen ist, in Richtung Krankenhaus. »Blut kam aus seinem Mund.« Dabei fasst sie hoch an ihre Lippen. »Und auch aus seinem Ohr. Aus seinem Ohr ist Blut gekommen.« Sie fängt erneut an zu weinen.

»Ich muss fort. Um zu sehen, wie es ihm geht, Mom. Kann ich dein Auto nehmen? Ich komme wieder her. Keine Ahnung, wann, aber ich komme wieder her.« Seine Mutter nickt und schlingt, heftig fröstelnd, die Arme um sich.

Miranda bietet an, bei ihr zu bleiben.

»Ja«, sagt Oliver und drückt ihr den Unterarm, »würdest du das tun?« Er gibt ihnen beiden hastig einen Kuss und läuft dann die Auffahrt hoch, auf die Garage zu.

Miranda legt Olivers Mutter sanft die Hand an den Rücken.

»Mrs Scrap«, sagt sie, »Sie sollten sich besser irgendwo hinsetzen.« Miranda weiß, dass sie nicht mehr Finley heißt. Oliver hat ihr erzählt, dass seine Mutter Mr Scraps Namen angenommen hat, während er und Mary den Namen Finley beibehielten. Eine zusätzliche Verwirrung in Olivers jungem Leben: Einladungen, die an einen Oliver Scrap adressiert waren; Freunde, die an der Tür des Hauses nebenan klingelten, weil ihnen der Umzug kurz entfallen war; große blaue Geschenkpakete, die für Baby Finley eintrafen, ehe sich die Neuigkeit seines »Abschieds« herumgesprochen hatte.

Mrs Scrap trägt noch dasselbe hellblaue Kleid wie früher am Abend. Miranda hatte es durchs Fenster gesehen, von der stillen

Straße aus, als der Abend sich schon anfühlte, als sei er so gut wie vorbei. Sie hatte es durch ihren Kamerasucher gesehen, während es sich in einem lautlosen Rhythmus wiegte. Miranda waren dabei Fotos gelungen, die sie auf Anhieb wunderschön fand. Die Sorte Bilder, die manche vermutlich melancholisch nennen würden, die Miranda aber als voller Hoffnung empfindet.

Sie hatte keine Ähnlichkeit zu Oliver festgestellt, und schon gar nicht hatte sie sich vorstellen können, dass sie nur wenige Stunden später die einsam durchs Zimmer tanzende Gestalt hier in der Auffahrt im Arm halten würde, in dem hellblauen Kleid, das nun mit Blut befleckt ist.

Noch immer zitternd sieht Mrs Scrap kurz die Kamera an, die Miranda um den Hals trägt, und sagt: »Ich wusste gar nicht, dass er eine Freundin hat.«

Miranda lächelt und rückt sich ihre Brille zurecht. Dann legt sie fürsorglich den Arm um Mrs Scrap, damit sich ihr Zittern endlich legt. »Na ja«, sagt sie, »das sind schon etwas ungewöhnliche Umstände. Aber da bin ich nun. Freundin lernt Mutter kennen.«

Zunächst hält Mrs Scrap noch Abstand zu ihr. Dann aber, als ein Polizist näher kommt, um sie zu den Geschehnissen des Abends zu befragen, lehnt sie sich schließlich doch an Miranda an. Es steht nun fest, dass Mr Scrap die Polizisten aufs Revier begleiten muss, also führt Miranda Mrs Scrap ins Haus und durch das Wohnzimmer, das ihr von außen bereits bekannt ist. Sie bietet an, Tee oder Kaffee zu kochen, aber Mrs Scrap wünscht sich nur ein Bad.

Miranda setzt sich draußen vor die Badezimmertür und lauscht dem dumpfen Rauschen laufenden Wassers. Sie fragt sich, was da drinnen gerade vor sich gehen mag. Weint Mrs Scrap? Läuft die Wanne über? Weicht sie ihr Kleid im Waschbecken ein? Schließlich verstummt das Rauschen, und nur noch ein gelegentliches Tröpfeln und Schwappen von Wasser ist zu hören.

»Mrs Scrap? Alles in Ordnung?«, fragt Miranda, die mit untergeschlagenen Beinen auf dem Boden sitzt.

»Sagen Sie ruhig Betsy zu mir, bitte. Mir fehlt nichts. Glaube ich.« Ihre Stimme klingt ruhig, aber müde.

»Brauchen Sie irgendetwas?«

Nach einer langen Pause sagt Mrs Scrap: »Sind Sie diejenige?«

Miranda versteht genau, worauf ihre Frage abzielt. Sie möchte dieses Gespräch nicht führen; sie liebt die Fotos und weiß, dass sie nicht mehr dieselben bleiben werden, wenn sie jetzt darüber sprechen. Sie seufzt. Die Fotos haben sich ja bereits verändert; diese Frau ist keine Fremde mehr für sie und kann es auch nie wieder sein. Dann sagt Miranda: »Ich mache Fotos, falls Sie das meinen.«

»Wie sind Sie auf mich gekommen?«

»Genauso wie auf alle anderen. Wie ich schon in dem Brief geschrieben habe. Ganz zufällig.«

Hinter der Tür bleibt es still. Miranda horcht angestrengt und schließt die Augen, um sich vorzustellen, was gerade im Bad vor sich geht.

»Betsy?«, sagt sie schließlich.

Mrs Scrap weint jetzt wieder. »Es hatte also nichts mit dem Jungen zu tun?«, fragt sie mit hoher, zittriger Stimme.

Miranda schüttelt den Kopf. »Nein«, sagt sie und lehnt die Stirn an die Tür. »Es hatte nichts mit ihm zu tun. Nicht das Geringste.«

»Er hatte ein Foto«, sagt sie unter Schluchzen. »Von Paul. Und da dachte ich, dass Sie …«

»Nein«, sagt sie. »Ich wusste nicht, wer Sie sind. Absolut nicht.«

»Sie sind also wirklich bloß ein Mädchen, das fremde Leute fotografiert?«, fragt sie. Ein Tropfen löst sich vom Wasserhahn und landet mit einem hohl klingenden *Platsch* im Badewasser.

Miranda drückt sich die Hand vor den Mund. Sie fühlt sich

hier draußen im Flur furchtbar allein, während sie sich das Wasser und das Tröpfeln und die Tränen auf der anderen Seite der Tür vorstellt, die sie nur akustisch wahrnehmen kann. Die Bedeutungsschwere dieses Abends wird für sie geradezu körperlich spürbar. Der Augenblick, als die Pistolenkugel Haut und Blut und Knochen durchschlagen hat, hat alles für immer verändert, und sie alle sind jetzt durch diesen Abend und seine Folgen miteinander verbunden. Ihr eigener Ehrgeiz, ihre eigene Gewissheit, wie sich die trennende Kluft zwischen Menschen überwinden lässt, wirkt auf einmal klein und töricht und ganz und gar absonderlich.

»Ich bleibe hier vor der Tür«, antwortet Miranda leise, während ihr jetzt auch die Tränen übers Gesicht laufen. »Ich bin hier, falls Sie irgendetwas brauchen.«

Auf der Fahrt zum Krankenhaus überlegt Oliver fieberhaft, was genau passiert sein könnte. Seine Mutter hat doch auf keinen Fall eine Waffe im Haus. Hatte Jared eine Pistole dabei? War er auf Rache aus? Oder wollte er dort in ihrem Vorgarten einen dramatischen Selbstmord inszenieren? Haben seine Mutter und Mr Nice Guy eingegriffen, um ihn daran zu hindern?

In der Notaufnahme findet er statt Trubel und hektischer Betriebsamkeit nur den vollbesetzten Wartebereich und eine mürrische Krankenschwester vor, die am Empfang hinter einer Plexiglasscheibe sitzt.

»Mein Bruder ist gerade in einem Krankenwagen hergebracht worden, vor ein paar Minuten erst, mit einer Schusswunde. Wo ist er jetzt?«

Sie sieht ihn mit glasigen, müden Augen an. »Sobald er stabilisiert ist, wird eine Pflegekraft Ihnen nähere Auskünfte geben. Und die Polizei wird sich auch mit Ihnen unterhalten wollen. Nehmen Sie einfach Platz, bitte.«

Aber es ist kein Stuhl mehr frei, der Wartebereich ist bis auf den letzten Platz besetzt. Oliver mustert verstohlen die verbundenen Wunden, die Kinder im Schlafanzug, die dick verschwollenen Augen. Ist das hier tatsächlich der Ort, an dem man sich Hilfe und Rettung in Notfällen erhofft? Die Leute hier machen eher den Eindruck, als hätten sie jede Hoffnung auf Besserung längst aufgegeben. Sie starren auf den Fernsehschirm, auf dem lautlos, aber mit eingeblendetem Infoband ein Nachrichtensender läuft. Auf Bilder aus einem Krieg, der immer noch geführt wird, gegen ein Volk in einem weit entfernten Land, wo nicht nur die Regierung zusammengebrochen ist, sondern nun auch noch die Stromversorgung lahmliegt.

Oliver tigert nervös auf und ab, ohne zu bemerken, dass er dabei den Mechanismus der Türen auslöst, die sich öffnen und schließen, öffnen und schließen, bis ihn ein Wachmann auffordert, sich nicht im Eingangsbereich aufzuhalten. Also setzt er sich im Wartebereich auf den Boden, neben ein Mädchen mit dick verbundenem Zeh.

»Ich bin seit heute Vormittag elf Uhr hier. Mein Freund ist mir mit seinem Roller über den Zeh gefahren«, sagt sie zu ihm, ohne den Blick vom Fernseher zu wenden.

Oliver nickt. »Aua, hat bestimmt wehgetan.«

»Tut auch immer noch weh«, sagt sie.

Er sitzt da und beneidet, im Einklang mit allen restlichen Wartenden, jeden, der endlich namentlich aufgerufen wird.

Schließlich ist es Oliver, der aufsteht und einer Schwester in grüner Krankenhauskluft folgt. Sie führt ihn jedoch nur zu der Tür, die vom Empfang in den Flur dahinter führt, nicht weiter.

»Sind Sie ein Angehöriger von Jared Trizel?«, fragt sie, den Blick auf ihr Clipboard gesenkt.

Oliver nickt. »Sein Bruder.«

»Okay«, sagt sie, ohne von dem Clipboard hochzuschauen, als würde sie ihren Text von dort ablesen. »Also, er wird auf der neurologischen Intensivstation untergebracht. Die ist oben im neuen Teil der Klinik, im fünften Stock. Es wird ein bisschen dauern, bis alle Unterlagen für seine Verlegung komplett sind. Die Polizei wird wohl auch den Zugang dort beschränken wollen. Sie können also ruhig noch irgendwo einen Kaffee trinken gehen, oder so.«

»Geht es ihm gut?«

Endlich hebt sie den Blick und sieht Oliver direkt an. »Er hat einen Kopfschuss erlitten. Das ist immer übel.« Sie zuckt die Achseln. »Auf der Intensivstation wird man Ihnen mehr sagen können.«

Oliver merkt, wie er zittrige Hände bekommt. »Vielen Dank«, sagt er zu der Schwester, dreht sich um und geht durch die automatischen Türen nach draußen, lässt die anderen Leute zurück, die immer noch warten. Nicht genau zu wissen, wie schrecklich die Lage tatsächlich ist, erscheint ihm auf einmal gar nicht mehr so schlimm.

Er marschiert im Kreis um den gesamten Klinikkomplex herum, mehrmals hintereinander. Auf seinem Handy wählt er Marys Nummer, immer und immer wieder. Sie meldet sich nicht. Er hinterlässt ihr zwei Nachrichten auf der Mailbox. Dann ruft er zu Hause an.

Miranda meldet sich am Telefon seiner Mutter.

»Miranda?«, sagt er und kann die Tränen nicht länger zurückhalten. Seine Sicht trübt sich, die Straßenlaternen verschwimmen ihm vor den Augen.

»Oliver? Wie geht es ihm? Bist du im Krankenhaus?«

»Sie bringen ihn in der Neurologie unter. Auf der Intensivstation. Sein Kopf, Miranda. Der Schuss hat ihn in den Kopf getroffen.«

Sie atmet tief durch. »Soll ich hinkommen?«

Oliver ringt krampfhaft um Atem, um seine Tränenflut irgendwie zu stoppen.

»Atme ganz tief durch«, sagt sie.

»Das ist meine Schuld, Miranda. Was ich ihm erzählt habe, muss ihn irgendwie, keine Ahnung … er ist mein Bruder. Ich weiß, du bist nicht der Ansicht …«

»Oliver, hör zu, beruhige dich. Über einen Großteil dieses Abends wissen wir gar nichts. Okay? Du hast mit Jared gesprochen. Deswegen bist du noch lange nicht verantwortlich für das, was passiert ist.«

»Mist, Mist, Mist. Ich fahre jetzt hoch auf die Station. Ich muss ihn sehen. Ist meine Mutter da?«

»Sie ist gerade eingeschlafen. Dein Stiefvater ist noch bei der Polizei. Um weitere Fragen zu beantworten. Ich habe mir gedacht, ich bleibe besser bei ihr, obwohl ich ja nur dieses fremde Mädchen in ihrem Haus bin, und alles.«

»Danke«, sagt er mühsam. »Danke dafür.«

»Gern geschehen, Oliver«, sagt sie in ernstem Tonfall und verstummt. »Es tut mir leid«, sagt sie schließlich.

Oliver nickt. »Weiß ich.«

Sie seufzt, ein fassungsloses, bekümmertes kleines Seufzen.

Oliver würde gern noch mehr sagen. Würde er noch eine andere Sprache beherrschen, würde er ihr sagen, dass der Klang ihrer Stimme in seinem Ohr mit Sicherheit mehr ist, als er verdient hat. Doch alle Wörter, die er kennt, kommen ihm auf einmal lächerlich und absolut unzulänglich vor.

Im fünften Stock herrscht eine vollkommen andere Atmosphäre als in der Notaufnahme. In den breiten Fluren begegnet Oliver keiner einzigen Menschenseele. Er geht durch eine Schwingtür mit der Aufschrift *Neurologie* und drückt dann vor einer Tür mit der Aufschrift *Intensivstation* auf die Taste einer Gegensprechanlage. Eine Frauenstimme fragt, zu wem er möchte, und nachdem er ihr geantwortet hat, schwingen die Türen auf.

Im Flur dahinter empfängt ihn ein überwältigender Geruch

nach Desinfektionsmittel und weiteren Chemikalien, die er nicht genau benennen kann. Die Schwester steht vorne an dem Pult vor dem Schwesternzimmer, um ihn in Empfang zu nehmen.

»Sie sind der Bruder von Jared Trizel?« Sie wartet seine Antwort erst gar nicht ab. »Er ist sehr schwer verletzt. Die Polizei wertet gerade die Untersuchungsergebnisse aus. Sie müssen sich noch gedulden, bis wir hier alles in Ordnung haben, dann können Sie ihn sehen. Ob er operiert wird oder nicht, kann ich noch nicht sagen. Die Ärzte kommen um sechs Uhr früh auf Visite. Falls Sie mit ihnen sprechen wollen, sollten Sie dann hier sein. Irgendwelche Fragen?«

»Darf ich hierbleiben? Gibt es eine Möglichkeit, dass ich bei ihm bleiben kann?«

Sie nickt. »Das kläre ich mit dem Polizisten. In seinem Zimmer steht ein Stuhl. Wenn wir so weit sind, gebe ich Ihnen Bescheid.« Sie dreht sich um und geht eilig den Flur hinab, in einen verglasten Raum.

Mary steht im Mittelgang und schenkt den Passagieren Getränke nach. Sie hätte nicht damit gerechnet, diesen Mann wiederzusehen, aber da sitzt er, auf 12B. Sie betrachtet ihn. Wenn Männer schlafen, sehen sie alle gleich aus. Alle individuellen Merkmale sind wie weggewischt, wenn sie nachts mit halb offenem Mund vor sich hin schnarchen. Er könnte sonst wer sein, schärft sie sich ein. So besonders ist er auch wieder nicht.

Sie befindet sich auf einem Nachtflug von New York nach Westen. Als Doug vorhin ins Flugzeug trat, hantierte er gerade an seinem Handy herum. Dann hob er den Blick, sah Mary und riss erfreut die Augen auf. Sie hieß ihn an Bord willkommen wie jeden anderen Passagier auch und reichte ihm ein Kissen und eine Decke, die er dankend in Empfang nahm. Sogar ihren Namen wusste er noch. Mary war unwillkürlich beeindruckt, und dies, obwohl er noch vor einer Woche, als sie zusammen getanzt hatten, gewillt schien, weit mehr von ihr als nur ihren Namen in sein Gedächtnis einzuprägen.

Als sie ihm seinen Saft einschenkte, kamen sie endlich dazu, über die Fragen »wo sind Sie her« und »wo wollen Sie hin« zu plaudern. Er wohnt in einem Vorort von Atlanta, wo Mary häufig Zwischenlandungen hat. Jetzt aber ist er unterwegs nach Denver, um seine schwer erkrankte Mutter zu besuchen.

»Tut mir sehr leid, das zu hören.« Mary reichte ihm eine Serviette.

»Am liebsten würde ich ja meine Mädchen mitnehmen, aber das geht einfach nicht. Den ganzen Tag mit einer Vier- und einer Sechsjährigen im Krankenhaus verbringen.« Er zuckte mit den Schultern. »Geschafft bin ich jetzt schon.«

Mary lächelte ihm zu. Er wirkte tatsächlich ziemlich müde. »Und Ihre Frau?« Sie konnte sich diese Frage einfach nicht verkneifen.

Er zog die Augenbrauen hoch, als wollte er zu einer längeren Geschichte ansetzen, und deutete dann auf ihren Getränkewagen. »Wenn ich Sie weiter aufhalte, kommt es noch zu einem Aufstand. Vielleicht können wir uns ja später noch unterhalten?«

Ihr Gespräch mit ihm war von vielen neugierigen Ohren belauscht und von vielen interessierten Augen beobachtet worden. Nachdem sie ihre übrigen Passagiere versorgt hatte, ging sie langsam an seinem Sitz vorbei. Er war bereits eingeschlafen.

Ob seine Aufrichtigkeit wohl echt ist? Sie wünscht es sich sehnlich. Wie, überlegt sie jetzt, während sie leere Dosen einsammelt, sollte man sich da je sicher sein?

Die Kunst der Bespitzelung könnte sie von Oliver lernen – sie könnte sich seine Sonnenbrille und die Videokamera ausleihen und eine Manie entwickeln. Sie könnten zusammen herumschleichen wie früher als Kinder immer, als sie mit britischem Akzent sprachen und ständig irgendetwas aufdecken wollten. Aber wie das enden würde, weiß sie schon.

Sie schnallt sich auf dem Notsitz an und versucht zu meditieren. Mit geschlossenen Augen stellt sie sich ein Flugzeug vor, das sich in die Lüfte erhebt, sich kraftvoll von allem löst, vom Asphalt der Startbahn, von den Highways und Seitenstraßen, vom Grün und Braun und Blau der Erde, und sie alle hoch hinauf in diese dünne Atmosphäre trägt, an einen Ort, wo es einzig darauf ankommt, sich anzuschnallen und aufrecht dazusitzen. Sie atmet tief und ruhig. Es gibt Decken, wenn man friert, und Getränke, wenn man Durst hat. Die Toiletten sind zwar beengt, bieten einem aber einen sicheren Rückzugsraum bei Misshelligkeiten, die diese Ablösung verursachen kann.

Während man durch die Wunder der Physik und Mechanik in der Luft gehalten wird, kann man sich einen Film ansehen, Erdnüsse knabbern, mit einem Fremden ins Gespräch kommen, schlafen.

Selbstverständlich könnte das Flugzeug auch jeden Moment auf die grüne und braune und blaue Erde zurückstürzen, wo es in Millionen Stücke zerschellen und die wichtigste Meldung in den Tagesnachrichten liefern würde.

Sollte dieses Flugzeug abstürzen, wird Doug jedenfalls kein Vater sein, dessen Tod keine weitere Beachtung findet. Von seinen Kindern würde nicht erwartet, dass sie einfach so weiterleben, wie es vielleicht der Fall wäre, wenn ihm an einem Sommerabend in der Küche das Herz versagen würde. Für sie gäbe es therapeutischen Beistand aller Art, und wildfremde Menschen würden ihnen Beileidskarten schicken.

Wäre ihr Vater irgendwo weit weg in einem Flugzeug abgestürzt, in dem er über den Wolken bewusstlos geworden und dann ins Meer gestürzt wäre, hätten Mary und Oliver mit ihrer Mutter eine Pilgerreise dorthin unternehmen können, um sich die Wellen um die Füße herumplätschern zu lassen und zu spüren, wie ihnen vom salzigen Meerwasser die Augen tränten. Sie hätten zum Abschied vielleicht Rosen ins Meer werfen und dann heimkehren können, um dort ihr Leben weiterzuleben. Ihr Zuhause wäre nicht zu einem Haus geworden, aus dem ihre Mutter um jeden Preis flüchten wollte.

Auf dem Foto seiner Töchter, das Doug ihr gezeigt hat – das sicherlich auch jetzt noch in seiner Brieftasche steckt –, trug die ältere ein Glitzerkrönchen auf dem Kopf, als würde es ihr nicht gerade an Selbstvertrauen mangeln. Diese Keckheit könnte sich als hilfreich erweisen, falls dieses Flugzeug abstürzen sollte. In dem zur Informationszentrale umfunktionierten Hotel würde Oliver neben genau diesen Mädchen und ihrer Mutter stehen, und ihr gemeinsames Unglück würde sie auf Anhieb zusammenschweißen. Was wäre es für eine Ironie des Schicksals, überlegt Mary, wenn Oliver ihr Stiefvater würde. Wenn er mit Dougs Töchtern ins Kino und ins Freibad gehen, ihnen Kaugummi und Eiscreme kaufen, sozusagen ihr Mr Nice Guy würde.

Aber es ist, ermahnt Mary sich trotz der plötzlichen Turbulenzen, die sie aus ihren Gedanken reißen, äußerst unwahrscheinlich, dass dieses Flugzeug abstürzen wird. Dougs Kinder werden ihren Vater heute Nacht nicht verlieren. Oliver wird nicht in die Rolle des Menschen schlüpfen, der ihm so zuwider ist. Sie alle werden sich nie kennenlernen, einfach nur deshalb, weil eine Tragödie nicht stattfinden wird.

Mirandas Kamera liegt einsam auf der Küchenanrichte. Könnte sie den Raum um sich herum einfangen, entstünden dabei Fotos von zwei Weingläsern, die neben der Spüle stehen, von Mr Scraps blauer Krawatte, die säuberlich zusammengefaltet auf dem Tisch liegt, von einer Lesebrille, die achtlos neben dem Toaster platziert worden ist. Rein gar nichts hier deutet darauf hin, was sich an diesem Abend abgespielt hat. Es ist eine ganz normale, gewöhnliche Küche.

Miranda sitzt auf dem Boden neben Mrs Scraps Bett und denkt über all das nach, was Oliver ihr von seiner Mutter und seinem Vater erzählt hat. Von jenem Sommer und allem, was damals verlorenging.

Das Telefon klingelt. Miranda geht dran, in der Annahme, dass es noch einmal Oliver sei. Aber es ist jemand anderes.

»Wer spricht da?«, fragt Mr Scrap erschrocken. Seine Stimme klingt matt und angestrengt.

»Ich bin Miranda, Olivers –«

»Natürlich. Wo ist Betsy?«

»Sie schläft. Ist alles in Ordnung? Bei Ihnen, meine ich, alles in Ordnung?«, fragt sie.

»Er ist direkt auf sie zugegangen. Er hätte sie umbringen können.«

Miranda nickt. »Haben Sie auf ihn geschossen?«, fragt sie leise, steht auf und geht aus dem Schlafzimmer in den Flur, wo sie reden kann, ohne Mrs Scrap zu wecken.

»Mir blieb nichts anderes übrig«, entgegnet er gereizt. »Er ist auf sie zugegangen. Ich habe ihn aufgefordert, stehen zu bleiben. Er ist nicht stehen geblieben.«

»Meinen Sie, er wollte ihr etwas tun?« Sie stützt sich mit einer Hand an der Wand ab.

Mr Scrap seufzt. »Warum sonst hätte er dort sein sollen, in unserem Vorgarten, auf unserem Grundstück, unbefugt.«

Er hat Angst, denkt sie. Er hatte Angst vor Jared. Präventivschläge und voreilige Entscheidungen, überall auf der Welt.

Er redet weiter. »Er war nicht tot, als er weggebracht wurde. Richtig? Er hat sich bewegt. Er war noch am Leben.« Seine Stimme klingt verächtlich, schuldbewusst und bedrückt zugleich.

Sie nickt. »Ja, richtig.« Ganz kurz empfindet sie Mitleid mit ihm, während sie sich vorstellt, wie er nervös an seiner Nagelhaut herumbeißt – eine Angewohnheit, von der Oliver ihr erzählt hat –, wie er mit den Zähnen seine eigene schuldbeladene Haut malträtiert.

Sie bezweifelt, dass Jared mit der Absicht hergekommen ist, irgendwen umzubringen, und auch Mr Scrap, das meint sie aus seinem Tonfall schließen zu können, werden diese Zweifel irgendwann kommen. »Oliver ist gerade im Krankenhaus«, sagt sie.

»Oliver? Wieso ist Oliver im Krankenhaus?«

»Um nach dem Jungen zu sehen. Er heißt Jared.«

»Sie kennen diesen Typen?«

»Ein wenig.«

»Oh mein Gott.« Ihm versagt kurz die Stimme. »Warum? Ich meine, woher? Ist das nicht ein dahergelaufener Tunichtgut?«

Miranda sträubt sich gegen diesen Ausdruck. »Ich weiß nicht ganz, was Sie meinen. Er packt Einkaufstüten voll, bei Alfalfa's. Außerdem macht er Musik. Er spielt Schlagzeug. Glaube ich. Ich würde eher sagen, er ist ein netter Kerl. Kein Tunichtgut. Nein.«

»Nun ja«, sagt er mit gepresster Stimme. »Auch nette Kerle stellen Dummheiten an, wenn es ihnen dreckig geht.«

Miranda mustert die gespreizten Finger ihrer Hand, die sie an die Wand gelegt hat. Ein jeder von uns kann so unendlich viel Schaden anrichten. »Sie sind wahrscheinlich sonst auch ein netter Mensch. Und trotzdem haben Sie heute Abend jemanden niedergeschossen.«

»Ich habe mich nur auf meinem eigenen Grund und Boden verteidigt«, sagt er barsch.

»Man kann vieles beschönigend ausdrücken.«

»Richten Sie Betsy bitte aus, dass ich angerufen habe.« Er legt auf.

Miranda atmet tief durch. Warum ist Jared heute Abend hergekommen? Sie kehrt leise ins Schlafzimmer zurück und setzt sich wieder an ihren Platz auf dem Boden.

»War das mein Mann?«, fragt Mrs Scrap.

»Ah, Sie sind wach.«

»Was hat er gesagt? Kommt er nach Hause?«

Miranda runzelt die Stirn. »Davon hat er nichts gesagt.«

Mrs Scrap schlägt die Bettdecke zurück, setzt sich auf, schlingt die Arme um ihre hochgezogenen Knie und lässt den Kopf nach vorne sinken. Miranda kann sehen, dass Mrs Scraps Haar nach dem Bad ganz strubbelig ist, ihr Bademantel jedoch ist ordentlich gegürtet. Sie fängt an zu weinen.

Miranda steht zaghaft auf, setzt sich auf die Bettkante und legt Mrs Scrap die Hand auf den Rücken.

»Oh Gott, oh Gott, oh Gott, oh Gott«, jammert Mrs Scrap in einem fort und lässt sich schließlich gegen Miranda sinken. So eng zusammengekauert, könnte die zierliche Mrs Scrap auf Mirandas Schoß passen. Sie drückt sie an sich und kommt zu der Erkenntnis, dass sie in diesem Moment zwei Fremde sind, die ganz allein zusammen auf dieser Welt sind. Hier in diesem dunklen Schlafzimmer werden sie das hier gemeinsam überstehen müssen. Miranda hat schreckliche Angst, jetzt das Falsche zu tun oder zu sagen. Weil sie nicht weiß, was sie sonst tun soll, streicht sie Mrs Scrap sanft das Haar aus dem Gesicht, ganz so wie ihre eigene Mutter früher, wenn sie Miranda beruhigen wollte.

Nach einem Weilchen beruhigt sich Mrs Scrap und beginnt heftig zu frösteln. »Mir ist so kalt«, sagt sie, während sie sich mit den Ärmeln ihres Bademantels übers Gesicht wischt. Sie wendet sich von Miranda ab und legt sich wieder hin.

Miranda deckt sie behutsam mit der Bettdecke zu.

»Was hat das alles zu bedeuten? Ich begreife das nicht. Er ist ein Gegner von Schusswaffen. Warum hat er dann eine?«

Miranda reibt Mrs Scrap sacht über die Schulter, um sie zu wärmen. »Manchmal fühlen Menschen sich bedroht«, sagt sie leise.

»Bei uns ist noch niemals eingebrochen worden. Wir haben nie irgendein Problem gehabt.«

»Vielleicht hatte er ja das Gefühl, er könnte mit Ihnen nicht darüber reden, das meinte ich.«

Mrs Scrap stöhnt auf. »Halten Sie mich für so schrecklich? Hat Oliver Ihnen fürchterliche Dinge über mich erzählt?«

Miranda schüttelt den Kopf. »Überhaupt nicht. Bitte glauben Sie das nicht. So war das wirklich nicht gemeint.«

Mrs Scrap dreht sich zu Miranda um. Ihr Gesicht und ihre Augen sind rot und verschwollen. »Heute Abend sollte es doch darum gehen, ehrlich zu sein, nicht wahr? Dass wir uns so sehen, wie wir wirklich sind? Aber auf so etwas wie jetzt waren Sie nicht gefasst, oder?«

Miranda lächelt freudlos. »Es war ein schrecklicher Abend. Es tut mir unendlich leid.«

Mrs Scrap stehen schon wieder Tränen in den Augen, die ihr, als sie blinzelt, über die Wangen rollen. »Bitte gehen Sie nicht«, sagt sie, während sie die Bettdecke enger um sich zieht.

»Nein, keine Sorge«, sagt Miranda und legt ihren Kopf neben den von Mrs Scrap. »Schließlich sind wir doch Cousinen sechsundvierzigmillionsten Grades, schon vergessen?«

Mrs Scrap lächelt kurz matt und schließt dann wieder die Augen.

10

Die Nachtmaschine aus New York stürzt nicht ab, sondern landet planmäßig bei Tagesanbruch in Denver. Mary steht an der Kabinentür und wünscht den Passagieren, die schlaftrunken an ihr vorüberwanken, höflich einen guten Tag. Dougs Haar ist zerzaust. »Hier, meine Karte«, sagt er und streckt Mary die Hand entgegen. »Rufen Sie mich bitte an, falls Sie mal Hilfe beim Atemholen brauchen.« Er lächelt dem Piloten zu, der den Kopf aus der Cockpittür steckt.

»Danke«, sagt Mary verwirrt, entnimmt dann aber seiner Geschäftskarte, dass er Atemtherapiegeräte zur Abhilfe bei Schlafapnoe verkauft. Sie sieht ihm nach, während er die Fluggastbrücke entlanggeht. Er dreht sich um und winkt. Sie muss dem plötzlichen Drang widerstehen, ihm nachzulaufen.

In der Flughafenhalle hört Mary zwei Nachrichten ab, die Oliver auf ihrer Mailbox hinterlassen hat. Bei der ersten klingt seine Stimme gepresst, abgehetzt, hörbar aufgeregt. »Es ist was passiert. Du musst nach Hause kommen. Sofort. Wirklich, es ist ein Notfall. Ruf mich an.« Bei der zweiten klingt er eher erschöpft und leise, als meldete er sich aus einem Tunnel. »Hi, Mary. Tja, keine Ahnung, ob du das noch heute Abend abhörst. Aber ich bin gerade im Krankenhaus, und ich bleibe auch hier. Ich bleibe die ganze Nacht hier. Du solltest mich anrufen. Ruf mich an, wenn du gelandet bist.«

Von dem Gate aus, von dem aus ihr Heimflug geht, ruft sie ihn an.

»Oliver? Was ist los? Was ist passiert?«

Erst nach einem Räuspern findet er seine Stimme. »Mary«, sagt er ganz leise. »Moment.« Sie hört ein Rascheln, dann meldet er sich wieder, etwas lauter jetzt. »Ich musste erst auf den Flur rausgehen. Okay. Wo bist du?«

»In Denver. Auf dem Weg nach Hause. Was ist?«

»Es ist unfassbar. Ich weiß gar nicht, wo ich anfangen soll.«

»Warum bist du im Krankenhaus? Was ist geschehen?«

»Ich habe ihn gefunden, Mare. Ich habe unseren Bruder gefunden.«

Mary sagt lange nichts. Kurz glaubt sie, Oliver hätte den Verstand verloren. Sie stellt sich vor, wie er auf der Entbindungsstation der Klinik durch die Glasscheibe, hinter der die Neugeborenen liegen, auf einen winzig kleinen Jungen mit einem dunkelroten Muttermal zeigt und sagt: »Das ist er. Das ist mein Bruder.«

»Oliver …« Sie weiß nicht recht, was sie sagen soll. »Was soll das heißen? Erzähl mir, was los ist.«

»Ich beobachte ihn schon länger. Ich habe ihn vor ein paar Wochen gefunden, bei Alfalfa's. Aber ich habe dir nichts davon erzählt. Auch Mom nicht.«

Sie ist fast erleichtert. Wenigstens belästigt ihr Bruder keine Säuglingsschwestern. »Ja?«, sagt sie. »Und?«

»Also, ich habe mit ihm gesprochen. Ich habe ihm erzählt, was ich denke, wer er ist, und dann ist er wohl bei Mom vorbeigefahren, um sie zu sehen. Er wollte Mom sehen, und Martin hat ihn für einen, was weiß ich, wofür, gehalten und hat auf ihn geschossen. Mary, er hat ihm in den Kopf geschossen, verdammt.«

Mary schließt die Augen. Sie hört, dass Oliver weint. »Heilige Scheiße, Oliver. Martin? Hat jemanden angeschossen? Hat er überhaupt eine Pistole?«

»Anscheinend ja«, sagt Oliver und räuspert sich. »Ich habe eben erst mit der Polizei gesprochen.«

»Mit der Polizei? Scheiße. Ich rufe sofort bei Mom an. Ich bin auf dem Weg nach Hause. Von Denver aus. Was kann ich tun, Oliver? Brauchst du etwas?«

»Vom Offensichtlichen mal abgesehen?«, erwidert Oliver ungehalten.

Mary bleibt lange stumm.

»Okay, ich muss passen. Was genau wäre das Offensichtliche …?«

»Dass ihr, du und Mom, herkommt. Um ihn zu sehen. Um hier bei mir zu sein.«

»Ist er bei Bewusstsein? Wird er uns erkennen?«

»Wie sollte er?«

Oliver erwidert den Blick einer älteren Frau in dem Zimmer neben Jared. Bei ihr brennt nur schwaches Licht; sie sollte eigentlich schlafen.

»Wie sollte er dich erkennen, Mary?«

»Dann weiß ich nicht recht, warum ich … Kommt er wieder auf die Beine?«

»Die Ärzte waren noch nicht hier. Ich weiß noch gar nichts.«

Oliver lächelt der Frau spontan zu. Sie starrt ihn weiter an, mit großen braunen, weit geöffneten Augen.

»Das ist total unglaublich. Ich meine, warum um alles in der Welt …«

Oliver hat jetzt keine Lust auf lange Erklärungen. Die Augen der alten Frau, die ihn weiter unverwandt anstarren, scheinen gar nichts wahrzunehmen – weder Oliver und sein Lächeln noch die Krankenschwester, die jetzt neben ihr steht, ihren Tropf überprüft und einen neuen Infusionsbeutel anbringt.

»Er ist unser Bruder, Mary. Verdammt nochmal. Er ist hier. Auf der neurologischen Intensivstation.«

»Ich verpasse noch meinen Flug, Oliver. Ich melde mich nachher von der Startbahn aus, wenn es geht.«

»Bis dann«, sagt Oliver und hofft sehr, dass er noch einmal

von ihr hört, dass sie später hier im Krankenhaus auftaucht, noch in ihrer weißen Bluse und dem dunkelblauen Stewardessenkostüm und mit dem nur zum Schein getragenen Ehering am Finger, und die Dinge in die Hand nimmt.

Er steckt sein Handy ein und geht langsam den Flur hinab. Der Polizist lehnt vorne am Pult, während er etwas auf einem Clipboard notiert. Jared liegt in dem Zimmer gleich neben dem Panoramafenster mit Aussicht nach Osten, wo jetzt gerade die Sonne am Horizont zu glühen beginnt. Fern in der »Wildnis« funkeln Lichter in der Morgendämmerung. Jedes Licht ist ein Haus, ein Zimmer, ein Leben. Jedes Leben hat einen Anfang, eine Mitte, ein Ende. Wie viele enden hier, an diesem Ort?

Hier in diesem Krankenhaus hat sein Vater gearbeitet. Es war sein zweites Zuhause. Vermutlich war ihm diese Aussicht wohlvertraut.

An einem kleinen Schreibtisch zwischen Jareds Zimmer und dem Zimmer, in dem die alte Frau mit den offenen Augen liegt, sitzt eine Krankenschwester und sieht Tabellen und Ausdrucke durch. Sie ist ungefähr im selben Alter wie seine Mutter, trägt eine Brille und hat das lange kastanienbraune Haar zu einem Pferdeschwanz gebunden. Sie scheint Olivers Gegenwart gar nicht wahrzunehmen.

Durch die Glasscheibe beobachtet Oliver die Monitore, auf denen es geheimnisvoll leuchtet und pulsiert. Jareds Gesicht ist halb verdeckt. Der Schlauch, der in seinen Hals führt, ist mit breitem Klebeband quer über seine Wangen fixiert, so dass nur seine Nase und seine Augen zu sehen sind. Alles ist dick geschwollen, seine Haut sieht gelb aus.

Oliver steckt die Hände in die Hosentaschen. »Verdammt«, flucht er, voller Angst vor dem Morgen, voller Angst vor den Gewissheiten, die das Tageslicht bringen wird.

»Ist schwierig hier auf der Etage«, sagt die Schwester, ohne den Blick von ihren Unterlagen zu heben. »Für Familien ist es am schwierigsten.«

»Ja«, sagt Oliver, überrascht von ihrer Stimme. »Ja, das glaube ich.« Er reibt sich über die Augen. »Sie können von diesen Maschinen auch nichts ablesen, oder? Darüber, wie es ihm geht, meine ich.«

Die Schwester rollt auf ihrem Bürostuhl zu Oliver hinüber. Sie schiebt sich die Brille hoch, steht auf und geht mit ihm zusammen in Jareds Zimmer, um ihm die Geräte im Einzelnen zu erklären. Nachdem sie sehr penibel erläutert hat, was es mit der Anzeige auf jedem einzelnen Monitor auf sich hat, sieht sie Oliver an und sagt: »Aber wenn Sie jetzt an all diese Geräte angeschlossen wären, würde immer noch eine entscheidende Information fehlen. Die Monitore könnten mir noch so korrekte Werte liefern, aber wenn Sie sich nicht mit mir verständigen können – mir nicht sagen können, *Hey, Linda, ich habe Durst* –, haben wir ein Problem. Am wichtigsten also ist, dass er das Bewusstsein wiedererlangt, darum beten wir. Das ist das Entscheidende, was nur er uns mitteilen kann. Nicht die Maschinen. Und je eher, desto besser.«

Dann endlich sieht sie ihn an und lächelt, doch es ist ein recht gequältes Lächeln. »Er ist sehr schwer verletzt. Sonst wäre er jetzt nicht hier. Aber es kommt durchaus vor, dass Patienten diese Station aus eigener Kraft wieder verlassen.«

»Danke«, sagt Oliver, den Blick auf die Ziffern und Kurven auf den Monitoren gerichtet, deren Bedeutung ihm jetzt schon ein wenig klarer ist. »Vielen Dank, Linda.«

»Keine Ursache«, sagt sie, kehrt zu ihrem Bürostuhl zurück und setzt sich die Brille wieder auf.

Oliver setzt sich auf den Kunststoffledersessel neben Jareds Bett. Das regelmäßige Piepsen der Apparate und das Zischen des Beatmungsgeräts leisten ihm auf makabre Art Gesellschaft. Er starrt gebannt Jareds schmächtigen, nackten Brustkorb an, der sich hebt und senkt, während durch den Schlauch, der in seinen Hals führt, Sauerstoff in seine Lunge gepumpt wird. Bekommt Jared davon etwas mit?

Als ein Pfleger ins Zimmer kommt und den Schleim aus Jareds Rachen absaugt, dreht sich Oliver bei dem lauten, unschönen Geräusch plötzlich der Magen um. Der glänzende Fußboden, die kühle klimatisierte Luft im Raum, all das ist auf einmal unerträglich, und er schließt die Augen, um davon nichts mehr mitzubekommen.

Als würde er in einem sich langsam öffnenden Loch im Besuchersessel versinken, holt ihn der Schlaf ein. Er sieht Jared neben sich auf dem Sofa seiner Mutter sitzen, statt bewusstlos in einem Krankenhausbett zu liegen. Sie haben beide den Kopf in den Nacken gelegt, aber nicht, weil sie schlafen, sondern vor Gelächter. Sie lachen, wie man als Kind lacht, ausgelassen und albern. Jared ist ein zäher Junge, durch die dunkelrote Hautpartie wirkt sein Gesicht irgendwie einschüchternd. Sein Lachen aber ist fröhlich und unbefangen und lockt bald schon Mary herbei, die mit ihrer ernsten, wissbegierigen Stimme fragt, was denn so lustig ist, um mitlachen zu können. Sie wäre willkommen gewesen, sie wäre ihnen sogar genauso unentbehrlich gewesen, wie sie es füreinander sind. Mary hätte ihnen beiden Decknamen mitsamt historisch korrekten Lebensläufen für ihre Agentenidentität verpasst, hätte sie über das Periodensystem der Elemente und die Hauptstädte Europas ausgefragt. Wahrscheinlich hätten sie alle, dem Beispiel ihres Vaters folgend, Medizin studiert und wären am Ende alle selbst Ärzte geworden. Sie wären jetzt Experten für die Zeitdehnung und würden verzweifelten Familien unverbindlich zunicken, eine Geste, die ebenso schwer zu entschlüsseln ist wie die Handschrift auf den Patientenakten, die sie bei sich tragen.

Das Loch wird dunkler; Oliver stürzt tiefer hinab in eine schwarze Finsternis, die seine Vision verdrängt. Die Kontrolle über seine Gedanken entgleitet ihm. Er hört zwar noch die Geräusche von den Geräten rings um Jareds Bett herum, kann sie aber nicht länger zuordnen. In seinen Fingern kribbelt es. Er kann seine Füße nicht mehr spüren. Er hängt irgendwie in der Schwebe, in einer weiten Dunkelheit. Es gibt etwas, was er tun sollte. Etwas, was er sagen sollte, um die Fehllage seines Körpers zu beenden. Nur was? Man hat es ihm gesagt, da ist er sich sicher. Er könnte fragen. Auf einmal entzieht sich ihm auch die Sprache. Er bekommt keinen Laut heraus. Keinen Mucks, gar nichts.

Er steckt in dieser schwarzen Kiste fest, einem unwirklichen Zirkus voll unsichtbarer Trapeze, die seine Gliedmaßen halten und ihn körperlos machen wie einen schwerelosen Akrobaten. Er hat Durst, brennenden Durst, und lechzt nach etwas Nass, das seinen ausgedörrten Mund wecken könnte. Nur, wie soll er an Wasser kommen, wenn er nicht sprechen kann? Wird es jemals irgendwem einfallen, ihm ein paar Tropfen einzuflößen? Wie soll er, ausgedurstet, wie er ist, je wieder einen Ton herausbringen können?

»Oliver.« Die Stimme kommt ihm bekannt vor. Eine Hand legt sich an sein Gesicht, streicht ihm das Haar aus der Stirn. »Aufwachen«, sagt die Stimme, leise und sanft.

Endlich begreift er.

Er schlägt die Augen auf.

Die andere Hand hält ihm ein Glas Wasser hin. »Hier. Du hast geträumt. Hast im Schlaf gesprochen.«

Das ist zu leicht. Oliver schämt sich dafür, dass er so viel Glück hat.

Er nimmt Miranda das Glas ab. »Danke«, krächzt er mit heiserer Stimme.

Sie neigt sich über ihn, beugt sich hinab, bis ihr Kopf an seiner Brust liegt. Er kann spüren, wie sein Herz an der Wölbung ihrer Wange pocht.

»Ach, Oliver«, flüstert sie, hebt den Kopf und sieht ihm ins

Gesicht, das nass und zerknautscht und beschämt ist. Dann drückt sie ihre Lippen auf die seinen.

Ein Kuss hat nicht immer groß etwas zu bedeuten. Man denke an die häufigen Küsschen, die zwischen Eltern und Kindern, zwischen Mann und Frau, zwischen Freunden in Frankreich getauscht werden. Ein Kuss kann so flüchtig und belanglos sein wie ein Händedruck oder ein unverbindliches Zunicken.

Er ist schon öfter geküsst worden, aber er kann sich nicht erinnern, jemals zuvor so etwas gespürt zu haben. Er begreift, dass sie ihm damit ein Bruchstück, einen winzigen Teil ihrer selbst schenkt. Eine Dehnung ihres Lebens ist gerade mit einem winzigen Kuss in sein eigenes versetzt worden.

Das ist die Berührung, die alles bedeutet. Ebenso gut hätte sie auch ein Skalpell nehmen und ihm damit die Brust öffnen, seinen Brustkorb aufklappen und ihre Lippen auf sein pochendes Herz legen können, oder ihm auch den Schädel aufsägen und mit ihrem Mund über sein glattes ockergelbes Gehirn fahren können. Mit diesem kleinen Atemstoß ihres Lebens ist er jetzt unzertrennlich an sie gebunden.

Er weiß, wie verkehrt und ungerecht es ist, aber er kann dem Trost dieser Berührung nicht länger widerstehen und zieht Miranda auf seinen Schoß. Umgeben von den Geräten und Maschinen, die Jared am Leben erhalten, küsst Oliver zärtlich Mirandas Gesicht und Hals und Schultern, schenkt ihr sein gesamtes Leben und ist sich dabei nur zu bewusst, wie unverdient jeder seiner Atemzüge ist.

11

Missy Rolondo kehrt mit den Kindern von ihrem gewohnten Morgenspaziergang zurück und schiebt den Doppelkinderwagen die letzte Steigung hinauf. Es ist ein herrlicher Morgen, an dem schon die Vorahnung einer neuen Jahreszeit in der Luft liegt, abzulesen am Stand der Sonne: Ihr eigener Schatten zieht sich etwas länger als sonst über den schwarzen Asphalt. Andrew trägt wie üblich den roten Umhang, den sein Vater ihm aus Miami mitgebracht hat, und Missy kann sehen, wie er sich in den Stoff einkuschelt und einen Zipfel an sein Gesicht drückt. Dass der Umhang unten am Saum bereits auszufransen beginnt, stört den Vierjährigen nicht. Max, sein zweijähriger Bruder, sitzt beinahe schon schlafend neben ihm, mit fast geschlossenen Augen, der Daumen aus dem Mundwinkel gerutscht.

Als sie oben am Hang ankommt, ihr Haus fast erreicht hat, sieht sie, dass die schwere Haustür aus Glas und Aluminium halb offensteht. Sie verlangsamt ihren Schritt. Sie hat die Tür vorhin abgeschlossen, das weiß sie. Sie achtet immer darauf, alles abzuschließen, besonders, wenn sie mit den Jungen allein zu Hause ist.

Verdammt, denkt sie. Das Haus besteht fast nur aus Glas, doch die Fenster spiegeln in der Sonne so sehr, dass sie im Inneren nichts erkennen kann. Sie beherrscht weder Karate noch Taekwondo, und die Spaziergänge, die sie regelmäßig mit dem Kinderwagen durch die Nachbarschaft unternimmt, haben sie nicht kräftiger gemacht, sondern erschöpfen sie bloß. Sie hat nicht vergessen, etwas zu trinken und eine Tüte Salzbrezeln für die Jungen in den Wagen zu packen, ihr Handy aber liegt auf der Küchenanrichte. Was soll sie tun, wenn jetzt gleich ein Fremder aus der offenen Tür kommt, um sie anzugreifen oder zu entführen oder um ihr sonst etwas anzutun, während ihre Söhne mit ansehen müssen, wie schwach sie ist?

Wie sollte sie die beiden nach einem solchen Vorfall je wieder beruhigen, wenn sie mit hitzig geröteten Gesichtern aus einem Albtraum hochschrecken?

Andy ist kein Schwächling. Sie ruft sich vor Augen, wie er Mr Scrap zur Rede gestellt hat. Bei aller Bestürzung und obwohl ihr die Sache entsetzlich peinlich war, fühlte sie sich doch auch geschmeichelt und war insgeheim beeindruckt, dass er bereit war, so um sie zu kämpfen. Seine Weigerung, klein beizugeben oder widerstandslos das Feld zu räumen, auch das unterscheidet ihn von anderen Männern, mit denen sie schon zu tun hatte. Er ist nicht bereit, sie einfach so ziehen zu lassen, nicht mal, wenn es ihr eigener Wunsch ist. Und das zählt doch etwas, auf jeden Fall.

Nachts, wenn sie im Bett liegt und von irgendwoher im Haus ein verdächtiges Geräusch an ihr Ohr dringt, sieht sie oft schon das Ende vor sich. Während sie starr vor Schreck unter der Bettdecke liegt und darauf gefasst ist, gleich umgebracht zu werden, sieht sie vor ihrem inneren Auge zwei Männer mit muskulösen Oberarmen und ungepflegten Bärten, die plötzlich links und rechts neben ihrem Bett stehen, auf ihren reglosen Körper herabstarren und halblaut über die Frage beratschlagen, ob sie wach ist oder schläft. Das ist der Moment, vor dem sie sich am meisten fürchtet: Sollte sie sich dann vom Bett hinunterrollen und zum Zimmer der Jungen rennen, die beiden aufwecken, mit ihnen so schnell wie möglich die Treppe hinunterlaufen und aus dem Haus flüchten, hinaus auf die dunkle, abschüssige Straße, und dort laut um Hilfe schreien; oder sich lieber schlafend stellen und die Einbrecher in aller Ruhe ihren Raubzug durchführen lassen, in der Hoffnung, dass sie es nur auf Elektrogeräte und Schmuck abgesehen haben? Wenn sie es einfach geschehen ließe, dass sie um sie herum das Haus ausräumen und dann wieder auf demselben Weg verschwinden, auf dem sie hineingelangt sind, ohne zu merken, dass sie wach ist, vielleicht würden sie und ihre Söhne das Ganze dann ja unversehrt überstehen?

Missy bezweifelt, ob sie in der Lage wäre, in so einer Situation die richtige Entscheidung zu treffen, und es ist kein Trost, dass sie viel zu oft schutzlos in ihrem Ehebett liegt, als wäre sie alleinstehend. Angst und Unsicherheit sind inzwischen zu ihren treuesten Begleitern geworden.

Während sie dort oben am Hang steht, den Blick auf die offene Haustür gerichtet, und ihr all das durch den Kopf geht, kommt Missy zu dem Entschluss, dass sie nicht länger die sein kann, die sie bisher war. Sie darf nicht länger ängstlich und zaghaft sein.

Die Gewissheit, dass alles Schreckliche, was in der dunklen Nacht zwischen ihnen vorfallen oder ihnen zustoßen mag, geteilt wird – das war damals ein Grund für sie zu heiraten. Sex, das wissen sie beide, Andy und sie, nur zu gut, kann man überall bekommen, aber wenn man schon heiratet, dann auch, damit man nachts nicht alleine schlafen muss. Damit sie nicht allein mit der Lage fertig werden muss, falls einer der Jungen morgens um zwei Uhr plötzlich fürchterlich krank wird, oder falls mitten in der Nacht das Telefon klingelt, weil irgendetwas Schreckliches passiert ist. Sie hat sich von der Ehe die Solidarität zweier Menschen versprochen, die Nacht für Nacht unter derselben Bettdecke liegen und sich gegenseitig wärmen, deren Atemzüge sich vermischen und alle harten, eckigen Kanten im Zimmer abmildern, es mit Leben füllen.

Das ist die Realität ihrer Trennung von Andy, der wahre Schmerz ihrer bevorstehenden Scheidung: der ruchlose Fremde, der in das Haus eindringt, wird es mit Sicherheit einzig und allein mit ihr aufzunehmen haben. Sie muss auf jeden Fall jemand anderes werden, darf nicht länger die unterwürfige Ehefrau sein, die immer nur auf die Rückkehr ihres Mannes wartet.

Sie muss zu einer Frau werden, die ihre eigenen Zweifel beiseitewischt. Die blitzschnell entscheiden kann, ihre Kinder aus den Betten zu holen und mit ihnen mitten in der Nacht die Treppe hinunterzulaufen, um sie vor allen nur vorstellbaren Gefahren in Sicherheit zu bringen.

Sie muss sich der halb offenen Tür stellen, auf die das Licht der Morgensonne fällt.

Die Ärzte sind jetzt auf ihrer Morgenvisite. Sie umkreisen den Patienten wie ein Schwarm ausgehungerter Krähen, um den Schaden genauer einzuschätzen. Oliver und Miranda sind aus dem Zimmer geschickt worden, weil die Ärzte einen Eingriff angeordnet haben. Hinter dem zugezogenen Vorhang ist eine Jungärztin im Praktikum jetzt gerade dabei, ein kleines Loch in Jareds Schädel zu bohren, in das sie dann ein Stäbchen einführen kann, mit dem der Druck gemessen wird, den sein Gehirn auf seinen Schädel ausübt.

»Falls sein Hirn weiter anschwillt, wird man operieren müssen«, erklärt ihnen eine unbekannte Krankenschwester, ehe sie mit einem Tablett voller Spritzen und Handschuhe in das Zimmer verschwindet.

Miranda wendet sich ab. »Was ist das für ein Ort?«, fragt sie leise, wischt sich über die Augen und sieht zu Oliver hoch. »Ich meine, wo zum Teufel sind wir hier? Es ist wie ein Albtraum. Ein Stäbchen in seinem Gehirn, mein Gott. Dieser Geruch …« Sie hält sich schützend die Hand über Nase und Mund.

Oliver legt den Arm um sie. Während er den weißen Vorhang betrachtet, hinter dem Jareds Bett nun verborgen ist, muss er an einen behandschuhten Finger denken, der an Jareds Gehirn herumstochert.

Die Ärztin kommt heraus und trägt eine routinierte, neutrale

Miene zur Schau, als sie an ihnen vorbeigeht. Miranda stößt einen kleinen Laut aus, eine erstickte Klage gegen das Universum.

Oliver aber lächelt, als sie das Zimmer wieder betreten. Denn trotz der Schläuche und unverändert pumpenden Maschinen, die Jareds Brustkorb in Bewegung versetzen, hat sich eine auffällige Änderung ergeben.

Seine Augen sind offen.

Oliver steht neben dem Bett und sieht auf seinen Kopf hinab, aus dem jetzt ein eigenartiger Metallstab ragt. »Hey, Mann«, sagt er leise, auf einmal verlegen. »Miranda ist auch hier.« Er zupft Miranda am Arm, und sie tritt näher ans Bett heran.

Sie legt Jared sachte die Hand auf den nackten Arm und streichelt über das Stacheldraht-Tattoo. »Oje«, sagt sie. »Hallo. Du kommst schon wieder auf die Beine. Mach dir keine Sorgen, hörst du?«

Beim Klang von Mirandas Stimme wird er anscheinend hellhörig. Seine geschwollenen Augen bewegen sich ganz leicht in ihre Richtung. Er schließt sie, wie zum Zeichen, dass er sie wahrgenommen hat.

»Hast du Durst?«, fragt sie, während sie ihm weiter mit der Hand über den Arm streicht.

Er öffnet die Augen wieder, aber jetzt geht sein Blick ins Leere, ist auf nichts Bestimmtes gerichtet, ganz ähnlich wie bei der alten Frau im Zimmer nebenan mit ihren so fürchterlich ausdruckslos starrenden Augen.

Miranda umfasst seine Hand. Seine Füße zucken. Die neue Krankenschwester, die tagsüber Dienst hat, kommt ins Zimmer. Sie mustert kurz den Messstab und den Bildschirm, an den er angeschlossen ist. Dann sieht sie Miranda an. »Mal sehen, ob er Ihnen die Hand drückt.« Die Schwester geht um das Bett herum an Jareds andere Seite und klopft ihm unsanft auf den Arm. »Jared, drück diesem hübschen Mädchen mal die Hand, bitte. Na komm, mach schon.« Sie redet sehr laut, einer herrischen Betreuerin in einem Ferienlager nicht unähnlich. »Keine Müdigkeit vorschützen.«

»Hat er sein Gehör verloren, oder so? Warum brüllen Sie ihn denn so an?«, fragt Miranda leise.

Die Schwester zuckt die Achseln. »Keine Ahnung, wie es um sein Gehör bestellt ist. Bei Hirnverletzungen sind sämtliche neurologischen Funktionen betroffen. Aber er steht auch gerade unter starken Medikamenten, da muss man sehr laut reden, damit er einen hört.«

Miranda nickt. Nach längerem Schweigen schluckt sie schwer und nickt noch einmal. »Jared«, schreit sie. »Drück mir mal die Hand. Kannst du das? Drück mir die Hand, oder ich fotografiere dich.«

Oliver schämt sich, Zeuge dieses unwürdigen Spektakels zu werden. Als wäre es nicht schon schlimm genug, von einem trübsinnigen Sonderling gesagt zu bekommen, dass er jemand anderes ist, als er immer gedacht hat, dann von dem Mann niedergeschossen zu werden, der technisch gesehen sein Stiefvater ist, und dann hier zu landen, angeschlossen an all diese Geräte, mit einem Metallstab im Gehirn. Und jetzt fangen alle an, ihn zu einfachsten Handlungen zu ermuntern, als wäre er irgendwie behindert. Indem sie ihn anbrüllen. Oliver verlässt wortlos das Zimmer.

Miranda brüllt weiter. Ungeniert. Ohne Gewissensbisse.

Schon nach kurzer Zeit jedoch kommt sie zu Oliver auf den Flur hinaus. Auf ihren Wangen schimmern Tränen.

Eine ganze Weile sagt sie nichts. Schüttelt bloß stumm den Kopf.

»Ist schon in Ordnung«, lügt Oliver. »Wir haben Geduld. Wir gehen hier nicht so schnell weg, oder?«

Miranda lehnt sich an ihn. »Mein Gott«, sagt sie schließlich. »Ist er wirklich dein Bruder, Oliver?«

Oliver zuckt mit den Schultern und schiebt seine Hände tief in die Hosentaschen. Er spielt am Autoschlüssel seiner Mutter herum. Mirandas Kopf ruht an seiner Brust. »Ja. Das ist er.« Sie sieht zu ihm hoch, mit einem wissenden Ausdruck in ihren großen blauen Augen.

»Weißt du noch, wie ich zu dir gesagt habe, dass mich Verlust- und Verlassenheitsgeschichten nicht schrecken?«

»Mmm.« Oliver nickt.

»Okay«, sagt sie. »Das solltest du auf der Liste von Eigenschaften, die du an mir bewunderst, ganz schnell streichen. Ich habe totalen Mist erzählt.«

»Ach ja.« Er tut so, als würde er seine Hosentaschen nach einem imaginären Notizbuch abklopfen. »Die Liste.« Er legt die Arme um sie und drückt sie fest an sich. »Ich habe meine Liste schon zur Genehmigung in die Personalabteilung weitergereicht. Das muss also in einen gesonderten Anhang, den du mit Gladys abklären solltest.«

»Gladys?«, murmelt Miranda, die Oliver jetzt ihrerseits umschlungen hält.

Er zuckt wortlos mit den Schultern. Haucht ihr seinen warmen Atem ins Haar. Er hält sie so fest umarmt, dass seine Arme vor Anstrengung zittern.

»Lustig«, sagt sie, obwohl ihnen beiden nicht zum Lächeln zumute ist. »Soulsängerin oder Büroangestellte. Etwas anderes kommt bei diesem Namen nicht in Frage.«

»Ja«, sagt er und schließt die Augen. »Lustig.«

Die Krankenschwester kratzt mit einem Bleistift über Jareds nackte Fußsohlen. Dann fängt sie wieder an zu brüllen. »Schätzchen«, schreit sie, »schau mal her. Sieh mich an. Kannst du sehen, wie ich mich bewege?« Sie geht von einer Seite des Zimmers zur anderen.

Oliver und Miranda starren seine nackten Füße an, gelb verfärbt, geschwollen und reglos. Sie sehen gar nicht mehr menschlich aus, die knittrige Haut wirkt wie ein künstliches Gehäuse für die empfindliche Unterseite seiner Füße.

Die Schwester wiederholt noch einmal den Bleistifttest. Miranda macht sich von Oliver los. Sie drückt sich eine Hand vor den Mund und geht von der Scheibe fort.

Nach einem letzten Blick auf Jareds weit offene Augen folgt Oliver ihr.

»Oliver«, sagt sie im Flüsterton, während Jareds betagte Zimmernachbarin sie mit ebenso großen, leeren Augen anstarrt. »Bitte versteh mich nicht falsch, ich meine es nur gut.« Sie hält kurz inne. »Wir müssen versuchen, seine andere Familie ausfindig zu machen. Die, bei der er aufgewachsen ist, meine ich. Es hilft nichts. Wenn es da noch andere Angehörige gibt, müssen die das erfahren. Auch in seinem Interesse.«

Oliver nickt, während er sich über die Augen reibt. Er ist jetzt seit fast vierundzwanzig Stunden auf den Beinen. »Du hast vollkommen Recht. Seine andere Familie«, sagt er und lächelt, weil das seine spontane Reaktion auf die Augen ist, die zwar herübersehen, sie aber nicht wahrnehmen.

Miranda dreht sich zu der Frau mit dem starren Blick um und winkt ihr zu. Keine Reaktion.

»Mein Gott«, sagt sie. »Sie ist wunderschön.«

Oliver runzelt die Stirn. Der Rücken der Frau ist zu einer Art Buckel verkrümmt, ihr Haar ist fettig und straff zurückgebunden, ihr Gesicht von dunklen Falten gefurcht.

»Sie ist wie ein Engel«, bekräftigt Miranda und winkt der Frau wieder zu, während sie mit der anderen Hand unten an ihrer Bluse herumnestelt, dort, wo sonst immer ihre Kamera hängt.

Oliver blinzelt. Er würde diese Frau gern auf dieselbe Weise sehen wie Miranda. Wie auf einem Foto. Aber dazu ist das Elend dieser Person zu real. Das einzig Schöne, das er an diesem Ort hier entdecken kann, ist Miranda mit ihrem gesträhnten Haar, die mit geröteten Augen, bekleidet mit einem offenen Männerhemd über ihrem Overall, dasteht und einem vermeintlichen Engel zuwinkt.

Betsy bleibt apathisch im Bett liegen. Beim Anblick der zugezogenen Vorhänge, an denen vorbei Tageslicht ins Zimmer dringt, fühlt sie sich ins Jahr 1982 zurückversetzt. Sie erinnert sich ganz deutlich an Dinge, die inzwischen eigentlich längst verblasst und ihrer Erinnerung entfallen sein sollten. Zum Beispiel daran, dass ihr, als sie an jenem verhängnisvollen Abend in die Küche kam, als Erstes seine lächerlichen Sandalen ins Auge fielen. Zwei breite, an der Seite mit Schnallen verschlossene Streifen Wildleder mit verwaschenen Tennissocken darunter, die sich straff um seine Zehen spannten. Im Krankenhaus war es immer kalt, besonders in den Räumen der Pathologie. Diese Sandalen trug er immer bei der Arbeit, weil sie bequem waren und weil er die meiste Zeit über im Stehen arbeitete.

Und warum auch nicht? Sie hatte auch gar nichts dagegen, dass er die Sandalen zu Hause trug. In Kombination mit seiner karierten Hose aber sahen sie einfach unmöglich aus, wie der Aufzug eines senilen alten Mannes. Wenn sie sich nach der Arbeit irgendwo treffen mussten, vergaß er meist, seine Fußbekleidung zu wechseln.

Diese Achtlosigkeit brachte Betsy immer ein wenig aus der Fassung. Nicht zuletzt, weil sie sich unverändert darum bemühte, ihm zu gefallen. Sicher, er liebte sie. Trotzdem aber achtete sie jeden Tag darauf, sich ihm zuliebe hübsch zu machen, trug ihr Haar offen, dazu kleine dezente Ohrringe und knielange Röcke, die sie selbst aus alten Taschentüchern und Tischdecken nähte.

Paul dagegen schien es herzlich egal zu sein, ob er anderen gefiel oder nicht. Seien es seine Frau oder seine Arbeitskollegen, seine Nachbarn oder seine Freunde. Nur bei den Kindern war er zu Zugeständnissen bereit. Ihnen zuliebe trug er auch schon einmal eine Halskette aus Nudeln. Ihnen zuliebe redete er mit britischem Akzent. Von ihnen ließ er sich bereitwillig die Arme mit Filzstift bemalen, hatte nichts dagegen, dass sie die Haut bis hoch zu seinen Ärmeln mit geflügelten Wesen und dreibeinigen Hunden und schiefen Häusern vollkritzelten. Später hinterließen die Zeichnungen dann dunkle Flecken auf der Bettwäsche, wenn er nachts die Arme nach Betsy ausstreckte. Ein schwarzes Echo der Kinder, die sie gemeinsam erschaffen hatten, die auf der anderen Seite der Wand tief und fest schliefen, die Bettdecke eng an sich gedrückt.

Und dann wünschte er sich noch eins. Diesmal ein Kind, das sie nicht erschaffen hatten. Ein Waisenkind, sagte er, mit einem leisen, selbstzufriedenen Lächeln, das von seinem Bart halb verborgen wurde. Sie würden ein Leben retten, der Welt etwas zurückgeben, indem sie ihr Zuhause teilten. Auf einmal hörte er sich an wie ein Politiker, der den Bürgern eine Steuererhöhung schmackhaft zu machen versucht.

»Ein Baby?«, sagte sie, die Hände unter ihre Beine geschoben.

Er nickte eifrig. »Einen kleinen Jungen.«

»Du hast dich schon auf einen Jungen festgelegt?«

Er nickte. »Im Rahmen einer Studie wenden sie bei werdenden Müttern im Krankenhaus die Ultraschalltechnologie an.«

»Wie, soll das heißen, du hast schon, es gibt schon eine Mutter?«

Er nickte erneut. »Sie ist in die Notaufnahme gekommen, dieses Mädchen. Sie ist in der dreißigsten Woche. Mit der Geburt ist im August zu rechnen. Das ist eine großartige Gelegenheit.« Wieder hörte er sich an wie ein Politiker.

Ohne die Hände unter ihren Beinen hervorzuziehen, wo sie die Knitter und Falten in ihrem Rock spüren konnte, lehnte sie den Kopf an seine Schulter. Es war eine wortlose Bitte, sein Vorhaben noch einmal zu überdenken. Rette doch lieber *mich*. Du kannst *mich* der Welt zurückgeben, zärtlicher geliebt als zuvor. Das wollte sie ihm zu verstehen geben, indem sie den Kopf an seine Schulter lehnte.

Einen wunderbaren Moment lang war sie sich sicher, dass er

sie verstand. Er barg ihr Gesicht in seiner Armbeuge und küsste sie aufs Ohr. Sein kitzliger Bart zusammen mit seinem warmen Atem sorgte dafür, dass sie ein kleiner Schauer überlief. Sie schloss dankbar die Augen. Das war alles, dachte sie. Ich brauchte mich nur mit dem Kopf an ihn zu lehnen, mehr war gar nicht nötig. Jetzt wird er mich endlich tragen, für immer und ewig.

»Du bist eine wundervolle Mutter«, flüsterte er dicht an ihrem Ohr. »Du wirst für dieses Baby der größte Segen überhaupt sein.«

Wie konnte sie da widersprechen? Ihm?

Lieber Himmel.

Sie gab also nach und kaufte wieder Windeln und Babyfertignahrung. Die Frauen in ihrem Nähzirkel nähten Decken und Lätzchen in den verschiedensten Blautönen. Betsy dagegen sah davon ab, irgendetwas für das Baby zu nähen. Dies war ihr stummer Protest. Ihr stoischer Widerstand.

Beim Anblick jener Sandalen an den Füßen ihres Mannes, als er dieses Chaos auf dem Boden ihrer Küche verursachte, stieg kurz Ärger in ihr auf, weil sie ihr wie ein Sinnbild für die Liebe erschienen, die ihr, ihrem Empfinden nach, verweigert wurde. Dort in der Küche, noch ehe sie wusste, dass er tot war, gab sie sich ein letztes Mal diesem leisen Kummer hin. Warum, fragte sie sich, war sie ihm in nahezu jeder Beziehung entgegengekommen, während er weiter stur diese grässlichen Sandalen trug, obwohl sie ihn schon zigmal gebeten hatte, die Treter doch bitte nach der Arbeit im Krankenhaus zurückzulassen?

Es war dieser kleine Zankapfel, nach dem sie sich sehnte, als er fort war. Banale, alltägliche Ärgernisse erscheinen auf einmal unendlich reizvoll, wenn man vor Schmerz und Leid über eine Tragödie gar nicht mehr das Bett verlassen will.

Wie auch jetzt wieder. Sie liegt in ihrem Bett und fühlt sich gleichsam beschwert durch das Gewicht ihrer eigenen Organe.

Ihr Herz, ihre Nieren und ihre Leber verhärten sich in Solidarität bei der Erinnerung an die heulenden Sirenen und die kraftlose Verzweiflung des vor ihr liegenden versagenden Körpers.

Himmel. Miranda ist früh am Morgen gegangen, nachdem sie ihr noch ein Glas Saft auf den Nachttisch gestellt und ihr versprochen hat, wiederzukommen. Betsy sollte irgendetwas tun. Irgendwen anrufen. Sich nach dem Jungen erkundigen.

Allein schon beim Klang dieses Wortes, das ihr durch den Kopf geht, bekommt sie eine Gänsehaut. Junge. Kleiner Junge. Baby B.

Genau dieser Junge, hat Oliver gesagt, lag blutend in ihrem Vorgarten, mit Pauls Foto in der Hand. Das Baby. Mit dem Muttermal.

Dieses Muttermal. Ein Muttermal, das Oliver für ebenso untrüglich gehalten hatte wie ein Namensschild. All die Jahre, das wusste sie nur zu gut, hatte er nach einem Muttermal Ausschau gehalten, das mit seiner Erinnerung an das Muttermal des Säuglings übereinstimmte. Ein solcher greifbarer Beleg würde den Fehler offenbaren, den er ihr nie verziehen hatte. Dieses Bindeglied zu seiner Identität, dieses sichtbare Mal seines Unglücks, würde zu einem Mal der Möglichkeit werden.

Den Kindern gegenüber hatte sie diesen auffälligen Makel mit einem Achselzucken abgetan. »Bloß ein Muttermal. Wie ein Leberfleck. Gib mir mal seinen Schnuller.«

Tatsächlich aber hatte dieses Mal ihr schon damals, als er klein war, Angst eingeflößt, genau wie am Vorabend, als er blutend auf ihrem Schoß lag. Dunkelrot und bedrohlich, ähnelte es der Karte eines von Not und Verzweiflung verheerten Landes. So ungefähr, malte sie sich aus, musste die Arterie in Pauls Brust ausgesehen haben, nachdem sie geplatzt war. So ungefähr fühlte sich auch ihre eigene Brust in jenem Sommer an: zerrissen, zerfetzt, dunkelrot.

Sie hatte immer daran gezweifelt, ob sie ein Baby lieben

könnte, das sie nicht selbst ausgetragen hatte. Doch ein Baby, das so aussah, konnte sie nicht lieben, das wusste sie ganz sicher. Dieses Baby würde einer dauernden Unterstützung und Fürsorge bedürfen, die sie ihm nicht bieten konnte.

Schließlich war sie nicht Paul. Sie war nicht selbstlos, sie war nicht mildtätig, sie war nicht einmal besonders freundlich.

In jenen heißen, endlosen Wochen ihrer eigenen schlimmsten Trauer konnte sie keine Windeln wechseln, keine Babynahrung zubereiten und auch niemandem beruhigende Lieder vorsummen. Wenn sie das säuerliche Erbrochene des Babys roch oder den dunklen Haarflaum sah, der sich über seinen Kopf zog, wurde ihr spontan übel. Derlei Kleinigkeiten hätte sie vielleicht reizend gefunden, wenn Paul ihr bewundernd über die Schulter gesehen hätte. Seine Hände wären wie leuchtende Wegmarken gewesen, die ihr dabei geholfen hätten, dieses gezeichnete Kind zu lieben.

Stattdessen wünschte sie sich nur ihren Mann zurück. Und wenn er feige genug war, mit diesen lächerlichen Sandalen an den Füßen auf dem Linoleumboden zu sterben, in der Küche, die vom rosa Schein der untergehenden Sommersonne erfüllt war, durfte sie auf jeden Fall auch feige genug sein, einen Säugling fortzugeben, der nicht ihr eigener war. Das war sicher fair. Auf Fairness legte sie Wert. Wenn mir der Mann genommen wird, gebe ich dafür dieses Baby fort. Wie du mir, so ich dir.

»Betsy? Bist du wach?«

»Mmm«, antwortet sie unter Aufbringung all ihrer Kräfte. Sie schlägt nicht die Augen auf.

Martin kommt in das schummrige Zimmer und setzt sich vorsichtig auf die Bettkante. Sie kann ihn atmen hören, kann hören, wie die Luft leise an den dichten schwarzen Härchen in seinen Nasenlöchern vorbeizischt. Er stützt die Ellbogen auf die Knie, starrt hinab auf den Teppich.

»Ich dachte, du würdest vielleicht … vielleicht gern etwas essen.« Sie schlägt die Augen auf. Er zupft an einer eingerissenen Nagelhaut herum.

»Du bist zurück?«, fragt sie und mustert sein knittriges Hemd, das ihm aus der Hose hängt.

»Mary hat angerufen.« Als würde dadurch alles erklärt.

»Sie ist hier?«

Er nickt. »Sie hat mit Oliver gesprochen.«

»Wo ist Oliver?«

Darauf wendet er sich zu ihr um. »Ich kann nichts sagen, Betsy. Ich weiß nicht, was ich sagen soll. Man hat heute Morgen Anklage gegen mich erhoben. Ich habe eine Kaution hinterlegt.«

Sie zuckt die Achseln, spürt, wie sich die Bettdecke dabei um ihre Schultern strafft. »Ich wusste nicht mal, dass du eine …«

Er nickt hastig, schneidet ihr das Wort ab. »Ich weiß, ich weiß. Ich hätte es dir sagen sollen.«

Betsy schließt wieder die Augen. Die Frau, an die sie den Jungen weitergegeben hat, war eine Pflegemutter, die Erfahrung mit allen möglichen Kindern hatte. Bei ihr, hatte Martin gesagt, wäre er vorerst gut aufgehoben, bis sich eine weitere Adoptivfamilie für ihn gefunden hätte. Es war eine Notlösung, um Betsy zu entlasten, damit sie sich um ihre eigenen Kinder kümmern konnte. Damit sie zuerst ihren eigenen Kummer bewältigen konnte.

Es war nicht schwieriger, als bei jemandem einen Auflauf vorbeizubringen oder in der Bücherei ein Buch zurückzugeben. Er hinterfragte ihre Entscheidung nicht, machte ihr keine Vorwürfe, verurteilte sie nicht. Er tätigte bloß ein paar Anrufe und packte sie dann in sein Auto. So groß war die Kühnheit seiner Liebe.

Als sie die Augen wieder aufschlägt, weint er. Lautlose Tränen rinnen ihm übers Gesicht. Am liebsten würde sie sich von diesem Anblick abwenden, sich mit dem Rücken zu ihm auf der Seite zusammenrollen, die Hände unters Kinn schieben und warten. Wie ein noch ungeschlüpftes Gänseküken könnte sie in der beengten Finsternis warten und warten, bis ein klügeres Geschöpf als sie ihre Schale aufbräche, um ihr zu einem neuen Leben zu verhelfen.

Wer ist sie, gerade sie, dass sie sich anmaßen dürfte, Trost zu spenden?

Doch sie streckt die Hand aus und legt sie auf die Bettdecke neben ihn, so dicht sie kann, ohne sich aufrichten zu müssen. Sie streichelt über die Decke, als wäre sie ein Teil von ihm. Und er versteht ihre Geste offensichtlich. Er greift nach ihrer Hand und lässt sich vom Bett auf den Boden sinken, kniet sich vor ihr hin. Dann drückt er ihre Hand an seinen Mund, damit sie spüren kann, wie heiß und tief sein Schmerz ist. Seine Zähne streifen über ihre Knöchel, seine Lippen beben an ihrem Handteller. Noch immer gibt er keinen Laut von sich, aber sein Brustkorb wird von heftigem Schluchzen geschüttelt.

»Es war ein Unfall«, sagt sie. »Ein furchtbarer Unfall.«

12

Mary legt die siebzig Kilometer auf der Autobahn, die den Flughafen mit ihrer Heimatstadt verbinden, zurück, ohne etwas davon mitzubekommen. Es ist möglich, dass ihr Leben, wie sie es bisher gekannt hat, sich in einen einzigen Scherbenhaufen verwandelt hat, während sie das Land samt Bäumen, Sträuchern und Sehenswürdigkeiten in einem Flugzeug in dreiunddreißigtausend Fuß Höhe überflogen hat. Oder aber es hat sich zusammengefügt. Obwohl sie Olivers Suche immer als sinnlos abgetan hat, hegte sie tief in ihrem Herzen die heimliche Hoffnung, dass er eines Tages die Welt, die er zu finden hoffte, wieder zum Leben erwecken könnte. Wäre ihr Leben ein surrealistischer spanischer Spielfilm, und so kommt es ihr bisweilen durchaus vor, könnte sie sich gut vorstellen, dass Oliver an ihrer Tür klingelt und stolz auf seinen Ranchero deutet, in dem ihr Vater und das Baby, das mittlerweile natürlich zu einem prächtigen jungen Mann herangewachsen ist, sitzen. Dann würden sie eine Spritztour unternehmen, noch einmal zusammen von vorne anfangen, auch wenn einer von ihnen schon lange tot ist.

Dieses Baby, bei dem sich ihre Arme stark anfühlten, war für Mary ein Lichtblick, eine sanfte Freude. Kein Misston schlich sich ein, wenn sie ihm etwas vorsang, und ihr Herz weitete sich vor Hoffnung und Widerstandskraft gegen die Dunkelheit jenes Spätsommers.

Und dann war der Kleine fort.

Mary blinzelt gegen die Tränen an, die ihr jetzt in die Augen schießen. Tief durchatmen, ermahnt sie sich, ruhig bleiben.

Mit einer Hand kramt sie in ihrer Handtasche nach einem Taschentuch, findet eines und bekommt dabei zufällig auch die Visitenkarte in die Finger, die sie schon ganz vergessen hatte. Mary hält die Karte zwischen zwei Fingern fest und hört dabei seine Stimme in ihrem Kopf. *Falls Sie mal Hilfe beim Atemholen brauchen.* Waren das nicht seine Worte? Braucht sie nicht gerade dringend Hilfe beim Atmen?

Allein am Steuer ihres Wagens, ohne rechte Vorstellung, was sie erwartet, wenn sie nach Haus kommt, verspürt Mary auf einmal heftige Sehnsucht. Sie kramt ihr Handy heraus und ruft bei ihm an.

Er meldet sich sofort. »Ja, Doug hier.«

Mary weint nun hemmungslos. Nachdem sie seine Stimme gehört hat, wird ihr erst richtig klar, wie schlecht es ihr geht.

»Hi«, sagt sie, kaum hörbar. Dann muss sie über ihre eigene Tollkühnheit lachen. »Ich brauche Hilfe beim Atmen.«

»Keine Panik. Immer schön ruhig und regelmäßig atmen. Wer spricht da bitte?«

Seine Stimme klingt zwar verwirrt, übt aber trotzdem eine beruhigende Wirkung aus.

»Hier ist Mary. Aus dem Flugzeug. Entschuldigen Sie die Störung –«

»Mary? Alles in Ordnung bei Ihnen?«

»Keine Ahnung.«

»Erzählen Sie mir, was passiert ist. Sind Sie in Sicherheit?«

Mary liefert ihm eine – immer noch recht weitschweifige – Kurzfassung der Geschehnisse und erzählt ihm dann von Olivers Anruf.

»Ich glaube nicht, dass ich ein Gerät für so etwas habe«, sagt er, warmherzig und voller Anteilnahme. »Aber einen Vorschlag könnte ich Ihnen machen.«

»Und zwar?«

»Legen Sie nicht auf. Ich bin Fachmann auf diesem Gebiet

und bin immer auf dem neuesten Stand. Solange Sie mit mir telefonieren, kann ich dafür sorgen, dass Sie richtig atmen. Lassen Sie mich mal hören. Los geht's.«

Mary lauscht auf die Stille zwischen ihnen.

»Sehr gut. Das werden Sie überstehen«, sagt er schließlich.

»Meinen Sie? Ungewissheit liegt mir nicht so. Klarheit ist mir lieber.«

»Ich bin auch gerade unterwegs in ein Krankenhaus. Auf Klarheit hofft man dort, meiner Erfahrung nach, vergebens. Leider.«

Mary fällt seine Mutter ein, und sie wird verlegen. »Entschuldigung. Sie haben selbst Sorgen mit einer kranken Angehörigen, da hätte ich Sie nicht –«

»Mary. Bitte glauben Sie nicht, dass es ein Fehler war, anzurufen.«

»Sie sind unheimlich nett gewesen und –«

»Sie sind viel tapferer, als Sie glauben. Sie finden da schon hindurch, und Sie werden ganz ruhig weiteratmen, und ich hoffe, dass Sie mich nochmal anrufen. Weil ich in einem Krankenhauszimmer sitzen und damit beschäftigt sein werde, meine Mutter daran zu erinnern, wer ich bin und warum ich da bin. Ich werde mir den Kopf darüber zerbrechen, worüber ich mit ihr reden könnte, um sie an das Leben zu erinnern, das sie gelebt und inzwischen vergessen hat.«

»Oh.«

»Wahrscheinlich aber werde ich ihr nur von Ihnen erzählen.«

»Von mir?«

»Wenn ich heutzutage mit ihr spreche, ähnelt das sehr einem Selbstgespräch. Da kann ich auch gleich über ein Thema reden, das mir gefällt. Werden Sie weiter schön tief und ruhig atmen?«

Mary atmet demonstrativ ins Telefon ein und aus. »Ja. Hören Sie?«

»Sehr gut. Schon viel besser.«

Sie verabschieden sich, und dann kehren ihre Gedanken wieder zu dem verletzten Jungen zurück. Selbst wenn er der sein sollte, für den Oliver ihn hält, ist er trotzdem nicht ihr Bruder.

Ein großer Teil ihrer Zuneigung zu Oliver erwächst aus dem Schatz gemeinsamer Erinnerungen. Ob Mary wohl ebenso viel Geduld und Nachsicht mit ihm hätte, wenn sie nicht die Augen schließen und sofort vor sich sehen könnte, wie er als pausbäckiger Fünfjähriger in ihrer Tür steht und fragt, ob sie noch eine Runde mit ihm kuschelt? Was wäre, wenn sie sich nicht daran erinnern könnte, wie er immer seinen Kopf an ihre Schulter lehnte, wenn sie ihm auf der schattigen Veranda etwas vorlas? Wenn sie nicht ihren speziellen Code hätten, der sofortige Verständigung zwischen ihnen ermöglichte? Der Name des ersten Jungen, den Mary je geküsst hat, *Walter Pinkett*, umschreibt seither für alle Zeiten einen kolossalen zwischenmenschlichen Irrtum; *faules Ei* diente als Aufforderung zu einem Wettstreit, wie etwa in »Faules Ei die Parklücke da« oder »Faules Ei die erste Scheibe Toast«; und *famose Sache* war ein Ausdruck, mit dem Oliver immer seine Bereitschaft erklärte, sich Marys Willen zu fügen.

Zählt eine bloße Absicht schon? Spielt es eine Rolle, dass ihr Vater die Absicht verfolgte, noch einen kleinen Bruder für sie und Oliver zu adoptieren? Die Vorstellung, etwas wiederzufinden, das verlorengegangen ist, hat etwas Erlösendes, aber im Leben kann nun einmal nicht jede abgerissene Verbindung wiederhergestellt werden. Sonst hätte der Junge, der in der neunten Klasse aus ihrem Biologiekurs ausgeschieden ist, erst ihr Laborpartner und schließlich ihr bester Freund werden können, ihr Seelenverwandter sogar. Wo ist er heute? Soll sie anfangen, nach ihm zu suchen? Und ihm dann, wenn sie ihn gefunden hat, erklären, dass er ihr zuliebe seine Frau und seine Familie verlassen soll, wegen allem, was hätte sein können oder sollen?

Nein, verwirft Mary in Gedanken eine völlig wahnwitzige

Hoffnung, als sie den letzten Hügel auf dem Weg nach Hause hochfährt. Bei diesem sogenannten Bruder, den Oliver gefunden hat, verhält es sich nicht anders als bei Millionen anderen Zufällen im Leben. Ein Passagier, der zu spät zum Flughafen gekommen ist, steht am Fenster und sieht zu, wie das Flugzeug, das er verpasst hat, auf die Startbahn einbiegt, abhebt und dann plötzlich vornüberkippt, abstürzt und am Boden explodiert. Was soll der Betreffende tun? Soll er sich hinlegen und sterben?

Merkwürdig, wie schnell einem ein fremder Ort vertraut werden kann, denkt Oliver, während er mit Miranda durch die Krankenhausflure zur neurologischen Intensivstation unterwegs ist. Sie kehren von einer ergebnislosen Suche nach Informationen zu Jareds anderer Familie zurück, die sie nur bis zu einer verschlossenen Wohnungstür und einem bärbeißigen Vermieter geführt hat, der ihnen keine Auskunft geben wollte und ihnen lediglich mitteilte, die Polizei habe die Wohnung versiegelt. Die Krankenschwester, die ihnen jetzt die Tür zur Station öffnet, hält einen Teller mit ihrem in der Mikrowelle erhitzten Mittagessen in der Hand. Oliver fragt sich, wie man sich nur daran gewöhnen kann, inmitten der penetranten Ausdünstungen siechender Körper sein Essen zu sich zu nehmen. Er wechselt einen Blick mit Miranda, die seinen spontanen Widerwillen offenbar teilt. Wie bringt man es fertig, in einer Umgebung voller Kolostomiebeutel, künstlich ernährter Patienten, teilweise entfernter Schädel und leer blickender Augen seelenruhig seine aufgewärmten Ravioli zu verzehren? Dann fällt ihm ein, dass auch sein Vater sich immer etwas zu essen eingepackt hat – Thunfischsandwiches, übriggebliebenen Hackbraten, Nudelsalat –, ehe er zur Arbeit losfuhr.

Das Rascheln von Wachspapier, das gerade um Sandwiches gewickelt wird, ist Oliver bis heute präsent. Es war immer ein

Zeichen, dass sein Vater jetzt gleich zur Arbeit in der Pathologie losfahren würde, wo er präparierte Hirnteile in Scheiben schnitt, als würde es sich um etwas Essbares auf einem Käsebrett handeln. Auf einer Waage ähnlich jener hinter der Fleischtheke im Supermarkt maß er das Gewicht von Lebern, Gallenblasen, Nieren und Herzen, und zwischendurch, wenn er Zeit für eine Pause fand, wickelte sein Vater dann sein Sandwich aus dem Wachspapier aus und ließ es sich an Ort und Stelle schmecken, umgeben von Gerüchen, die Oliver sich nicht einmal ansatzweise vorzustellen vermag.

Sicherlich gab es einen Pausenraum mit Aushängen an der Wand, auf denen Arbeitsplatzbestimmungen und sonstige Maßregeln aufgelistet waren, vielleicht sogar mit einem Foto von Oliver und Mary, einen Raum, in dem er sein Thunfischsandwich auswickeln, die Schuhe abstreifen und Zeitung lesen konnte wie ein normaler Büroangestellter, der bis Feierabend nicht zwei weitere Leichen auszuweiden hat.

Hat diese Schwester auf der Intensivstation keinen Pausenraum, in den sie sich jetzt lieber zurückziehen würde?

Und da verschwindet sie mit ihren Ravioli auch schon in dem Schwesternzimmer hinter dem Pult. Wortlos wenden Oliver und Miranda sich zu dem vertrauten Flur um, der sich vor ihnen erstreckt. Der glänzende Fußboden eignet sich gut für Rollstühle und fahrbare Betten, aber nicht für Olivers Turnschuhe, die bei jedem Schritt vernehmlich quietschen.

Am Ende des Flurs, vor dem Fenster direkt neben Jareds Zimmer, stehen zwei Gestalten, die sich beim Geräusch seiner näher kommenden Schritte gleichzeitig umdrehen.

»Oliver«, sagt seine Mutter mit einem Seufzer der Erleichterung. »Da bist du ja.«

Sie steht mit vor der Brust verschränkten Armen da. Nur flüchtig sieht sie Miranda an und wendet dann den Blick ab, tut so, als wären sie noch nicht so gut miteinander bekannt, wie sie es tatsächlich sind. Oliver hat ganz vergessen, dass er Mary und sie ja gebeten hat, herzukommen. Das bereut er jetzt im Stillen.

Mary streckt ihm wortlos die Arme entgegen, und er lässt Mirandas Hand los, um sie zu umarmen.

»Wir wussten nicht, ob wir hier richtig sind oder nicht«, flüstert Mary ihm ins Ohr. »Wer ist sie?«

»Äh, ja. Hier seid ihr richtig. Ich war gerade, wir sind mal kurz weg gewesen. Ich wusste ja nicht, dass ihr kommt.« Oliver wirft einen Blick durch die Glasscheibe in Jareds Zimmer, wo gerade eine Schwester am Bett steht und sich Notizen macht. »Mom, erinnerst du dich an Miranda?«, fragt er, als wäre seit dem Vorabend ein ganzes Jahr vergangen.

Seine Mutter reicht ihr die Hand. »Hallo, Miranda.«

Mary tritt auf sie zu. »Miranda? Ich bin Mary, Olivers Schwester.« Sie wirft ihrem Bruder einen kurzen, verwirrten Blick zu. »Sind Sie Sozialarbeiterin, oder so was?«

Miranda lächelt und sieht kurz an sich hinunter. Sie trägt nach wie vor das offene Männerhemd, das ihr viel zu groß ist. »Nein, dafür bin ich völlig unqualifiziert«, sagt sie und lehnt sich leicht an Oliver.

Mary schüttelt den Kopf. »Entschuldigung. Ich hatte ja keine Ahnung. Ich meine. Lieber Gott. Ich habe die ganze Nacht im Flugzeug –«

»Mary«, fällt Oliver ihr ins Wort. »Wart ihr schon drin? Um ihn zu sehen?« Er deutet auf das Zimmer.

Seine Schwester tritt von einem Fuß auf den anderen und legt den Arm um ihre Mutter. »Du hast gesagt, wir sollen herkommen. Da wären wir.« Ihr Tonfall ist zugleich flapsig und vorwurfsvoll, und sie sieht ihn mit einem betont geduldigen Lächeln an, das sie sonst vermutlich besonders anstrengenden Passagieren vorbehält.

Seine Mutter weint inzwischen. Dabei verschmiert ihr Augen-Make-up, und als er sie am Arm berührt, wendet sie sich ab, beißt sich auf die Unterlippe und starrt zu Boden.

»Oliver«, fährt Mary fort, »dieser arme Junge – selbst, falls er der sein sollte, für den du ihn hältst, was aber wahrscheinlich eher nicht der Fall ist – hat ein ganzes Leben hinter sich –«

»Er ist einundzwanzig.«

»In Ordnung. Aber ich wollte auch auf etwas anderes hinaus. Nämlich, dass wir nicht diejenigen sind, die hier sein sollten, um an seinem Bett zu wachen. Es muss noch andere Leute geben. Angehörige. Familie.« Bei dem letzten Wort verzieht sie leicht das Gesicht.

»Und wenn dem nicht so ist? Wenn er nun niemanden hat? Was dann, Mary?« Eigentlich wollte er gar nicht mit ihr streiten. »Er stand im Vorgarten. In Mutters Vorgarten. Weiß der Himmel, warum genau, aber er stand eben dort, und dann ist das hier passiert. Sein Hirn blutet, er wird künstlich beatmet, und du sagst, das ist nicht unser Problem?«

»Möglicherweise *ist* er es gar nicht«, sagt Mary. »Du wirst mir wohl zustimmen, Oliver, wie unwahrscheinlich es ist, dass es tatsächlich derselbe Junge ist.« Sie hat weiter ihr höfliches, professionelles Lächeln aufgesetzt.

Oliver legt den Kopf schräg. »Ach, darauf willst du hinaus?«, fragt er. »Du willst also, dass es vorbei ist. Bumm. Falscher Typ. Damit du deine Sachen packen und wieder ins Flugzeug steigen kannst.«

»Und wennschon, was wäre denn, wenn? Wäre ich dann ein schlechterer Mensch als du? Erwartest du von mir, dass ich mich bei jedem fremden Jungen ans Bett setze? Er könnte auch ein Wildfremder sein, Oliver.«

Oliver zuckt mit den Schultern.

Miranda löst die angespannte Stille. »Ich gehe einen Kaffee trinken. Kommt noch jemand mit?«

»Ich bin so müde«, sagt seine Mutter mit leiser, bebender

Stimme. »Ich kann einfach ...« Sie verstummt und kramt in ihrer Tasche nach einem Taschentuch. »Einen Kaffee könnte ich, glaube ich, gebrauchen«, presst sie mühsam hervor, dreht sich um und hakt sich bei Miranda unter, und dann gehen sie zusammen davon, den breiten Flur hinunter, wie zwei Schulmädchen.

»Prima«, sagt Mary leise. »Schönes Drama, Oliver. Und seit wann hast du eine Freundin, die sich anzieht wie ein Hausmeister?«

»Ich? Ich bin doch nicht der Schuldige hier. Wozu zum Teufel braucht Martin eine Pistole, Mary?«

»Der Typ hat vor dem Haus herumgestanden. Hat unbefugt das Grundstück betreten. Herumgelungert. Wie immer du es auch nennen willst.«

»Seit wann bist du dafür, dass man auf Menschen schießen darf, bloß weil sie sich am falschen Ort aufhalten?«

»Tja, aber warum hat er sich am falschen Ort aufgehalten, Oliver? Warum stand er dort in ihrem Vorgarten und hat durch ihre Fenster gelinst? Warum, Oliver?«

Auf einmal streckt die Schwester ihren Kopf zur Tür hinaus und ruft mit lauter, aber ruhiger Stimme an ihnen vorbei nach vorne zum Schwesternzimmer: »Notfallwagen.«

Gleichzeitig drückt sie auf einen Wandschalter neben der Tür, und Jareds Zimmer wird in blaues Licht getaucht.

Eine andere Schwester kommt mit einem Arzt im Schlepptau angelaufen und schiebt den angeforderten Wagen ins Zimmer.

»Verdammt«, sagt Mary. »Das müssen wir uns ja wohl nicht unbedingt ansehen.«

Oliver fühlt sich wie gelähmt. Auch er möchte das nicht mit ansehen oder für möglich halten oder wahrnehmen. Aber seine Turnschuhe scheinen am glatten Fußboden festzuhaften wie Saugnäpfe, und er schafft es einfach nicht, den Blick von den großen Elektroden abzuwenden, die Jareds Brustkorb heftig erschüttern und in die Höhe schnellen lassen.

Das darf doch nicht wahr sein, geht es ihm immer wieder durch den Kopf, pausenlos und hartnäckig, wie der Refrain eines Ohrwurms. *Das darf doch nicht wahr sein.*

Mary bleibt neben ihm stehen, geht überraschenderweise nicht fort. Schwach ist im Glas der Scheibe ihr Spiegelbild zu erkennen. Sie sehen zu, wie die Elektroden wieder und wieder eingesetzt werden: dreimal insgesamt. Es ist, als würde sich die Zeit verlangsamen und in die Länge ziehen, bis der Arzt nach dem dritten Mal die Elektroden endlich zurück auf den Wagen legt, sich die Handschuhe abstreift und aus dem Zimmer geht, so beiläufig, als hätte er gerade eine harmlose Partie Squash gespielt.

Direkt vor Oliver und Mary bleibt er stehen. »Okay, die Lage ist momentan folgende«, sagt er und fährt sich mit der Hand über die Glatze.

Oliver schöpft Hoffnung, als er diesen Satz hört. Wegen des Wörtchens »momentan«.

»Wir haben Schwierigkeiten mit der Kontrolle seines Blutdrucks«, fährt der Arzt fort. »Er hat massive Hirnblutungen, wodurch der linke Schläfenlappen erheblich geschädigt worden ist, das haben wir bei der Computertomografie festgestellt. Um diese Probleme aber können wir uns noch nicht kümmern, solange wir nicht davon ausgehen können, dass er eine Operation übersteht. Zurzeit wäre das nicht der Fall. Das hat zur Folge, dass sich die Hirnverletzung weiter verschlimmert. Es ist eine trostlose Situation, ich weiß. Es kann jetzt im Grunde nur noch schlimmer werden. Für ihn und auch für Sie. Und ich bedaure es, Ihnen keine günstigere Prognose stellen zu können. Fragen?«

Oliver blinzelt. *Das darf doch nicht wahr sein. Das darf doch nicht wahr sein.* Es kommt ihm vor, als würde sich ein Stück unter seinem Nabel ein Loch auftun. Luft und Lärm strömen durch ihn hindurch und vergrößern das Loch noch, bis er sich unendlich schwach fühlt.

»Ähm«, sagt Mary und drückt Oliver fest die Hand.

»Erklären Sie ihr den Stand der Dinge«, sagt der Arzt und sieht zu ihrer Mutter hinüber, die, von ihnen unbemerkt, zurückgekommen ist und jetzt Jared durch die Glasscheibe hindurch betrachtet. Miranda steht neben ihr. Die Schwestern klappen Jareds Bett ein wenig höher, überprüfen die Schläuche, die ihn mit den Geräten verbinden. »Kopf hoch«, sagt der Arzt, wendet sich um und geht eilig davon.

Die Worte des Arztes – nicht anders als die seiner Kollegen hier in diesem Krankenhaus und in allen anderen Krankenhäusern im Land und auf der ganzen Welt, in hell erleuchteten ebenso wie in schummrigen Räumlichkeiten, in großen Städten und draußen auf dem Land, in Kreißsälen und Altenpflegeheimen – verändern alles. Sie sind jetzt, so scheint es, auf die Zeitdehnung gestoßen, verfolgen sie und vermessen sie, und sind trotzdem machtlos dagegen. Der Tod ist auf dem Vormarsch, und er wird nicht mehr aufzuhalten sein.

Was taugen Sie?, würde Oliver dem Arzt am liebsten hinterherschreien. *Was taugen Sie, wenn Sie gerade in dem Moment, in dem wir Sie am meisten bräuchten, Ihre Niederlage eingestehen und einfach weggehen?*

»Was war das denn jetzt gerade?«, fragt Mary und sieht Oliver an. »Hat er uns soeben mitgeteilt, dass er sterben wird? Habe ich das richtig verstanden?«

Oliver lässt ihre Hand los. Er nickt, sprachlos.

Mary stellt ihre Tasche auf dem Boden ab, auf eine Art, die deutlich macht, dass sie vorhat, länger zu bleiben. Dann richtet sie entschlossen den Blick auf den Jungen hinter der Glasscheibe, mit dem sie gerade noch ausdrücklich nichts zu tun haben wollte.

Es ist eben schwieriger, mutmaßt Oliver, einen Sterbenden im Stich zu lassen als einen Lebenden. Durch eine sonderbare kosmische Ungerechtigkeit fällt es uns leichter, für jemanden da zu sein, wenn er auf unwiderrufliche Weise im Sterben liegt und nicht länger vom ungewissen Wirrwarr des Lebens umgeben ist.

Es sei denn, man ist Arzt.

»Das hätte man *dir* auch beigebracht«, sagt Oliver zu Mary.

»Was?«

»Wie das geht, einfach so wegzugehen. Leuten eine solche Neuigkeit mitzuteilen und dann ungerührt abzuhauen. Ein ganz normaler Bestandteil deines Arbeitstages.«

Sie nickt.

»Das darf nicht wahr sein«, sagt er.

»Es tut mir unendlich leid, Oliver. Ich hatte ja keine Ahnung …«

Wovon, weiß sie offenbar nicht genau, denn sie beendet ihren Satz nicht. Oliver aber meint zu wissen, wovon sie keine Ahnung hatte: davon, dass der Tod und der Verlust, vor denen sie sich hoch oben über den Wolken, in einer mit Druckluft gefüllten Kabine, zu verstecken versucht, eines Tages zurückkehren könnten. Sie sind im Begriff, zusammen einen weiteren Todesfall mitzuerleben. Das hat auch Oliver, wie er jetzt erkennt, nicht ahnen können.

Irgendwie hat er geglaubt, sich gegen alle künftigen Schrecken und Gefahren wappnen zu können, indem er sein gesamtes Leben vom Tod seines Vaters bestimmen lässt. Als könnte er die Macht des Todes irgendwie ersticken, indem er sich ganz damit umgibt. Aber das ist genauso aussichtslos wie Marys Versuch, sich in der Routine des ewigen »Kaffee, Tee oder Saft?« zu verlieren. Sie haben beide eine vollkommen sinnlose Scharade gespielt, um das Unvermeidliche von sich fernzuhalten, als ob sie der Unausweichlichkeit des Endes damit ein Schnippchen schlagen könnten.

Er und Mary stehen Schulter an Schulter da, wie schon so oft in ihrem Leben, und sehen durch die Glasscheibe zu, wie sich Jareds gelb verfärbter Brustkorb mechanisch hebt und senkt. Mary beißt entschlossen die Kiefer aufeinander, um gegen ihr

Zähneklappern anzugehen. Unwillkürlich fällt ihm ein, wie sie einmal eines späten Nachmittags im Schein der schräg stehenden Sonne tropfnass und mit einer Gänsehaut an Armen und Beinen neben dem Schwimmbecken stand und sich eine Standpauke vom Bademeister anhören musste, weil sie nach dem letzten Abpfiff noch länger im Wasser geblieben war.

»Soll ich es Mom erzählen?«, fragt sie.

»Sie sollte einfach nach Hause fahren«, antwortet Oliver niedergeschlagen, aber mit Bestimmtheit. Seine Mutter sollte nicht hier sein. Und auch seine Schwester nicht. »Du hattest Recht, Mary. Er ist ein Fremder. Bloß irgendein Typ.«

»Kann sein.« Sie lehnt sich an ihn, drückt ihre Schulter solidarisch gegen die seine.

»Nein, wirklich, Mary. Ich bin nicht ganz zurechnungsfähig. Das weißt du. Ich bin mir sicher, dass ich mich geirrt habe. Dass ich mich irre. In jeder Beziehung. Völlig ausgeschlossen, dass er ...«

Ehe er seinen Satz beenden kann, fällt ihm ein Mädchen ins Auge. Oder ist es eine Frau? Ihr Alter ist unmöglich zu bestimmen. Sie trägt schwarze Stiefel und zerrissene Strümpfe, ein T-Shirt, das viel zu weit um ihre zierliche Gestalt schlackert, und hat lange, strähnige dunkle Haare, an denen sie nervös herumspielt.

»Oliver.« Auf einmal steht Miranda neben ihm und legt ihm die Hand auf den Arm.

»Ich weiß«, sagt er gedehnt.

Miranda geht auf das Mädchen zu. »Hi.« Sie lächelt. »Bist du eine Freundin von Jared?«

Das Mädchen schaut sie alle rasch der Reihe nach an. »Wer sind Sie, verdammt?«, fragt sie leise.

Oliver reibt sich die Augen. Es wird immer schwieriger, diese Frage zu beantworten. »Ich bin Oliver Finley. Wir besuchen gerade Jared. Sie auch?«

»Kennt er Sie?«, fragt sie ungläubig.

»Ein wenig, ja. Sind Sie eine Angehörige?«

»Von Jared?«

Oliver nickt. »Ja, von Jared.«

Sie wendet den Blick ab, prüft die Zimmernummern.

»Ist er da drin?« Sie deutet durch die Scheibe und spielt dabei weiter an ihrem Haar herum.

»Ja, das ist er. Wie heißen Sie?«

»Sadie. Ich war gerade bei Jared zu Hause, und der Vermieter hat mir gesagt, er wäre hier. Außerdem hat er gesagt, es wären Freunde von ihm da gewesen, aber Jared hat eigentlich gar keine Freunde. Ich verstehe nicht ganz, was passiert ist. Steckt er in Schwierigkeiten?«

Oliver atmet tief durch. »Ja.«

»Oh Mann, mir hat er gesagt, er wäre clean«, sagt sie und verdreht die Augen.

»Nicht die Sorte Schwierigkeiten«, sagt Oliver. »Er ist verletzt. Ziemlich schlimm. Aber es war nicht seine Schuld.«

Oliver hört ein Schniefen hinter sich. Es ist Miranda, die die Tränen nicht länger zurückhalten kann. Sadie sieht sie an. Sie verzieht befremdet das Gesicht. »Ja, wie, muss er sterben, oder was?«

Ein beklommenes Schweigen schließt sich an, das Antwort genug ist.

Mary schaltet sofort. In weiser Voraussicht legt sie den Arm um Sadie und geleitet sie zu einer Bank, die an der Wand im Flur steht. Sadie beginnt heftig zu zittern. Rote Flecken tauchen auf ihrem Gesicht auf, und sie zerrt wild an ihren Haaren herum. »Nein, nein, nein, nein …« Sie macht sich von Mary los und steht auf, stürzt mit vernehmlich über den Boden quietschenden Stiefeln zu Jareds Zimmer hinüber.

Die beiden Krankenschwestern im Zimmer wirken kurz konsterniert, als Sadie hereinkommt. Dann aber nehmen sie sie links und rechts am Arm und führen sie zu Jareds Bett, als wäre sie ein störrisches Kind am ersten Schultag. Sie schüttelt pausenlos den Kopf und scheint ein wenig in sich zusammenzusacken, als sie Jared vor sich liegen sieht. Beide Schwestern legen Sadie fürsorglich die Hand auf den Rücken.

Betsy, die bislang schweigend an der Wand gelehnt hat, fast unbeachtet, räuspert sich. »Oliver«, sagt sie mit kaum hörbarer Stimme und gesenktem Blick. »Willst du hier bloß den Zuschauer spielen?«

Es ist eine Zurechtweisung; er kennt diesen Tonfall. »Wie bitte?«

»Nun geh schon«, sagt sie.

Ihr Unterton ist so drängend, dass Oliver quer durch den breiten Flur geht, bis er in der Tür zu Jareds Zimmer steht. Die eine Krankenschwester hat weiter den Arm um Sadie gelegt und streichelt ihr behutsam über den Rücken, während die andere wieder ihren Pflichten nachgeht.

Sadie sieht ihn an. »Wer sind Sie?«, fragt sie mit weit aufgerissenen, verzweifelten Augen.

Oliver würde ihr mit seiner Antwort gerne etwas Trost bieten, weiß aber, dass das unmöglich ist. »Na ja, Jared war doch ein Adoptivkind, richtig?«, fängt er mühsam an. »Und ich glaube, dass er das Kind ist, das eigentlich wir adoptieren sollten. Meine Eltern. Ich war sieben, damals, 1982. Aber wir haben ihn dann doch nicht adoptiert. Mein Vater ist gestorben, das hat alles durcheinandergebracht.«

Sadie runzelt die Stirn. »Weiß Jared das?«

Oliver seufzt. »Ich habe es ihm gestern Abend erklärt. Ehe das hier passiert ist. Ich wollte –«

»Er redet viel von seiner leiblichen Mutter. Darüber, wo sie sein könnte und ob sie je versuchen wird, ihn zu finden. Die Leute, bei denen er aufgewachsen ist ... die haben ihn rausgeschmissen, als er das erste Mal in Schwierigkeiten geraten ist. Da war er noch nicht mal fünfzehn. Darum hat er auf der Straße gelebt, so seinen Highschool-Abschluss gemacht. Er hat immer gehofft, irgendwann mal seine wirkliche Mutter kennenzulernen, aber ich glaube nicht, dass er je damit gerechnet hat, einem – wie nennen Sie das, was Sie sein wollen? – über den Weg zu laufen.«

»Ein Beinahe-Bruder.« Er schluckt schwer. »Sind Sie seine Freundin?«

Erneut quellen ihr Tränen aus den Augen. »Wir hatten diesen Riesenstreit. Es ging um nichts, im Grunde. Ich wohne draußen in Grant, also muss ich immer den Bus nehmen, um ihn zu besuchen. Und weil ich jetzt zusätzliche Schichten arbeite, kann ich nur ungefähr einmal im Monat vorbeikommen. Letztes Wochenende habe ich den Bus verpasst, weil die Kollegin, die mich ablöst, sich verspätet hat, und …« Sie sackt schluchzend vornüber und legt ihre Stirn auf das Bettgeländer neben Jareds Oberkörper.

Oliver geht um das Bett herum, stellt sich neben sie. Die Krankenschwester tritt beiseite, um Sadie seiner Obhut zu überlassen, und wendet sich wieder ihren Aufgaben zu. Er legt Sadie die Hand auf die Schulter; ihr Rücken zittert beim Weinen. Auf Jareds Gesicht ist keinerlei Lebenszeichen zu erkennen.

Sadie wiegt ihren Kopf auf dem Geländer vor und zurück, während sich Jareds Brustkorb mit mechanischer Präzision hebt und senkt. »Er war sauer«, sagt sie. »Aber ich konnte doch nichts dafür. Wegen seiner Bewährungsauflagen konnte er nicht bei mir vorbeikommen. Wir waren also aufgeschmissen.« Sie richtet sich wieder auf und sieht Oliver an. »Es war nur das eine Wochenende. Ich fand seine Aufregung total übertrieben. Aber vielleicht hat er ja was geahnt …«

Oliver schüttelt den Kopf. »Nein.« Die Haut rings um ihre Augen ist schwarz von verlaufenem Kajal. »Er hatte bloß Sehnsucht nach dir.« Das sagt er, um sie zu beruhigen, um ihr vorzumachen, dass die Welt einfacher ist, als es tatsächlich der Fall ist. Aber auch, damit sie sich keine unnötigen Vorwürfe macht.

Sie ist erhitzt, er kann die Wärme ihrer Haut an der Hand spüren, die er an ihren Rücken gelegt hat. »Du solltest was trinken«, sagt er, zieht einen Becher aus dem Spender und füllt ihn an dem kleinen Waschbecken aus Edelstahl. Dann drückt er ihn ihr behutsam in die zitternden Finger.

»Danke«, sagt sie.

Er nickt und sieht zu, während sie trinkt. Ein so einfacher Vorgang. Warum kann Jared ihnen nicht sagen, dass er Durst auf einen Schluck Wasser hat, verdammt?

Dann aber wird Sadie unvermittelt blass. Sie nimmt den Becher vom Mund und schafft es nur mit knapper Not zum Waschbecken, wo sie sich übergeben muss. Oliver hält ihr den Kopf und streicht ihr das Haar zurück, ganz so, wie seine Mutter es früher immer bei Mary gemacht hat.

Als sie fertig ist, richtet sie sich auf und wischt sich den Mund mit einem Papierhandtuch ab. »Scheiße«, sagt sie und sieht zu Miranda, Mary und Betsy hinüber, die inzwischen an der Tür stehen. »Mir war auf einmal kotzübel.«

Oliver lässt ihr Haar los und legt ihr die Hand auf den Arm. »Vielleicht solltest du dich besser setzen.«

Sie nickt.

Er führt sie ums Bett herum zu dem kunstlederbezogenen Sessel, auf dem er fast die ganze Nacht zugebracht hat.

»Ich besorge eine Bettpfanne«, sagt Mary von der Tür aus, wendet sich um und hält Ausschau nach einer Schwester.

»Warum sehen seine Augen so komisch aus?«, fragt Sadie, wobei sie hilfesuchend an Oliver vorbei zu seiner Mutter und Miranda hinübersieht.

»Es tut mir so leid, Liebes. Es ist einfach nur entsetzlich«, sagt Betsy und ringt die Hände. Sie hat aber noch keinen Schritt ins Zimmer getan, um sich den Jungen richtig anzusehen, dessen Leben ihr Ehemann zerstört hat.

13

Schreckliche Dinge ereignen sich pausenlos auf der Welt. Brutale Gewalt ist an der Tagesordnung. Mitunter kommt es vor, dass Menschen durch die Schuld ihrer Regierung oder der Regierung eines anderen Landes in die Schusslinie geraten, so dass sie nicht einmal mehr nachts in ihren eigenen Häusern sicher sind. Ein Flugzeug kann hoch über der Landschaft dahinfliegen, in der die Lichter der Stadt, in der man lebt, bloß ein weiteres Ziel sind, und auf die entsprechende Anweisung hin kann der Pilot einen Knopf drücken und eine Ladung hochexplosiver Sprengkörper in das dunkle Schlafzimmer, in dem man schläft, schießen, so dass die letzten Geräusche, die man auf Erden wahrnimmt, das Splittern von Glas, das Schreien von Kindern und das tosende Brausen eines ausbrechenden Feuers sind, das bis zum Morgengrauen wüten und alles restlos vernichten wird.

Am selben Tag, weit weg von jenem Feuer, könnte auch eine Frau nachts von einem leisen, furchtsamen Winseln geweckt werden. Sie zieht sich ihren Bademantel über und folgt dem Geräusch nach draußen, um ihr Haus herum zu der Regentonne, die sie aufgestellt hat, um Gießwasser für ihren Garten zu sammeln. Nachdem sie sich mit beiden Armen über den Rand der Tonne gezogen hat, sieht sie, was dort unten in der Tiefe vor sich hin winselt: ein kleiner Straßenköter, den Kinder aus Langeweile oder Bosheit, vielleicht auch aus beidem, haben hineinfallen lassen. Der Hund steckt bis zum Hals im Wasser, kratzt mit den Vorderpfoten panisch an der Innenseite der Tonne herum. Bei ihrem Anblick fängt er an, mit dem vom Wasser bedeckten Schwanz zu wedeln. Es spritzt in alle Richtungen. Sie streckt die Arme nach unten aus, um nach ihm zu greifen. »Ist ja gut, mein Kleiner«, sagt sie, während ihr Nachthemd hochrutscht und das bleiche Fleisch ihrer Oberschenkel im schwachen Licht der Morgenröte zum Vorschein kommt. Da verliert sie unvermittelt den Halt und stürzt mit dem Kopf voran in das nur einen halben Meter tiefe Wasser, steckt hilflos in der Tonne fest, während ihre Beine und Füße oben herausragen. Außer Stande, Mund und Nase über die Wasseroberfläche zu heben, ertrinkt sie jämmerlich, während der Hund neben ihr weiter mit dem Schwanz wedelt.

Ein Mann könnte sich in dem Haus versteckt halten, in dem er früher einmal gewohnt hat, das Haus, für das er sich zwei Jobs aufbürdete, einzig der Frau zu Gefallen, die er liebte. Sie hatten im Garten des Hauses geheiratet, an einem heißen, sonnigen Sommertag. Er hatte seine beiden Kinder nach der Geburt aus dem Krankenhaus hergebracht und in das sonnige Erkerfenster gelegt, um sie vor Gelbsucht zu bewahren. Dieser Mann könnte sich eines Morgens mit einem Schlüssel, den er eigentlich gar nicht mehr besitzen dürfte, Zutritt zu dem Haus verschaffen und sich in einem Schrank verstecken, um der Frau, die er immer noch liebt, bei ihrer Heimkehr eine Überraschung zu bereiten. Nur für den Fall, dass die Dinge nicht so laufen sollten, wie er es sich vorstellt, hat er einen Baseballschläger und ein Jagdmesser mitgebracht.

Solche Gedanken schwirren Missy Rolondo durch den Kopf, während sie den Kinderwagen über die Auffahrt auf ihre geöffnete Haustür zuschiebt. Ein Stück vom Haus entfernt lässt sie den Wagen stehen und erklärt den Jungen, dass sie gleich wieder da ist. Dann atmet sie tief durch und marschiert zielstrebig und entschlossen auf die Tür zu.

Vor der offenen Tür bleibt sie stehen und horcht. Im Haus ist es still, nur das Rauschen der Spülmaschine, die sie vor ihrem Spaziergang angeschaltet hat, ist zu hören. Mit wildem Herzklopfen und zitternden Händen tritt sie über die Türschwelle.

»Hallo?«, ruft sie zaghaft. Sie sieht sich noch einmal nach dem Kinderwagen um, der draußen auf der Auffahrt einen langen Schatten wirft. »Hallo«, ruft sie noch einmal, lauter diesmal. Sie steht jetzt mit beiden Füßen im Haus, da kommt ein Rückzug nicht mehr in Frage, ausgeschlossen. Im Stillen überlegt sie, ob sie die Tür nicht vielleicht doch offen gelassen haben könnte, irgendwie, obwohl sie das Haus mit den Jungen durch die Garage verlassen hat. Sie atmet tief durch. Vielleicht irrt sie sich ja. Vielleicht hat ja doch alles seine Ordnung.

Doch sie nimmt einen seltsamen strengen Geruch wahr, den sie nicht einordnen kann. Leise geht sie auf die Küche zu. Auf dem Couchtisch im Wohnzimmer hat Andrew einen Turm aus Bauklötzen aufgestapelt. Seine Socken liegen auf dem Sofa verstreut. Eigenartigerweise läuft der Fernseher. Aber der Ton ist abgeschaltet. Hat er heute Morgen ferngesehen, während sie Max gefüttert hat? Möglicherweise. Aber wohl kaum CNN.

Ihre Turnschuhe quietschen auf dem Hartholzboden, als Missy Rolondo eilig kehrtmacht, um aus dem Haus zu laufen. Doch sie schafft es nicht bis zur Tür, weil jemand sie von hinten packt. Sie will schreien, aber ihr wird sofort der Mund zugehalten. Ihre Füße baumeln auf einmal in der Luft, während sie verzweifelt versucht, sich zu befreien.

»Sch«, raunt er ihr ins Ohr. »Ich bin's nur.«

Nachdem er sie wieder auf dem Boden abgesetzt hat, hält Andy weiter ihre Arme umfasst.

»Verdammte Scheiße!«, sagt sie, dreht sich um und boxt ihm zornig gegen die Brust. »Was soll denn das? Ich habe mich fast zu Tode erschrocken.«

Er umfasst sanft ihre Faust und zieht sie an sich. »Tut mir leid«, murmelt er oben an ihrem Haar. »Ich wollte dich nicht erschrecken. Ich dachte, du wärst zu Hause. Es ist bloß, ich habe ein Geschenk für euch dabei, und ich konnte es nicht erwarten. Komm her.« Andy schließt sie in die Arme. Und obwohl sie ihm dafür böse ist, dass er diese unnötige Aufregung verursacht hat, ist sie doch vor allem so froh und erleichtert, ihn zu sehen, seine tiefe Stimme zu hören, von ihm umarmt zu werden und seine unrasierte Wange an ihrem Gesicht zu spüren, dass sie ihm umgehend verzeiht.

Alles. Nicht nur diesen Vorfall, sondern auch sonst alles.

Missy klatscht in die Hände und lacht vor Vergnügen, als Andy aus dem Haus läuft, draußen auf der Auffahrt die Jungen aus dem Kinderwagen pflückt und sie sich links und rechts an die Schulter drückt, so dass Andrews roter Umhang hinter ihm herflattert wie das Banner eines Eroberers.

Das, geht es ihr durch den Kopf, ist unser Happy End. Wenn heute die Welt unterginge, wäre das genau der richtige Zeitpunkt, an dem alles endet.

Sie folgt ihrer Familie ins Haus und sieht zu, wie Andy einen flachen Karton in der Küche aufklappt. Zum Vorschein kommt ein silbergrauer Welpe, der zusammengerollt auf einer Unterlage aus Papierwolle liegt.

Die Jungen quietschen vor Freude. Andy hebt den Welpen aus dem Karton und lässt beide Jungen kurz mit ihm kuscheln. Missy fällt eine feuchte Stelle in der Papierwolle ins Auge, womit dann auch der Geruch erklärt wäre, den sie vorhin wahrgenommen hat.

»Es ist ein Weimaraner«, erklärt Andy stolz. Dann sieht er Missy an und setzt hinzu: »Das sind großartige Wachhunde und auch tolle Familienhunde. Er hat einen erstklassigen Stammbaum.«

Missy lächelt, als der kleine Max sich mit weit offenem Mund zu dem Hündchen vorlehnt, um ihm einen Kuss zu geben.

»Was sagt ihr jetzt zu Daddy?«, ermahnt sie ihre Söhne, aber die beiden bekommen in ihrem Freudentaumel gar nichts davon mit. Mit unübersehbarem Besitzerstolz zwicken sie an dem tapsigen Welpen herum, dessen lockere Haut dicke Falten wirft.

Missy lehnt sich an die Küchenanrichte.

»Ist denn dann jetzt wieder alles okay?«, fragt Andy, während er sie mit erwartungsvoll hochgezogenen Augenbrauen ansieht. »Ich hatte wirklich nicht vor, dich zu überrumpeln oder irgendwie aufzuregen. Wahrscheinlich hätten wir das vorher besprechen sollen, aber …«

Missy schüttelt den Kopf. »Nein, ist schon gut. Ich meine, sieh sie dir bloß an. Sie sind begeistert von ihm.« Dieser Hund wird sein Territorium in Besitz nehmen, wird eifersüchtig das Grundstück bewachen, wird bei ihr sein, wenn das Telefon klingelt oder einer der Jungen Fieber bekommt. Er ist ihr mehr als willkommen. »Jetzt bin ich endgültig in der Unterzahl. Das einzige Mädchen im Haus«, sagt sie lächelnd.

Er bleibt den ganzen Vormittag, spielt mit den Jungen, kümmert sich um den Welpen. Missy schwimmt ein paar Runden, und als sie fröstelnd aus dem Wasser steigt, wird ihr ein weiteres Mal bewusst, dass der Herbst jetzt nicht mehr fern ist. Dann wird Andrew eingeschult, und Max, der Kleine, wird in den Kindergarten kommen.

Einbrecher in der Nacht oder Herumtreiber am Morgen, derlei Angstfantasien helfen ihr wirklich nicht weiter, im Gegenteil. Während Missy in ihr Badelaken eingehüllt auf dem warmen Beton sitzt und auf die Stadt hinabschaut, wird ihr klar, dass es sie schon all ihren Mut kosten wird, Andrew in den Schulbus zu setzen.

Sie hat nicht die Kraft, eine hässliche Scheidung durchzustehen. Und eigentlich will sie sich auch gar nicht scheiden lassen. Allein dass Andy jetzt hier ist, die Jungen mit überbackenen Käsesandwiches verwöhnt, viel zu laut Jimmy Buffett über die Stereoanlage laufen lässt und ein Telefonat nach dem anderen per Handy führt, macht sie zufrieden. Doch sie weiß auch, dass ihr das Haus umso stiller vorkommen wird, wenn er wieder fort ist.

Warum aber sollte man sich die Zufriedenheit dadurch trüben lassen, dass man voreilig an ihren Verlust denkt?

Sie steht auf, um ein paar Dehnübungen zu machen, und drückt sich das Wasser aus dem Haar. Andy nimmt sie an der Tür mit einem Bier in Empfang. Offenbar ist er zum Helden auf Zeit ehrenhalber befördert worden, denn Andrews roter Umhang ist um seinen Hals befestigt.

»Na, schön geschwommen, Baby?«, fragt er und reicht ihr die Flasche.

»Ja, kann man sagen.« Sie geht mit der Flasche in die Küche und stellt sie auf die Arbeitsfläche. »Wie lange bleibst du?« Es ist ihr unangenehm, dass sie diese Frage überhaupt stellt.

»Darf ich denn bleiben?«, fragt er und trinkt einen Schluck aus seiner eigenen Flasche.

Sie nickt. »Ja.«

»Keine Anwälte mehr? Kein Scheidungsunsinn mehr?«

»Nein, Schluss damit«, sagt sie in sachlichem Tonfall und sieht kurz Mr Scrap mit seinem mitfühlenden Gesicht vor sich, als sie ihm unter Tränen erzählte, wie sie und Andy sich kennengelernt haben.

»Hat der Welpe den Ausschlag gegeben?«, fragt Andy lächelnd. »Oder der Umhang?« Er fasst den Umhang an den Zipfeln und breitet ihn hinter seinem Nacken aus, wie bei einem Balzritual unter Reptilien.

Sie lächelt nur und sagt nichts.

Sie stehen Seite an Seite da und sehen einträchtig zu, wie die Jungen zusammen auf dem Boden herumtollen, während der Welpe wieder in seinem Karton liegt und schläft. Wird diese Harmonie von Dauer sein, werden sie gemeinsam erleben, wie ihre Söhne zu jungen Männern heranwachsen, und auch darüber hinaus ein Paar bleiben? Oder wird dieser Nachmittag in der Küche eher die Ausnahme bleiben, bloß einer von wenigen lichten Momenten, bis ihre Beziehung unausweichlich in die Brüche geht?

Missy stößt einen tiefen Seufzer aus. Andy trinkt noch einen Schluck Bier. Sie entscheidet, dass es darauf jetzt, in diesem Moment, wirklich nicht ankommt.

Mary kehrt mit der Bettpfanne zurück und stellt sie neben Sadie, die inzwischen schon wieder mehr Farbe im Gesicht hat, auf den Boden. Zusammen beobachten sie Betsy, die jetzt doch endlich ins Zimmer gekommen und an Jareds Bett getreten ist. Mit schräggelegtem Kopf steht sie da, als wäre sie bereit zuzuhören, sobald er etwas zu sagen hat.

»Mom?«, sagt Mary, der nicht das kurze Zaudern ihrer Mutter entgangen ist, ehe sie ihre Hand schließlich auf Jareds geschwollenes Handgelenk legt. »Wenn du willst, kann ich dich nach Hause fahren.«

»Oh bitte, gehen Sie nicht«, sagt Sadie flehentlich. »Ich weiß nicht, wie ich – ich meine, wie soll ich denn hier allein klarkommen.« Sie hat die Arme um sich geschlungen und wiegt sich sachte auf dem Sessel vor und zurück. Betsy geht zu ihr und streicht ihr das Haar aus der Stirn, und Oliver muss spontan an den Abend nach der Beerdigung seines Vaters denken, als ein Fremder in einem VW Käfer das Baby bei ihnen vorbeibrachte. Betsy war mit dem Kleinen ins Haus gekommen und hatte vorgeschlagen, ihn erst einmal zu baden. Im Badezimmer hatten sie um die Babywanne herumgestanden, die ihr Vater auf dem Flohmarkt ergattert hatte, und ihm abwechselnd warmes Wasser über den kleinen, zappelnden Körper gegossen. Allein schon der Anblick seines kleinen Bäuchleins und der molligen krummen Beinchen hatte ihre Stimmung kurzzeitig etwas aufgehellt.

Während er jetzt dabei zusieht, wie seine Mutter sich rührend um die Person kümmert, in die sich das Baby von damals

als junger Mann verlieben sollte, fällt Oliver auf einmal auf, dass Jareds Augen inzwischen geschlossen sind. Dadurch wirkt er friedlicher, normaler; wären da nicht der aus seinem Kopf ragende Metallstab und die Schläuche in seiner Nase und seinem Mund, könnte man meinen, er schlafe einfach nur. Für den Blick aus seinen offenen Augen am Morgen hatte es keine vergleichbar harmlose Erklärung gegeben.

Und trotzdem. Sie waren offen gewesen.

Wie verstörend Jareds ausdruckslose, offene Augen gewirkt hatten, hat Oliver bereits verdrängt. Er erliegt der verzerrten Realität der Intensivstation, in der ein quälendes Szenario durch ein anderes, noch quälenderes Szenario abgelöst wird und die Anwesenden sich stets nach dem ersten zurücksehnen. Deshalb würde er zu gerne wieder Jareds Augen sehen. Wenn sie sich jetzt wieder öffnen würden, würde Oliver bereitwillig alle Zurückhaltung aufgeben, absurde Befehle brüllen und aufmerksam nach einem Anzeichen des Erkennens Ausschau halten. Er würde vergessen, dass er es besser weiß.

»Ist ja gut«, sagt Betsy und lässt ihre Finger kurz an Sadies Schläfe verharren. »Ich bleibe. So lange, wie Sie wollen.« Sie nimmt die Hand von Sadies Kopf und deutet auf die unversehrte Seite von Jareds Gesicht. »Er sieht gut aus, nicht wahr?« Sie lässt ihren Blick über Oliver hinweghuschen und sieht dann wieder Sadie an.

»Ja«, sagt Mary und umfasst Sadies Hand, »er sieht gut aus.«

Das Surren der Maschinen wird unvermittelt von einem fremdartigen Brummen überlagert. Es ist Marys Handy. Sie greift in ihre Jackentasche und geht hinaus, eilt durch den Flur in den Vorraum, wo Telefonieren gestattet ist. Oliver vermutet, dass es Mr Nice Guy ist, der da anruft. Mary hat ihm erzählt, dass er am Morgen, nach der Anklageerhebung, gegen Kaution auf freien Fuß gesetzt worden ist.

Aber es ist nicht Mr Nice Guy. Es ist Doug.

»Können Sie atmen?« Beim Klang seiner Stimme bekommt sie spontan eine Gänsehaut.

»Gott sei Dank. Ja. Ganz allein und aus eigener Kraft.«

»Dass Sie mich auch unter diesen Umständen anrufen sollen, habe ich Ihnen also nicht gesagt.«

»Nein.«

»Schade, wie bedauerlich. Meine Mutter und ich haben uns großartig unterhalten. Sie ist sogar der Grund, warum ich anrufe.«

»Der Junge, den mein Bruder gefunden hat, leidet unter Hirnblutungen.«

»Oh.«

»Ja. Ist echt übel hier auf der Intensivstation. Schlimmer als auf allen Flughäfen, die ich kenne.«

»Ja, das stimmt«, sagt er nachdenklich.

»Ich will nicht hier sein. Ich wollte, ich wäre nicht hier.« Sie schließt die Augen und denkt daran zurück, wie sie mit ihm getanzt hat.

»Das überstehen Sie schon.«

Sie ist fast versucht, ihm zu glauben. »Das sagt sich so leicht, aus der Ferne.«

»Ja, ich weiß. Alles eine Frage der Perspektive.«

»Freut mich, dass es Ihrer Mutter besser geht.«

»Nein. Es geht ihr schlechter. Viel schlechter.«

»Aber Sie haben doch gesagt, Sie hätten sich großartig unterhalten –«

»Ja, aber sie hat mich gar nicht erkannt. Sie hat mit meinem Dad gesprochen.«

»Oh.«

»Über all die Jahre hinweg, die er nun schon tot ist und unter der Erde liegt. Es wäre ihr lieber gewesen, hat sie zu ihm gesagt, wenn er sie vor vierzig Jahren verlassen hätte. Wenn er der Sache einfach ein Ende gesetzt hätte, weil sie dann beide hätten glücklich werden können.«

»Aua.«

»Ich hatte nicht die leiseste Ahnung. Auf mich haben sie immer ganz normal gewirkt. Nicht unglücklich.«

»Das kommt mir aber nicht gerade vor wie ein gutes Gespräch.«

»Nein? Ich glaube, mir wird es das Leben retten.«

»Ich würde jetzt echt gerne eine rauchen«, murmelt Sadie.

Miranda ist kurz nach Hause gefahren, um Jello zu füttern. Mary telefoniert noch immer. Oliver beobachtet, wie seine Mutter sich um Jared kümmert, ihm behutsam die Füße eincremt und einen kühlen Waschlappen an die Stirn drückt, ohne überhaupt mitbekommen zu haben, dass er und Sadie aus dem Zimmer gegangen sind.

»Gehen wir.« Er nimmt Sadie am Arm und verlässt mit ihr die Intensivstation. Unterwegs kramt sie in ihrer Tasche und steckt sich eine Zigarette in den Mund, die sie die ganze Zeit zwischen den Lippen behält, während sie mit gesenktem Blick neben ihm durch das Labyrinth von Krankenhausfluren und Aufzügen geht.

Als sie draußen auf dem Bürgersteig ankommen, unweit der Stelle, von der aus Oliver Miranda am Vorabend angerufen hat, zündet Sadie ihre Zigarette an und hebt endlich den Blick.

»Scheiße.« Sie sieht ihn direkt an. Dann fängt sie an, auf und ab zu gehen. »Das ist doch echt das Letzte. Was ist passiert?« Wieder bricht sie in Tränen aus. »Ich meine, wie konnte das bloß passieren?«

Oliver schüttelt den Kopf. »Das weiß ich auch nicht, ehrlich gesagt. Aus irgendeinem Grund ist er gestern bei meiner Mutter vorbeigefahren.«

»Bei ihr?« Sadie deutet auf das Gebäude, vor dem sie gerade stehen. Dann wischt sie sich mit dem Handballen über die Augen.

Oliver nickt. »Ja. Jared ist zu Hause bei meiner Mutter aufgetaucht, und ihr Mann – keine Ahnung, wieso – hat Jared offenbar für eine Art Angreifer gehalten.«

»Er war das?« Ihr Blick flackert unruhig umher, huscht von Oliver zu der Straße zu den Passanten, die vorbeigehen. »Ihr Stiefvater?«

Oliver nickt abermals. »Aber ich –«

»Und das ist Ihre Mom da oben?« Sie wirft ihre Kippe in den Rinnstein und greift in ihre Tasche, um die nächste Zigarette herauszuholen. Während sie nach der Packung kramt, zieht sie einen abgewetzten alten Plüschaffen heraus.

Beim Anblick des Affen zuckt Oliver heftig zusammen. »Verdammt«, sagt er leise. »Verdammt …«

»Was? Was ist?« Sie hat die Packung jetzt gefunden. »Sie können eine von meinen haben.«

Oliver schüttelt den Kopf. »Nein.« Er streckt die Hand nach dem Plüschaffen aus, den sie ihm bereitwillig aushändigt.

»Das ist seiner«, sagt sie. »Den hat er mir gegeben, als Andenken, wenn wir uns nicht sehen können. Er riecht sogar nach ihm.«

Oliver hält sich den Affen an die Nase.

Er mieft nach Zigarettenrauch, aber auch nach ungebadetem Kind – nach dem speziellen Aroma von Schweiß, Schmutz und Zucker, das sich bei einem Siebenjährigen im Lauf einer Woche zwischen den Fingern, hinter den Ohren und sogar auf den Augenlidern ansammelt. Ein klebrig-salziger, gar nicht mal so unangenehmer Geruch, der ihn an seine Schwester erinnert. An sich selbst nimmt man diesen Geruch nie wahr, aber Oliver kann sich gut daran erinnern, wie er einmal mit Mary zusammen auf einem Gartenstuhl auf der Veranda gesessen hat, beide mit schmutzigen Füßen, weil sie den ganzen Tag barfuß herumgelaufen waren. Damals roch sie genauso wie dieser abgewetzte Plüschaffe, den er jetzt in den Händen hält, derselbe

Affe, den er und Mary mit ihrem Vater zusammen vor einundzwanzig Jahren in dem Spielwarengeschäft ausgesucht haben. Mary hatte noch daran gedacht, ihn Jared mit in den Kindersitz zu legen, für seine Reise, die ihn von ihnen trennte. Seither hat er ihn offenbar immer bei sich behalten und als kleiner Junge seinen eigenen Geruch darauf übertragen, der weiterhin tief im Gewebe haftet. Oliver drückt sich den Affen an die Wange; erst jetzt, angesichts dieser greifbaren Bestätigung, wird ihm bewusst, wie sehr er insgeheim selbst an seiner Entdeckung gezweifelt hatte. Um wie viel mehr sich sein Kummer vergrößert, jetzt, wo Jareds Identität zweifelsfrei feststeht.

Oliver und Mary waren also immer bei ihm, in Gestalt dieses Affen. Das Plüschtier, das er in der Hand hält, ist genau der Beweis, auf den er die ganze Zeit im Stillen gehofft hat. Doch Genugtuung darüber, wie gerechtfertigt seine Mission letzten Endes war, will sich bei ihm nicht einstellen. Nur Bedauern darüber, wie töricht sie war.

Auf dem Parkplatz gegenüber zanken sich zwei Vögel um einen Cracker, der auf dem Pflaster liegt. Sie flattern wild mit den Flügeln, um sich gegenseitig einzuschüchtern. Er zuckt mit den Schultern. »Es tut mir leid«, sagt er. »Es tut mir wirklich leid.«

Sadie runzelt die Stirn und reißt ihm den Affen wieder aus der Hand. »Er darf nicht sterben. Das ist alles. Er darf einfach nicht sterben.« Mit zitternden Fingern steckt sie sich die nächste Zigarette an. Die Tränen, die ihr in einem fort aus den Augen rinnen, rollen ihr übers Gesicht und landen schließlich in den kleinen Vertiefungen über ihren Schlüsselbeinen.

Hier ist ihre Zeitdehnung. Sie werden unverdrossen darauf hoffen, darum beten und daran glauben, dass es eine weitere Chance gibt.

»Hier ist er mal mit mir hergekommen, als ich eine Lebensmittelvergiftung hatte.« Sadie deutet mit dem Kinn zum Eingang der Notaufnahme. »Er hat im Wartebereich mit dieser blöden blauen Bettpfanne neben mir gesessen – genau so eine wie die oben im Zimmer – und meine Kotze aufgefangen.« Sie verdreht die Augen. »Ich hasse dieses Krankenhaus.«

Sadie raucht noch eine Zigarette, und dann kehren sie durch das Labyrinth von Aufzügen und Fluren zurück auf die Intensivstation.

Die Maschinen piepsen und flackern, und die Sonne geht mit zuverlässiger Kontinuität unter. Eigentlich verstößt die Anwesenheit so vieler Besucher im Zimmer gegen die Vorschriften, aber die Nachtschwestern drücken ein Auge zu. Über die Gründe für dieses unerwartete Entgegenkommen wollen sie alle lieber nicht näher nachdenken.

Betsy betrachtet Jared mit einer Beharrlichkeit, die Oliver so noch nie bei ihr gesehen hat. Sadie streichelt ihn hin und wieder, flüstert ihm ins Ohr, hält es aber wegen der gurgelnden Geräusche in seinem Brustkorb nie sehr lange in seiner Nähe aus. Immer wieder zieht sie sich an den Platz zurück, den sie zwischen Mary und Oliver gefunden hat.

Miranda versorgt alle mit Wasserflaschen. Außerdem hat sie Beutel mit Studentenfutter aus einem Automaten dabei, den sie ausfindig gemacht hat. Keiner hat Appetit; sie legt die Beutel säuberlich nebeneinander auf den Tresen, wo sie liegenbleiben wie Andenken von einem Ausflug.

Zwei Schwestern gehen um sie herum ihren Pflichten nach, säubern das Beatmungsgerät und versuchen immer wieder, dem mit geschlossenen Augen daliegenden Jared durch lautes Anbrüllen eine Reaktion zu entlocken, bis eine der beiden ohne Vorwarnung das ominöse blaue Licht anschaltet und die andere hinausläuft, um den Notfallwagen und einen Arzt zu holen.

»Bitte gehen Sie raus«, sagt die erste Schwester zu ihnen. »Wir brauchen Platz.«

Zu fünft bewegen sie sich eilig auf den Flur hinaus, hilflos und niedergeschlagen. Sadie klammert sich Halt suchend an Marys Arm fest. *Wo seid ihr denn die letzten zwölf Stunden gewesen*, würde Oliver die Horde von Ärzten und Schwestern am liebsten anschreien, die sich jetzt um Jared herumdrängen. *Habt ihr Ravioli gegessen?*

Sie machen sich rabiat an Jareds Körper zu schaffen, verabreichen ihm immer neue Stromstöße. Seine Arme spannen sich kurz an, als würde er das Bewusstsein wiedererlangen, und sacken dann wieder schlaff aufs Bett hinab. Immer und immer wieder. Bis sie schließlich aufhören. Ein ihnen völlig unbekannter Arzt schaut auf die Uhr und weist eine Schwester an, die Uhrzeit zu notieren. In einer fließenden Bewegung zieht er den weißen Vorhang zu, der von der Decke hängt, streift sich die Handschuhe ab und wirft sie achtlos in den Abfallbehälter neben der Tür.

»Sind Sie die Angehörigen?«, fragt er mit ausdrucksloser Stimme.

Alle nicken.

»Es tut mir leid. Wir haben alles medizinisch Mögliche unternommen, um ihn zu retten. Aber seine Verletzungen waren einfach zu erheblich.«

Sadie sackt in sich zusammen. Mary setzt sich neben sie auf die Bank, hält sie umarmt. Miranda steht auf, um ein Glas Wasser zu holen.

Oliver und seine Mutter gehen zu Jared ins Zimmer. Dort ist es jetzt still, nichts piepst oder surrt mehr. Jared sieht nicht viel anders aus als zuvor.

Betsy legt Jared eine Hand auf die Stirn. Mit der anderen berührt sie Oliver an der Schulter. »Es tut mir leid«, sagt sie schlicht.

»Nein«, sagt Oliver unter heftigem Kopfschütteln. »Mom, ich habe mich an einen Strohhalm geklammert. Mich in einer Wahnidee verloren. Es ist meine Schuld.«

»Ich hätte so vieles anders machen können«, sagt sie mit gesenkter Stimme, als hätte sie Angst, dass Jared lauschen könnte. »Ich hätte dieses Baby behalten können.« Ihre Augen füllen sich mit Tränen.

Oliver legt die Arme um seine Mutter. »Das ist meine Schuld, Mom.« Er klammert sich an den einzigen Elternteil, der ihm noch verblieben ist. »Alles nur meine Schuld.«

»Nein«, sagt sie unter Tränen. »Nein, nein, nein.«

Der Mond ist eine weiße Sichel am dunklen Himmel. Ihre eigenen Atemzüge erfüllen die Stille. Dann wird behutsam an die Tür geklopft.

Miranda kommt leise ins Zimmer. Lautlos kniet sie neben dem Bett nieder und drückt ihre Stirn an Jareds Hand. Dann steht sie auf und schließt sich, ein wenig unbeholfen, der Umarmung zwischen Oliver und Betsy an.

Im Flur hält Mary Sadie die blaue Bettpfanne unter den Mund. Die Schwestern huschen in weitem, rücksichtsvollem Bogen um sie herum.

Durch die Fenster dringt allmählich das erste Licht der Morgendämmerung herein. Mary bietet Sadie an, sie zu Jared ins Zimmer zu begleiten, damit sie sich von ihm verabschieden kann. Sie lehnt mit heftigem Kopfschütteln ab.

»An den Mist glaube ich nicht«, sagt sie. »Er ist fort. Sein Körper –«

»Ist schon gut«, sagt Mary, während sie Sadies Kopf an ihrer Schulter spürt. »Also, dann können wir ja gehen.«

Betsy, Mary und Sadie treten den weiten Weg an, der aus dem Krankenhaus ins Freie führt.

Miranda greift nach Olivers Hand. »Kommst du auch?«

Er schüttelt den Kopf. »Ich möchte noch ein bisschen hierbleiben.«

Sie schlingt die Arme um ihren Körper und nickt. »Ich warte unten in der Cafeteria.«

Oliver kehrt wieder ins Zimmer zurück.

Dort findet er eine der Schwestern vor, die schon vorab gewusst haben dürften, wie diese Nacht ausgehen würde. Als sie Oliver sieht, lächelt sie flüchtig. »Ich bin hier noch nicht ganz fertig«, sagt sie, um ihn wieder vor die Tür zu schicken. Aber er bleibt. Sieht gebannt dabei zu, wie sie die letzten Schläuche aus Jareds Körper zieht, routiniert und penibel die Nadeln einsammelt, die in ihm gesteckt haben. Wie in einem rückwärtslaufenden Film. »Es kommt gleich jemand, um ihn abzuholen.«

»Kann ich mitkommen?«, fragt Oliver.

»Sie wollen ihn begleiten?«, fragt die Schwester ungläubig.

»Ja, darf ich ihn begleiten?«

»Ihnen ist aber schon klar, wo er hinkommt?«

Oliver zuckt die Achseln.

»Hier dürfte der bessere Ort sein, um sich von ihm zu verabschieden«, sagt sie ohne Umschweife. »Die Leichenhalle sollten Sie sich lieber ersparen.«

Erst bei dieser Aussage wird Oliver klar, wie es jetzt weitergehen wird. Er hatte gedacht, er könnte Jareds Leichnam durch die Krankenhausflure zu einem bereitstehenden Leichenwagen begleiten, der ihn fortbringen würde, wohin genau? Zu einem Bestattungsinstitut. Oder so etwas in der Art.

Jetzt, wo sie es ausgesprochen hat, bekommt Oliver umgehend weiche Knie. Die Leichenhalle. »Er wird … er wird doch nicht obduziert, oder?«

Die Schwester schüttelt den Kopf. »Nein, aber dort kommt er hin, bis die Polizei seinen Leichnam freigibt. Dann müssen Sie das Bestattungsinstitut bestimmen, das ihn abholt. Und alles Weitere.«

»Ach. Richtig.« Oliver sieht zu, wie sie einen Verband auf die Wunde in Jareds Brust klebt, in die ebenfalls ein Schlauch eingeführt worden war. Ein wenig Blut sickert in das Verbandsmaterial. Das ist ihre letzte Aufgabe. Sie zieht ein Laken hoch, um ihn komplett einzuhüllen.

»Ist das in Ordnung?«, fragt sie, während sie das Laken über Jareds Gesicht zieht. »So machen wir das hier. Aber Sie sind ja ein Angehöriger, es steht Ihnen frei, wenn Sie das Laken lieber weglassen wollen, bis jemand hochkommt.«

Oliver nickt. »Ja«, sagt er, »ist in Ordnung.«

Sie nimmt noch den Abfallbeutel an sich und lässt Oliver dann allein. Im hellen Tageslicht, das durchs Fenster hereinfällt, macht das Krankenhauszimmer auf einmal einen abgenutzten, schäbigen Eindruck. Die Resopalablage um das Waschbecken herum ist rosa, ihre Umrandung löst sich an den Ecken ab. Die weiß getünchten Wände wirken unendlich trostlos.

Oliver setzt sich in den Kunststoffledersessel, lehnt den Kopf zurück und schließt die Augen.

Er macht sich heftige Vorwürfe. *Du bist ein Idiot, ein verdammter, dämlicher Vollidiot.* Bald schon kann er nicht mehr an sich halten, schluchzt hemmungslos, mit vornübergebeugtem Oberkörper, weint buchstäblich Rotz und Wasser. Das Blut pocht ihm in den Schläfen, vor Schmerz und Verzweiflung schnürt sich ihm die Kehle zusammen.

Es gibt nichts, womit er sich halbwegs trösten könnte. Bei den Fotos, bei diesem ganzen lächerlichen Dossier ging es nicht darum, Jared den Vater zu schenken, der ihm entgangen war. Sondern nur darum, sein eigenes armseliges Verlangen danach zu stillen, auf die Rückspul- und dann auf die Pausentaste zu drücken und eine Simulation all dessen zusammenzubasteln, was hätte sein sollen oder sein können. Weil er dachte, dass ihm das zustünde.

»Hey, Mann«, sagt eine Stimme von der Tür aus, »geben Sie mir einfach Bescheid, wenn Sie so weit sind.«

Oliver richtet sich auf und sieht einen älteren Mann in einem weißen Kittel in der Tür stehen. »Bringen Sie ihn nach unten?«, fragt er.

Der Mann nickt. »Aber lassen Sie sich ruhig Zeit.« Er ist groß und breitschultrig, hat einen langgezogenen Hängebauch und einen pechschwarzen Schnauzbart, dazu dicke schwarze Augenbrauen.

»Nein, nein. Kommen Sie nur rein. Ich bin schon fertig, kein Problem«, sagt Oliver und nimmt sich ein Kleenex vom Tresen. »Nur zu.«

Der Mann kommt herein und stopft die Ecken des Lakens unter Jared fest, so dass die Formen seines Körpers sich unter dem Stoff deutlicher abzeichnen. Danach breitet er die Decke, die er unter dem Arm mit hereingebracht hat, über dem Laken aus. Dann sieht er Oliver an und sagt: »Ist schon eine verdammte Schande, oder?«

Oliver ist dankbar für diese fast mitfühlende Bemerkung und nickt stumm.

Nachdem er die Bremsen an den Rollen unten gelöst hat, manövriert der Bedienstete das Bett aus dem Zimmer auf den Flur hinaus. Oliver begleitet ihn wortlos, die Hand auf die Decke neben Jareds Kopf gelegt.

Der Bedienstete widerspricht nicht, als Oliver mit ihm das Bett durch den Flur bis zu einem Lastenaufzug steuert. Während sie am Aufzug warten, fällt Oliver eine Tür mit einem kleinen Fenster ins Auge, er kann dahinter den Pausenraum der Pflegekräfte sehen. Ein paar Schwestern sitzen dort um einen Tisch herum, trinken Limonade und lachen, ohne sich vom Geräusch der vorüberrollenden Räder aus der Ruhe bringen zu lassen.

In dem Aufzug nimmt Oliver den Geruch des Bediensteten wahr, nach Rasierwasser und Desinfektionsmittel.

»Ihr Vater?«, fragt der Mann ernst.

»Entschuldigung?«

»Ist es Ihr Vater?«

Oliver betrachtet das goldene Kreuz, das der Mann an einem Kettchen um den Hals trägt. »Nein, er ist mein … er ist ein Freund.«

»Tja, es mag Ihnen zwar jetzt nicht so vorkommen, aber die Zeit heilt alle Wunden.«

Oliver muss unwillkürlich lächeln. Ihm kommt es eher so vor, als hätte die Zeit diese Wunden erst gerissen.

»Er ist jetzt längst fort, da können Sie ganz beruhigt sein. Ich weiß, dass die Seele Flügel hat. Sobald das Herz zu schlagen aufhört, fliegt sie durchs Fenster davon. Das hier«, er klopft auf die Decke, dort, wo sich Jareds Bein befindet, »das ist bloß die äußere Hülle. So ähnlich wie die zerbrochenen Eierschalen, die man im Frühjahr überall herumliegen sieht. Die Vogelküken brauchen diese Schalen nicht mehr. Nicht, wenn sie oben im Himmel leben.«

Olivers Miene verrät offenbar, dass er an dieser Sicht der Dinge seine Zweifel hat.

»Ich arbeite seit fünfundzwanzig Jahren hier«, bekräftigt der Bedienstete. »Ich weiß, wovon ich rede.«

»Seit fünfundzwanzig Jahren«, wiederholt Oliver. Dann erst wird ihm die volle Tragweite dieser Worte bewusst, und er hakt spontan nach: »Haben Sie vielleicht Dr. Finley noch gekannt?«

Der Mann lächelt zum ersten Mal, entblößt dabei ein Sammelsurium schiefer, übereinanderstehender Zähne. »Klar. Mein erster Chef. Netter Mensch.« Er runzelt die Stirn und sieht Oliver direkt an. »Sind Sie mit ihm verwandt?«

»Er war mein Vater«, sagt Oliver und nickt.

»Im Ernst? Ja, Sie sehen ihm ähnlich. Hab seit Jahren nicht mehr an ihn gedacht. Sie müssen noch klein gewesen sein, als er gestorben ist. Ist schon ziemlich lange her.«

»Ja, einundzwanzig Jahre diesen Sommer«, sagt er, und nebenher fällt ihm auf, dass Jared entweder kürzlich Geburtstag hatte oder kurz davor stand. »Vielleicht dürfte ich Sie um einen Gefallen bitten?«

»Klar, jederzeit«, sagt der Mann, während sich die Aufzugtüren im Kellergeschoss öffnen und ein Schwall kühler Luft hereindringt.

Oliver wischt sich die Hände an der Jeans ab und folgt dem Mann, während er das Bett in die Leichenhalle schiebt.

14

Mr Scrap klappt seinen Kofferraum auf und nimmt den Eimer heraus. Er hat seine alte schwarze Angelrute geschultert, und in dem Eimer klemmt sein rostiger Angelkasten. Der Tag ist wunderschön, schöner, als er eigentlich sein sollte. Sonnenlicht strömt durch das Laub der Pappeln, die das Flussufer säumen, und wirft einen goldenen Schein auf das Wasser.

Diese Stelle ist bei Anglern sehr beliebt; das Ufer gegenüber grenzt an die »Wildnis«, und auf dieser Seite gibt es einen kleinen Parkplatz, zu erreichen über eine Ausfahrt vom Highway.

Nachdem er sich mit seiner Ausrüstung an einer freien Stelle am Ufer niedergelassen hat, mustert Mr Scrap das halbe Dutzend anderer Angler, die um ihn herum am Fluss verteilt sitzen. Ihre Bewegungen sind langsam und bedächtig, als würden sie das westliche Pendant zu Tai-Chi praktizieren. Angelschnur einrollen, Köder anbringen, Schleife binden, Angel auswerfen. Angelschnur einrollen, Köder anbringen, Schleife binden, Angel auswerfen.

Auch er hat die Hoffnung, sich in den Rhythmen dieser Betätigung zu verlieren, als er seinen Angelkasten aus dem Eimer nimmt und ihn aufklappt. In den Fächern findet er nur Krümel und vertrocknete Lachseier vor. Verärgert knallt er den Deckel des Kastens wieder zu.

Angeln ohne Köder.

Er wippt kurz unentschlossen mit der Angelrute und hält dann auf der Erde Ausschau nach einem Wurm. Nachdem er ein paar Kiesel beiseitegeworfen hat, findet er lediglich eine Familie kleiner grauer Käfer auf der Unterseite eines Steins. Er pflückt sich den größten heraus und befestigt ihn an seinem Angelhaken, in der dumpfen Gewissheit, dass er mit einem Käfer nie und nimmer einen Fisch fangen wird.

Dann wirft er die Angelschnur in weitem Bogen in den Fluss aus und versucht, an nichts mehr zu denken. Versucht, einfach nur zu sein wie die anderen Typen hier, einfach nur die Schnur im Auge zu behalten und auf einen Ruck zu warten, umgeben vom beruhigenden Rauschen des Wassers und dem Summen von Insekten, dem gelegentlichen Ruf eines Blauhähers oder eines Finken.

Stattdessen aber kommt es ihm vor, als würde er noch immer auf der dunklen Veranda stehen und mit vor Anstrengung tränenden Augen ins Dunkel blinzeln, um zu erkennen, was da unter ihm gerade geschehen ist. Wie gelähmt steht er am Abgrund der Reue. Könnte er nur zurücktreten, wieder festen Boden unter den Füßen gewinnen, könnte er sich retten. Dann könnte er alles rückgängig machen.

Aber, ermahnt er sich, es ist sinnlos, sich den Kopf darüber zu zerbrechen, was hätte sein können. Seinen Mandanten rät er von solchen Gedankenspielen entschieden ab, und auch für ihn kommt dies nicht in Frage. Was geschehen ist, ist geschehen. Er wird sich vor Gericht dafür verantworten. Die Geschworenen werden sicherlich anerkennen, dass er, anhand der Sachlage, wie sie sich ihm in dem Moment dargestellt hat, die bestmögliche Entscheidung getroffen hat. Wenn er nicht aufpasst, könnte der Rest seines Lebens von Schuldgefühlen und Reue verdorben werden. Wie dieser harmlose, schöne Angelausflug.

Bloß, dass es ohne Köder kein schöner Angelausflug ist. Und er hat keine Köder dabei, weil er völlig konfus und durcheinander ist. Die Vorstellung, so nun den Rest seiner Tage zu verbringen – damit, unentwegt zurückzurudern, um nicht in heillose Verzweiflung zu stürzen –, jagt ihm Angst ein. Er wollte nur sein Leben schützen, und stattdessen hat er es jetzt in einen Scherbenhaufen verwandelt.

Es kommt ihm vor, als würden die beiden Kugeln, die er aus der Pistole abgefeuert hat, in seinem eigenen Hals stecken und seine Luftzufuhr behindern. Könnte er doch nur einmal richtig frei und tief durchatmen, dann würde seine Beklemmung mit Sicherheit nachlassen. So aber hat er das Gefühl, langsam zu ersticken, während es seinem Hirn an ausreichend Sauerstoff mangelt, an Ruhe und Gelassenheit.

Verdammt, was hatte dieser Bursche auch in seinem Vorgarten verloren. Das war unbefugtes Betreten eines Privatgrundstücks, nichts anderes, als wäre er ungebeten in sein Wohnzimmer spaziert. Kein Mensch weiß mehr, was sich gehört. Die Leute stromern einfach so in der Gegend herum. Er war gewarnt, denkt Mr Scrap, während er an der Angel ruckelt. Man hat ihm zugerufen, dass er stehen bleiben soll. Wie kommen die Leute bloß darauf, ihren eigenen Willen für das Maß aller Dinge zu halten?

Mit der Zivilisation geht es unaufhaltsam den Bach hinunter. Seine Generation ist die letzte, die sich noch an Regeln hält, Achtung vor dem Alter hat, nicht in der Öffentlichkeit herumflucht. Und die jüngeren Generationen tragen diesen Niedergang sogar ungeniert zur Schau; obszöne oder dümmliche Tätowierungen sind bei Leuten unter vierzig, soweit er das beurteilen kann, weniger die Ausnahme als die Regel.

Aber sie sind zäh, diese jungen Leute mit ihren Extrem-Piercings, die immer größere Löcher in ihre Haut stanzen. Der Junge überlebt das schon, beruhigt sich Mr Scrap. Er wird eine Invalidenrente kassieren. Im Ernst, vermutlich hat er ihm sogar einen Gefallen getan. Indem er ihm eine Kampfverletzung geliefert hat, eine Ausrede, die er ausschmücken und mit der er jetzt an jeder Straßenecke herumprahlen kann.

Dieser Jugend geht es doch nur noch darum, mit dem Abgrund zu flirten. Erklärt das nicht auch, warum Oliver den Tod als Grundlage für eine Karriere zu benutzen versucht? Warum er Glaubwürdigkeit zu erreichen hofft, indem er sich dem Tod stellt, ihn formt und ausbeutet? Den Tod seines eigenen Vaters begreift er offenbar als Freibrief dafür, verschroben und querköpfig zu sein. Wie eine Sondererlaubnis der Schulleitung, in der Pause ungehindert durch die Flure spazieren zu dürfen, während alle anderen sich dem Ernst des Lebens stellen müssen.

Mr Scrap ist nicht gewillt, sich von diesem Schlamassel jetzt unterkriegen zu lassen. Nein, er sollte vielmehr versuchen, ihn in ein anderes Licht zu rücken. Er kann ihn einfach leugnen, ähnlich wie einen ehelichen Seitensprung, eine verschlampte Steuerzahlung oder die Zwangsversteigerung einer Immobilie. So lange, bis die Erinnerung daran restlos verblasst ist. Er muss diesen Vorfall nicht verinnerlichen und mit sich herumschleppen. Es ist Ihre Entscheidung, erklärt er seinen Mandanten oft, wie Sie künftig weiterleben wollen. Ob Sie sich weiter an die schlechten Entscheidungen und Enttäuschungen klammern, sich davon bestimmen lassen wollen, oder ob Sie das alles lieber hinter sich lassen wollen. Es liegt ganz bei Ihnen.

Mr Scrap fängt an, seine Schnur einzurollen, und im selben Moment huscht etwas wie ein roter Blitz durch die Bäume am anderen Ufer. Er erschrickt – Angst steigt sogar in ihm auf. Er späht zu dem Angler ein Stück flussaufwärts, um zu sehen, ob dieser es ebenfalls bemerkt hat. Der Mann aber kaut seelenruhig auf einem Zahnstocher herum und ist ganz damit beschäftigt, einen neuen Köder an seinem Haken zu befestigen. Da, schon wieder. Wieder blitzt es am anderen Ufer rot auf, wie ein Vorbote des Todes. Erleidet er etwa gerade einen Schlaganfall? Ist dies das Ende?

Dann taucht zwischen den Bäumen am anderen Flussufer eine Gestalt auf, die Mr Scrap auf Anhieb wiedererkennt. Ihr folgt ein kleiner Junge, der einen roten Umhang um den Hals gebunden hat und übermütig von Baum zu Baum hüpft.

Mr Scrap sieht, dass Andy Rolondo eine kleine Angelrute aus Plastik in der einen und einen Behälter mit Ködern in der anderen Hand hält, die er lässig vor- und zurückpendeln lässt, während er mit weit ausgreifenden Schritten dahinmarschiert. Der Junge folgt ihm mit etwas Abstand, schlingt immer wieder die Hände um niedrig hängende Äste und schaukelt daran herum wie ein Äffchen. Andy Rolondo bleibt stehen und sieht sich nach dem Jungen um, wobei er sich zum Schutz gegen die pralle Mittagssonne die Hand über die Augen hält.

Er macht einen ganz harmlosen Eindruck, in kurzer Hose und Sandalen, das dunkle Haar feucht, als käme er frisch aus dem Swimmingpool. Aber dieser Mensch, überlegt Mr Scrap, ist schuld daran, dass ich mich bewaffnet habe und auf Jungen schieße, die in meinem Vorgarten stehen. Er hat mir all diese Schwierigkeiten erst eingebrockt. Und jetzt steht er da drüben, als könnte er kein Wässerchen trüben. Mr Scrap steht hastig auf und stößt dabei gegen den Deckel des Angelkastens, der mit einem Knall zuklappt. Das Geräusch erregt Andy Rolondos Aufmerksamkeit, er blickt quer über den Fluss. Anscheinend kommt Mr Scrap ihm irgendwie bekannt vor, denn er hebt wie zum Gruß die Hand, die er sich bisher über die Augen gehalten hat.

»Bleiben Sie mir ja vom Leib«, sagt Mr Scrap mit leicht wehleidigem Unterton. Einige der anderen Angler schauen kurz neugierig auf und sehen dann wieder desinteressiert aufs Wasser hinab.

»Entschuldigung?«, ruft Andy Rolondo über das Rauschen des Flusses hinweg. In dem Moment springt der Junge auf ihn zu, mit breit hinter sich herflatterndem Umhang, und Andy Rolondo fängt ihn mitten in der Luft auf. Trotz seiner Erbitterung, trotz seiner erregten, schnellen Atemzüge ist Mr Scrap spontan gerührt, als er diese Szene sieht. Weil darin so ungefähr alles zum Ausdruck kommt, was einen Vater ausmacht – zuzulassen, dass der Junge mit flatterndem Umhang durch die Luft fliegt, und ihn dann sicher in seinen Armen aufzufangen, wenn der Flug vorüber ist.

Mr Scrap schießen die Tränen in die Augen.

Das Neugeborene war so klein gewesen, seine Fäustchen so fest geballt. Er hatte über dem kleinen Jungen gestanden, während Betsy rastlos im Zimmer auf und ab ging und ihre Entscheidung zu rechtfertigen versuchte. Er konnte ihr keinen unparteiischen Rat geben; sein Urteilsvermögen war getrübt – weil *sie* das Ziel all seiner Wünsche war. Ihm war alles recht, wodurch sie für ihn erreichbarer wurde, wodurch er in ihrer Wertschätzung steigen würde. Einen klagenden Unterton hatte Mr Scrap nicht herausgehört, wenn der kleine rotgesichtige Säugling schrie. Künftige Möglichkeiten hatte er erst gar nicht in Betracht gezogen. Wie etwa, dass aus dem Baby ein Kind werden würde, ein kleiner Junge, der vertrauensvoll nach seiner Hand greifen würde, wenn er mit ihm durch einen dunklen Flur ging, oder ausgelassen über seine dürftigen Scherze lachen würde, oder in seinem Lieblingskostüm durchs Haus toben und ihn anbetteln würde, dass er mit ihm einen Spaziergang zum Fluss unternahm. Jetzt, wo er diesen Jungen in Andy Rolondos Armen sieht – in Andy Rolondos Armen, um Himmels willen –, erweitert sich Mr Scraps Bedauern zu etwas Schwarzem und Unüberwindlichem.

Während er mit seinem Sohn auf dem Arm dasteht, dessen schmaler Rücken jetzt von dem roten Umhang umhüllt wird, erkennt Andy Rolondo anscheinend, wer ihm da auf dem anderen Flussufer gegenübersteht. Sein Gesichtsausdruck verdüstert sich.

Mr Scrap bekommt kaum noch Luft. Heftig um Atem ringend, hebt er langsam die Hand und winkt unbeholfen hinüber.

Als er den Arm sinken lässt, fällt ihm auf, dass sein Brustkorb von Schluchzen geschüttelt wird und ihm Tränen übers Gesicht laufen.

Andy Rolondo setzt seinen Jungen auf dem Boden ab und geht mit ihm zu einem schattigen Plätzchen hinüber, wo sie sich niederlassen, um die Spielzeugangel mit einem Köder zu versehen.

Mr Scrap sammelt eilig seine Angel und den Kasten ein und tritt den Rückzug zu seinem Wagen an, überlässt die Beute des Tages den anderen.

15

In Marys Traum sind sie alle zusammen an Bord eines Flugzeugs. Zunächst ist da ihre Mutter, die mit übereinandergeschlagenen Beinen auf einem Fensterplatz sitzt und hinausschaut, während das Flugzeug durch einen nicht enden wollenden Tunnel aus Weiß fliegt. Sie lächelt wehmütig vor sich hin und trinkt Wein aus einem Plastikbecher. Neben ihr sitzt Mr Scrap, eine Hand besitzergreifend auf ihr Knie gelegt. Er trägt einen eigenartigen braunen Helm und hat keinen Weinbecher in der Hand, sondern stattdessen eine Schale voll winziger Fischchen; ob es sich um echte Fische oder bloß um realistische Attrappen handelt, vermag Mary nicht zu sagen. Er hält die Schale ganz lässig und beiläufig in der Hand, wie ein Schälchen voller Erdnüsse oder Salzbrezeln etwa, und er sieht aufmerksam zu Mary herüber, während sie mit den Armen auf die Notausgänge zeigt. Auf der anderen Seite des Gangs, ihnen gegenüber, sitzt ihr Vater. Er trägt eine Pilotenuniform und auch die dazugehörende Schirmmütze. Sein Bart ist so zauselig wie immer, und er trägt dieselben Sandalen, in denen er auch gestorben ist. Sie ist überrascht, ihn dort so unbekümmert und sichtlich am Leben sitzen zu sehen, und würde am liebsten zu ihm hinüberlaufen und ihn umarmen, aber das geht nicht, weil sie erst noch die Sicherheitsvorführung abschließen muss.

Als sie den Gebrauch der Sauerstoffmasken demonstriert, fällt ihr auf, dass der Arzt aus dem Krankenhaus über sein Handy telefoniert. Das verstößt gegen die Vorschriften, aber er hält sich prinzipiell nicht an Vorschriften, und sie ist nicht so vermessen zu glauben, dass sie ihn ändern könnte. Er winkt ihr zu, lächelt liebenswürdig und hebt dann sein Glas, aber nicht, um ihr zuzuprosten, sondern weil er gerne noch etwas Wasser hätte. Während Mary den Gang hinabgeht und sich vergewissert, dass alle Passagiere ordnungsgemäß angeschnallt sind, sieht sie, dass Jared auf einer leeren Sitzreihe liegt und schläft. Er trägt alte, abgerissene Klamotten und riecht fürchterlich. Sie öffnet das Gepäckfach über ihm und nimmt eine hellblaue Babydecke heraus, die ihn merkwürdigerweise vollständig bedeckt. Hinter Jared sitzt Doug mit seinen Töchtern, sie geben zirpende Geräusche von sich. Ihre Tische sind kleine Schiefertafeln, auf denen sie mit langen Kreidestücken herummalen. Doug komponiert ein Musikstück für Mary, seine Tafel ist bedeckt mit weißen, in Takten eingeteilten Viertelnoten. Sie erkennt sofort, dass es sich um ein Schlaflied handelt. Es ist wunderschön.

Über der Tragfläche, ganz in der Nähe des Notausgangs, sitzen Oliver und Miranda. Beide sind ganz in Schwarz und halten sich kleine silberne Operngläser vor die Augen, die auf die Sitzlehnen vor ihnen gerichtet sind.

»Riesig, was?«, sagt Oliver zu seiner Sitznachbarin, ohne sein Opernglas abzusetzen.

»Absolut«, antwortet sie lächelnd. »Gewaltig.«

Sadie sitzt rauchend hinter ihnen und wartet darauf, dass einer von ihnen ihr sein Opernglas reicht, damit sie ebenfalls hindurchschauen kann.

Mary geht weiter, öffnet und schließt hier und da einen fehlerhaft angelegten Gurt. Dann fällt ihr siedend heiß ihr Vater wieder ein. Er ist nicht bloß ihr Vater – er ist der Pilot. Und wenn er dort auf dem Platz gegenüber von ihrer Mutter und Mr Scrap sitzt, bedeutet das, dass sich gerade niemand im Cockpit befindet.

Sie werden tatsächlich eine Bruchlandung hinlegen. Sie werden tatsächlich ihre Sauerstoffmasken und Sitzkissen und Notausgänge benötigen. Sie dreht sich um und hastet los in den vorderen Teil des Flugzeugs, aber es hat den Anschein, als hätte sich das Flugzeug in die Länge gedehnt, und so läuft sie an einer leeren Sitzreihe nach der anderen vorbei, ohne je am Cockpit anzukommen.

Ihr Handy klingelt, summt neben ihrem Ohr, wie ein Notruf.

Mit leiser Stimme, um ihre Mutter und Sadie nicht zu wecken, die beide nach der langen, durchwachten Nacht im Krankenhaus Schlaf nachholen, schildert Mary Doug ihren Traum.

»Ich konnte das Cockpit einfach nicht erreichen. Als hätte sich der Gang in ein endloses Laufband verwandelt, als würde ich auf der Stelle treten. Oh Mann, es war schrecklich.« Und dann fällt es ihr wieder ein. Die Realität ist selten schlimmer als ein Albtraum. Aber heute ist sie es.

»Ein Angsttraum«, beschwichtigt er. »Alles ist in der Schwebe – sozusagen noch nicht entschieden –«

»Nein, das ist es leider nicht mehr.« Sie seufzt.

»Wie meinen Sie das?«

»Nichts ist mehr in der Schwebe.«

»Oh Gott, Mary. Das tut mir leid.«

»Ja. Mir auch.«

»Wie geht es Ihrem Bruder?«

»Weiß ich nicht genau. Wahrscheinlich nicht so toll.«

»Möchten Sie, dass ich komme?«

Mary überlegt kurz. In den vergangenen vierundzwanzig Stunden haben sie mehrmals miteinander telefoniert. Er hat sie getröstet und auch abgelenkt. Aber darüber, wie es jetzt weitergehen soll, hat sie nicht nachdenken wollen. »Nein«, sagt sie schließlich. »Lieber nicht.«

»Warum nicht?«

Mary schließt die Augen und sieht den im Flugzeugsessel schlafenden Doug vor sich, ein Passagier unter vielen. Bloß ein weiterer Körper auf einem Sessel. Wie konnte er für sie zu einem so nahen Vertrauten werden? Ihre Verbindung zueinander ist fragil und vage, aber auch zäh. Seine Stimme am Telefon ist ebenso notwendig wie eindringlich. Bildet sie sich das nur ein? Ist das bloß eine Wunschvorstellung, der sie sich hingegeben hat? Eine Stimme, der sie zu viel Bedeutung beigemessen hat?

Er könnte sonst wer sein.

Auf jedem Flug begegnen ihr zahllose Augenpaare, ebenso viele Hände und dutzende zarter Münder. Sie malt sich aus, wie es wäre, wenn jeder einzelne dieser Passagiere mit schweren Schädelverletzungen an Monitore angeschlossen wäre, eine Albtraumvorstellung, die ihr sogar noch deutlicher vor Augen steht als der Traum von letzter Nacht. Bloß, würde sie auch nur einem dieser Passagiere beistehen, sich zu ihm ans Bett setzen und seine Hand halten, während er dahinsiecht? Obwohl sie die Antwort kennt, überlegt sie, warum sie dazu nicht bereit wäre. Könnte nicht jeder und jede von ihnen auf unbekannte Weise mit ihr verbunden sein? Die Mutter oder Tante einer lieben Freundin, der künftige Schwiegervater oder Stiefsohn, der Nachbar oder lange verschollene Cousin? Das Mädchen, das das gleiche Paar Lieblingsschuhe hat wie sie, oder der Junge, der ihr Bruder hätte sein können? Der Mann, der ihr eines Tages, möglicherweise, etwas bedeuten könnte? Wo hört es mit diesen Querverbindungen jemals auf?

Wir alle haben Bauchnabel. Wir alle schlucken. Und, auch das ist uns gemeinsam, wir alle müssen sterben.

Mary vermag keinen klaren Gedanken mehr zu fassen, ist so durcheinander, als hätte sie tatsächlich einen Bruder verloren. Sie fühlt sich wehrlos, ihre Nerven sind wie wundgescheuert. Sie versucht erst gar nicht, die Tränen zurückzuhalten. Mühsam presst sie die Worte »Machen Sie's gut, Doug« hervor und beendet dann das Telefonat.

In der Ausbildung ist ihr beigebracht worden, im Falle einer Notfallevakuierung, wenn die Kabine von dichtem Rauch erfüllt ist, eine Menschenkette zu bilden, die Passagiere dazu aufzufordern, sich an den Händen zu fassen, um zusammenzubleiben. Bei dieser Geste menschlicher Verbundenheit soll jeder Passagier darauf achten, sich an der Hand der Person vor ihm festzuhalten.

16

Betsy hat den Eindruck, dass sich im Bestattungsgewerbe in den letzten einundzwanzig Jahren kaum etwas verändert hat. An einem runden Holztisch sitzt sie zusammen mit Sadie einer blonden Frau mittleren Alters gegenüber, die durchblicken lässt, dass sie diesen Beruf erst kürzlich ergriffen hat, nach dem Tod ihrer Schwester. Wahrscheinlich hofft sie, dass ihre Beratung durch die Erwähnung dieses Umstands authentischer wirkt und mehr Gewicht hat, so dass zugleich die Kosten gerechtfertigt erscheinen, die ihnen hier entstehen werden. »Bei einem solchen Anlass sollte man nicht am falschen Ende sparen«, betont sie mit schräggelegtem Kopf und runzelt die Stirn.

Sadie sitzt zusammengesunken am Tisch und stiert mit leerem Blick vor sich hin. Betsy erinnert sich gut daran, wie unwirklich ihr nach Pauls Tod alles vorkam. Menschen und Ereignisse schienen wie in weite Ferne gerückt, auch dann, wenn sie sich direkt neben ihr befanden. Der Schock, ihren Mann verloren zu haben, umgab sie mit einer Art unsichtbaren dichten Wand, durch die kaum etwas zu ihr hindurchdrang.

»Hören Sie«, sagt Betsy und staunt selbst über ihren resoluten Tonfall. Sie legt Sadie eine Hand auf den Rücken. »Wir wissen, was wir wollen. Lange Vorträge können Sie sich also sparen. Wir haben bereits eine Grabstelle, wir brauchen nur noch einen Behälter. Für die Asche.«

Das Lächeln der Frau wird merklich frostiger. »Eine Urne, meinen Sie wohl.«

»Ja«, sagt Betsy. »Genau. Eine Urne.«

»Selbstverständlich.« Die Frau mustert Sadie mit kaum verhohlenem Naserümpfen. Betsy kennt diesen abschätzigen Blick, weil sie selbst schon oft Leute auf diese Weise beurteilt hat. Zerzaustes Haar, nachlässige Kleidung, dick mit schwarzem Kajal umrandete Augen. Inzwischen aber hat sie ihr Urteil über Sadie gründlich revidieren können. Auch, weil sie sie auf Marys Sofa hat liegen und schlafen sehen, mit sauber gewaschenem Gesicht und unbewusst zu Halbmonden gekrümmten Händen, zugedeckt mit einer großen Decke, unter der sie umso kleiner und verletzlicher wirkte. Betsy empfindet Zuneigung für dieses Mädchen, und deswegen ist sie empört. Empört über diese Frau, die meint, sich ein Urteil über Sadie und ihre Probleme anmaßen zu können, bloß weil ihre Kleidung nach altem Zigarettenrauch müffelt und sie eine Schlangentätowierung hat, die sich um ihr Handgelenk herumzieht.

Nachdem die Frau ihnen diverse Urnenmodelle vorgeführt hat, erkundigt sie sich, was für eine Inschrift sie für den Grabstein wünschen.

»Ich brauche dringend frische Luft«, sagt Sadie, steht auf und verlässt den Raum.

Betsy bleibt allein zurück, vor sich auf dem Tisch das unausgefüllte Formular.

Oliver hat seit drei Tagen kein Auge zugetan und sich seit einer Woche nicht mehr rasiert. Miranda kommt und geht, behängt mit ihrer Fotoausrüstung, ihre Miene steinern. Mrs Wilcox hat ihm, in Unkenntnis seiner Lage, zwei unwirsche Nachrichten auf dem Anrufbeantworter hinterlassen. Er hat ihr Video fertiggestellt. Es liegt abholbereit auf seinem Schreibtisch.

Mary hat angerufen. Ihre Stimme auf seinem Anrufbeantworter klingt zwar müde, aber bestimmt. »Oliver. Ich weiß, dass du da bist. Das ist, das war, ich weiß gar nicht, wie ich es nennen soll. Was das ist. Einfach nur Scheiße. Falls du Hilfe brauchst, um dir über alles klar zu werden, ruf besser nicht mich an.« Sie lacht kurz und fährt dann fort: »Mom und Sadie geht es so weit gut, glaube ich. Faules Ei, dass du bald wieder seelisch ins Gleichgewicht kommst, okay?«

Abends fährt er immer in seinem Ranchero zu Alfalfa's, parkt davor und beobachtet vom dunklen Auto aus, was sich nach Ladenschluss dort tut: wie die Kassiererinnen ihre Einnahmen zählen; wie die Tütenpacker den Boden kehren, Einkaufswagen einsammeln, die Regale mit frischer Ware auffüllen.

Mary würde ihm wohl eher davon abraten, ausgerechnet hier nach so etwas wie seelischem Gleichgewicht zu suchen.

Aber er hat kein Verlangen danach, irgendwo anders zu sein oder irgendjemanden zu sehen. Mary nicht, seine Mutter nicht, nicht mal Miranda. Sein ganzer Körper schmerzt. Er fühlt sich vollkommen lebensunfähig.

Auch an diesem Abend sitzt er wieder mit heruntergekurbelten Fenstern vor dem Laden, hat die Füße überkreuzt und den Kopf aufs Lenkrad gelegt. Er schließt die Augen und denkt an die Krankenschwestern auf der Intensivstation, die inzwischen mit neuen Patienten und neuen Angehörigen zu tun haben und deren Leben im Grunde aus einer Abfolge heroischer Bemühungen inmitten grausiger Realitäten besteht.

Was würde sein Vater wohl zu dem Leid sagen, das Oliver zugestoßen ist? Wieder sind neue Textzeilen zu seinem Leben hinzugeschrieben worden, wieder unter einen weiteren dicken Trennstrich im Text, der seine Tage in Vorher und Nachher einteilt. Und obwohl dieser Strich gegen seinen Willen, gegen seine Hoffnung gezogen worden ist, hat er ihn selbst verschuldet. Die folgenreichste Aktion, zu der er sich als Erwachsener entschlossen hat, war das Ergebnis seiner tragischsten Schwäche.

Er wünscht sich so sehnlich, es wäre anders gekommen. Ein anderes Nachher hätte ihnen nicht die Vergänglichkeit, sondern die Widerstandsfähigkeit des Lebens vor Augen geführt; hätte sie nicht daran erinnert, wie ungerecht das Leben sein kann, sondern wie gnädig, wie barmherzig. Wie die Zeitdehnung sogar den Weg zu einer Umkehrung weisen kann. Wie ein Bruder verlorengehen und dann zurückgewonnen werden kann.

Was ihm bleibt, ist *dieses* Nachher. Das sind jetzt die neuen Umstände, mit denen er zurechtkommen muss.

Im Dunkel seiner geschlossenen Augen denkt Oliver an den kleinen braunen Briefumschlag, den er aus dem Krankenhaus mit nach Hause genommen hat. Auf der Vorderseite steht der handschriftliche Vermerk, *Bitte transkribieren*. Um den Umschlag ist ein sprödes grünes Gummiband geschlungen. Schon als er dem Krankenhausbediensteten seine Bitte vorgetragen hat, war er sich nicht ganz sicher, ob er es fertigbringen würde, sich die Kassette auch anzuhören.

Aber ein Verlangen danach verspürt Oliver schon.

Genau dazu hat ihm bisher immer der Mut gefehlt.

Dazu, es zu beenden.

Er fährt nach Hause, stellt sich in die offene Schlafzimmertür und betrachtet Miranda, die im Bett liegt und schläft. Auch sie, ermahnt er sich, befindet sich in diesem Nachher unterhalb des Trennungsstrichs. Daher kann und sollte er dankbar sein. Ihr Oberkörper hebt und senkt sich bei jedem Atemzug, und in den Abständen dazwischen erkennt Oliver eine neue Art von Zeitdehnung.

Bei Sonnenaufgang verlässt er leise das Haus, begleitet von Jello, der sich an der Haustür an seinen Füßen vorbei mit ins Freie stiehlt. Sie fahren aus der Stadt hinaus in die »Wildnis«. Oliver stellt den Wagen am Straßenrand ab und tritt dann, wie früher mit seinem Vater immer, den Aufstieg an der Ostflanke des Hügels an. In seinem Rucksack hat er die Videokamera sowie den altertümlichen Kassettenrekorder dabei, die Kassette ist bereits eingelegt.

Während er zum Gipfel hochsteigt, muss er unwillkürlich

über Patty Wilcox nachdenken. Hier an diesem Ort hat sich jener Schicksalsfaden vor einundzwanzig Jahren entsponnen. Angefangen mit den Füßen des Mädchens, als sie ausrutschte und in die Tiefe stürzte, weitergewoben in das Herz seines Vaters, als es sich zusammenkrampfte und aussetzte, dann weiter durch das Herz seiner Mutter, als es sich, auf seine Art, ebenfalls zusammenzog und aussetzte, und jetzt durch Mr Scraps schuldbeladenes Herz geflochten und zu einem unstillbar blutenden Knoten in Jareds Gehirn zusammengebunden.

Mit Sicherheit wäre ihnen allen eine andere Art von Verbindung lieber gewesen. Doch es ist nun mal, wie es ist. Das ist Olivers Vergangenheit.

Als er auf dem Gipfel des Bear Peak angelangt ist, denkt er innerlich verlegen daran zurück, wie Patty Wilcox ihm wütend den Mittelfinger gezeigt hatte, während er vom Baum aus zu ihr hinunterstarrte, hilflos und bestürzt, er war schließlich erst sieben. Von irgendwo aus der Tiefe meint er wieder ihre Stimme zu hören: *Spionierst du öfter anderen Leuten hinterher? Ja?*

Die Antwort? Ja. Hier ist er. Sogar heute noch spioniert er anderen hinterher, mit der Kamera in der Hand.

Er sieht zu, wie Jello die Nase nach oben in die Luft reckt und herumschnuppert. Was er wohl wittern mag, überlegt Oliver.

Mit Jello, der vorausläuft, schreitet er das abgeflachte Gipfelplateau einmal ab. Dann setzt er sich an den Rand und lässt die Beine nach unten baumeln, spürt einen heftigen Adrenalinschub, weil sich unter seinen Schuhen nur Luft befindet, sonst nichts. Er legt sich etwas trockene Erde auf die Zunge, drückt sie oben gegen den Gaumen und muss dabei die Tränen zurückhalten. Die sandigen Körnchen drücken sich knirschend in die Rillen seiner Zähne. Er steht auf und geht in die Mitte des Bear-Peak-Plateaus, wo er kurz den Kopf senkt. Dann schließlich hebt er, voller Scham und Zorn, die Kamera an seine Schulter und nimmt den alten Kassettenrekorder aus dem Rucksack.

Er kann sich an die Stimme nicht mehr erinnern, weiß nicht, wie sie klingen wird.

Als er auf die Abspieltaste drückt und hört, wie sein Vater nüchtern den Namen und die Anschrift des Mädchens feststellt, bekommt Oliver schwitzige Hände. Weil er sich eben doch erinnert. Sein Vater hat eine unverwechselbare Art, das *T* auszusprechen, sehr hart und deutlich nämlich. Seine tiefe, sanfte Stimme hat etwas Durchdringendes, sie wäre auch durch einen langen Flur hindurch zu hören, würde vom Vorgarten bis hinters Haus dringen – sogar durch eine geschlossene Tür vermutlich.

Es handelt sich um die Leiche einer gut entwickelten, gut genährten weißen Jugendlichen, in Übereinstimmung mit dem angegebenen Alter von dreizehn Jahren. Körpergröße beträgt einen Meter fünfunddreißig, das Körpergewicht zweiundsechzig Pfund. Schwarzes Haupthaar. Leiche der Verstorbenen wurde am Fuß eines etwa sechzig Meter hohen Hügels gefunden, bekleidet mit einem T-Shirt, kurzer Hose und Sandalen.

Zum Zeitpunkt der Obduktion ist die Totenstarre als fortgeschritten einzustufen; Leichenflecken sind posterior und verblassend; der Körper fühlt sich kühl an. Anzeichen von Verwesung: keine, ebenso keine sichtbaren Anzeichen von medizinischer und postmortaler Behandlung. Am Hinterkopf befinden sich deutliche Prellungen und Wunden, erlitten beim Aufprall nach dem Sturz.

Während die Stimme seines Vaters weiterredet, versetzt Oliver sich ein letztes Mal gedanklich an jenen Nachmittag zurück.

In seiner Schulter spürt er einen Schmerz, der sich seinen Rücken hinunterzieht. Wie ein Muskelkrampf.

Aber dieser Krampf hört nicht auf.

Das sollte ihm zu denken geben.

Ein Kribbeln setzt ein. Zunächst fühlt es sich wohl noch angenehm an. Ein wenig schleichend. Etwas, das einen daran erinnert, dass man am Leben ist, und damit stets der Veränderung unterworfen.

Ein Schluck Kaffee, der wird ihm jetzt guttun.

Irgendetwas stimmt nicht.

Wo sind die Kinder? Sie sind zu still. Immer wieder Ärger. Leises Geflüster. Wo? So wunderschön.

Beim ersten jähen Herzkrampf erschrickt er heftig, ist wie gelähmt. Die Zeitung fällt ihm aus der Hand. Wie konnte das passieren?

Verdammt.

Die Kinder. Noch so klein. Zu klein für das hier. Zu vieles, was sie noch nicht wissen.

Aber was? Was habe ich mir für später aufgespart?

Alles, was wichtig ist.

Betsy.

Das Baby.

Hilfe.

Lass sie das nicht sehen. Lass ihr Leben davon verschont.

Atme, atme weiter. Du kannst dich hiervon erholen.

Beim zweiten Krampf wird alles um ihn herum schwarz, nur kleine rote und goldene Flecken tanzen ihm noch vor den Augen herum. Gibt es die wirklich?

Das einzig Wirkliche jetzt ist dieser entsetzliche Schmerz, das nicht enden wollende Schwindelgefühl.

Oliver rennt zum Rand des Gipfels und wirft beide Geräte hinab in den Abgrund. Die Stimme seines Vaters stürzt in die Tiefe von ihm fort. Die Videokamera zeichnet alles in freiem Fall auf. Himmel und Erde dürften sich um die Geräte herum in einer raschen Folge von Purzelbäumen drehen.

Oliver steht am Rande des Bear Peak und verfolgt den Sturz. Jello bellt zweimal und stupst seine feuchte Nase, um Aufmerksamkeit heischend, gegen eine von Olivers geballten Fäusten. Oliver öffnet die Faust und lässt sich von Jello über den schwitzigen Handteller lecken.

Die Videokamera und der Kassettenrekorder prallen gegen die Felsen unten am Boden und springen und hüpfen ihrem Ende entgegen.

Miranda kann einfach nicht anders. Wenn es Nacht wird, zieht es sie hinaus in die Dunkelheit. Leise schält sie sich aus dem Bett, schleicht fort von Oliver, der wach daliegt und zur Decke hochstarrt, zieht ihre Turnschuhe an und verschwindet in die Nacht.

Die Luft verändert sich, und mit ihr die Landschaft, in der viele kleine Anzeichen darauf hindeuten, dass es Herbst wird. Verwelkte Blumen, das erste Gelb, das sich in das Laub der Bäume stiehlt, und Apfelbäume, deren Äste sich unter der Last ihrer Früchte biegen.

Die meisten Häuser sind dunkel; es ist nach Mitternacht, und Miranda empfindet den Beton unter ihren Füßen, den nicht enden wollenden Bürgersteig, der um Straßenecken herumbiegt und bis ins Nirgendwo führt, als seltsam beruhigend.

Bald schon ist sie dort, wohin sie unbedingt noch einmal zurückkehren wollte. Mr Scraps Rasen ist gepflegt und in tadellosem Zustand. Als Miranda am Morgen danach von der vorderen Veranda trat, war im Gras ein etwas dunkleres Rechteck eingeprägt, hinterlassen von der schweren Tasche des Sanitäters, und daneben war der Rasen, wie bei einem sommerlichen Schneeengel, von Jareds Körper plattgedrückt. Der Umriss hatte so harmlos ausgesehen wie ein Schatten.

Jetzt ist davon nichts mehr zu erkennen. Die Grashalme haben sich wieder aufgerichtet. Sie kniet sich hin und streicht mit den Fingerspitzen darüber. Was hier passiert ist, ist inzwischen von der ebenso geduldigen wie beharrlichen Natur versteckt und verborgen worden.

Als Miranda wieder aufsteht, merkt sie, dass sie nicht allein ist. Oben auf der Veranda über seinem Garten sitzt Mr Scrap, die Beine übereinandergeschlagen, und sieht zu ihr hinunter. Sie erschrickt und legt spontan eine Hand an die Kamera, die um ihren Hals hängt, als wäre sie eine Art Schutz.

Er sagt nichts, und auch sie bleibt stumm. Einen kurzen Moment lang ähneln sie zwei Tieren, die einander auf ihrem Territorium in die Quere kommen.

»Nur zu«, sagt er schließlich mit überraschend klarer Stimme.

Miranda versteht, was er meint, aber sie tut ihm nicht den Gefallen. Es würde kein gutes Foto werden, dazu weiß sie einfach schon zu viel. Die Wahrheit seiner Isolation, die hier in diesem Moment so deutlich zu Tage tritt, könnte nur auf einen Fremden ergreifend wirken. Wie ein Gespenst geht sie leise vom Rasen herunter und verschwindet in der Nacht.

17

Sadie zuliebe wird es eine Trauerfeier geben, um deren Vorbereitung sich Betsy gekümmert hat, nicht anders, als würde sie ein geselliges Abendessen planen: wunderschöne Blumen, ein Programm auf Büttenpapier, ein Gitarrist, der am Grab für musikalische Untermalung sorgen soll. Alles ist bis ins kleinste Detail geplant. Die Bewältigung dieser Aufgabe hat ihr dabei geholfen, die Teile ihres Lebens auszublenden, um die sie einen weiten Bogen macht wie um ein tiefes Loch im Boden: das Haus, in das sie nicht zurückgekehrt ist, den Ehemann, dessen gepeinigte, flehentliche Stimme sie Abend für Abend am Telefon hört.

Sadie hat eingewilligt, mit Betsy einkaufen zu gehen, und sich von ihr ein dem Anlass angemessenes schwarzes Kleid mit gezackter Borte am Saum kaufen lassen, auf das sie sich beide einigen konnten. Betsy empfindet diese Fürsorge Sadie gegenüber als ihre Pflicht, nicht zuletzt aus schlechtem Gewissen, aber sie stellt auch verwundert fest, dass ihr dieses etwas schmuddelige, aufrichtige Mädchen immer mehr ans Herz wächst. Auf dem Beifahrersitz in Betsys Auto gibt Sadie freimütig Auskunft über ihr Leben, ganz so, wie eine Tochter Betsys Vorstellung nach mit ihrer Mutter reden würde, wie es jedoch bei Betsy und Mary nie der Fall gewesen ist. Sadie erzählt ihr von dem Konzert, bei dem sie Jared kennengelernt hat, und von seinem Traum, eines Tages selbst eine Band zu gründen. Sie erzählt, wie sie manchmal das gesamte Wochenende in seiner Wohnung verbracht haben, sich Makkaroni kochten, Musik hörten und es einfach toll fanden, all die Zeit über nackt zu sein.

Auch über ihre Sorgen und Zweifel redet sie. Unter der Woche, wenn sie sich nicht sehen konnten, hat Sadie oft darüber nachgedacht, ob Jared auch wirklich die Finger von den Drogen ließ, und sich dann dafür gehasst, dass sie so wenig Vertrauen in ihn hatte. Sie hatte Angst, dass er von der Sucht, der er schon als Jugendlicher verfallen war, niemals loskommen würde. Und sie quälte sich mit der Frage, ob sie entweder zu geduldig war oder nicht geduldig genug.

Betsy hört ihr begierig zu. Als würde sie aus einer Narkose erwachen, erinnert sie sich an die Zeit, als auch ihr Leben von schrecklichem Schmerz erfüllt war. Nicht bloß nach Pauls Tod, sondern auch schon davor – jedes Mal das leise Zusammenzucken dabei, wenn sie gute Nacht sagen musste, die heftige Sehnsucht danach, ihn am nächsten Tag wiederzusehen. Das, was sie vergessen hat, überlegt sie, war wohl die Liebe. Die brennende, schmerzliche Dringlichkeit der Liebe.

Sicher, sie liebt Martin. Auch jetzt noch. Sie bewundert seine Intelligenz, schätzt seine hilfsbereite Art, ist ihm dankbar für seine Hingabe. Doch diese Gefühle sind überhaupt nicht mit den Empfindungen zu vergleichen, die sie Paul einst entgegengebracht hat.

Sie möchte Sadie am liebsten den Rat geben, sich dieses Gefühl zu bewahren, es nicht zu vergessen, auch dann nicht, wenn es durch die äußeren Umstände in Frage gestellt wird. Aber sie beißt sich auf die Zunge. Mit Plattitüden lassen sich keine Rechnungen bezahlen, und sie helfen auch keinem Menschen dabei, morgens aufzustehen.

Doch als Sadie ihr anvertraut, dass die Übelkeit, die sie im Krankenhaus befallen hat, seither jeden Morgen aufgetreten ist, und dass der Teststreifen, auf den sie uriniert hat, sich blau verfärbt hat, antwortet Betsy, dass dies ein Silberstreif am Horizont ist. Betsy sagt Sadie etwas, das sie damals, mit dem schreienden Säugling in ihrem von Trauer überschatteten Haus, von keiner

Menschenseele zu hören bekommen hat: dass sie das zusammen schon schaffen werden.

Während die Sonne aufgeht, lässt Miranda ihren Blick durchs Schlafzimmer schweifen. Sie greift nach ihrer Kamera auf dem Nachttisch, ungefähr so, wie ein extrem kurzsichtiger Mensch morgens beim Aufwachen nach seiner Brille tastet. Ihre bescheidene Habe ist in Kartons verpackt. Die Nachricht, dass eine Reihe ihrer Fotos nächsten Monat in einer Galerie in Santa Monica gezeigt wird, hat einen kleinen Lichtblick in eine ansonsten sehr dunkle Woche gebracht. Oliver ist sich noch nicht sicher, ob er sie begleiten soll.

»Er war mein Bruder«, sagt er leise, ohne den Kopf vom Kissen zu heben. Dieses Gespräch zwischen ihnen hat niemals einen richtigen Anfang oder ein richtiges Ende.

»Identität ist Scheiße«, sagt Miranda, während sie an der Kamera auf ihrem Bauch herumnestelt. »Wir sind alle Hochstapler.«

Oliver lächelt matt. »Das klingt nett. Ein weiterer Titel für deine Ausstellung?«

»Besser als *Ist das legal?*«

Oliver wendet ihr das Gesicht zu. »Ich habe ihm die Geschichte meines gesamten Lebens aufgebürdet. Er wollte nur überleben, mehr nicht.«

Sie schweigt kurz. Dann legt sie eine Hand aufs Kissen, direkt neben seiner Wange, und runzelt die Stirn. »Wir alle strecken die Hände nach dem aus, was wir uns wünschen. Ein Apfel, ein Sportwagen, ein Geliebter. Unterwegs kann dann auch mal was schiefgehen.«

Er legt ihr seine Hand auf die nackte Schulter. »Nanu, ist was passiert? Spann mich nicht auf die Folter.«

Miranda verdreht die Augen. »Mach dich ruhig lustig über mich«, sagt sie. »Aber ich sage die Wahrheit.«

Oliver schließt die Augen. Miranda lässt ihre Hand weiter auf dem Kissen liegen, neben seinem Gesicht.

Oliver richtet sich etwas auf und stützt den Kopf auf den Ellbogen. »Ich bin dir dankbar dafür, dass du dich so um mich bemühst, Miranda.« Er legt seine Hand auf ihre. »Aber mit diesem Schmerz muss ich schon alleine fertigwerden.«

Sie nickt. »Im Leben passieren Dinge, die einen verändern. Gute und schlimme. Und jede Lebensgeschichte überschneidet sich mit der Geschichte anderer.« Oliver sieht hinab auf ihre übereinandergelegten Hände. Miranda folgt seinem Blick. »Und jedes Mal werden Beziehungen geformt und wieder gelöst, ohne dass die Beteiligten ahnen, was jenseits davon liegt«, sagt sie, richtet die Kameralinse auf ihrer beider Hände und drückt auf den Auslöser.

Diese Hände könnten zu allen möglichen Menschen gehören, überlegt Oliver. Es könnten die Hände seiner Eltern sein, die Hände des Ehepaars Wilcox oder sonst eines beliebigen Pärchens auf der Welt. Diese unschuldige Geste gehört zum Standardrepertoire, wenn ein Bund geschlossen wird. *Gib mir deine Hand. Nimm meine Hand.*

Der Anfang von etwas.

Das Ende von etwas.

Diese Verknüpfung geschieht immer und immer wieder. Über Spezies und Kontinente hinweg. Sie beginnt und sie endet.

18

Oliver und Miranda holen Mary mit dem Ranchero ab. Miranda rutscht in die Mitte der Sitzbank, um ihr Platz zu machen.

»Wow«, sagt Mary, als sie die Tür schließt. »Ist ja wie in einer schlechten alten Fernsehserie hier.«

»Schön wär's«, sagt Oliver.

Er steuert den Ranchero vom Bordstein weg und fährt los, quer durch die Stadt.

»Als ich klein war, habe ich mir immer eine Platte mit den Titelmelodien sämtlicher Fernsehserien gewünscht. *Das Traumschiff, Herzbube mit zwei Damen, It's a Living.* Das waren richtig gute Lieder.« Mary und Oliver werfen Miranda zweifelnde Blicke zu. »Findet ihr nicht?«, fragt sie und streicht sich den dunkelblauen Rock glatt.

Da sie keine Antwort erhält, fängt sie an, die Titelmelodie von *Herzbube mit zwei Damen* zu summen.

Schon nach den ersten paar Takten müssen Oliver und Mary beide lachen. Ihr prustendes, übermütiges Gelächter ist so ansteckend, dass auch Miranda bald nicht mehr ernst bleiben kann. Nach über einer Woche in trister, gedrückter Stimmung ist dieser jähe Heiterkeitsausbruch für sie alle eine Wohltat.

Doch ihre Heiterkeit lässt bald wieder nach, und sie legen die restliche Fahrt schweigend zurück.

Es ist ein malerischer Ort. Die Einfahrt wird links und rechts stilvoll von Espen flankiert, und auf einem breiten Tor aus Schmiedeeisen prangt der Name des Friedhofs. Wie von seiner Mutter instruiert, fährt Oliver die kiesbestreute Auffahrt entlang. Zahlreiche Bäume sorgen für Schatten, der auf die säuberlichen Reihen von Grabsteinen fällt.

Hinter dem etwas abseits geparkten Wagen seiner Mutter macht Oliver Halt. Er kann sie von weitem sehen, eine zierliche Gestalt in einem schwarzen Kostüm, aus dem eine dunkelviolette Bluse hervorlugt.

»Startklar, die Damen?«, fragt er, nachdem er den Motor abgeschaltet und den Zündschlüssel herausgezogen hat.

»Mr Nice Guy hat Mom heute Morgen angerufen, nachdem sie losgefahren war.«

Oliver wirft den Autoschlüssel unter den Sitz und beugt sich vor, um Mary direkt ansehen zu können. »Und?«

»Er will mit dem Staatsanwalt etwas auskungeln. Der ist ein Bekannter von ihm. Damit wird er weit glimpflicher davonkommen als bei einem normalen Strafverfahren.«

»Dazu fällt mir jetzt nichts ein.«

»Ich dachte bloß, es interessiert dich.«

»Scheißleben«, sagt er und lässt die Stirn vornüber aufs Lenkrad sinken.

»Gar kein übler Titel für eine Fernsehserie«, wirft Miranda ein. Was einen weiteren Heiterkeitsausbruch zur Folge hat: Zu dritt sitzen sie in dem alten Auto, mitten auf dem Friedhof, und lachen, bis ihnen die Tränen übers Gesicht laufen.

Als sie sich schließlich beruhigt haben und aussteigen, stehen hinter dem Ranchero inzwischen noch ein paar weitere Autos. Einige Mitarbeiter von Alfalfa's und eine Schulfreundin von Sadie versammeln sich um die alte krumme Esche, die noch ein Schössling war, als Olivers Vater hier beerdigt wurde.

Sie machen sich auf den Weg quer über das struppige Gras, in dem sie tiefe Fußspuren hinterlassen. Mary und Miranda gehen zu Sadie hinüber, die rauchend an der Esche lehnt und ganz anders aussieht als sonst, mit streng aus dem Gesicht gekämmtem Haar und in einem Kleid, das sichtlich nicht billig war.

Oliver stellt sich vor den Grabstein seines Vaters und blickt auf die mit einem dunklen Tuch abgedeckte Stelle gleich daneben: darunter ist das Grab für Jareds Urne ausgehoben. Erst jetzt begreift er, was der lateinische Sinnspruch auf dem Grabstein seines Vaters, den seine Mutter auch für Jareds Grabstein ausgewählt hat, wirklich bedeutet. *Zu den Sternen*, das ist es.

Seine Mutter tritt neben ihn und begrüßt ihn stumm, indem sie ihm die Hand auf den Ellbogen legt.

»Das war wirklich nicht nötig, Mom. Dass du diese Stelle hier opferst. Für einen Wildfremden.« Auf dem Grabstein seines Vaters liegen noch vereinzelt braune Kiefernnadeln vom letzten Herbst verstreut. Betsy kniet sich hin, um sie herunterzuwischen, und lässt ihre Finger kurz auf dem Stein liegen, ehe sie wieder aufsteht. »Ich habe ein schlechtes Gewissen, Oliver. Ich bin nicht vollkommen. Ihr wart beide noch so klein, und ich hatte Angst. Diese Entscheidung hier werde ich, glaube ich, nicht bereuen.«

Oliver nickt. »Ja. Es ist wirklich eine wundervolle Geste.«

Seine Mutter sieht ihm direkt in die Augen. »Dass man zurückschaut, Oliver, das hört nie auf. Es bedeutet allerdings, dass man der Welt den Rücken zuwendet. Und ich mache mir große Sorgen um dich. Weil du dich so stur von der Welt abwendest.«

Zum ersten Mal schwingt in ihrer Stimme kein Tadel mit, bloß echte Sorge. Vielleicht aber, überlegt er, hört er ihr auch nur zum ersten Mal seit langer Zeit richtig zu. »Ja, ich weiß, Mom.« Er legt ihr den Arm um die Schultern. »Ich weiß.«

Der Gitarrist fängt an, ein Stück von Bach zu spielen, und die Trauergemeinde, ein gutes Dutzend Leute, schart sich enger zusammen. Oliver hat weiter den Arm um seine Mutter gelegt, die Sadies zittrige Hand umfasst hält. Miranda und Mary stehen neben ihnen.

Betsy ist die Einzige, die nicht überrascht ist, als der Gitarrist zu spielen aufhört und gleich darauf zu reden beginnt. Er ist nicht nur Musiker, sondern auch Prediger.

Zur Einstimmung spricht er ein Gebet, gefolgt von einer kurzen Trauerrede über die Jugend und verpasste Chancen. Von Drogensucht, Verlassenwerden oder nächtlichen Schüssen ist nicht die Rede, so als wäre Jared ein unbescholtener Musterknabe gewesen oder einer Krebserkrankung erlegen. Oliver ärgert sich über die viel zu unpersönlichen Worte, weiß aber zugleich, dass es darauf eigentlich nicht ankommt. Es ist schön, dass der Mann mit seiner Strickkrawatte und dem Cordsakko hier ist. Dass er aus der Bibel zitiert und um Gottes Segen für Jareds Seele bittet, obwohl der Verstorbene Atheist war, ist nicht weiter schlimm. Jared ist längst fort.

Schließlich tritt Sadie zaghaft nach vorn und nimmt die Urne von dem improvisierten Altar. Ihr laufen die Tränen übers Gesicht, so wie fast allen Umstehenden. Sie hat eine Zigarette hinter dem Ohr stecken, die sie jetzt hervorzieht, kurz in die Höhe hält, damit alle sie sehen können, dann mit einem traurigen kleinen Lächeln auf den Deckel der Urne legt und mit ihrem Daumen festhält, wie eine Opfergabe.

Ein leichter Wind kommt auf, fährt in den Saum ihres Kleides und in die losen Haarsträhnen in ihrem Nacken. Sadie hält den Kopf in den Wind und lauscht, als würde sie auf seine Anweisungen warten. Ganz reglos steht sie mit der Urne in den Händen da und horcht.

Oliver sucht Halt an Mirandas Hand. Er denkt daran zurück, wie sie damals im Fond einer schwarzen Limousine zum Friedhof gefahren sind, zur Beerdigung seines Vaters. Es war sehr warm, und der Hosenbund fühlte sich an seiner Haut kratzig an. Seine Mutter saß zwischen Mary und ihm, mit einem Knäuel Papiertaschentücher in der Hand, die sie aus der Kirche mitgenommen hatte. Oliver ging die ganze Zeit nur durch den Kopf, wie schade es war, dass sein Vater nicht hier sein und dieses Auto mitsamt eingebautem Fernseher und Eisschrank und lederbezogenen, gegenüberliegenden Sitzen mit eigenen Augen sehen konnte. Wie sehr ihm sein Vater für den Rest seines Lebens fehlen würde, hatte er damals noch nicht ahnen können. Wichtig war für ihn nur, wie sehr er sich in jenem Moment nach ihm sehnte, damit er sie alle in dieser feinen Nobelkarosse sitzen sehen konnte.

Oliver fragt sich, ob es Sadie wohl gerade ähnlich geht – ob sie sich vielleicht wünscht, dass Jared diese Szene sehen könnte. Den Prediger mit dem ernsten Gesichtsausdruck, Jareds verhinderte Familie, die hohe Esche. Oder denkt sie an die Zukunft, an die kommenden Tage und Nächte, in denen sich der Schmerz seiner Abwesenheit weiter verschlimmern wird, ehe er langsam wieder nachlässt? Wie dem auch sei, schlussendlich haucht sie noch einen Kuss auf die Urne und platziert sie dann in der Erde.

In die andächtige Stille hinein platzt das Geräusch einer zuschlagenden Autotür, und alles dreht sich neugierig um. Wer mag da jetzt noch kommen?

Oliver schaudert bei dem Gedanken, dass es Mr Nice Guy sein könnte.

Mary sagt: »Das gibt's doch nicht«, löst sich aus dem Kreis der Trauernden und eilt dem Besucher entgegen, der zielstrebig durchs Gras marschiert kommt, ohne sich von den Blicken der Zuschauer verunsichern zu lassen. Mary fängt ihn auf halbem Wege ab, und sie stehen sich kurz schweigend gegenüber. Dann schmiegt sie sich an ihn.

»Was machst du denn hier?«, fragt Mary, nachdem sie sich an seinem Duft sattgeatmet hat. »Das ist doch verrückt.«

Er nimmt ihr Gesicht in beide Hände und drückt seine Stirn an ihre. »Nein. Es ist das Einzige, was ganz und gar nicht verrückt ist.«

Er nimmt ihre Hand, und gemeinsam kehren sie zu der am Grab versammelten Trauergemeinde zurück. Die fragenden Blicke der Umstehenden beantwortet Mary nur mit einem Achselzucken und der lapidaren Erklärung: »Das ist Doug.«

Der Prediger spricht einen letzten Segen und spielt dann noch ein letztes Musikstück auf der Gitarre. Damit ist die Trauerfeier beendet. Die Gäste umarmen sich und fangen an, sich leise zu unterhalten.

Sadie kniet weiter vor dem Loch in der Erde, ohne sich von der Stelle zu rühren.

Miranda kniet sich neben sie. Sie drückt ihre Hände ins Gras und blickt starr auf den Boden. »Alles in meinem Kopf hört sich jetzt gerade dämlich an.«

»Geht mir auch so.«

»Vielleicht könnten wir ja Lernkarten für Trauersituationen herstellen. Damit wir all diese dämlich klingenden Wörter in unserem Kopf nicht zu sagen bräuchten, weißt du.«

»Scheiße. Selbst die Bilder, die mir einfallen, wären alle nur dämlich.«

»Meine würden sich bloß ständig wiederholen. Und dämlich wären sie auch.«

»Deswegen jammern und wehklagen die Leute wohl. In anderen Ländern, stimmt's?«

Miranda nickt. »Ich habe supertolle Fotos von ihm. Ich werde sie dir mal ausdrucken.«

»In Ordnung.«

Miranda nimmt die Hände aus dem Gras und betrachtet die Abdrücke, die sie dort hinterlassen hat. Sadie legt ihre eigene Hand in einen der Abdrücke und sagt: »Das ist keine schlechte Lernkarte.«

Oliver und Miranda sitzen nun allein in dem Ranchero. Sie bilden das Schlusslicht in dem überschaubaren, ungeplanten Trauerkorso, der sich vom Friedhof wieder in Richtung Stadt bewegt. Mary hat sich zu Doug in den Mietwagen gesetzt, und Sadie fährt mit in Betsys Wagen.

»Meine erste Beerdigung.« Miranda zieht die Beine auf den

Sitz hoch und schlägt sie seitlich unter sich, als würde sie im Damensattel reiten.

»Vielleicht hast du's nicht mitbekommen, aber unsere Fernsehserie ist gestrichen worden. Könnte stattdessen trotzdem ein guter Buchtitel sein«, sagt Oliver und sieht sie an.

Miranda lächelt. »Du bist lustig. Aber es stimmt, das war wirklich meine erste Beerdigung.«

»Ach ja? Ist niemand von deiner Familie bisher –?«

Sie schüttelt den Kopf. »Gute Gene, nehme ich an. Oder auch schlechte. Meine Großeltern sind alle schon vor meiner Geburt gestorben.«

Er nickt.

»Kommst du morgen mit? Ins Land der Fernsehserien?«

Oliver schert aus der Wagenkolonne vor ihnen aus und biegt in Richtung Westen ab.

Miranda runzelt verwirrt die Stirn.

»Das Wilcox-Video«, erklärt er auf ihren fragenden Blick hin. Es liegt schon seit Tagen im Handschuhfach – das letzte seiner Art. »Wäre klasse, wenn wir uns tatsächlich in diesem schwedischen Badehaus kennengelernt hätten, nicht wahr? Wenn wir da einfach nur tage- und nächtelang – tja – vor uns hin geschwitzt hätten? Keine Todesfälle, keine Beerdigungen. Bloß wir zwei.«

Miranda legt den Kopf schräg. Sie fahren langsam, ein Haus nach dem anderen zieht vorbei, vor dem sie schon mal abends gestanden und Fotos von Fremden aufgenommen hat.

Bei der Erinnerung daran, wie er sie kennengelernt hat, das weiß Oliver, wird er immer auch an Jared denken und an das katastrophale Ende einer törichten Suche. Das ist für ihn ein weiterer wunder Punkt – dass er für die erste Zeit ihrer Beziehung keine unschuldige, unkomplizierte Erinnerung aufzurufen vermag.

»Meines Wissens wimmelt es in Badehäusern nur so von Bazillen. Worauf willst du hinaus?«

Oliver streckt die Hand nach ihr aus. »Wie kann es sein, dass das Allerbeste, was mir im Leben je passiert ist, mir gerade zur allerschlimmsten Zeit meines Lebens über den Weg läuft?«

»Manche Leute nennen das Religion.«

Oliver lächelt.

»Und du?«

»Ich würde es eher bemerkenswert nennen.«

»Einverstanden.« Inzwischen sind sie bei Mrs Wilcox angekommen. Er parkt den Ranchero vor ihrem Haus, rutscht zu Miranda hinüber und küsst sie.

Nachdem er die DVD durch Mrs Wilcox' Briefschlitz gesteckt hat, bleibt er noch kurz auf ihrer Veranda stehen. Die Sonne hängt schon tief über dem Horizont und übergießt die Wolken mit leuchtendem Rosa und Orange. Der steil abfallende Hang des Bear Peak glüht im Abendrot. Ein Falke kreist über seinem Gipfel, streicht ab ins Licht, hält seine Federn in die letzte noch verbliebene Wärme des Tages.

Oliver steigt wieder zu Miranda ins Auto und beobachtet im Rückspiegel, wie der Vogel sich mühelos von den Lüften davontragen lässt, höher und immer höher, bis er sich am Ende in der Ferne verliert.

Danksagung

Zu besonderem Dank bin ich der Fotografin Shizuka Yokomizo verpflichtet, deren Arbeit mir eine wichtige Anregung war.

Meine sagenhafte Agentin Molly Friedrich und die stets hellwache Lucy Carson haben mir beide selbstlos mit Rat und Tat zur Seite gestanden.

Für ihre unerschütterliche Zuversicht und Klugheit bedanke ich mich bei Molly Stern.

Liz Van Hooses grenzenlose Leidenschaft, Genauigkeit und Hingabe im Hinblick auf dieses Buch hat mir regelrecht den Atem verschlagen.

Für meine Familie – verloren und gefunden – ist ein bloßes Dankeschön nicht genug.